CB137753

H.G. WELLS

ANN VERONiCA

UMA HISTÓRIA DE AMOR MODERNA

Tradução
Alessandra Esteche

H.G. WELLS

ANN VERONICA

UMA HISTÓRIA DE AMOR MODERNA

Principis

Esta é uma publicação Principis, selo exclusivo da Ciranda Cultural
© 2023 Ciranda Cultural Editora e Distribuidora Ltda.

Traduzido do original em inglês
Ann Veronica, a modern love story

Texto
H. G. Wells

Editora
Michele de Souza Barbosa

Tradução
Alessandra Esteche

Preparação
Edna Adorno

Revisão
Nair Hitomi Kayo

Produção editorial
Ciranda Cultural

Diagramação
Linea Editora

Design de capa
Wilson Gonçalves

Imagem
Cat_arch_angel/Shutterstock.com

Dados Internacionais de Catalogação na Publicação (CIP) de acordo com ISBD

W453a Wells, H. G.

Ann Veronica: uma história de amor moderna / H. G. Wells; traduzido Alessandra Esteche. - Jandira, SP : Principis, 2023.
320 p. ; 15,50cm x 22,60cm.

Título original: Ann Veronica: a modern love story
ISBN: 978-65-5552-593-9

1. Literatura inglesa. 2. Família. 3. Mulheres. 4. Patriarcado. 5. Machismo. I. Esteche, Alessandra. II. Título. III. Série.

CDD 820
2021-0076 CDU 82/9.82-31

Elaborado por Lucio Feitosa - CRB-8/8803

Índice para catálogo sistemático:
1. Literatura inglesa : Romance 820
2. Literatura inglesa : Romance 82/9.82-31

1ª edição em 2023
www.cirandacultural.com.br
Todos os direitos reservados.
Nenhuma parte desta publicação pode ser reproduzida, arquivada em sistema de busca ou transmitida por qualquer meio, seja ele eletrônico, fotocópia, gravação ou outros, sem prévia autorização do detentor dos direitos, e não pode circular encadernada ou encapada de maneira distinta daquela em que foi publicada, ou sem que as mesmas condições sejam impostas aos compradores subsequentes.

"A arte de ignorar é uma das conquistas de toda garota bem criada, tão cuidadosamente instilada que por fim ela pode até mesmo ignorar os próprios pensamentos e o próprio conhecimento."

SUMÁRIO

ANN VERONICA CONVERSA COM O PAI

PARTE 1

Em uma tarde de quarta-feira no fim de setembro, Ann Veronica Stanley veio de Londres em um estado de agitação solene e bastante decidida a resolver tudo com o pai naquela noite mesmo. Ela já havia hesitado a respeito dessa resolução anteriormente, mas desta vez estava se sentindo mais decidida. Uma crise havia chegado, e ela estava quase feliz por isso. Convenceu-se no trem a caminho de casa de que aquela seria uma crise decisiva. É por isso que este romance se inicia com ela ali, nem antes nem depois, pois é a história dessa crise e de suas consequências que este romance tem a contar.

Sozinha em uma cabine do trem de Londres a Morningside Park, ela estava sentada com os dois pés na poltrona em uma atitude que certamente deixaria sua mãe angustiada e a avó mais que horrorizada; com o queixo sobre os joelhos e as mãos cruzadas diante deles, estava tão absorta em seus pensamento que foi pega de sobressalto ao perceber, pelas letras luminosas, que chegara a Morningside Park, e pensou que o trem deixava a estação quando na verdade estava apenas chegando.

– Deus! – disse.

Levantou-se de um salto, pegou uma pasta de couro que continha cadernos, um livro didático grosso e um livreto de capa cor de chocolate com amarelo, e saltou habilmente do vagão, apenas para descobrir que o trem estava desacelerando e que teria de atravessar toda a plataforma, passando por ele de novo como resultado de sua precipitação.

– Enganada de novo – comentou. – Idiota! – explodiu internamente enquanto caminhava com o ar de serenidade contida que é adequado a uma jovem de quase vinte e duas primaveras aos olhos do mundo.

Caminhou até a entrada da estação, passou pelos escritórios elegantes e conspícuos do comerciante de carvão e do corretor de imóveis, e pelo portão ao lado do açougue que dava para o terreno que levava até sua casa. Em frente ao correio, um jovem loiro sem chapéu, com calças de flanela cinza. Ele selava uma carta com muito cuidado. Ao vê-la, ele congelou, e sua pele assumiu um tom róseo consideravelmente vivo. Serena, ela fez que não notou sua existência, embora talvez tivesse sido sua presença o que a fez tomar o desvio pelo terreno em vez do caminho direto pela Avenida.

– Ugh! – ele disse, e olhou para a carta em dúvida antes de colocá-la na caixa do correio. – Lá vai – disse.

Então perambulou indeciso por alguns segundos com as mãos nos bolsos e a boca contraída antes de voltar para casa pela Avenida.

Ann Veronica o esqueceu assim que passou pelo portão, e seu rosto retomou a expressão sisuda de preocupação.

– É agora ou nunca – disse a si mesma.

Morningside Park era uma área residencial que não tinha exatamente, como as pessoas diziam, dado certo. Consistia, como a Gália pré-romana, em três partes. Primeiro, a Avenida, que seguia em uma curva intencionalmente elegante da estação de trem até uma vastidão não desenvolvida de agricultura, com grandes casas de campo de tijolos amarelos, construídas em ambos os lados; havia o passeio, o pequeno aglomerado de lojas ao redor do correio; e, sob o arco da ferrovia, um acúmulo de moradias de trabalhadores. A estrada que vinha de Surbiton e Epsom passava por baixo do arco e, como uma cultura fúngica viva na sarjeta, estava surgindo uma quarta espécie de propriedade, casinhas rebocadas vermelhas e brancas, com frontão exagerado e venezianas de metal. Atrás da Avenida ficava um pequeno morro, e um caminho com cerca de ferro levava até o topo – onde havia degraus que davam acesso ao outro lado da cerca sob um olmo – e ali se bifurcava, com um braço que levava de volta para a Avenida.

– É agora ou nunca – disse Ann Veronica, subindo mais uma vez os degraus. – Por mais que eu odeie discussão, preciso me impor ou desistir de vez.

Ann Veronica se sentou com postura relaxada e examinou os fundos das casas da Avenida; então seus olhos passearam até o lugar onde as novas casas vermelhas e brancas espreitavam entre as árvores. Era como se ela estivesse fazendo uma espécie de inventário.

– Deus do céu! – disse finalmente. – QUE lugar! Dizer que é sufocante seria eufemismo. Me pergunto quem ele pensa que eu sou.

Assim que ela desceu os degraus, uma pontada de conflito interno, o toque de dúvida, sumiu de seu rosto inflamado. Agora ela exibia a expressão nítida e tranquila de uma pessoa decidida. Estava ereta, e seus olhos castanhos olhavam fixamente para a frente.

Quando se aproximou da esquina da Avenida, o jovem loiro sem chapéu de calças de flanela apareceu. Havia certo ar de acaso forçado em sua atitude. Ele a saudou sem jeito.

– Olá, Vee! – disse.

– Olá, Teddy! – ela respondeu.

Ele esperou indeciso por um instante enquanto a jovem passava.

Mas era óbvio que ela não estava com disposição para os Teddys do caminho. Ele percebeu que agora teria de seguir atravessando os terrenos, uma caminhada desinteressante mesmo em seus melhores dias.

– Ah, droga! Droga! – comentou com grande amargura ao encarar o cenário.

PARTE 2

Ann Veronica Stanley tinha vinte e um anos e meio. Seus cabelos eram pretos, e tinha sobrancelhas finas e pele clara; as forças que haviam moldado suas feições trabalharam com amor e sem demora e as fizeram sutis e elegantes. Ela era esguia, e às vezes parecia alta, e caminhava e se portava com altivez e alegria como alguém que está habituado a se sentir bem, mas às vezes ela se arqueava levemente e se preocupava. Seus lábios se uniam em uma expressão que ficava entre o contentamento e a mais leve sombra de um sorriso, sua conduta tinha discrição serena, e por trás dessa máscara ela estava radicalmente descontente e ávida pela liberdade e pela vida.

Queria viver. Era de uma impaciência veemente – não sabia exatamente pelo que –, queria fazer, ser, experimentar. E as experimentações vinham lentas. Todo mundo a sua volta parecia ser – como dizê-lo?, coberto, como uma casa cujos habitantes passam o verão fora. Com as cortinas todas fechadas, com a luz do sol mantida lá fora, não era possível dizer que cores aquelas faixas cinzentas escondiam. Ela queria saber. E não havia nenhuma indicação de que as cortinas poderiam subir, ou as janelas e portas iriam se abrir, ou os candelabros, que pareciam prometer uma labareda iluminada, seriam descobertos e abastecidos e acesos. Almas imprecisas rodopiavam ao seu redor, não só falando, mas, ao que parecia, até mesmo pensando a meia-voz…

Durante os dias de escola, principalmente no início, o mundo foi bastante explícito com ela, dizendo-lhe o que fazer, o que não fazer, dando-lhe lições a ser aprendidas e jogos a ser jogados, e interesses os mais adequados e variados. Logo ela acordou para o fato de que havia um grupo considerável de interesses que exigiam enamorar-se e casar, com certos desdobramentos atraentes e divertidos, como flertes e "interesse" pelo sexo oposto. Ela abordou esse campo com a disposição apreensiva de sempre. Mas aqui encontrou um freio. Seu mundo, por meio da atuação de professoras, colegas de escola mais velhas, sua tia e várias outras pessoas responsáveis e em posição de autoridade, prontamente lhe assegurou que esses interesses não deviam jamais ocupar seus pensamentos. A srta. Moffatt, professora de história e educação moral, foi particularmente explícita a esse respeito, e todos concordavam em deixar claros seu desprezo e pena das garotas cuja mente se ocupava desses assuntos ou que o demonstravam em conversas ou no modo de vestir-se ou nas atitudes. Era, de fato, um grupo de interesses bastante diferente de qualquer outro, peculiar e especial, e do qual ela deveria se envergonhar totalmente. No entanto, Ann Veronica achava difícil não pensar nessas coisas. Embora tivesse orgulho considerável, ela decidiu renegar esses assuntos indesejáveis e manter sua mente longe deles o máximo que pudesse, mas isso a deixou, quando os dias de escola chegaram ao fim, com a sensação de mundo encoberto que descrevi, e bastante perdida.

O mundo, ela descobriu, com esses assuntos banidos não lhe reservava um lugar, nada além de uma existência sem função povoada de visitas, tênis, livros selecionados, caminhadas e a tarefa de espanar a casa do pai. Ela achou que os estudos seriam a melhor opção. Era uma garota inteligente, a melhor da turma na escola secundária, e lutou bravamente para frequentar Somerville ou Newnham, mas seu pai, durante um jantar com um amigo, tinha conhecido uma garota de Somerville e discutido o assunto com ela. O pai achava que esse tipo de coisa tirava a feminilidade da mulher. E disse simplesmente que queria que a filha vivesse em casa. Houve certa disputa, e no meio-tempo ela seguiu estudando. Acabaram entrando em acordo de que ela faria o curso de ciência da Tredgold Women's College – ela já tinha se matriculado na Tredgold Women's College pela escola. Quando chegou à maioridade, começou a brigar com a tia pelo direito à chave de casa e ao bilhete de trem anual. Curiosidades tímidas começaram a voltar à sua mente, levemente disfarçadas de literatura e arte. Ela lia com voracidade e logo, em razão da censura da tia, começou a esconder quaisquer livros que desconfiava pudessem ser proibidos em vez de portá-los abertamente, e ia ao teatro sempre que conseguia uma amiga aceitável para acompanhá-la. Passou no exame de ciências gerais com honra e escolheu a biologia. Sua percepção formal era aguçada e sua lucidez mental, incomum, e encontrou na biologia, e em especial na anatomia comparada, um interesse bastante considerável, embora a luz que isso lançava sobre sua vida pessoal não fosse exatamente direta. Ela dissecava bem, e em um ano já desafiava as limitações da bacharel em ciências que oferecia um fraco suprimento de aprendizado no laboratório de Tredgold. Ela já tinha percebido que a instrutora era irremediavelmente equivocada e confusa – é o teste para o bom anatomista comparativo – quanto ao crânio, e descobriu um desejo de se matricular na Imperial College em Westminster, onde Russell lecionava, e seguir com seu trabalho direto na fonte.

Já tinha consultado o pai a respeito, ao que ele respondeu, evasivo:

– Vamos ver, caçulinha Vee, vamos ver.

Essa postura "vamos ver" permaneceu até o momento em que ela aparentemente se comprometeu com mais um período na Tredgold, e nesse meio-tempo um pequeno conflito surgiu, transformando a questão da chave, e na verdade a questão da posição de Ann Veronica como um todo, em problema mais grave.

Além dos vários homens de negócios, advogados, funcionários públicos e senhoras viúvas que moravam na Avenida Morningside Park, havia certa família de afinidades estranhas e personalidade artística, os Widgetts, de quem Ann Veronica se aproximara bastante. O sr. Widgett era jornalista e crítico de arte, viciado em um terno de tweed cinza-esverdeado e gravatas-borboleta "artísticas"; ele fumava cachimbos de sabugo de milho na Avenida nas manhãs de domingo, ia de terceira classe até Londres em trens incomuns e desprezava golfe abertamente. Ocupava uma das menores casas perto da estação. Tinha um filho, que estudara em escola mista, e três filhas de cabelos ruivos e especialmente alegres que Ann Veronica achava adoráveis. Duas delas tinham sido suas amigas na escola secundária e contribuído muito ao instigar-lhe a mente a explorar além dos limites da literatura que ela encontrava em casa. Era uma família alegre, irresponsável e descaradamente falida que usava tons de verde e roxo desbotado, e as garotas passaram da escola secundária para a Fadden Art School, com sua vida animada e agitada de bailes dos alunos de artes, reuniões socialistas, galerias de teatro, conversas sobre o trabalho e até mesmo, de vez em quando, trabalho de fato; e com frequência atraíam Ann Veronica de sua diligência persistente e sólida rumo ao círculo dessas experiências. Elas a convidaram para o primeiro dos dois grandes bailes anuais da Fadden, o de outubro, e Ann Veronica aceitou com entusiasmo. E agora o pai dizia que ela não devia ir.

Ele bateu o pé que ela não devia ir.

A ida envolvia duas coisas que nem todo o tato de Ann Veronica foi capaz de esconder da tia e do pai. Sua discrição digna e costumeira de nada lhe servira. Um ponto era que ela precisava usar um vestido elaborado ao estilo de uma noiva de corsário, e o outro, que passaria o que restasse da noite – depois que o baile acabasse – em Londres com as garotas Widgett e um grupo seleto em um "hotelzinho bem decente" próximo à Fitzroy Square.

– Mas, minha querida! – disse a tia de Ann Veronica.

– Veja – disse Ann Veronica, com ar de quem compartilha uma dificuldade –, eu prometi que iria. Eu não sabia… não vejo como posso me livrar agora.

Então foi seu pai quem deu o ultimato. Ele o fez não oralmente, mas por meio de carta, o que a ela pareceu um modo ignóbil de proibição.

– Ele não foi capaz de dizer isso olhando nos meus olhos – disse Ann Veronica. – Mas é claro que isso é na verdade obra da minha tia.

E foi assim que, ao se aproximar dos portões da casa, Ann Veronica disse a si mesma:

– Vou resolver isso com ele, de alguma maneira. Vou resolver isso com ele. E se ele não…

Mas naquele momento ela nem sequer pensou numa alternativa.

PARTE 3

O pai de Ann Veronica era um advogado muito bem-sucedido: homem esguio, confiável, de aparência preocupada, nevrálgico, barbeado com perfeição, de cinquenta e três anos; boca rígida, nariz fino, olhos cinzentos, óculos de armação dourada e uma pequena calvície circular no topo da cabeça. Seu nome era Peter. Teve cinco filhos com intervalos irregulares. Ann Veronica era a mais nova, de forma que quando a filha chegou ele já era pai talvez um pouco mais treinado e cansado e distraído; e ele a chamava de sua "caçulinha Vee", e a afagava de modos inesperados e desconcertantes, e lhe dava tratamento indiscriminado que independia de ela ter onze ou vinte e oito anos. O município o preocupava muito, e a energia que lhe restava ele gastava parcialmente no golfe – jogo que levava muito a sério – e parcialmente nas práticas de petrografia microscópica.

Ele "entrou" na microscopia à maneira vitoriana não filosófica, como um hobby. Um microscópio de presente de aniversário despertou sua mente para a microscopia técnica quando ele tinha dezoito anos, e uma amizade fortuita com um vendedor de microscópios de Holborn confirmou sua inclinação. Ele tinha dedos excepcionalmente habilidosos e amor por processos detalhados, e se tornara um dos mais exímios secionadores de pedras do mundo. Gastava muito mais dinheiro e tempo do que podia no quartinho no topo da casa produzindo novos aparatos lapidários e acessórios microscópicos, esfregando fatias de pedra até atingir fineza transparente e organizando-as de forma bela e digna. Fazia isso, dizia, "para distrair a mente". Os principais sucessos ele exibia na Sociedade Microscópica

Lowndeana, onde seu elevado mérito técnico nunca deixava de despertar admiração. Seu valor científico era menos considerável, uma vez que ele escolhia as pedras tendo em vista inteiramente a dificuldade de manuseio e o grau de atração que exerceriam em eventos da área depois de prontas. Tinha grande desdém pelas seções que os "teorizadores" produziam. Talvez provassem todo tipo de coisa, mas eram peças grosseiras, irregulares e lamentáveis. Mas um mundo condescendente e incorrigível conferia a tais camaradas todo tipo de honraria...

Lia pouco, e principalmente daquela ficção leve de títulos cromáticos, *A espada vermelha*, *O capacete preto*, *A túnica roxa*, também "para distrair a mente". Lia no inverno à noite após o jantar, e Ann Veronica associava o hábito a uma tendência de monopolizar a lamparina, e de espalhar um par de chinelos de pele castanha manchados e muito gastos na frente do guarda-fogo. Às vezes, ela se perguntava por que a mente dele precisava de tanta distração. Seu jornal favorito era o *Times*, que ele começava a ler no café da manhã, muitas vezes com irritação declarada, e levava para terminar no trem, deixando a casa sem nenhum jornal.

Certa vez ocorreu a Ann Veronica que conhecera o pai quando ele era mais jovem, mas os dias foram se passando, cada um obliterando largamente a imagem do predecessor. Mas ela certamente lembrava que, quando era garotinha, ele às vezes usava calças de flanela de tênis, e andava de bicicleta com bastante destreza, passando pelos portões e vindo até a porta da frente. E, naqueles dias também, ele ajudava a mãe dela no jardim e ficava ao redor dela quando ela subia na escada e martelava trepadeiras na parede da copa.

Fora a sina de Ann Veronica como filha caçula viver em uma casa que foi ficando menos animada e diversa conforme ela crescia. A mãe morrera quando ela tinha treze anos; as duas irmãs bem mais velhas já tinham casado – uma delas com submissão, a outra com insubordinação; os dois irmãos saíram mundo afora muito antes dela, então ela fez o que pôde com o pai. Mas não era um pai do qual não se podia esperar muito.

Suas ideias sobre garotas e mulheres eram sentimentais e modestas; elas eram criaturas, segundo ele, ou más além da conta, para usar o vocabulário moderno – e neste caso muitas vezes indesejavelmente desejáveis – ou puras e boas demais para a vida. Ele fazia essa classificação simples de um sexo vasto e variado excluindo todas as espécies intermediárias; defendia que as duas classes deviam ser mantidas separadas até mesmo em pensamento e distantes uma da outra. Mulheres são feitas como os vasos do oleiro – ou para a adoração ou para a injúria, e são sobretudo vasos frágeis. Nunca quis ter filha. Sempre que uma nascia, ele escondia da esposa o seu desgosto com grandes efusões de ternura, e ia vociferar no banheiro de modo nada característico e com emocionada sinceridade. Era homem viril, livre de qualquer cepa maternal forte, e amava a pequena esposa ativa de olhos escuros, pele clara delicada e com veia real de paixão. Mas sempre sentiu (nunca se permitira pensar nisso) que a prontidão em relação à família era um pouco indelicada da parte dela, e em certo sentido intrusão. Ele tinha, no entanto, planejado carreira brilhante para os dois filhos, e, com certa quantidade humana de distorção e atraso, eles estavam seguindo esses planos. Um estava no Serviço Civil Indiano, e o outro na indústria automotiva, que demonstrava rápido desenvolvimento. As filhas, ele esperava, ficariam aos cuidados da mãe.

Não tinha nem ideia das filhas. Elas eram simples acontecimentos na vida dos homens.

É claro que uma filhinha é uma coisa bastante encantadora. Ela corre alegre por todo lado, brinca, é linda e inteligente, tem quantidades enormes de cabelo macio e mais poder de expressar afeto que os irmãos. É um lindo apendicezinho da mãe, que lhe sorri, e faz as coisas pitorescas como ela, gesticula exatamente como ela. Constrói frases maravilhosas que você pode repetir na cidade, e boas para publicar na revista *Punch*. Você a chama de vários apelidos – "Babs" e "Bibs" e "Viddles" e "Vee"; você lhe dá um tapinha de brincadeira, e ela dá um tapinha de volta. Ela adora sentar no seu joelho. Tudo isso é divertido, como deveria ser.

Mas filhinha é uma coisa, e filha é outra. Aqui chega-se a um relacionamento sobre o qual o sr. Stanley nunca tinha pensado. Quando se viu pensando nisso, ficou tão perturbado que logo recorreu à distração. A ficção cromática com a qual aliviava a mente abordava apenas de relance esse aspecto da vida, e nunca com fim de orientação. Seus heróis nunca tinham filhas, eles emprestavam as dos outros. A única falha, de fato, dessa escolha de ficção para ele era o trato algo superficial dos direitos parentais. Seu instinto lhe dizia que as filhas eram sua propriedade absoluta, comprometidas a obedecer-lhe; ele alegava para si o direito de entregá-las a outrem ou ficar com elas para que fossem um alívio em seus anos decadentes, como ele julgasse melhor. Nessa concepção de propriedade, ele percebia e desejava certo *glamour* sentimental, queria que tudo fosse adequadamente adereçado, mas elas não deixavam de ser propriedade. O direito de propriedade parecia um retorno razoável dos cuidados e despesas de criar filhas. Filhas não eram como filhos. Ele percebia, no entanto, que tanto os romances que lia quanto o mundo em que vivia reprovavam essas suposições. Nada as substituía, no entanto, e elas permaneceram *sotto voce*, por assim dizer, em sua mente. O novo e o velho se cancelavam; suas filhas se tornaram dependentes quase independentes – o que é absurdo. Uma se casou como ele queria e a outra contra o que ele queria, e agora ele tinha Ann Veronica, sua caçulinha Vee, descontente com sua casa bonita, segura e acolhedora, andando por aí com amigas que não usavam chapéu, frequentando reuniões socialistas e bailes de escolas de artes, e demonstrando inclinação a levar suas ambições científicas a níveis nada femininos. Ela parecia pensar que ele era meramente um tesoureiro que lhe repassava os meios de manter sua liberdade. E agora insistia que PRECISAVA trocar a segurança disciplinada da Tredgold Women's College pelas aulas descontroladas de Russell, e queria ir a bailes extravagantes fantasiada de pirata e passar o resto da noite com as desajustadas garotas Widgett em um hotel indescritível no Soho!

Ele fazia o possível para nem pensar nela, mas a situação e sua irmã se tornaram urgentes demais. Finalmente deixou de lado O chapéu de sol lilás, foi até o escritório, acendeu a lamparina e escreveu a carta que levou essa situação insatisfatória ao ápice.

PARTE 4

MINHA QUERIDA VEE,

Escreveu. Essas filhas! Mordeu a caneta e refletiu, rasgou o papel, começou de novo.

MINHA QUERIDA VERONICA,

Sua tia me disse que você se envolveu em algum acordo com as garotas Widgett sobre um baile a fantasia em Londres. Entendi que deseja usar um traje fantástico, envolta em sua capa, e que depois das festividades você propõe ficar com essas suas amigas num hotel, sem a presença de pessoas mais velhas no grupo. Veja, sinto muito por frustrar quaisquer planos que estejam em seu coração, mas devo dizer que...

– Hum – refletiu, e riscou as últimas quatro palavras:

isso não será possível.

– Não – disse, e tentou de novo.

devo dizer em caráter definitivo que acredito ser meu dever proibir tal proeza.

– Raios! – exclamou diante da carta desfigurada; e, pegando uma folha nova, copiou mais uma vez o que havia escrito. Certa irritação surgiu em seus trejeitos enquanto fazia isso.

Lamento que tenha até mesmo proposto tal situação.

Continuou. Pensou, e deu início a novo parágrafo.

O fato é que, e esse seu projeto absurdo é apenas o estopim, você começou a alimentar ideias bem estranhas sobre o que uma jovem em sua posição pode ou não se atrever a fazer. Não acredito que entenda meus ideais a respeito do que é adequado entre pai e filha. Sua atitude em relação a mim

Ele ficou absorto em seus pensamentos. Era tão difícil colocar em palavras precisas.

e sua tia

Durante algum tempo ele buscou as palavras exatas. Então continuou:

e, na verdade, em relação à maior parte das coisas estabelecidas da vida, é, francamente, insatisfatória. Você é agitada, agressiva, crítica – com todas as críticas cruas e impensadas da juventude. Você não compreende os fatos essenciais da vida (rogo a Deus que nunca precise entender) e, em sua ignorância precipitada, se coloca em situações que podem acabar em arrependimento eterno. Toda jovem tem uma vida cheia de armadilhas.

Ele ficou preso por um instante em uma imagem vaga de Veronica lendo esta última frase. Mas agora estava comovido demais para ir trás da fonte de sua insatisfação em meio a um misto de metáforas.

– Bem – disse, argumentando consigo mesmo –, a vida É cheia de armadilhas. Essa é a verdade. Já está na hora de ela saber.

Toda jovem tem uma vida cheia de armadilhas, das quais ela precisa ser protegida a todo custo.

Seus lábios se contraíram, e ele franziu a testa com determinação solene.

Dado que sou seu pai, dado que sua vida foi confiada aos meus cuidados, sinto-me no dever, na obrigação, de usar minha autoridade para inspecionar essa sua inclinação curiosa a iniciativas extravagantes. Chegará o dia em que você me agradecerá. Não é, minha querida Veronica, que eu acredite haver má intenção em você; não há. Mas a reputação das moças fica manchada não apenas pelo mal, mas pela proximidade do mal, e a reputação associada à imprudência pode causar-lhes prejuízo tão grave quanto a conduta realmente repreensível. Então, por favor, acredite que, no que se refere a esta questão, estou pensando no melhor.

Ele assinou seu nome e refletiu. Então abriu a porta do escritório e chamou:

– Mollie!

E voltou a assumir a postura de autoridade sobre o tapete, diante das chamas azuis e do brilho alaranjado da lareira a gás.

Sua irmã apareceu.

Ela veio em um daqueles vestidos complicados todos de renda e trabalhados e com estampados confusos em preto e roxo e creme no tronco, e era em muitos aspectos uma versão feminina e mais jovem dele. Tinha o mesmo nariz fino – de que, na verdade, apenas Ann Veronica, de toda a família, tinha escapado. Tinha boa postura, enquanto a do irmão era curvada, e havia nela certa dignidade aristocrática adquirida com um cura de família durante um longo noivado com um descendente dos Edmondshaws de Wiltshire. O noivo morrera antes do casamento, e quando o irmão ficou viúvo ela veio para ajudá-lo e assumiu boa parte da criação de sua filha mais nova. Mas desde o início sua concepção bastante antiquada da vida entrou em choque com a atmosfera local, o espírito da escola secundária e as memórias da suave e pequena sra. Stanley, cuja família fora, considerando quaisquer parâmetros, negligente – para usar o termo mais gentil possível. A srta. Stanley decidira desde o início dedicar o maior carinho à sobrinha mais nova e ser uma segunda mãe em sua vida – segunda e melhor; mas encontrara muitos obstáculos, e havia muitas coisas nela que Ann Veronica não conseguia entender. Ela vinha agora com ar de preocupação discreta.

O sr. Stanley apontou para a carta com um cachimbo que tinha tirado do bolso do paletó.

– Que acha? – perguntou.

Ela pegou a carta nas mãos cheias de anéis e leu com seriedade. Ele encheu o cachimbo devagar.

– Sim – disse ela finalmente. – É firme e carinhosa.

– Eu poderia ter dito mais.

– Você parece ter dito exatamente o que precisava ser dito. Me parece exatamente o que é desejável. Ela não deve mesmo ir a esse evento.

A irmã parou, e ele esperou que continuasse.

– Não acho que Ann Veronica enxergue o mal naquelas pessoas ou no tipo de vida para o qual eles a arrastariam – ela disse. – Eles minariam qualquer oportunidade.

– Ela tem oportunidades? – ele perguntou, ajudando-a.

– Ela é uma garota muito bonita – a irmã disse, e acrescentou: – Para algumas pessoas. É claro, não é desejável falar das coisas antes que exista algo de que falar.

– Mais um motivo pelo qual ela não pode suscitar comentários.

– É exatamente o que eu acho.

O sr. Stanley pegou a carta e se demorou com ela na mão por algum tempo, pensativo.

– Eu daria qualquer coisa – observou – para ver nossa caçulinha Vee feliz e confortavelmente casada.

Na manhã seguinte, entregou a carta à copeira com um gesto natural e descontraído ao sair de casa para tomar o trem com destino a Londres. Quando Ann Veronica recebeu a carta, de início lhe ocorreu um pensamento fantástico e bárbaro de que poderia conter dinheiro.

PARTE 5

A decisão de Ann Veronica de resolver as coisas com o pai não foi tomada sem dificuldade.

Ele não chegaria da cidade antes das seis, então ela foi jogar badminton com as garotas Widgett até a hora do jantar. A atmosfera no jantar não era propícia. O comportamento calculadamente amável da tia encobria um latente tom receoso, e ela falava como a uma visita sobre a disseminação alarmante de cravos-de-defunto naquele verão na extremidade do jardim, uma espécie de perigo amarelo para todas as plantas sazonais menores e destemidas, enquanto o pai se mostrava ocupado com alguns papéis que trouxera até a mesa.

– Parece mesmo que vamos ter de abandonar completamente os cravos-de-defunto no ano que vem – tia Molly repetiu três vezes – e acabar com as margaridas. Elas se espalham exageradamente.

Elizabeth, a copeira, entrava para servir legumes sempre que parecia surgir uma oportunidade de Ann Veronica solicitar uma conversa. Assim que o jantar terminou, o sr. Stanley, depois de fingir ficar para fumar, fugiu de repente escada acima para a petrografia, e, quando Veronica bateu, ele respondeu do outro lado da porta trancada:

– Vá embora, Vee! Estou ocupado – e fez a roda do lapidário zumbir alto.

O café da manhã também foi uma ocasião impossível. Ele leu o *Times* com incomum intensidade emocional, e de repente declarou que tomaria o primeiro dos dois trens que costumava tomar.

– Vou até a estação – disse Ann Veronica. – Também posso pegar esse trem.

– Talvez eu tenha de correr – disse o pai, apelando para o relógio.

– Eu corro também – ela se ofereceu.

Mas, em vez disso, eles caminharam intensamente...

– Quero dizer, papai – ela começou, e de repente ficou sem fôlego.

– Se for sobre o baile – disse – não adianta, Veronica. Estou decidido.

– O senhor vai me fazer de boba diante de todas as minhas amigas.

– Você não devia ter se comprometido antes de ter consultado sua tia.

– Achei que já tinha idade suficiente – ela arquejou, entre o riso e o choro.

Os passos do pai aceleraram.

– Eu não admito que você fique discutindo e chorando na Avenida – ele disse. – Pare!... Se tem algo a dizer, precisa dizer a sua tia...

– Mas, veja, papai!

Ele sacudiu o *Times* na frente dela com gesto imperioso.

– Está decidido. Você não vai. Você NÃO vai.

– Mas também tem outras coisas.

– Não me importo. Aqui não é lugar.

– Então posso ir até seu escritório esta noite... depois do jantar?

– Estou... OCUPADO!

– É importante. Se eu não posso falar em nenhum outro lugar... eu QUERO um acordo.

À frente deles ia um cavalheiro que, no ritmo que seguiam, eles claramente logo ultrapassariam. Era Ramage, morador do casarão no fim da Avenida. Ele conhecera o sr. Stanley recentemente no trem e trocaram algumas civilidades triviais. Era um corretor independente e dono de um jornal de finanças; vinha crescendo rapidamente nos últimos anos, e o sr. Stanley o admirava e detestava quase na mesma medida. Era intolerável pensar que ele pudesse ouvir palavras e frases. O ritmo do sr. Stanley diminuiu.

– Você não tem direito de me atormentar assim, Veronica – ele disse. – Não vejo que benefício pode haver em discutir coisas já decididas. Se você quer conselhos, sua tia é a pessoa a quem recorrer. No entanto, se precisa expor suas opiniões...

– Hoje à noite então, papai!

Ele soltou um ruído irritado, mas que indicava consentimento, e Ramage olhou para trás e parou, fez uma saudação elaborada e esperou que eles o alcançassem. Ele era homem de rosto quadrado de quase cinquenta anos, com cabelos de um grisalho escuro, bem barbeado, boca expressiva e olhos pretos bastante protuberantes que agora examinavam Ann Veronica. Ele se vestia mais à moda do West End que da Cidade, e simulava uma urbanidade culta que por algum motivo sempre desconcertava e irritava extremamente o pai de Ann Veronica. Ele não jogava golfe, mas se exercitava a cavalo, o que era também antipático.

– Essas árvores deixam a Avenida sufocante – disse o sr. Stanley para explicar sua expressão irritada e acalorada quando eles se aproximaram. – Elas deviam ter sido podadas na primavera.

– Ainda há tempo suficiente – disse Ramage. – A srta. Stanley vai conosco?

– Pego o segundo – ela disse – e baldeio em Wimbledon.

– Pegamos todos o segundo – disse Ramage. – Que tal?

O sr. Stanley quis se opor com veemência, mas, como não conseguiu pensar de imediato o que dizer, contentou-se com um grunhido, e a moção foi aprovada.

– Como está a sra. Ramage? – ele perguntou.

– Como de costume – respondeu Ramage. – Ela acha bastante enfadonho ficar deitada. Mas, veja, ela PRECISA ficar deitada.

O assunto da mulher inválida o entediava, e ele se virou para Ann Veronica de pronto.

– E aonde VOCÊ está indo? – perguntou. – Vai continuar neste inverno com aquele trabalho científico? É uma insistência hereditária, imagino. – Por um instante, o sr. Stanley quase gostou de Ramage. – A senhorita é bióloga, não é?

Ele começou a falar de suas impressões sobre a biologia como um leitor qualquer de revista que obtinha o que pudesse de informação por meio de resenhas mensais e estava feliz por ter acesso a qualquer informação mais próxima da fonte. Em pouco tempo os dois estavam envolvidos em uma conversa fácil e agradável. Eles seguiram conversando no trem – o que ao pai parecia ligeira falta de respeito, e ele fingiu ler o *Times*. Ele ficou negativamente surpreso com o ar de consideração cortês que Ramage demonstrava em relação às respostas seguras de Ann Veronica. Essas coisas não caíam bem com a ideia que ele fazia da conversa que teriam (se inevitável). Afinal, de repente lhe ocorreu, na forma de uma descoberta desagradável, que em alguma medida ela poderia ser considerada adulta. Ele era homem que classificava todas as coisas sem nuances, e no que dizia respeito à idade havia apenas duas classes femininas para ele, não mais – meninas e mulheres. A diferença se resumia ao direito de lhes afagar a cabeça. Mas aqui estava uma menina – ela deve ser menina, uma vez que é filha dele e é afagável – que imita mulher de modo notável e inteligente. Ele voltou a ouvir. Ela discutia uma daquelas peças modernas com singular e extraordinária confiança.

– O ato – observou ela – não me pareceu convincente. Ele parecia fazer muito barulho.

O significado total de suas palavras não lhe surgiu de pronto. Então ele percebeu. Deus do céu! Ela estava discutindo o ato sexual. Durante algum tempo ele parou de ouvir, e manteve os olhos vidrados em um anúncio em texto espaçado que naquele dia preenchia meia coluna do *Times*. Será que ela entendia o que estava dizendo? Por sorte era um vagão de segunda classe e os companheiros de viagem de sempre não estavam lá. Todos, ele imaginou, deviam estar ouvindo por trás dos jornais.

É claro, as meninas repetem frases e opiniões cujo significado não são capazes de compreender. Mas um homem de meia-idade como Ramage devia saber que não é aconselhável incitar uma menina, filha de um amigo e vizinho...

Bem, finalmente ele parecia estar mudando de assunto.

– Broddick é um homem pesado – dizia – e o principal interesse da peça era a apropriação indevida.

Graças a Deus! O sr. Stanley permitiu-se baixar o jornal um pouco, e analisou os chapéus e as sobrancelhas dos três passageiros que os acompanhavam.

Eles chegaram a Wimbledon, e Ramage saltou para conduzir a srta. Stanley à plataforma como se ela fosse uma duquesa, e ela desceu como se esse tipo de atenção vinda de homens de meia-idade, mas ainda galantes, fosse comum. Então, enquanto se reacomodava em um canto, Ramage comentou:

– Esses jovens crescem rápido, Stanley. Parece que ainda ontem ela estava correndo pela Avenida, só cabeleira e pernas.

O sr. Stanley o olhou pelos óculos com expressão que beirava a animosidade.

– Agora ela é só chapéus e ideias – ele disse, com ar de humor.

– Ela parece uma garota de inteligência excepcional – disse Ramage.

O sr. Stanley observou quase com cautela o rosto bem barbeado de seu vizinho.

– Não estou certo de que não estamos exagerando um pouco com toda essa educação superior – ele disse, com intenção de transmitir significados profundos.

PARTE 6

Ele foi ficando bastante seguro, como que por meio de acúmulo de reflexão, conforme o dia passava. Viu a filha mais nova invadir seus pensamentos durante toda a manhã, e mais ainda durante a tarde. Recordou suas costas jovens e graciosas ao descer do vagão, ignorando-o severamente, e se lembrou de um vislumbre de seu rosto, vivo e sereno, quando o trem deixou Wimbledon. Recordou com perplexidade exasperada seu tom claro e objetivo enquanto falava sobre o ato sexual não ser convincente. Estava realmente orgulhoso dela, e incrivelmente irritado e ressentido com a autoconfiança inocente e audaciosa que parecia sugerir que ela se sentia absolutamente independente dele, absolutamente segura sem ele. Afinal, ela apenas PARECIA mulher. Era precipitada e ignorante, absolutamente inexperiente. Absolutamente. Ele começou a pensar nos discursos, discursos muito firmes e explícitos, que faria.

Almoçou no Legal Club na Chancery Lane, onde encontrou Ogilvy. O assunto filhas estava no ar naquele dia. Ogilvy estava ocupado com o problema de um cliente na mesma linha, um problema grave e até trágico. Contou alguns dos detalhes.

– Caso curioso – disse Ogilvy, passando manteiga no pão e cortando-o de um jeito peculiar. – Caso curioso... e leva à reflexão.

Ele retomou, depois de mastigar.

– Eis uma garota de dezesseis ou dezessete anos, dezessete anos e meio para ser mais exato, solta por aí, como se diz, em Londres. Estudante. A família é sólida, do West End, de Kensington. Pai, morto. Ela sai e volta para casa. Depois vai para Oxford. Vinte e um anos. Vinte e dois. Por que não se casa? Tem dinheiro suficiente pelo testamento do pai. Garota encantadora.

Consumiu o ensopado irlandês por um momento.

– Já é casada – disse, com a boca cheia. – Com um comerciante.

– Santo Deus! – disse o sr. Stanley.

– Um patife de boa aparência que conheceu em Worthing. Tudo muito romântico. Ele arranjou tudo.

– Mas...

– Ele a abandonou. Pura bobagem romântica da parte dela. Puro cálculo da parte dele. Ele foi até o Somerset House para examinar o testamento antes. Sim. Boa posição.

– Agora ela não gosta mais dele?

– Nem um pouco. Meninas de dezesseis anos gostam de cabelos e faces rosadas e luar e voz de tenor. Imagino que a maioria de nossas filhas se casaria com um músico de rua se tivesse a sorte... naquela idade. Meu filho queria se casar com uma mulher de tabacaria de trinta anos de idade. Mas com os filhos a história é diferente. Nós consertamos. Bem, essa é a situação. Minha gente não sabe o que fazer. Não podem encarar um escândalo. Não podem pedir ao cavalheiro que vá para o exterior e tolerar uma bigamia. Ele errou o endereço e a idade dela; mas não se pode atacar um cidadão por causa disso... É isso! Garota arruinada para sempre. Dá vontade de voltar para o sistema oriental!

O sr. Stanley serviu o vinho.

– Patife maldito! – disse. – Não existe um irmão para lhe dar um coice?

– Mera satisfação – refletiu Ogilvy. – Mera sensualidade. Eu acho que lhe deram um coice, pelo tom de algumas das cartas. Ótimo, é claro. Mas não muda a situação.

– A culpa é desses patifes – disse o sr. Stanley, e fez uma pausa.

– Sempre foi – disse Ogilvy. – É de nosso interesse afastá-los.

– Houve tempo quando as garotas não tinham essas ideias extravagantes.

– Lydia Languish, por exemplo. Enfim, elas não andavam tão soltas por aí.

– Sim. Esse é o início. São esses malditos romances. Essa torrente de enganação, de coisas falsas que brotam da imprensa. Esses pretensos ideais e ideias avançadas. Mulheres de ação e coisas do tipo…

Ogilvy refletiu.

– Essa garota… ela é uma pessoa muito encantadora e franca… teve a imaginação atiçada por uma apresentação escolar de Romeu e Julieta.

O sr. Stanley decidiu tratar isso como irrelevante.

– É preciso haver um censor de livros. Precisamos muito disso no momento. Mesmo COM o sensor de peças quase não há nada decente para os homens levarem esposa e filhas, há uma mácula insidiosa de insinuação por toda parte. Como seria sem essa salvaguarda?

Ogilvy insistiu no próprio tópico:

– Eu mesmo tendo a pensar, Stanley, se de fato foi a peça Romeu e Julieta censurada que causou o dano. Se nossa jovem tivesse tido acesso à parte da ama, hein? Ela talvez tivesse pensado mais e feito menos. Fiquei curioso com tudo isso. Tudo o que ficou foram a lua e as estrelas. E a sacada e "Meu Romeu!"

– Shakespeare é completamente diferente dessas coisas modernas. Completamente diferente. Não estou discutindo Shakespeare. Não quero censurar Shakespeare. Não faz meu estilo, concordo. Mas esse miasma moderno…

O sr. Stanley pegou a mostarda com violência.

– Bem, não vamos falar de Shakespeare – disse Ogilvy. – O que me interessa é que nossas jovens, hoje em dia, andam por aí basicamente livres como o ar, com cartórios e todo tipo de acomodação disponível, basta virar a esquina. Sem nada para garantir seu comportamento além do hábito cada vez mais raro de dizer a verdade e a limitação de sua imaginação. E nesse aspecto elas incitam umas às outras. Não é da minha conta, claro, mas acho que precisamos ensiná-las melhor ou segurá-las mais. Um ou outro. Elas são livres demais para sua inocência ou inocentes demais para sua liberdade. É isso que quero dizer. Você vai pedir a torta de maçã, Stanley? A torta de maçã está muito boa ultimamente... muito boa!

PARTE 7

No fim do jantar naquela noite, Ann Veronica começou:

– Pai!

O pai olhou para ela por sobre os óculos e falou com ponderação grave:

– Se tem algo que você quer me dizer – ele disse –, deve ser no escritório. Vou fumar um pouco aqui e depois vou para lá. Não sei o que você pode ter a dizer. Acredito que minha carta esclareceu tudo. Há alguns documentos que preciso analisar esta noite... documentos importantes.

– Não vou tomar muito do seu tempo, papai – disse Ann Veronica.

– Não vejo por que, Mollie – ele observou, pegando um charuto da caixa sobre a mesa enquanto a irmã e a filha se levantavam –, você e a Vee não podem discutir essa pequena questão, qualquer que ela seja, sem me incomodar.

Foi a primeira vez que essa controvérsia se tornou triangular, pois os três eram tímidos por hábito.

Ele parou no meio da fala, e Ann Veronica abriu a porta para a tia. O ar estava pesado de sentimentos. A tia deixou o cômodo com dignidade e algo enérgica, e subiu as escadas até a fortaleza de seu quarto. Ela concordava inteiramente com o irmão. Que a garota não viesse até ela a deixava aflita e confusa.

Parecia demonstrar necessidade de atenção, falta de respeito deliberada e não merecida, uma represália por ser sido magoada.

Quando Ann Veronica entrou no escritório, encontrou todas as evidências de um arranjo cuidadosamente planejado perto da lareira. As duas poltronas tinham sido levemente viradas para que ficassem de frente uma para a outra, cada uma de um lado do guarda-fogo, e sob o brilho circular da lamparina esverdeada, ali estava, claramente à espera, um maço grosso de papéis azuis e brancos amarrados com fita rosa. O pai tinha alguns documentos nas mãos, e aparentemente não percebeu que ela havia entrado.

– Sente-se – ele disse, e a examinou ("examinou" é a palavra) por um instante. Então colocou o papel de lado. – De que se trata tudo isso, Veronica? – perguntou, com tom deliberado de ironia, lançando-lhe um olhar inquisidor por sobre os óculos.

Ann Veronica parecia animada e um pouco exultante, e desconsiderou o convite do pai para sentar-se. Em vez disso, ficou em pé sobre o tapete, e o olhou de cima a baixo:

– Veja, papai – disse, em tom de grande razoabilidade – eu DEVO ir ao baile, sabe?

A ironia do pai se intensificou.

– Por quê? – ele perguntou, com voz suave.

Ela não tinha a resposta pronta.

– Bem, porque não vejo nenhum motivo pelo qual eu não deva ir.

– Pois eu vejo.

– Por que eu não devo ir?

– Não é lugar adequado; não é encontro adequado.

– Mas, papai, o que o senhor sabe sobre o lugar e sobre o encontro?

– E é totalmente inaceitável; não é certo, não é correto; é impossível que você fique em um hotel em Londres... a ideia é absurda. Não sei o que deu em você, Veronica.

Ele inclinou a cabeça para o lado, projetou os cantos da boca para baixo e olhou para ela por sobre os óculos.

– Mas por que é absurda? – perguntou Ann Veronica, e brincou com um cachimbo que estava em cima da lareira.

– É obviamente absurda! – ele observou, com expressão preocupada de apelo.

– Veja, papai, eu não acho que SEJA absurda. É isso que quero discutir, na verdade. A questão se resume em: podem confiar que eu sei cuidar de mim mesma, ou não?

– A julgar por esta proposta, devo dizer que não.

– Eu acho que podem.

– Enquanto você viver sob o meu teto… – ele começou, e parou.

– O senhor vai me tratar como se não pudesse. Bem, não acho justo.

– Suas ideias sobre justiça… – ele observou, e não terminou a frase. – Minha querida – disse, em tom de razoabilidade paciente –, você é apenas uma criança. Não sabe nada da vida, nada de seus perigos, nada de suas possibilidades. Você acha que tudo é inofensivo e simples. Não é. Não é. É aí que você está errada. Em algumas coisas, em muitas coisas, você precisa confiar nos mais velhos, em quem conhece melhor a vida do que você. Sua tia e eu discutimos esta questão. É isso. Você não pode ir.

A conversa parou por um instante. Ann Veronica tentou manter o controle de uma situação complicada e não perder a cabeça. Ela virou de lado para olhar o fogo.

– Sabe, papai – disse –, não se trata apenas da questão do baile. Eu quero ir porque é uma experiência nova, porque acho que vai ser interessante, que vai me oferecer uma visão das coisas. O senhor diz que eu não sei de nada. Provavelmente é verdade. Mas como posso vir a saber?

– Algumas coisas eu espero que você nunca saiba – respondeu ele.

– Não tenho tanta certeza. Quero saber… o máximo possível.

– Tsc! – ele fez, enfurecido, e estendeu a mão para os papéis envoltos pela fita rosa.

– Bem, eu quero. É só isso que quero dizer. Quero ser um ser humano; quero aprender as coisas, saber as coisas, e não ser protegida como se fosse preciosa demais para esta vida, confinada em um cantinho estreito.

– Confinada! – ele gritou. – Eu impedi você de ir para a faculdade? Alguma vez eu impedi que saísse em horário adequado? Você tem bicicleta!

– Hum! – disse Ann Veronica, e continuou: – Quero ser levada a sério. Na minha idade as garotas são adultas. Quero seguir em frente com meu trabalho na universidade com condições adequadas, agora que já cumpri o nível intermediário. E não me saí mal. Nunca reprovei em um exame. Roddy reprovou em dois...

O pai a interrompeu.

– Preste atenção, Veronica, vamos ser francos um com o outro. Você não vai frequentar as aulas do infiel do Russell. Não vai frequentar outra faculdade que não Tredgold. Já pensei na questão, e você deve se convencer disso. Todo tipo de consideração foi feita. Enquanto você viver na minha casa, deve seguir as minhas ideias. Você está enganada até mesmo a respeito da posição científica daquele homem e de seu trabalho. Há lowndeanos que riem dele... simplesmente riem dele. E já vi trabalhos de seus alunos que me pareceram... bem, quase vergonhosos. Há histórias também sobre seu monitor, Capes alguma coisa. O tipo de homem que não se contenta com a ciência, e escreve resenhas. Enfim, é isto: VOCÊ NÃO VAI FREQUENTAR AQUELE LUGAR.

A garota recebeu a insinuação em silêncio, mas o rosto que olhava para o fogo assumiu uma expressão obstinada que trouxe à tona uma semelhança até então apenas patente entre pai e filha. Ao falar, seus lábios se contraíram.

– Então imagino que quando eu me formar eu deva voltar para casa?

– Parece o curso natural...

– E não fazer nada?

– Existem muitas coisas que as meninas podem fazer em casa.

– Até que alguém tenha pena de mim e case comigo?

Ele levantou as sobrancelhas em um apelo suave. Seu pé batia impaciente no chão, e ele olhou para os papéis.

– Preste atenção, pai – ela disse, com voz alterada –, vamos imaginar que eu não admita isso?

Ele a olhou como se isso fosse uma ideia nova.

– Vamos imaginar, por exemplo, que eu vá ao baile.

– Você não vai.

– Bem – sua respiração falhou por um instante. – Como o senhor vai impedir? – ela perguntou.

– Mas eu proibi! – ele disse, levantando a voz.

– Sim, eu sei. Mas imagine que eu vá.

– Veja bem, Veronica! Não, não. Isso não vai dar certo. Entenda! Eu proibi. Eu não quero ouvir de nem mesmo uma ameaça de desobediência. – Ele falava alto. – A coisa está proibida!

– Estou disposta a abrir mão de qualquer coisa que o senhor demonstre estar errada.

– Você vai abrir mão de qualquer coisa de que eu queira que você abra mão.

Eles pausaram encarando-se, os dois com o rosto corado e obstinado.

Ela tentava, com ginástica maravilhosa, secreta e imóvel, conter as lágrimas. Mas ao falar seus lábios tremeram, e as lágrimas vieram.

– Pretendo ir ao baile! – choramingou. – Pretendo ir ao baile! Queria argumentar com o senhor, mas o senhor não argumenta. É dogmático.

Ao ver suas lágrimas, a expressão dele mudou para um misto de triunfo e preocupação. Ele se levantou, aparentemente com a intenção de abraçá-la, mas ela se afastou rápido. Ela pegou um lenço e, com um gesto inspirou profundamente e extinguiu o ataque de choro. A voz dele perdeu por completo o tom de ironia.

– Veja, Veronica – ele implorou. – Veronica, isso é despropositado. Tudo o que fazemos é para o seu bem. Sua tia e eu só pensamos no que é melhor para você.

– Mas o senhor e ela não me deixam viver! Não me deixam existir!

O sr. Stanley perdeu a paciência. Repreendeu-a francamente.

– Que bobagem é essa? Que delírio! Minha querida, você VIVE, você EXISTE! Você tem esta casa. Você tem amigas, conhecidas, posição social, irmãos e irmãs, todas as vantagens! No lugar de tudo isso, você quer frequentar aulas mistas e cortar coelhos e dançar à noite vestindo fantasias bárbaras com amigos que estudam artes incidentais e sabe Deus quem mais. Isso… isso não é viver! Você está fora de si. Não sabe o que pede ou o que diz. Não demonstra razão nem lógica. Lamento parecer magoá-la, mas tudo o que digo é para o seu bem. Você NÃO DEVE, você NÃO PODE ir. Quanto a isto estou decidido. Estou firme, inflexível. E vai chegar o dia, Veronica, ouça bem minhas palavras, vai chegar o dia em que você me abençoará por minha firmeza nesta noite. Meu coração dói por decepcioná-la, mas você não pode fazer isso.

Ele se inclinou em direção a ela, que no entanto recuou, deixando-o sozinho sobre o tapete.

– Bem – disse –, boa noite, pai.

– O quê? – perguntou ele. – Sem um beijo?

Ela fingiu não ouvir.

A porta se fechou suavemente atrás dela. Durante um bom tempo ele permaneceu em pé diante do fogo, analisando a situação. Então se sentou e abasteceu o cachimbo devagar e pensativo…

– Não sei que mais eu poderia ter dito – observou.

ANN VERONICA REÚNE PONTOS DE VISTA

PARTE 1

– Você vai ao Baile Fadden, Ann Veronica? – perguntou Constance Widgett.

Ann Veronica pensou na resposta.

– Pretendo – respondeu.

– Está fazendo seu vestido?

– Pode-se dizer que sim.

Elas estavam no quarto da Widgett mais velha; Hetty estava deitada, segundo disse, com uma torção no tornozelo, e um grupo variado tagarelava para afastar-lhe o tédio. Era um cômodo grande, descuidado e cheio de qinquilharias, decorado com esboços sem moldura feitos com carvão por vários artesãos iniciantes; uma estante de livros aberta, com moldes de gesso e metade de um crânio humano em cima, exibia uma miscelânea singular de livros – Shaw e Swinburne, Tom Jones, ensaios fabianos, Pope e Dumas, lado a lado. A cabeleira vermelho-cobre de Constance Widgett estava curvada sobre algum trabalho de baixa remuneração – aplicando cores em estêncil sobre um áspero material branco – em uma mesa da cozinha que ela carregara escada acima com esse propósito, e em sua cama estava sentada uma mulher esguia por volta dos trinta anos em um vestido verde desbotado; Constance a apresentara com um aceno como srta. Miniver. A srta. Miniver via o mundo pelos seus grandes olhos azuis e emotivos ampliados ainda mais pelos óculos que usava; seu nariz era estreito e rosado, e sua boca de uma petulância extravagante. Seus óculos se movimentavam com rapidez conforme seu olhar viajava de um rosto a outro. Ela parecia estar quase explodindo de tanta vontade de falar, e atenta à oportunidade. Em sua lapela, havia um broche de marfim com as palavras "Votos para as Mulheres". Ann Veronica estava sentada ao pé da acamada, enquanto Teddy Widgett, que era algo atlético, ocupava a única cadeira do quarto – uma peça decadente, essencialmente trípode, e basicamente uma formalidade –, fumando cigarros e tentando esconder o fato de que estava o tempo todo encarando as sobrancelhas de Ann Veronica. Teddy era o jovem sem chapéu que desviara Ann Veronica da Avenida dois dias antes. Era mais novo que as duas irmãs, estudara em instituições mistas e era muito envolvido na sociedade feminina. Um vaso de rosas, recém-trazido por Ann Veronica, adornava a penteadeira comunitária, e Ann Veronica estava especialmente elegante, pronta para a visita que faria com a tia mais tarde.

Ann Veronica decidiu ser mais explícita.

– Eu fui – disse – proibida de ir.

– Como é? – perguntou Hetty, virando a cabeça no travesseiro.

E Teddy comentou, profundamente sentido:

– Meu Deus!

– Sim – disse Ann Veronica –, e isso complica a situação.

– A tia? – perguntou Constance, que estava familiarizada com a situação de Ann Veronica.

– Não! Meu pai. É... é uma proibição séria.

– Por quê? – perguntou Hetty.

– Eis a questão. Eu perguntei por que, e ele não tinha um motivo.

– VOCÊ PEDIU A SEU PAI UM MOTIVO! – disse a srta. Miniver, com grande intensidade.

– Sim. Eu tentei argumentar com ele, mas ele não quis. – Ann Veronica pensou por um instante. – É por isso que acho que devo ir.

– Você pediu a seu pai um motivo – a srta. Miniver repetiu.

– Nós sempre argumentamos com NOSSO pai, pobrezinho! – disse Hetty. – Ele está quase começando a gostar.

– Homens – disse a srta. Miniver – NUNCA têm motivo. Nunca! E eles não sabem disso! Não têm a menor ideia. É uma de suas piores características, das piores.

– Mas eu vou lhe dizer, Vee – disse Constance –, se você for, mesmo proibida, vai ser uma confusão e tanto.

Ann Veronica estava buscando mais convicção. Sua situação a deixava muito perplexa, e a atmosfera da casa dos Widgetts era livre e compreensiva, e convidava à discussão.

– Não é só o baile – ela disse.

– Tem também as aulas – disse Constance, a bem informada.

– É a situação toda. Pelo que parece, eu ainda não devo existir. Não devo estudar, não devo crescer. Devo ficar em casa e permanecer em estado de animação suspensa.

– TIRANDO O PÓ! – disse a srta. Miniver, com voz sepulcral.

– Até casar, Vee – disse Hetty.

– Bem, não quero aguentar isso.

– Milhares de mulheres se casaram apenas pela liberdade – disse a srta. Miniver. – Milhares! Argh! E descobriram que o casamento é uma escravidão ainda pior.

– Suponho – disse Constance, pintando pétalas de um rosa brilhante – que seja nossa sina. Mas é brutal.

– O que é nossa sina? – perguntou a irmã.

– A escravidão! A opressão! Quando penso nisso, sinto marcas de botas por todo o corpo... botas de homem. Nós escondemos bravamente, mas é o que é. Droga! Borrei.

A atitude da srta. Miniver tornou-se grandiloquente. Ela se dirigiu a Ann Veronica com ar de quem contava grandes segredos.

– Como as coisas estão atualmente – disse –, é verdade. Vivemos sob instituições formadas pelos homens, e é isso que elas significam. Praticamente toda garota do mundo, com exceção de algumas de nós que dão aulas ou datilografam, e neste caso somos mal pagas e exploradas... é terrível pensar no quanto somos exploradas! – Ela se perdeu na generalização, qualquer que fosse. Parou um instante, então continuou, concluindo: – Enquanto não pudermos votar, as coisas PERMANECERÃO assim.

– Sou a favor do voto – disse Teddy.

– Imagino que toda garota seja mesmo mal paga e explorada – disse Ann Veronica. – Imagino que não exista maneira de ter uma renda decente... com independência.

– As mulheres não têm praticamente NENHUMA liberdade econômica – disse a srta. Miniver –, porque não têm liberdade política. Os homens garantiram isso. A única profissão, a única profissão decente, para a mulher, com exceção do palco, é o magistério, e aí pisamos umas nas outras. Em todas as outras, o direito, a medicina, a bolsa de valores, o preconceito nos impede.

– Tem a arte – disse Ann Veronica –, e a escrita.

– Nem todos têm talento. E mesmo na arte a mulher nunca tem uma oportunidade justa. Os homens estão contra ela. Tudo o que ela faz é minimizado. Os melhores romances foram todos escritos por mulheres, e veja como os homens ainda zombam das romancistas! Só existe uma maneira de se dar bem como mulher, agradar aos homens. É para isso que eles acham que servimos!

– Somos monstros – disse Teddy. – Monstros!

Mas a srta. Miniver não deu atenção a sua admissão.

– É claro – disse a srta. Miniver, continuando com ondulação regular na voz – que agradamos SIM aos homens. Temos esse dom. Enxergamos em volta, atrás e através deles, e a maioria de nós usa esse conhecimento, silenciosamente, para nossos fins grandiosos. Não todas nós, mas algumas.

Várias. Eu me pergunto o que os homens diriam se tirássemos a máscara, se disséssemos o que NÓS realmente pensamos deles, mostrássemos realmente o que NÓS somos! – Um rubor de agitação tomou suas bochechas. – A maternidade – disse – é nossa ruína.

Daí ela abriu para um discurso longo, confuso e enfático sobre a posição das mulheres, cheio de afirmações maravilhosas, enquanto Constance se dedicava ao estêncil e Ann Veronica e Hetty ouviam, e Teddy contribuía com ruídos compreensivos e consumia cigarros baratos. Enquanto falava, ela fazia gestos leves com as mãos e projetava o rosto para a frente dos ombros curvados; e às vezes olhava para Ann Veronica e às vezes para uma fotografia da Axenstrasse, perto de Fluelen, pendurada em uma parede. Ann Veronica observava seu rosto, simpatizando vagamente com ela, antipatizando vagamente com a insuficiência física e com seus movimentos convulsivos, e suas sobrancelhas finas se uniram em ligeira perplexidade. Essencialmente, sua fala era uma mistura de fragmentos e frases ouvidas, passagens lidas ou argumentos sugeridos e não declarados, e o todo era servido com um estranho molho de entusiasmo, ralo porém intenso. Ann Veronica fora treinada na Tredgold para desemaranhar os fios de declarações confusas, e tinha a curiosa convicção de que em toda aquela desordem fluente havia alguma coisa – alguma coisa real, alguma coisa que tinha significado. Mas era muito difícil acompanhar. Ela não entendia o tom de hostilidade em relação aos homens que percorria tudo aquilo, a vingança amarga que acendia a face e os olhos da srta. Miniver, a sensação de última gota de um erro inadmissível acumulado lentamente. Ela nem imaginava qual seria esse erro insuportável.

– Somos a espécie – disse a srta. Miniver –, os homens são apenas incidentes. Eles agem com pretensão, mas é só isso. Em todas as espécies de animais, as fêmeas são mais importantes que os machos; os machos têm de satisfazê-las. Veja as penas do galo, veja a competição em todos os lugares, exceto entre humanos. Os veados e os bois e todas as coisas têm de lutar por nós, em todos os lugares. Apenas no homem o macho é o mais importante. E isso se dá por causa da maternidade; nossa importância é também nossa desgraça. Enquanto cuidávamos dos filhos, eles roubavam nossos direitos e nossas liberdades. Os filhos fizeram de nós escravas, e os homens tiraram vantagem disso. É, como diz a sra. Shalford, o acidental dominando o essencial. Originalmente, nos primeiros animais, não havia machos, nenhum. Isso já foi provado. Então eles surgem entre as coisas mais baixas – ela fez gestos meticulosos para demonstrar a escada de vida, como se segurasse espécimes e os observasse pelos óculos –, entre crustáceos e coisas do tipo, como pequenas criaturas, sempre inferiores às fêmeas. Meros parasitas. Coisas das quais riríamos. E entre os humanos, também, no início as mulheres eram as governantes e líderes; elas possuíam todas as propriedades, elas inventaram todas as artes. O governo primitivo era o matriarcado. O matriarcado! Os Senhores da Criação simplesmente corriam e faziam o que lhes era ordenado.

– Mas será mesmo verdade? – perguntou Ann Veronica.

– Foi comprovado – disse a srta. Miniver, e acrescentou – por professores americanos.

– Mas como eles comprovaram?

– Com a ciência – disse a srta. Miniver, e continuou apressada, estendendo a mão em um gesto retórico que deixou transparecer uma faixa de dedo através da luva. – E agora, olhem só para nós! Vejam o que nos tornamos. Brinquedos! Frivolidades delicadas! Um sexo de inválidas. Nós é que nos tornamos os parasitas e os brinquedos.

Aquilo era, Ann Veronica sentiu, ao mesmo tempo absurdo e extraordinariamente correto. Hetty, que tinha períodos de expressão lúcida, contribuiu deitada no travesseiro, ocupando corajosa o espaço deixado pela pausa retórica da srta. Miniver.

– Não é que sejamos brinquedos. Ninguém brinca comigo. Ninguém considera Constance ou Vee frivolidades delicadas.

Teddy emitiu um barulho confuso, uma briga de rua em seu tórax; alguma observação foi assassinada por um rival em sua garganta e enterrada às pressas sob um acesso de tosse.

– É bom que não considerem – disse Hetty. – A questão é que não somos brinquedos, brinquedo não é a palavra; somos lixo. Somos encrenca. Somos consideradas lixo inflamável que não deve ser deixado por aí. Somos a espécie, e a maternidade é nosso jogo; tudo bem, mas ninguém quer admitir isso por medo de que isso nos incendeie e faça com que busquemos cumprir os objetivos de nossa existência sem esperar maiores explicações. Como se não soubéssemos! A questão prática é nossa idade. Eles costumavam nos casar aos dezessete anos, apressar as coisas antes que tivéssemos tempo de protestar. Não fazem isso agora. Sabe Deus por quê! Enquanto não entramos na faixa dos vinte eles não casam conosco. E a idade está aumentando. Precisamos ocupar esse intervalo. Há um grande abismo aberto, e ninguém tem planos do que fazer conosco. Então o mundo está engasgado de lixo e de filhas que estão esperando. Tentando ocupar o tempo! E elas começam a pensar e fazer perguntas, e passam a ser nem uma coisa nem outra. Somos em parte seres humanos e em parte fêmeas em suspenso.

A srta. Miniver acompanhava com expressão de perplexidade, a boca moldada para exposições fúteis. O método Widgett de pensamento confundia sua mente de pouca retórica.

– Não há remédio, garotas – começou, sem fôlego –, que não seja o voto. Nos dê o vo...

Ann Veronica contribuiu quase ignorando a srta. Miniver.

– É isso – disse. – Eles não têm planos para nós. Não têm ideia do que fazer conosco.

– Exceto – disse Constance, analisando sua obra com a cabeça inclinada para o lado – manter os fósforos longe do lixo.

– E não nos deixam fazer nossos próprios planos.

– Vamos fazer – disse a srta. Miniver, recusando-se a ser sufocada – nem que algumas de nós tenham de morrer. – Ela pressionou os lábios um contra o outro, resoluta, e balançou a cabeça, e estava claramente cheia da mesma paixão pelo conflito e pelo autossacrifício que dá ao mundo mártires desde o início dos tempos. – Eu queria poder fazer cada mulher, cada garota, ver isso com a clareza que eu vejo... o que o voto significa para nós. O que ele significa...

PARTE 2

Enquanto Ann Veronica voltava pela Avenida para encontrar a tia, percebeu que estava sendo seguida por alguém de passos leves. Teddy a alcançou, levemente sem fôlego, o rosto inocente corado, o cabelo cor de palha desgrenhado. Sem fôlego, ele falava em frases quebradas.

– Quero dizer, Vee. Meio minuto, Vee. É assim: você quer liberdade. Ouça. Você sabe... se quer liberdade. É só uma ideia que tive. Sabe como os alunos russos fazem? Na Rússia. Um casamento formal. Mera formalidade. Liberta a garota do controle dos pais. Entende? Você casa comigo. Simples. Sem nenhuma outra responsabilidade. Sem impedimentos... ocupação atual. Por que não? Muito disposto. Conseguimos uma licença... é só uma ideia. Não importa nem um pouco para mim. Faça como quiser, Vee. Como quiser. Não sirvo nem para ser sujeira nas suas botas. Mas... é isso!

Ele fez uma pausa.

O desejo de Ann Veronica de rir incontrolavelmente foi contido pela sinceridade tremenda da expressão dele.

– É muito bondoso de sua parte, Teddy – ela disse.

Ele assentiu em silêncio, satisfeito demais para falar.

– Mas não vejo – disse Ann Veronica – como isso resolve a situação atual.

– Não! Bem, foi só uma sugestão. Descarte. É claro, se em algum momento... a razão... alterar sua opinião. Estou sempre às ordens. Sem ofensa, espero. Certo! Vou indo. Vou jogar hóquei. Jackson. Um desafio! Até mais, Vee! Só uma sugestão. Viu? Nada de mais. Ideia que surgiu.

– Teddy – disse Ann Veronica –, você é um doce!

– Ah, sim! – disse Teddy, agitado, e levantou um chapéu imaginário e saiu.

PARTE 3

A visita que Ann Veronica fez com a tia naquela tarde a princípio lembrou a conversa com as Widgetts tanto quanto uma estátua de gesso do sr. Gladstone lembraria vísceras dispostas sem cuidado sobre uma mesa de dissecação. As Widgetts falavam com ausência notável de externalidades; as Palsworthys encontravam todos os significados da vida nas superfícies. Pareciam as coisas mais espessamente encobertas no mundo encoberto de Ann Veronica. O mobiliário mental dos Widgetts talvez fosse gasto e puído, mas se apresentava, diante de você, sem disfarces, desbotando às claras sob a luz do sol quase impiedosa. Lady Palsworthy era viúva de um cavaleiro que alcançara distinção no comércio de carvão; ela vinha de boa linhagem de advogados do século XVII, uma família aristocrata, e parente distante do falecido cura da tia Mollie. Era líder social do Morningside Park e, à sua maneira superficial e eufórica, uma mulher gentil e agradável. Com ela vivia uma sra. Pramlay, irmã do médico de Morningside Park e membro muito ativa e útil do Comitê da Sociedade de Auxílio a Mulheres Empobrecidas. As duas senhoras tinham relacionamento fácil e amigável com tudo o que havia de melhor na sociedade de Morningside Park; eram anfitriãs de uma muito bem frequentada reunião vespertina uma vez ao mês, promoviam noites musicais, jantavam fora e abrilhantavam jantares alheios, tinham gramado de croquet de tamanho real e uma quadra de tênis, e eram versadas na arte de reunir pessoas. E nunca falavam sobre nada, nunca discutiam, nem mesmo incentivavam as bisbilhotices. Eram simplesmente boas pessoas.

Ao lado da tia, Ann Veronica voltava pela Avenida que acabara de ser cenário de seu primeiro pedido de casamento, e especulava pela primeira vez na vida as atitudes mentais daquela senhora. Sua aparência predominante era de tranquilidade e total confiança, como se soubesse tudo sobre tudo e como se a única coisa que a impedia de dizer o que sabia fosse sua delicadeza instintiva. E a contenção exercida por sua delicadeza instintiva era grandiloquente; além e acima de assuntos sexuais ou grosseiros, cobria religião e política e qualquer menção de questões envolvendo dinheiro ou crimes, e Ann Veronica se perguntava se essas exclusões representavam, afinal, algo mais que supressões. Será que havia algo nos cômodos trancados da mente de sua tia? Será que eles estavam completamente mobiliados e apenas levemente cobertos de poeira e teias de aranha e precisando ser arejados, ou será que estavam totalmente vazios, à exceção, talvez, de uma barata ou algo do tipo ou do ruído de um rato? Qual era o equivalente mental do ruído de um rato? A imagem estava se perdendo. Mas o que pensaria a tia da recente sugestão de casamento improvisada por Teddy? O que acharia da conversa das Widgetts? Suponha que ela fosse falar à tia, com calma mas com firmeza, dos machos parasitas dos crustáceos. A garota suprimiu uma risada que seria inexplicável.

Uma onda selvagem de conhecimento antropológico invadiu-lhe o cérebro, uma explosão de humor indecoroso. Era um dos problemas secretos de sua mente, essa distorção grotesca que suas ideias às vezes assumiam, como se se rebelassem. Afinal, ela se pegou pensando, por trás do semblante complacente da tia havia um passado tão rico quanto o de qualquer pessoa – não, é claro, o passado pessoal da tia, que aparentemente se resumia ao cura e era quase incrivelmente desinteressante, mas um passado ancestral com toda sorte de coisas escandalosas: incêndios e massacres, exogamia, casamento por rapto, corroborees[1], canibalismo! Ancestrais femininas que talvez antecipassem vagamente as feições da tia, o cabelo menos arrumado, sem dúvida, os modos e gestos ainda indisciplinados, mas ancestrais na linha direta, que devem ter levado uma vida breve e emocionante dançando vestidas com couro de búfalo. Será que não havia nenhum eco em nenhum lugar do cérebro pacificado da srta. Stanley? Aqueles cômodos vazios, se estavam vazios, eram o equivalente de antecessores incrivelmente decorados. Melhor seria, talvez, se não houvesse nenhuma memória herdada.

A essa altura, Ann Veronica estava bastante chocada com os próprios pensamentos, e no entanto eles seguiam com suas aberrações. Grandes

[1] Encontro cerimonial dos aborígenes australianos. (N.T.)

visões históricas se abriram, e ela e a tia estavam quase revertidas a criaturas arbóreas primitivas e passionais e completamente indecorosas – balançando em galhos pelo braço, e avançando de modo espantoso –, quando a chegada à casa das Palsworthys felizmente interrompeu essa fantasia e trouxe Ann Veronica de volta às exigências da vida encoberta.

Lady Palsworthy gostava de Ann Veronica porque ela nunca ficava sem jeito, tinha olhos firmes e se vestia com asseio e dignidade quase invariáveis. Na opinião de Lady Palsworthy, ela parecia tão firme e tímida quanto qualquer garota deveria ser, nem tagarela nem despreparada, e livre de quase toda a agressividade pesada, o exagero, o egoísmo e a necessidade de atenção de uma típica garota moderna. Mas Lady Palsworthy nunca vira Ann Veronica correndo como o vento no hóquei. Nunca a vira sentada sobre nenhuma mesa nem discutindo teologia, e nunca percebera que a figura graciosa era natural, e não resultante de espartilhos habilmente escolhidos. Ela dava como certo que Ann Veronica usava espartilho – espartilhos leves, talvez, mas espartilhos, e não pensava no assunto. Na verdade, vira Ann Veronica apenas em chás, com o arreio de Stanley no máximo. Há tantas garotas hoje em dia que são pouco apresentáveis em chás, com suas risadas descontroladas, dispondo as pernas de modo terrível ao se sentar, desrespeitosas; elas não fumam mais, é verdade, como as garotas dos anos oitenta e noventa; no entanto, para uma inteligência fina, elas têm o aroma do tabaco. Não têm encanto, arranham a superfície das coisas como se fizessem de propósito, e Lady Palsworthy e a sra. Pramlay viviam pelos encantos e pela superfície suave das coisas. Ann Veronica era uma das poucas jovens – e é preciso haver jovens assim como é preciso haver flores – que se podia convidar para uma pequena reunião sem correr o risco de discórdia dolorosa. E o relacionamento distante com a srta. Stanley dava-lhes uma sensação leve mas agradável de propriedade sobre a garota. Elas tinham pequenos sonhos para ela.

A sra. Pramlay as recebeu na bela sala de estar de tecidos florais, cujas portas francesas davam para o jardim aparado, com o gramado de croquet, a rede de tênis a distância e o corredor de rosas ladeado de dálias elegantes e girassóis flamejantes. Seu olhar encontrou o da srta. Stanley com simpatia, e ela foi levemente mais afetuosa ao cumprimentar Ann Veronica, que então seguiu em direção ao chá no jardim, pontilhado pela elite da sociedade de Morningside Park, e Lady Palsworthy logo a pegou pelo braço e deu-lhe chá e a conduziu entre as pessoas. Do outro lado do gramado e com postura hesitante, Ann Veronica viu, e imediatamente fingiu não ver, o sr. Manning, sobrinho de Lady Palsworthy, um jovem alto de trinta e cinco anos com belo rosto, pensativo e impassível, com bigode preto espesso e gestos exuberantes. Para Ann Veronica, a festa se transformou em um jogo no qual ela evitava discretamente – e ao fim sem sucesso –ficar sozinha com o cavalheiro.

Em ocasiões anteriores, o sr. Manning demonstrara interesse por Ann Veronica e desejo de cativá-la. Era funcionário público de algum destaque e, após uma conversa anterior sobre estética, de caráter moralizante, vago e complacente, enviara-lhe um pequeno livro descrito por ele como fruto de seu tempo livre e que na verdade se tratava de poesia bem-acabada. Falava sobre aspectos delicados dos sentimentos do sr. Manning e, como a mente de Ann Veronica ainda se ocupava principalmente dos fundamentos e não encontrava prazer na forma métrica, ela ainda não tinha aberto as páginas. Então, quando o viu, disse consigo mesma, em voz muito baixa, mas definitiva:

– Minha nossa!

E deu início a uma campanha de afastamento que o sr. Manning finalmente rompeu. Ele veio em sua direção enquanto ela conversava com a tia do vigário sobre alguns detalhes do suposto odor das novas lamparinas da igreja. Ele não chegou a interromper a conversa, mas se fez notar, pois era um homem alto ainda que levemente curvado.

O rosto que olhava Ann Veronica de cima estava cheio de intenções amistosas.

– Está esplêndida hoje, srta. Stanley – ele disse. – Deve estar se sentindo muito bem e alegre.

Então abriu um sorriso e apertou sua mão com entusiasmo, e Lady Palsworthy surgiu de repente como sua cúmplice e afastou a tia do vigário.

– Amo este fim de verão quente mais do que as palavras conseguem expressar – disse. – Tentei fazer com que expressassem. Não expressam. Ameno, entende? Uma dádiva. Clama por música.

Ann Veronica concordou, e tentou fazer com que seu gesto revelasse um possível reconhecimento de um provável poema.

– Deve ser esplêndido ser compositor. Glorioso! A Pastoral. Beethoven; ele é o melhor. Você não acha? Tum, tã, tum, tã.

Ann Veronica concordava.

– Que tem feito desde a nossa última conversa? Ainda abrindo coelhos e investigando coisas? Pensei muitas vezes sobre aquela nossa conversa... muitas vezes.

Ele não parecia esperar uma resposta à pergunta.

– Muitas vezes – repetiu, com profundidade.

– Essas flores de outono são lindas – disse Ann Veronica, em meio a uma pausa longa e desconfortável.

– Venha ver as margaridas-de-são-miguel na extremidade do jardim – disse o sr. Manning –, elas são um sonho.

E Ann Veronica se viu levada até um isolamento ainda mais remoto e conspícuo que o canto do gramado, com todas as pessoas incentivando e olhando para eles.

– Droga! – disse para si mesma, preparando-se para um conflito.

O sr. Manning disse a ela que amava a beleza e arrancou dela uma admissão semelhante; então discorreu sobre o próprio amor à beleza. Disse que para ele a beleza justificava a vida, que não poderia imaginar uma boa ação que não fosse bela ou uma coisa bela que pudesse ser má de todo. Ann Veronica arriscou uma opinião de que historicamente algumas pessoas muito belas eram consideravelmente más, mas o sr. Manning questionou se quando eram más elas eram mesmo belas ou se quando belas eram mesmo más. Ann Veronica viu sua atenção se perder um pouco quando ele disse que não tinha vergonha de se sentir quase escravo na presença de pessoas realmente belas, e eles se aproximaram das margaridas-de-são-miguel.

Elas eram realmente encantadoras e abundantes, com uma explosão de girassóis perenes ao fundo.

– Elas me fazem querer gritar – disse o sr. Manning, com um movimento do braço.

– Estão muito bonitas este ano – disse Ann Veronica, evitando assuntos controversos.

– Ou eu quero gritar – disse o sr. Manning –, quando vejo coisas belas, ou quero chorar. – Ele fez uma pausa, olhou para ela e disse, a voz assumindo um som confidencial de repente: – Ou quero rezar.

– Quando é o Dia de São Miguel? – perguntou Ann Veronica, um tanto abrupta.

– Só Deus sabe! – respondeu o sr. Manning; e acrescentou. – Vinte e nove.

– Achei que fosse antes – disse Ann Veronica. – O parlamento não devia se reunir?

Ele estendeu a mão, apoiou-se em uma árvore e cruzou as pernas.

– A senhorita não se interessa por política? – perguntou, quase em tom de protesto.

– Bem, um pouco – disse Ann Veronica. – Parece... é interessante.

– Acha mesmo? Meu interesse por esse tipo de coisa diminui dia após dia.

– Tenho curiosidade. Talvez porque não conheça. Imagino que uma pessoa inteligente DEVA se interessar por questões políticas. Elas dizem respeito a todos nós.

– Será? – disse o sr. Manning, com um sorriso provocador.

– Eu acho que sim. Afinal, são a história em formação.

– Um tipo de história – disse o sr. Manning, e repetiu: – Um tipo de história. Mas veja estas margaridas gloriosas!

– Mas o senhor não acha que as questões políticas SÃO importantes?

– Eu não acho que sejam nesta tarde, e não acho que sejam para a senhorita também.

Ann Veronica deu as costas para as margaridas-de-são-miguel, e ficou de frente para a casa com ar de dever cumprido.

– Venha comigo até aquele banco agora que está aqui, srta. Stanley, e observe o outro caminho; é uma vista e tanto. Melhor ainda que esta.

Ann Veronica caminhou na direção que ele indicou.

– Sabe, eu sou antiquado, srta. Stanley. Não acho que as mulheres devam se preocupar com questões políticas.

– Eu quero votar – disse Ann Veronica.

– É mesmo? – perguntou o sr. Manning em tom sério, e acenou para o caminho malva e roxo. – Quem dera não quisesse.

– Por que não? – Ela se virou para ele.

– Isso me abala. Abala todas as minhas ideias. As mulheres são para mim algo tão sereno, tão encantador, tão feminino, e a política é tão suja, tão sórdida, tão cansativa e altercada. Penso que o dever da mulher é a beleza, é SER bela e se comportar belamente, e a política é por natureza feia. Veja, eu… eu sou adorador das mulheres. Eu adorava as mulheres desde muito antes de encontrar qualquer mulher que pudesse esperar um dia adorar. Há muito tempo. E… pensar em comitês, em palanques, em agendas!

– Não vejo por que a responsabilidade pela beleza deva ser toda depositada sobre as mulheres – disse Ann Veronica, lembrando-se de repente de parte do discurso da srta. Miniver.

– É depositada nelas pela natureza das coisas. Por que vocês, que são rainhas, devem descer do trono? Se vocês podem suportar isso, NÓS não podemos. Não podemos suportar transformar nossas mulheres, nossas madonas, nossas Santas Catarinas, nossas Monas Lisas, nossas deusas e anjos e princesas em uma espécie de homem. A feminilidade é sagrada para mim. Minha política no que diz respeito a essa questão não seria dar o voto às mulheres. Sou socialista, srta. Stanley.

– COMO? – disse Ann Veronica, chocada.

– Um socialista da ordem de John Ruskin. Sou sim! Transformaria este país em monarquia coletiva, e nela todas as garotas e mulheres seriam a Rainha. Nunca entrariam em contato com a política ou com a economia…

ou qualquer dessas coisas. E nós homens trabalharíamos para elas e as serviríamos fielmente.

– Esta é basicamente a teoria atual – disse Ann Veronica. – Com exceção de que muitos homens negligenciam seus deveres.

– Sim – disse o sr. Manning, com ar de quem emerge de uma demonstração elaborada –, e assim cada um de nós deve, nas condições existentes, ser de fato cavalheiro com todas as mulheres, escolher para si mesmo uma rainha particular para adorar.

– A julgar pelo sistema em voga – disse Ann Veronica, falando alto, em tom prático e imparcial, e começando a caminhar devagar mas com determinação rumo ao gramado –, isso não funciona.

– Todos devem estar dispostos a fazer parte do experimento – disse o sr. Manning, e olhou apressado ao redor em busca de outros pontos de interesse horticultural em cantos reclusos. Nenhum se apresentou para salvá-lo daquela resposta.

– Parece muito bom quando não se é o material em que o experimento é feito – Ann Veronica observou.

– As mulheres teriam... elas TÊM muito mais poder do que imaginam, como influência, como inspiração.

Ann Veronica não disse nada em resposta.

– A senhorita diz que quer o voto – disse o sr. Manning, abrupto.

– Eu acho que deveria haver esse direito.

– Bem, eu tenho dois – disse o sr. Manning –, um na Universidade de Oxford e um em Kensington. – Ele se recuperou e seguiu quase sem jeito: – Deixe-me oferecê-los à senhorita e ser seu eleitor.

Uma pausa instantânea, e Ann Veronica decidiu não entender.

– Quero um voto para mim – disse. – Não vejo por que deva aceitar um de segunda mão. Embora seja gentil de sua parte. E bastante inescrupuloso. O senhor já votou, sr. Manning? Imagino que exista um lugar como um guichê. E uma urna... – Seu rosto assumiu expressão de conflito intelectual. – Como é uma urna, exatamente? – perguntou, como se isso fosse muito importante para ela.

O sr. Manning a observou pensativo por um instante e acariciou o bigode.

– Uma urna, veja – disse –, é basicamente, simplesmente, uma caixa. – Ele fez uma pausa longa, e continuou, com um suspiro. – A pessoa recebe um papel de votação…

Eles emergiram na área pública do gramado.

– Sim – disse Ann Veronica à explicação que ele dava, e viu Lady Palsworthy conversando com sua tia do outro lado do gramado; as duas olhavam direto para ela e para o sr. Manning enquanto conversavam.

A MANHÃ DA CRISE

PARTE 1

Dois dias depois chegou o dia da crise, o dia do baile Fadden. Teria sido uma crise de qualquer forma, mas na cabeça de Ann Veronica foi ainda mais complicado porque havia uma carta do sr. Manning sobre a mesa do café da manhã, e a tia a ignorou com brilhante diplomacia durante toda a refeição. Ann Veronica descera pensando unicamente em sua decisão inflexível de ir ao baile, desafiando qualquer oposição. Ela não conhecia a letra do sr. Manning, e abriu sua carta e leu algumas linhas até perceber o teor. Por um instante esqueceu completamente a questão do baile. Simulando despreocupação e bastante corada, terminou o café da manhã.

Ela não precisava ir à Tredgold porque as aulas ainda não tinham começado. Ficaria lendo em casa. Depois do café foi à horta e, ajeitando-se na plataforma de uma estufa sem uso cuja vantagem era ficar escondida das janelas da casa e ao mesmo tempo ser bem guardada, o que evitava a surpresa da chegada repentina de qualquer pessoa, retomou a leitura da carta do sr. Manning.

A caligrafia do sr. Manning aparentava clareza sem ser facilmente legível; era grande e bastante arredondada, com disposição a usar maiúsculas como as pessoas de mente liberal hoje em dia tratam as opiniões, como se tudo fosse a mesma coisa – uma mão infantil suavizada pelos anos, e não uma mão adulta. A carta tinha sete folhas de papel escritas de um lado apenas.

MINHA CARA SRTA. STANLEY

Espero que me perdoe incomodá-la com uma carta, mas estive pensando muito em nossa conversa na casa de Lady Palsworthy e sinto que há coisas que quero tanto lhe dizer que não posso esperar até que voltemos a nos encontrar. É a pior das conversas nestas circunstâncias sociais, uma vez que é interrompida com frequência assim que se inicia; e voltei para casa naquela tarde sentindo que não tinha dito nada – literalmente nada – das coisas que gostaria de lhe ter dito que me passaram pela cabeça. Eram coisas sobre as quais queria muito conversar com com a senhorita, então fui para casa aborrecido e decepcionado, e só me senti um pouco aliviado após escrever alguns versos.

Eu me pergunto se vai ficar muito incomodada se eu disser que foram inspirados pela senhorita. Perdoe a licença poética de que me aproveito. Eis um deles. A irregularidade métrica é intencional porque quero, por assim dizer, destacá-la: mudar completamente a cadência e o tom quando falo da senhorita.

UMA CANÇÃO DAS DAMAS E DE MINHA DAMA

De brancura santa e lírio é Maria
Violetas de Margaret, tímidas vêm
De Nellie, orvalhado é o botão fantasia,
Não-me-esqueças nos olhos de Gwendolen.
Annabel é uma estrela na escuridão
Rosamund de um rosa intenso a coroa;
Mas a dama que eu amo é o sol em agosto,
Ela brilha e alegra, ela aquece… e voa.

Bruto, admito. Mas que esse verso conte meu segredo. Todo verso ruim – o epigrama é originalmente de Lang, acredito – é composto em estado de emoção.

Minha cara srta. Stanley, quando conversamos naquela tarde sobre trabalho e política e assuntos tais, minha mente ficou o tempo todo para lá de inquieta. Discutimos se a senhorita deveria votar, e me lembrei de que na última ocasião em que nos encontramos falamos de suas perspectivas de sucesso na carreira médica ou como servidora pública, como várias mulheres hoje, e o tempo todo meu coração gritava dentro de mim "Aqui está a Rainha de sua vida". Desejei, como nunca desejei antes, tomá-la, fazê-la minha, levá-la dali e tirá-la de toda a tensão e turbulência da vida. Pois nada jamais vai me convencer de que não é dever do homem salvaguardar, proteger, liderar e trabalhar e cuidar e batalhar com o mundo em geral.

Quero ser seu cavaleiro, seu servo, seu protetor, seu – mal ouso escrever a palavra – marido. Então venho suplicante. Tenho trinta e cinco anos, e andei pelo mundo e provei da qualidade da vida. De início, batalhei duro para conquistar meu caminho até o alto escalão – o terceiro de uma lista de quarenta e sete – e desde então sou promovido quase anualmente na esfera cada vez mais ampla do serviço público. Antes da senhorita, nunca conheci ninguém que eu acreditasse poder amar, mas a senhorita revelou profundidades em mim das quais eu mesmo mal suspeitava. À exceção de algumas ebulições iniciais de paixão, naturais a um caráter caloroso e romântico, que não deixaram consequências prejudiciais – ebulições em relação às quais, pelos padrões da verdade mais elevada, acredito que ninguém possa lançar a primeira pedra, e das quais não tenho nenhuma vergonha –, venho até a senhorita como um homem puro e desimpedido. Eu a amo.

Além do meu salário público, tenho algumas propriedades e outras perspectivas por meio de minha tia, podendo oferecer-lhe uma vida de requinte amplo e generoso, viagens, livros, discussões e relacionamento com um círculo de pessoas inteligentes e brilhantes e pensativas com quem meu trabalho literário me colocou em contato e a respeito de quem, porque a senhorita me viu apenas em Morningside Park, a senhorita não faz a menor ideia. Ocupo certa posição de destaque não apenas como cantor, mas como crítico, e sou membro de uma das confrarias gastronômicas mais brilhantes da atualidade, na qual boêmios, políticos, homens de negócios, artistas, escultores e nobres cultos de sucesso em geral se misturam em trocas bastante agradáveis. Esse é meu ambiente real, um ambiente que estou convencido de que a senhorita não apenas adornaria, mas no qual também se deliciaria.

É muito difícil para mim escrever esta carta. Há tantas coisas que quero lhe dizer, e elas ocupam níveis tão diferentes que o resultado é necessariamente confuso e dissonante, e me pego duvidando se estou mesmo oferecendo o fio de emoção que deveria correr por esta carta. Pois embora eu deva confessar que ela se parece muito com uma petição ou um testemunho ou coisa tal, posso garantir que estou escrevendo com medo e tremendo e com o coração pesado. Minha mente está cheia de ideias e imagens que venho apreciando e acumulando – sonhos de viagens lado a lado, de almoços tranquilos juntos em algum restaurante alegre, com luar e música e todo esse lado da vida, de vê-la vestida como uma rainha e brilhando em meio a uma multidão resplandecente – e minha; da senhorita olhando as flores de um jardim do Velho Mundo, nosso jardim – existem lugares esplêndidos para visitar em Surrey, e um automóvel simples cabe em meu orçamento. Como é de seu conhecimento, dizem que, como de fato eu já mencionei, toda poesia ruim é escrita em estado de emoção, mas não tenho dúvida de que isso é verdade para pedidos de casamento ruins. Muitas vezes já senti que apenas quando não se tem nada a dizer é que se é capaz de escrever poesia. Veja Browning. E como eu poderia colocar em uma carta breve os desejos complexos acumulados do que agora são, conforme vi em meu diário, quase dezesseis meses deixando que minha mente gire em torno da senhorita – desde aquela festa divertida em Surbiton, quando apostamos uma corrida e ganhamos do outro barco. A senhorita guiou e eu remei.

Minhas frases tropeçam e desmoronam. Mas eu nem me importo se soo absurdo. Sou homem decidido e, até aqui, quando quis algo, sempre consegui; mas nunca na vida quis tanto algo quanto a quero. Não é a mesma coisa. Tenho medo porque a amo, então o simples ato de pensar no fracasso já me dói. Se eu não a amasse tanto, acho que poderia conquistá-la pela pura força de caráter, pois as pessoas me dizem que sou naturalmente do tipo dominante. A maioria de meus sucessos na vida foi conquistada com uma espécie de vigor imprudente.

Bem, eu disse o que tinha a dizer, cambaleando e com fraqueza, e franqueza. Mas estou cansado de rasgar cartas e não tenho mais esperança de conseguir dizer melhor o que tenho a dizer. Seria muito fácil escrever uma carta eloquente sobre outro assunto. Mas não quero escrever sobre nenhum outro assunto. Permita-me fazer agora a pergunta que não consegui fazer naquela tarde. Quer casar comigo, Ann Veronica?

Cordialmente,
HUBERT MANNING.

Ann Veronica leu a carta com olhos sérios, atentos.

Seu interesse aumentava conforme lia, e certo desgosto desapareceu. Duas vezes ela sorriu, mas não com maldade. Então voltou e misturou as folhas procurando por passagens específicas. Finalmente, refletiu.

– Estranho – disse. – Imagino que deva escrever uma resposta. É tão diferente do que fui levada a esperar.

Pelas vidraças da estufa ela viu sua tia surgir, serenamente distraída, por entre os ramos de framboesa.

– Ah não! – disse Ann Veronica, e saiu em ritmo apressado e ocupado rumo à casa.

– Vou dar uma caminhada, tia – disse.

– Sozinha, querida?

– Sim, tia. Tenho muitas coisas em que pensar.

A srta. Stanley refletiu enquanto Ann Veronica caminhava rumo à casa. Ela achava a sobrinha bastante enérgica e confiante e segura de si. Era preciso ser suave e terna e reservada naquela fase da vida. Ela parecia não ter ideia dos traços que eram adequados à sua idade e posição. A srta. Stanley caminhou pensativa pelo jardim, e logo a casa e o jardim reverberaram a batida da porta atrás de Ann Veronica.

– Um assombro! – disse a srta. Stanley.

Durante um bom tempo ela analisou uma fileira de malvas altaneiras como se elas oferecessem uma explicação. Então entrou e subiu, hesitou no patamar e, finalmente, quase sem fôlego e com ar de grande dignidade, abriu a porta e entrou no quarto de Ann Veronica. Era um quarto bastante organizado que parecia eficiente, com uma escrivaninha de aparência profissional posicionada junto à janela e uma estante sobre a qual se viam um crânio de porco, um sapo dissecado em vidro lacrado e uma pilha de cadernos de capa preta brilhante. No canto do quarto, dois tacos de hóquei e uma raquete de tênis, e nas paredes, por meio da autotipia, Ann Veronica revelava sua inclinação para a arte. Mas a srta. Stanley não deu atenção a essas coisas. Ela foi diretamente até o armário e abriu a porta. Ali, pendurado entre as roupas normais de Ann Veronica, estava um vestido de tecido rústico vermelho, com um adorno barato e de mau gosto na bainha, e curto – mal chegava até abaixo do joelho. No mesmo cabide e claramente combinando com o vestido, um casaco de veludo preto. E mais! uma peça que era possivelmente uma saia secundária.

A srta. Stanley hesitou, e tirou cada um dos componentes dessa fantasia do cabide e os analisou.

O terceiro item ela pegou pelo cinto com a mão trêmula. Quando o levantou, a porção inferior se desdobrou revelando duas massas vermelhas largas.

– CALÇAS! – ela sussurrou.

Seus olhos viajaram pelo quarto como se buscassem as cadeiras.

Enfiado embaixo da escrivaninha, um par de sapatos turcos bastante exagerados chamou sua atenção. Ela foi até eles levando as calças nas mãos, e parou para analisá-los. Tratava-se de uma cobertura engenhosa de papel dourado colada, ao que parecia, aos melhores sapatos de dança de Ann Veronica.

Então ela voltou a olhar para as calças.

– COMO vou contar isso a ele? – sussurrou.

PARTE 2

Ann Veronica carregava uma bengala leve mas eficiente. Caminhava com rapidez fácil pela Avenida e pela região proletária de Morningside Park, e atravessando esses campos chegou a uma bela pista suspensa que levava a Caddington e aos Downs. Então diminuiu o ritmo. Enfiou a bengala embaixo do braço e releu a carta de Manning.

– Deixe-me pensar – disse Ann Veronica. – Eu queria que isso não tivesse surgido justo hoje.

Ela teve dificuldade de começar a pensar, e na verdade não sabia ao certo sobre o que deveria pensar. Ela basicamente se propunha tomar uma decisão sobre a maioria dos principais interesses da vida nessa reflexão banal. Fundamentalmente, havia seu próprio problema, em particular a resposta que precisava dar à carta do sr. Manning, mas, para conseguir os dados necessários para isso, ela descobriu que, tendo mente lógica e organizada, precisaria decidir sobre as relações gerais dos homens com as mulheres, os objetivos e as condições do casamento e sua relevância para o bem da raça, o propósito da raça, o propósito, se havia, de tudo...

– Uma quantidade assustadora de coisas não está resolvida – disse Ann Veronica.

Além disso, a questão do Baile Fadden, completamente fora de proporção, ocupava toda a base de seus pensamentos e lançava um ar de revolta sobre tudo. Ela achava que estava pensando no pedido de casamento do sr. Manning, mas percebeu que estava pensando no baile.

Durante algum tempo seus esforços para alcançar uma concentração abrangente foram dispersos pelo trânsito da rua de Caddington, a passagem de um automóvel lotado de ocupantes com olhos arregalados e a luta de um cavalariço sobre um cavalo teimoso e levando outro. Ao retornar mais uma vez a suas questões na estrada monótona que subia a colina, ela encontrou a imagem do sr. Manning no centro de sua mente. Ele estava ali, grande e escuro, enunciando, na voz clara que saía debaixo do bigode largo, sentenças exatas e monótonas, com gentileza deliberada. Ele a pediu em casamento, queria possuí-la. Ele a amava.

Ann Veronica não sentia repulsa pela possibilidade. A ideia de o sr. Manning amá-la se apresentava a ela friamente, destituída de qualquer tremor ou arrepio de paixão ou repulsa. O relacionamento parecia ter tanto a ver com o sangue e com o corpo quanto uma hipoteca. Era algo que criaria um reivindicação mútua, uma relação. Pertencia a outro mundo que não aquele onde os homens morrem por um beijo, e o toque produz faíscas que queimam vidas – o mundo do romance, o mundo das coisas apaixonadamente belas.

Mas aquele mundo, apesar de sua decisão de se excluir dele, estava sempre à espreita nas esquinas e espiando pelas fendas e sussurrando e invadindo a ordem em que ela escolhera viver, reluzindo para ela em retratos, ecoando em versos e canções; invadia seus sonhos, escrevia frases inacabadas e enigmáticas nas paredes de sua mente. Ela estava ciente de sua existência agora como se fosse uma voz gritando do lado de fora de uma casa, gritando verdades apaixonadas sob o sol quente, uma voz que grita enquanto as pessoas falam sem sinceridade em um quarto escuro e fingem não ouvir. Seus gritos agora transmitiam, de maneira oculta, um protesto que o sr. Manning jamais faria, embora fosse alto e escuro e belo e gentil, e tivesse trinta e cinco anos e fosse adequadamente próspero, e tudo que um marido devia ser. Mas não havia, o grito insistia, mobilidade em seu rosto, nenhum movimento, nada nele que aquecesse. Se Ann Veronica pudesse compor palavras para aquela música, seriam "Casamento de sangue quente ou nada de casamento!", mas ela estava confusa demais para formular quaisquer palavras.

– Eu não o amo – disse Ann Veronica, tendo uma iluminação. – Não acho que o fato de ele ser um bom tipo importe. Isso responde esta questão… Mas não significa que seja o fim da linha.

Por algum tempo ela ficou sentada sobre um trilho antes de sair da estrada e caminhar no gramado.

– Mas eu gostaria – disse – de ter alguma ideia do que realmente quero fazer.

Seus pensamentos se dissolveram por um momento enquanto ela ouvia o canto de uma cotovia.

– Casamento e maternidade – disse Ann Veronica, sua mente voltando para as coisas concretas quando a cotovia desceu ao ninho no gramado. – E tudo o mais talvez seja uma canção.

PARTE 3

Sua mente retornou ao Baile Fadden.

Ela pretendia ir, ela pretendia ir, ela pretendia ir. Nada a impediria, e ela estava preparada para encarar as consequências. Suponha que o pai a expulse de casa! Ela não se importava, pretendia ir. Simplesmente sairia de casa e iria…

Pensou na fantasia em algum grau de detalhe e com satisfação considerável, principalmente na adaga bastante divertida com pedras grandes de vidro no cabo a qual repousava numa gaveta em seu quarto. Ela seria a noiva de um corsário.

– Imagine esfaquear um homem por ciúme! – pensou. – Teríamos que imaginar como golpear entre os ossos.

Ela pensou no pai, e com esforço tirou-o da cabeça.

Tentou imaginar o efeito coletivo do Baile Fadden; nunca na vida tinha visto uma festa a fantasia. O sr. Manning voltou-lhe ao pensamento, uma presença alta, escura, reservada, inesperada no Fadden. Era possível supor que ele aparecesse; conhecia muitas pessoas inteligentes, e algumas poderiam ser da turma. Com que fantasia ele iria?

Logo ela despertou sobressaltada da tarefa de vestir o sr. Manning em fantasias elaboradas, como se ele fosse uma boneca. Experimentou um cruzado, fantasia em que ele parecia plausível, mas pesado.

–Tem MESMO algo de pesado nele; me pergunto se é o bigode? – E um hussardo, o que pareceu absurdo, e um Brunswicker, que pareceu melhor, e um xeique árabe. Experimentou também as fantasias de dragomano e gendarme, que pareceram as mais adequadas àquele perfil de uma severidade bela e imóvel. Ela o imaginava ditando o caminho às pessoas, controlando o tráfego e recusando a entrada em prédios públicos com retidão insuperável e sentimentos mais explicitamente refinados. Para cada fantasia ela imaginou uma recusa adequada ao pedido.

– Ah, Senhor! – disse, ao perceber o que estava tramando, e saltou com leveza da cerca para o gramado e seguiu seu caminho rumo ao cume. – Nunca vou casar – continuou, resoluta. – Não faz meu estilo. Por isso é tão importante que eu siga meu próprio caminho agora.

PARTE 4

As ideias que Ann Veronica tinha do casamento eram limitadas e assistemáticas. Suas professoras e mestras tinham feito o possível para estampar em sua mente a persuasão indelével de que era tremendamente importante, e em hipótese alguma ser questionado. As primeiras sugestões do casamento como um fato de extrema importância na vida da mulher vieram com o casamento de Alice e com a fuga de sua segunda irmã, Gwen, para casar.

Essas convulsões começaram quando Ann Veronica tinha cerca de doze anos. Havia um abismo de oito anos entre ela e a mais nova de suas duas irmãs – um abismo intransponível habitado caoticamente por dois irmãos barulhentos. As irmãs se deslocavam em um mundo adulto inacessível às afinidades de Ann Veronica, e em grande parte distante de sua curiosidade. Ela aprontava mexendo nos sapatos e nas raquetes de tênis das irmãs, e desfrutava de momentos de admiração cuidadosamente oculta quando tinha o privilégio de vê-las logo antes de se deitarem, e não radiantemente vestidas de branco ou rosa ou âmbar prontas para sair com a mãe. Ela achava Alice um pouco sonsa, opinião que os irmãos compartilhavam, e Gwen um tanto ligeira nas refeições. Ela não viu nada de seus namoros e voltou do colégio interno em estado de curiosidade decentemente suprimida no casamento de Alice.

Suas impressões dessa cerimônia primordial eram ricas e confusas, complicadas por uma paixão bastante transitória que não despertou nenhuma chama recíproca por um primo gordinho de cabelos encaracolados que, naquele dia, vestido de veludo preto com colarinho de renda, foi o pajem. Ela o seguiu com persistência, e conseguiu, depois de uma luta brusca e nada cavalheiresca (na qual ele a beliscou e disse "saia!"), beijá-lo entre as framboesas atrás da estufa. Depois, seu irmão Roddy, também estranho nas roupas de veludo, mais adivinhando que sabendo do fato, socou aquela cabeça de Adônis.

Casar em casa era empolgante, mas extremamente caótico. Tudo parecia projetado para perturbar a mente e deixar o gato arisco. Todos os móveis eram tirados do lugar, todas as refeições eram desordenadas, e todos, incluindo Ann Veronica, apareciam em trajes novos e escandalosos. Ela era obrigada a usar uma faixa creme e marrom e uma saia curta e o cabelo solto, e Gwen, uma faixa creme e marrom e uma saia longa e o cabelo preso. E sua mãe, parecendo estranhamente alerta e agitada, usava também creme e marrom, compostos de forma mais complexa.

Ann Veronica ficou muito impressionada com toda a experimentação e alteração e confusão em volta das "coisas" da Alice – coberta uma vez mais da cabeça aos pés com novo vestido de passeio e botas combinando, depois um traje de noiva extasiante, e meias e coisas do gênero que iam além de qualquer sonho de cobiça – e notáveis objetos irrelevantes iam surgindo, como:

– colcha de renda real;
– relógio de mesa dourado;
– placa ornamental platinada;
– saladeira (de prata) e talheres de servir;
– poetas ingleses, de Madgett (doze volumes), encadernado em marroquim roxo;
– etc., etc.

Em meio a toda essa agitação da novidade, ia e vinha uma figura solícita, preocupada, quase deprimida. Era o dr. Ralph, ex-sócio do dr. Stickell na Avenida, agora com um consultório próprio e próspero em Wamblesmith. Ele tinha barbeado as costeletas e estava de calças de flanela, mas ainda era indiscutivelmente a mesma pessoa que atendera Ann Veronica quando ela teve sarampo e quando engoliu uma espinha de peixe. Mas o papel que desempenhava era outro; agora ele era o noivo naquele drama singular. Alice seria a sra. Ralph. Ele entrava se desculpando, nada do velho tom "Bem, e como ESTAMOS?", e certa vez perguntou a Ann Veronica, quase furtivo:

– Alice está quase pronta, Vee?

Finalmente, no Dia, ele apareceu como o velho profissional autotransfigurado, vestindo as calças cinza-claras mais lindas que Ann Veronica já vira e portando um chapéu novo de seda brilhante de curvatura perfeita...

Não era só o fato de que todos os cômodos tinham sido rearranjados e todos usavam trajes incomuns, e todas as rotinas da vida tinham sido abolidas e descartadas: também o temperamento e as emoções das pessoas pareciam estranhamente alterados. Seu pai estava nitidamente irritado, e mais inclinado do que nunca a se esconder entre as coisas petrológicas – o escritório fora desfeito. Ele esculpia à mesa, desanimado, mas resoluto. No dia, teve explosões de cordialidade, alternadas com preocupação vigilante. Gwen e Alice estavam fantasticamente amigáveis, o que parecia irritá-lo, e a sra. Stanley estava toda enigmática, lançando um olhar ansioso para o marido e para Alice.

Houve confusão de carruagens e chicotes e gentilezas, pessoas querendo que outras subissem antes que elas, e depois a igreja. Elas sentaram em lugares não usuais, e uma ampla margem de genuflexórios vazios se impôs entre a cerimônia e as paredes.

Ann Veronica tinha várias impressões fragmentárias de Alice estranhamente transfigurada em traje de noiva. Ele parecia deixar a irmã mais abatida do que nunca. As damas de honra e os pajens se amontoaram no corredor, e ela viu as costas brancas e os ombros caídos e a cabeça coberta de

Alice retroceder rumo ao altar. De algum modo que ela não compreendia, a visão das costas da irmã a fez sentir pena dela. Ann Veronica tinha também lembrança vívida do aroma de flor de laranjeira e de Alice, curvada e sem ânimo, resmungando respostas, de frente para o dr. Ralph, com o reverendo Edward Bribble no meio deles com um livro aberto. O dr. Ralph parecia amável e generoso, ouvia as respostas de Alice como se fossem sintomas e ele achasse que, de forma geral, ela estava progredindo bem.

Depois a mãe e Alice se beijaram longamente e se abraçaram. E o dr. Ralph ficou ao lado delas parecendo compreensivo. Ele e seu pai deram um aperto de mãos viril.

Ann Veronica tinha se interessado bastante pelo modo como o sr. Bribble conduzira a cerimônia – ele tinha o tipo de voz que dá destaque às coisas –, e suas ideias ainda fervilhavam quando uma explosão vinda do órgão finalmente deixou claro que, a despeito da choradeira do altar, aquele excelente instrumento de sopro estava, a seu modo à maneira de Mendelssohn, tão alegre quanto possível. "Pam, pam, parampam, pam, pam, parampam..."

O café da manhã servido depois da cerimônia era para Ann Veronica um espetáculo do irreal consumindo o real; ela gostou muito dessa parte, até o momento em que lhe serviram maionese contra seus desejos expressos. Um tio cuja opinião ela estimava flagrou-a fazendo careta para Roddy porque ele estava exultante com isso.

Da vasta massa dessas impressões, Ann Veronica não conseguiu formular nada à época. Elas estavam lá... Fato! Ela as armazenou em sua mente altamente retentiva, tal qual os esquilos, que armazenam nozes para digestão futura. Apenas uma coisa surgiu com clareza razoável em sua mente uma vez, e foi o fato que, a não ser que ela fosse salva de um afogamento por um homem solteiro, e neste caso a cerimônia seria inevitável, ou ficasse totalmente destituída de roupas de baixo e assim fosse obrigada a conseguir um enxoval – e em tal situação um enxoval certamente seria "excelente" –, o casamento era uma experiência a ser evitada com vigor.

Quando estavam indo para casa, perguntou à mãe por que ela e Gwen e Alice tinham chorado.

– Xio! – disse sua mãe, e acrescentou: – Um pequeno sentimento natural, querida.

– Mas a Alice não queria casar com o dr. Ralph?

– Ah, Vee, xio! – disse sua mãe, com evasão tão notória quanto um *outdoor*. – Tenho certeza de que ela vai ser muito feliz com o dr. Ralph.

Mas Ann Veronica não teve certeza nenhuma disso até ir a Wamblesmith e ver a irmã, bastante distante e doméstica e autoritária, em um vestido elegante, no comando da casa do dr. Ralph. O dr. Ralph veio para o chá e abraçou Alice e a beijou, e Alice chamou-o de "Rabisco" e ficou abrigada nos seus braços por um instante com expressão de satisfeita propriedade. Ela TINHA chorado, Ann Veronica tinha certeza. Houve confusões e cenas vagamente observadas de portas entreabertas. Ela ouvira Alice falando e chorando ao mesmo tempo, um som doloroso. Talvez o casamento doesse. Mas agora tudo aquilo tinha passado, e Alice estava bem. Isso lembrou Ann Veronica da sensação de ter um dente arrancado.

Depois disso Alice se tornou mais distante do que nunca e, em seguida, adoeceu. Posteriormente teve um bebê e ficou velha como qualquer pessoa realmente adulta, ou mais velha, e muito enfadonha. Ela e o marido se mudaram para um consultório em Yorkshire e tiveram mais quatro bebês, dos quais nenhum saía bem nos retratos, e assim ela se retirou completamente da esfera de afinidades de Ann Veronica.

PARTE 5

O caso Gwen se deu quando ela estudava em Marticombe-on-Sea durante o período letivo anterior a seu ingresso no curso médio, e nunca ficou muito claro para ela.

Sua mãe deixou de escrever por uma semana, e depois escreveu em tom incomum.

Minha querida,

Preciso lhe contar que sua irmã Gwen ofendeu muito seu pai. Espero que você a ame para sempre, mas quero lembrá-la de que ela ofendeu seu pai e casou sem seu consentimento. Seu pai está muito irritado, e não admite que digam o nome dela em sua presença. Ela casou com alguém que ele não aprovaria, e foi embora logo depois...

Quando as férias seguintes chegaram, a mãe de Ann Veronica ficou doente, e Gwen estava no quarto quando Ann Veronica voltou para casa. Estava com um de seus vestidos de passeio antigos, o cabelo penteado de maneira irreconhecível, usava aliança e parecia ter chorado.

– Olá, Gwen! – disse Ann Veronica, tentando deixar todos à vontade. – Casou e foi embora?... Como é o nome do felizardo?

– Fortescue – Gwen admitiu.

– Tem um retrato dele ou algo do gênero? – perguntou Ann Veronica, depois de beijar a mãe.

Gwen fez uma busca e, com a ajuda da sra. Stanley, pegou de seu esconderijo na gaveta de joias sob o espelho um retrato do marido. Rosto barbeado, nariz coríntio grande, cabelos tremendamente ondulados na testa e mais queixo e pescoço do que qualquer homem deveria ter.

– PARECE bom – Ann Veronica, observando-o com a cabeça inclinada primeiro para um lado e depois para o outro, e tentando ser agradável. – Qual é a objeção?

– Imagino que ela deva saber? – Gwen disse à mãe, tentando mudar o tom da conversa.

– Sabe, Vee – disse a sra. Stanley –, o sr. Fortescue é ator, e seu pai não aprova a profissão.

– Ah! – disse Ann Veronica. – Achei que transformavam atores em cavaleiros...

– Podem nomear Hal um dia – disse Gwen. – Mas demora.

– Imagino que isso faça de você uma atriz? – perguntou Ann Veronica.

– Não sei se devo continuar – disse Gwen, em tom incomum de profissionalismo lânguido dominando sua voz. – As outras mulheres não gostam muito quando marido e mulher trabalham juntos, e não acho que Hal ia gostar se eu atuasse longe dele.

Ann Veronica desenvolveu novo respeito pela irmã, mas as tradições da vida familiar são fortes.

– Imagino que não vai conseguir atuar muito – disse Ann Veronica.

Mais tarde a situação com Gwen passou a pesar tanto na doença da sra. Stanley que seu marido concordou em receber o sr. Fortescue na sala de estar e chegou a apertar-lhe a mão completamente sem jeito e esperar que tudo acabasse bem.

O perdão e a reconciliação tiveram tom de frieza e formalidade, e depois o pai saiu deprimido rumo ao escritório, e o sr. Fortescue perambulou pelo jardim com passos suaves e conciliadores, o nariz coríntio erguido e as mão para trás, parando para observar com atenção as árvores frutíferas contra o muro.

Ann Veronica o observou da janela da sala de jantar e, depois de alguns instantes de hesitação tímida, saiu para o jardim em direção oposta à dos passos do sr. Fortescue, e o encontrou com ar natural de surpresa.

– Olá! – disse Ann Veronica, com as mãos no quadril e atitude despreocupada e esbaforida.

– O senhor é Fortescue?

– Às suas ordens. Ann Veronica?

– Certamente. Diga, o senhor casou com a Gwen?

– Sim.

– Por quê?

O sr. Fortescue levantou as sobrancelhas e assumiu expressão levemente cômica:

– Acho que me apaixonei por ela, Ann Veronica.

– Estranho – disse Ann Veronica. – O senhor tem como mantê-la agora?

– Estou fazendo o melhor que posso – respondeu o sr. Fortescue, fazendo uma reverência.

– E o melhor que pode é suficiente? – perguntou Ann Veronica.

O sr. Fortescue tentou parecer envergonhado para esconder a realidade, e Ann Veronica continuou com uma série de perguntas sobre atuação, e se a irmã atuaria, e se ela era bonita o bastante para isso, e quem faria seus vestidos, e assim por diante.

De fato, o sr. Fortescue não conseguia manter a irmã e, pouco tempo após a morte da mãe, Ann Veronica encontrou Gwen de repente nas escadas que vinham do escritório do pai, assustadoramente desgrenhada, pálida, enlutada, chorosa e ressentida, e depois disso Gwen se afastou do mundo de Morningside Park, e nem mesmo as cartas suplicantes e as mensagens angustiantes que o pai e a tia recebiam, apenas uma sugestão vaga de espanto, um comentário acidentalmente vazado, vislumbres da raiva parental em relação "àquele patife", chegavam aos ouvidos de Ann Veronica.

PARTE 6

Essas eram as vivências principais de Ann Veronica que envolviam o casamento. Foram os únicos casamentos de verdade a que ela assistira de fato. Ademais, ela obtinha suas ideias do estado conjugal observando a vida de mulheres casadas, que em Morningside Park lhe parecia entediante e rígida em comparação ao cotidiano das jovens, e da leitura de livros de surpreendente variedade. Como resultado, ela passou a ver todos os casados da mesma forma que as pessoas veem insetos que perderam as asas, e suas irmãs como criaturas recém-nascidas que mal tiveram tempo de ter asas. Ela criou uma imagem vaga de si mesma confinada em uma casa sob a sombra benevolente do sr. Manning. Quem sabe? – em analogia ao "Rabisco", talvez ela o chamasse de "Rasgado"!

– Acho que nunca vou casar com ninguém – disse, e de repente se perdeu em mais uma coleção de considerações que a intrigaram por algum tempo. Será que o romance devia ser banido de sua vida?

Era difícil dar adeus ao romance, mas ela nunca tivera tanta sede de continuar seu trabalho na universidade quanto naquele dia. Nunca sentira um desejo tão aguçado pela livre iniciativa, por uma vida que não fosse impedida por terceiros. A qualquer custo! Seus irmãos praticamente tinham essa vida – pelo menos muito mais do que seria provável que ela tivesse a não ser que lutasse com vigor excepcional. Entre ela e a perspectiva justa e distante de liberdade e desenvolvimento pessoal estavam o sr. Manning, a tia e o pai, os vizinhos, os costumes, as tradições, as obrigações. Todas essas coisas lhe pareceram, naquela manhã, armadas e com redes e preparadas para lançar-se sobre ela caso seus movimentos viessem a se tornar de alguma maneira mais livres.

Ela tinha a sensação de que alguma trava tinha caído de seus olhos, como se estivesse descobrindo a si mesma pela primeira vez – descobrindo a si mesma como talvez um sonâmbulo, abruptamente entre perigos, obstáculos e perplexidades, à beira de uma crise crucial.

A vida das garotas lhe parecia às vezes feliz e despreocupada e irrefletida, mas na verdade guiada e controlada pelos outros, seguindo entre coberturas e disfarces insuspeitos.

E à sua maneira era ótima. Então de repente veio a realidade, veio a "vida adulta"; um apelo imperativo e apressado pela seriedade, pela seriedade suprema. Os Ralphs e Mannings e Fortescues se lançavam sobre a inexperiência crua, sobre a ignorância cega da recém-chegada; e antes que seus olhos fossem abertos, antes que ela soubesse o que tinha acontecido, um novo conjunto de manuais e controles, um novo conjunto de obrigações e responsabilidades e limitações substituíra o anterior.

– Quero ser uma Pessoa – disse Ann Veronica às colinas e ao céu aberto. – Não vou deixar que isso aconteça comigo, independentemente do que possa acontecer em lugar disso.

Ann Veronica tinha três questões muito bem resolvidas quando, um pouco depois do meio-dia, se viu empoleirada em um portão entre uma pista para cavalos e um campo que tomavam toda a faixa larga de terra entre Chalking e Waldersham. Em primeiro lugar, não tinha intenção nenhuma de casar, e particularmente não tinha intenção de casar com o sr. Manning; em segundo lugar, de um jeito ou de outro, ela tinha intenção de continuar estudando, não na Tredgold, mas na Imperial College; e, em terceiro lugar, como um ato imediato e decisivo, um símbolo exato de sua posição, uma declaração de iniciativa livre e adulta, ela iria ao Baile Fadden naquela noite.

Mas a possível reação de seu pai, ela ainda teria de encarar. Até então, tivera muita dificuldade em abordar essa questão de importância vital. A essência desse relacionamento insistia em se manter obscura. Que aconteceria na manhã seguinte quando ela retornasse a Morningside Park?

Ele não poderia expulsá-la de casa. Mas ela não conseguia imaginar o que ele poderia fazer. Ela não temia a violência, mas temia alguma maldade, algum tipo secundário de força. Suponha que ele suspendesse toda a sua mesada, tornasse imperativo que ela permanecesse em casa inútil e ressentida ou desse um jeito de se sustentar de uma vez... Parecia muito provável que ele suspenderia sua mesada.

O que uma garota como eu pode fazer?

Nesse momento, as especulações de Ann Veronica foram interrompidas e desviadas pela chegada de um cavalo e um cavaleiro. O sr. Ramage, aquele grisalho homem do mundo, apareceu vestindo um chapéu-coco e um terno cinza-escuro, montado em um cavalo preto. Ele puxou as rédeas ao vê-la, fez um cumprimento e a observou com olhos exageradamente protuberantes. O olhar da garota encontrou no dele a curiosidade interessada.

– A senhorita atraiu a minha atenção – ele disse, depois de pensar um instante. – Sempre desço aqui e me apoio naquela grade por algum tempo. Posso fazer isso hoje?

– O portão é seu – ela disse, em tom amigável. – O senhor o viu primeiro. O senhor é quem deve dizer se posso me sentar nele.

Ele desceu do cavalo.

– Deixe-me apresentá-la a César – ele disse, e acariciou o pescoço de César, e destacou o quanto seu nariz era macio, e lamentou em segredo a feiura dos dentes dos cavalos. Ramage amarrou o cavalo ao poste mais distante do portão, e César expirou com força e começou a investigar a cerca viva.

Ramage encostou-se ao portão ao lado de Ann Veronica, e por um instante eles ficaram em silêncio.

Ele fez alguns comentários óbvios sobre a vista ampla que se estendia abaixo ao encontro do brilho outonal sobre colinas e vales, bosques e vilarejos.

– É tão ampla quanto a vida – disse o sr. Ramage, observando a vista e colocando um pé bem calçado sobre a grade inferior.

PARTE 7

– E o que está fazendo aqui, minha jovem – ele perguntou, olhando seu rosto –, andando sozinha tão longe de casa?

– Gosto de caminhadas longas – respondeu Ann Veronica, olhando-o de cima.

– Caminhadas solitárias?

– Esse é o objetivo das caminhadas. Penso em todo tipo de coisa.

– Problemas?

– Às vezes, problemas bem difíceis.

– Tem sorte de viver em uma época em que pode fazer isso. Sua mãe, por exemplo, não podia. Ela tinha de pensar em casa, sob fiscalização.

Ann Veronica o olhou pensativa, e ele deixou que sua admiração pela postura jovem e livre de Ann Veronica transparecesse em seu rosto.

– Suponho que as coisas mudaram? – ela disse.

– Nunca existiu época de transição como esta.

– Transição para quê? – ela perguntou. – O sr. Ramage não sabia.

– Para mim basta que exista a mudança – ele disse, com toda a propriedade de um epigrama. – Devo confessar – continuou – que a Nova Mulher e a Nova Garota me intrigam profundamente. Sou dessas pessoas que se interessam pelas mulheres, mais do que por qualquer outra coisa.

Não escondo isso. E a mudança, a mudança de atitude! O modo como todo o apego anterior foi colocado de lado é incrível. E o velho... o velho truque de se encolher como um caramujo ao toque. Se tivesse vivido há vinte anos, seria chamada de Jovem, e seu principal dever na vida seria não saber, nunca conhecer e nunca compreender.

– Ainda existem muitas coisas – disse Ann Veronica, sorrindo – que não são compreendidas.

– Muitas. Mas seu papel seria andar por aí dizendo "Como é?" em tom de censura para coisas que, em seu coração, entendesse muito bem e nas quais não visse nenhum mal? Aquela Jovem terrível! Ela desapareceu. Perdida, roubada ou extraviada, a Jovem!... Espero que nunca mais a encontremos.

Ele se alegrava com essa emancipação.

– Enquanto aquele cordeiro estava por aí, qualquer homem de qualquer caráter era considerado um lobo perigoso. Usávamos correntes e antolhos invisíveis. Agora, a senhorita e eu podemos tagarelar no portão, e *Honi soit qui mal y pense*[2]. A mudança deu ao homem uma coisa boa que ele nunca teve antes – disse ele. – Amigas. E estou começando a acreditar que as melhores e mais belas amizades que o homem pode ter são as mulheres.

Ele fez uma pausa, e continuou após observá-la com atenção:

– Prefiro tagarelar com uma garota muito inteligente que com qualquer homem vivo.

– Suponho que SOMOS mais livres do que éramos? – perguntou Ann Veronica, mantendo a questão geral.

– Ah, não há dúvida! Desde que as garotas da década de 1880 romperam limites e saíram por aí de bicicleta, eu era jovem quando isso começou, teve início um afrouxamento triunfal.

– Afrouxamento, talvez. Mas somos mais livres?

– Bem?

– Quero dizer, são longas as cordas que nos amarram, mas ainda assim estamos amarradas. As mulheres não são muito mais livres... na realidade.

---

[2] *Honi soit qui mal y pense* é uma expressão em francês que significa "Envergonhe-se quem nisto vê malícia". (N.T.)

O sr. Ramage relutou.

– Andamos por aí – disse Ann Veronica.

– Sim.

– Mas desde que não façamos nada.

– Façam o quê?

– Ah!... qualquer coisa.

Ele pareceu interrogá-la com um sorriso vago.

– O que me parece é que se trata de ganhar a vida no longo prazo – disse Ann Veronica, levemente corada. – Enquanto as garotas não puderem ir embora como fazem os filhos e conquistar uma renda independente, elas estarão amarradas. Pode ser uma corda longa, longa o bastante para emaranhar todo tipo de pessoa; mas é isso! Se o mestre puxar, elas deverão ir para casa. É isso que quero dizer.

O sr. Ramage admitiu a força disso. Ficou um pouco impressionado com a metáfora da corda, que, na verdade, ela devia a Hetty Widgett.

– Será que A SENHORITA gostaria de ser independente? – ele perguntou, abruptamente. – Quero dizer, REALMENTE independente. Por conta própria. Não é tão divertido quanto parece.

– Todo mundo quer ser independente – disse Ann Veronica. – Todo mundo. Homem ou mulher.

– E a senhorita?

– Certamente!

– Eu me pergunto por quê.

– Não existe motivo. Só para sentir... que se é dono de si.

– Ninguém é – disse Ramage, e se manteve em silêncio por um instante.

– Mas o rapaz... o rapaz sai para o mundo e logo se apoia sobre os próprios pés. Compra a própria roupa, escolhe a própria companhia, constrói seu próprio modo de vida.

– A senhorita gostaria de fazer isso?

– Exatamente.

– Gostaria de ser um rapaz?

– Imagino como seria! Está fora de questão, de qualquer maneira.

Ramage refletiu.

– Por que não faz isso?

– Bem, pode causar uma boa briga.

– Eu sei... – disse Ramage, empático.

– Além disso – disse Ann Veronica, deixando esse aspecto de lado –, o que eu poderia fazer? O rapaz sai com um negócio ou profissão. Mas... é uma das coisas em que tenho pensado. Suponhamos... suponhamos que uma garota queira começar uma vida, começar uma vida para si mesma. – Ela olhou francamente em seus olhos. – Que ela pode fazer?

– Suponhamos que a senhorita...

– Sim, suponhamos que eu...

Ele sentiu que seu conselho era solicitado. Assumiu tom mais íntimo e pessoal.

– Me pergunto o que a senhorita poderia fazer – disse. – Imagino que possa fazer todo tipo de coisa...Que poderia fazer?

Ele começou a aplicar seu conhecimento do mundo em benefício dela, abrupta e alusivamente, e com tom forte e rançoso de *savoir faire*. Tinha visão otimista de suas possibilidades. Ann Veronica ouvia com atenção, com os olhos no gramado, e de vez em quando fazia uma pergunta ou levantava o olhar para discutir algum ponto. Enquanto isso, ao falar, ele analisava seu rosto, corria os olhos em sua postura despreocupada e graciosa, perguntava-se muito sobre ela. Ele a descrevia em segredo para si mesmo como uma garota esplêndida. Estava claro que ela queria sair de casa, que esperava impaciente por isso. Por quê? Enquanto a parte anterior de sua mente estava ocupada alertando Ann Veronica que não caísse na miséria desesperadora do magistério mal pago, e explicando sua ideia de que, para mulheres de iniciativa, assim como para os homens, o mundo dos negócios oferecia de longe as melhores oportunidades, câmaras posteriores de seu cérebro estavam ocupadas com a questão daquele “Por quê?”.

Sua primeira ideia como homem do mundo era explicar a inquietação dela com interesse amoroso, interesse amoroso secreto ou proibido ou impossível. Mas ele descartou isso porque se fosse o caso ela faria ao interesse amoroso todas aquelas perguntas e não a ele. A inquietação, então, era o problema, a simples inquietação: o lar a entediava. Ele podia entender que a filha do sr. Stanley estivesse entediada e se sentisse limitada. Mas isso era suficiente? Suspeitas vagas e indefinidas de algo mais vital passaram por sua mente. Será que a moça estava impaciente por experiências? Será que era aventureira? Como homem do mundo ele não achava digno aceitar a calma de donzela como algo mais que uma máscara. A vida tépida estava sempre por trás disso, ainda que adormecida. Se não era de fato interesse amoroso, podia então ser um amor ainda não encarnado, talvez ainda não imaginado...

Ele divergiu apenas levemente da verdade quando disse que seu principal interesse na vida eram as mulheres. Não eram tanto as mulheres, mas uma Mulher que ocupava sua mente. Sua maneira de pensar era latina; tinha se apaixonado aos treze anos, e ainda era capaz – tinha orgulho disso – de se apaixonar. Sua esposa inválida e o dinheiro dela eram apenas o fio tênue que mantinha sua vida no lugar; adornando aquela relação permanente havia uma série emaranhada de outras experiências femininas, casos inquietantes, entusiasmantes, interessantes, memoráveis. Cada um diferente dos demais, cada um com uma característica própria, um frescor distinto, uma beleza distinta. Ele não entendia como os homens podiam viver ignorando esse interesse predominante, essa pesquisa maravilhosa da personalidade e das possibilidades do prazer, essas expedições complexas e fascinantes que se iniciavam como um interesse e atingiam a mais suprema e apaixonada intimidade. Todo o resto de sua existência estava subordinado a essa busca; ele vivia por ela, trabalhava por ela, mantinha-se em forma por ela.

Então, enquanto ele conversava com a garota sobre trabalho e liberdade, seus olhos levemente protuberantes percebiam o equilíbrio gracioso de seus membros e seu corpo apoiado no portão, as belas linhas de seu queixo e pescoço. Seu rosto belo e sério, sua tez clara e calorosa já lhe haviam despertado a curiosidade quando ela caminhava de um lado a outro em Morningside Park, e de repente ele estava perto dela e conversando livre e intimamente com ela. Seu espírito era comunicativo quando ele a encontrou, e ela usava em vantagem própria as habilidades que acumulou durante anos.

Ela ficou satisfeita e um pouco lisonjeada com seu interesse e simpatia. Quis muito se explicar, mostrar-se de maneira favorável. Ele estava claramente exercitando sua mente por ela, e ela se viu completamente disposta a justificar seu interesse.

Ela talvez tivesse se mostrado conscientemente como uma pessoa refinada e impedida de modo indevido. Chegou a abordar de leve a irracionalidade do pai.

– Eu me pergunto – disse Ramage – se mais garotas não pensam como a senhorita e gostariam de explorar o mundo. – Então ele especulou: – Ela me perguntou se vai fazer isso? Deixe-me dizer uma coisa – continuou. – Se um dia fizer e eu puder ajudá-la de alguma forma com conselhos ou consultas ou recomendações... Veja, não creio na incapacidade feminina, mas percebo que a inexperiência feminina existe. Por serem do sexo femino, vocês foram menos treinadas... nos negócios. Eu tomaria isso, desculpe-me se pareço um pouco insistente, como uma prova de amizade. Não consigo imaginar nada mais agradável na vida do que ajudá-la, porque sei que valeria a pena. Tem alguma coisa na senhorita, um leve sabor de Determinação, imagino, que dá a sensação de... boa sorte e sucesso...

E enquanto falava e a observava ao falar, ela respondia; e enquanto ouvia, ela o observava e pensava nele. Ela gostava do entusiasmo animado de sua postura.

Sua mente parecia ser incrivelmente repleta; seu conhecimento da realidade detalhada contribuía exatamente naquilo em que a mente dela era pouco equipada. Em tudo o que ele dizia havia uma qualidade que a agradava – a qualidade de um homem que sente que as coisas podem ser feitas, que não é preciso que o mundo nos empurre para que nos movamos. Em comparação a seu pai, ao sr. Manning e aos homens que ela conhecia que ocupavam posições "fixas", Ramage, conforme apresentado por si mesmo, tinha uma bela insinuação de liberdade, de poder, de aventura deliberada e sustentada...

Ela ficou especialmente encantada com sua teoria sobre a amizade. Era realmente muito divertido conversar com um homem assim – que enxergava nela a mulher e não a tratava como criança. Ela estava propensa a acreditar que talvez, para uma garota, o oposto de seu método devesse ser aplicado; um homem mais velho, um homem para além de qualquer coisa "disparatada", era, talvez, o tipo mais interessante de amigo que se podia encontrar. Mas a esse respeito ela foi talvez um pouco além do ponto de vista dele…

Eles se deram muito bem. Conversaram quase uma hora, e por fim caminharam juntos até o cruzamento da rodovia com a pista de equitação. Ali, depois de declarações de amizade e gentileza quase ardentes, ele montou um pouco sem jeito e se afastou cavalgando em ritmo amigável, em sua melhor aparência, fazendo uma reverência com suas polainas de montaria, sorrindo e saudando-a com a mão, e Ann Veronica virou-se para o norte e foi em direção a Micklechesil. Ali, numa lojinha de chás e doces, comprou e consumiu, sem pressa e distraída, o alimento insuficiente que é natural ao seu sexo em ocasiões como aquela.

A CRISE

PARTE 1

Deixamos a srta. Stanley com o vestido de Ann Veronica nas mãos e os olhos voltados para os sapatos pseudoturcos.

Quando o sr. Stanley chegou a casa às quinze para as seis – ele pegou o trem quinze minutos antes do que imaginava –, a irmã o encontrou na entrada com expressão plácida.

– Estou tão feliz por você estar aqui, Peter – ela disse. – Ela pretende ir.

– Ir! – disse ele. – Aonde?

– Àquele baile.

– Que baile? – A pergunta era retórica. Ele sabia.

– Acredito que ela está se arrumando lá em cima... agora.

– Então diga a ela que se desarrume, confronte-a!

A cidade estivera absolutamente irritante naquele dia, e ele já chegou com raiva.

A srta. Stanley refletiu sobre a proposta por um instante.

– Não acho que ela vá aceitar – ela disse.

– Ela tem de aceitar – disse o sr. Stanley, e foi para o escritório. A irmã foi atrás. – Ela não pode ir agora. Vai ter de esperar pelo jantar – disse ele, inquieto.

– Ela vai comer alguma coisa com as Widgetts na Avenida, e vai subir com elas.

– Ela lhe disse isso?

– Sim.

– Quando?

– Na hora do chá.

– Mas por que você não proibiu de vez a coisa toda? Como ela ousou lhe dizer isso?

– Por rebeldia. Ela simplesmente se sentou e me disse que esse era o combinado. Nunca a vi tão segura de si mesma.

– Que você disse?

– Eu disse "Minha querida Veronica! Como você pode pensar esse tipo de coisa?".

– E?

– Ela bebeu mais duas xícaras de chá, comeu um pedaço de bolo e me falou de sua caminhada.

– Ela vai encontrar alguém qualquer dia desses... andando por aí assim.

– Ela não disse que encontrou alguém.

– Mas você disse mais alguma coisa sobre o baile?

– Eu disse tudo o que pude assim que percebi que ela estava tentando evitar o assunto. Eu disse "Não adianta você me falar dessa caminhada e fingir que falou comigo sobre o baile, porque você não falou. Seu pai a proibiu de ir!".

– E?

– Ela disse "Eu odeio ser desagradável com a senhora e com o papai, mas sinto que é meu dever ir ao baile!".

– Sente que é seu dever!

– "Muito bem", eu disse, "então eu lavo as mãos. Sua desobediência é responsabilidade só sua".

– Mas isso é pura rebeldia! – disse o sr. Stanley, em pé sobre o tapete e de costas para a lareira a gás apagada. – Você devia ter dito… você devia ter dito isso a ela imediatamente. Que dever uma garota pode ter com qualquer outra pessoa que esteja acima do dever para com seu pai? Obediência a ele, esta é certamente a primeira lei. O QUE ela pode colocar acima disso? – Seu tom de voz começou a subir. – É como se eu não tivesse dito nada sobre a questão. É como se eu tivesse concordado que ela fosse. Imagino que seja isso o que ela aprende naquelas faculdade infernais em Londres. Imagino que esse seja o tipo de lixo…

– Ah! Xio, Peter! – exclamou a srta. Stanley.

Ele parou abruptamente. Na pausa, ouviram uma porta abrindo e fechando lá em cima. Os passos leves se tornaram audíveis, descendo pela escada com certa deliberação e um leve farfalhar de saias.

– Diga a ela – disse o sr. Stanley, com um gesto imperioso – que venha até aqui.

PARTE 2

A srta. Stanley saiu do escritório e ficou observando Ann Veronica descer.

A garota estava corada de tanto entusiasmo, seus olhos brilhavam, e ela estava preparada para uma luta; a tia nunca a vira tão bonita e elegante. O vestido extravagante, com exceção da meias cinza-esverdeada, dos sapatos pseudoturcos e das calças largas de seda comuns à noiva de corsário, estava escondido sob uma capa de seda preta com capuz. Sob o capuz era evidente que seu cabelo rebelde estava envolto por uma seda vermelha, e brincos compridos de filigrana de bronze pendiam presos de alguma forma às suas orelhas (a menos que ela as tivesse perfurado, o que seria uma coisa terrível de imaginar!).

– Estou de saída, tia – disse Ann Veronica.

– Seu pai está no escritório e quer falar com você.

Ann Veronica hesitou e então parou diante da porta aberta e observou a presença severa do pai. Ela falou com tom completamente falso de alegre espontaneidade.

– Só tenho tempo de me despedir antes de sair, pai. Estou indo para Londres com as Widgetts para aquele baile.

– Escute aqui, Ann Veronica – disse o sr. Stanley –, só um momento. Você NÃO vai àquele baile!

Ann Veronica tentou um tom menos jovial, mais digno.

– Achei que já tivéssemos falado sobre isso, pai.

– Você não vai àquele baile! Não vai sair desta casa com esses trajes!

Ann Veronica tentou tratá-lo com mais seriedade ainda, como trataria qualquer homem, com insistência em razão do respeito masculino.

– Veja – ela disse, com muita gentileza – eu VOU. Sinto muito se pareço desobedecer, mas eu vou. Eu gostaria... – ela percebeu que havia embarcado em uma frase ruim – eu gostaria que não precisássemos ter discutido.

Ela parou de repente, e virou para a porta da frente. Em um instante ele estava ao seu lado.

– Eu acho que você não deve ter me ouvido, Vee – disse ele, com fúria intensamente controlada. – Eu disse que você – então gritou – NÃO DEVE IR.

Ela fez, e com exagero, um esforço imenso para ser uma princesa. Jogou a cabeça e, sem ter mais o que dizer, foi em direção à porta. O pai a interceptou, e por um momento as mãos dos dois agarraram a maçaneta. A raiva em comum fez o rosto dos dois corar.

– Solte! – ela arfou para ele, ardendo de raiva.

– Veronica! – gritou a srta. Stanley, em tom de alerta. – Peter!

Por um instante, eles pareceram estar à beira de uma briga completamente desesperada. Nunca, nem por um instante, a violência tinha se imposto entre os dois desde que, muito tempo antes, apesar dos protestos da mãe ao fundo, ele a carregara chutando e gritando até seu quarto por algum crime já esquecido. Quase horrorizados, eles se viram assim confrontados.

A porta se fechava por um trinco e uma tranca com chave interna, aos quais à noite eram acrescentados dois ferrolhos e uma corrente. Abstendo-se cuidadosamente de empurrar um ao outro, Ann Veronica e o pai deram início a uma luta absurdamente desesperada, ela para abrir a porta, ele para mantê-la fechada. Ela pegou a chave, e ele pegou sua mão e a apertou com força e dolorosamente entre o trinco e a tranca enquanto ela tentava virá-la. O movimento torceu seu pulso. Ela deu um grito de dor.

Um sentimento selvagem de vergonha e autoaversão a invadiu. Seu espírito despertou consternado para o afeto em ruínas, para o desastre imensamente indigno que os dominara.

De repente, ela desistiu, recuou e virou e correu escada acima.

Emitia sons entre o choro e a risada enquanto subia. Chegou ao quarto e bateu a porta e a trancou como se temesse violência e perseguição.

– Ah, Deus! – exclamou. – Ah, Deus! – E atirou a capa para o lado e por um momento caminhou pelo quarto, a noiva de um corsário em uma crise de nervos. – Por que ele não é capaz de conversar comigo – repetiu várias vezes – em vez de fazer isso?

PARTE 3

Logo chegou o estágio em que ela disse:

– Ainda assim NÃO VOU aceitar. Eu vou ao baile.

Ela foi até a porta do quarto, então virou-se para a janela. Abriu a janela e saiu com dificuldade – algo que não fazia havia longos cinco longos anos desde a adolescência – para o espaço chumbado sobre o banheiro do primeiro andar. Certa vez, ela e Roddy desceram dali pelo cano da calha.

Mas as coisas que uma garota de dezesseis anos pode fazer de saia curta não são coisas que devem ser feitas por uma jovem de vinte e um anos em um vestido extravagante e uma capa e, enquanto chegava sem ajuda a essa conclusão, ela viu o sr. Pragmar, o farmacêutico atacadista que morava a três jardins de distância, cortar a grama a fim de abrir o apetite para o jantar, sustentando uma postura fascinada ao lado do cortador esquecido e observando-a com atenção.

Ela teve extrema dificuldade ao tentar infundir um ar de correção discreta ao seu retorno pela janela, e quando estava segura do lado de dentro levantou os punhos cerrados e deu uns passos de dança com raiva silenciosa,

Quando pensou que o sr. Pragmar provavelmente conhecia o sr. Ramage, e poderia descrever o caso para ele, ela soltou um:

– Ah! – com vergonha renovada, e repetiu alguns passos da dança de compasso novo e mais exaltado.

PARTE 4

Às oito naquela noite, a srta. Stanley bateu à porta do quarto de Ann Veronica.

– Trouxe seu jantar, Vee – disse ela.

Ann Veronica estava deitada na cama no quarto que escurecia olhando para o teto. Pensou antes de responder. Estava com fome terrível. Tinha comido pouco na hora do chá, e sua refeição ao meio-dia tinha sido pior do que nada.

Ela se levantou e abriu a porta.

A tia não se opunha à pena de morte ou à guerra, ou ao sistema industrial ou à detenção dos sem-teto, ou ao açoitamento de criminosos ou ao Estado Livre do Congo, porque nenhuma dessas coisas chegava a ocupar sua imaginação; mas ela se opunha, ela não gostava, ela não suportava pensar que as pessoas não fizessem e não desfrutassem suas refeições. Para ela, essa era a provação de qualquer estado emocional, a interferência em uma digestão agradavelmente regular. Qualquer pessoa muito comovida apenas empurraria algumas garfadas; o sintoma da angústia suprema era não conseguir comer nada. Então pensar em Ann Veronica no andar de cima foi extremamente doloroso para ela durante todo o jantar silencioso daquela noite. Assim que o jantar acabou, foi até a cozinha e se dedicou a montar uma bandeja – não uma mera bandeja com coisas do jantar meio frias, mas uma bandeja especialmente preparada, apropriada para tentar qualquer pessoa. Com essa bandeja ela entrou.

Ann Veronica se viu na presença do fato mais perturbador da experiência humana, a bondade de pessoas que acreditamos estarem completamente erradas. Ela pegou a bandeja com as duas mãos, e se entregou às lagrimas.

A tia saltou infeliz para a ideia da penitência.

– Minha querida – começou, com uma mão carinhosa no ombro de Ann Veronica –, eu queria TANTO que você percebesse o quanto isso entristece seu pai.

Ann Veronica se desvencilhou de sua mão, e o pimenteiro que estava sobre a bandeja virou, fazendo subir uma nuvem de pimenta no ar e imediatamente causando nas duas o intenso desejo de espirrar.

– Acho que a senhora não percebe – ela respondeu, com lágrimas no rosto, e as sobrancelhas unidas – o quando me envergonha e... A!... me desonra... ATCHIM!

Ela soltou a bandeja com força sobre a penteadeira.

– Mas, querida, pense! Ele é seu pai! ATCHIM!

– Isso não é motivo – disse Ann Veronica, falando com o lenço na boca e parando de repente.

Sobrinha e tia se olharam por um instante por sobre seus lenços com olhos lacrimejantes, mas antagônicos, as duas profundamente comovidas ao perceber o absurdo de sua posição.

– Eu espero – disse a srta. Stanley, com dignidade, e virou-se para a porta como quem enfrentasse um conflito civil. – Um estado de espírito melhor – ela engasgou...

Ann Veronica ficou parada no quarto escurecido olhando para a porta que bateu atrás da tia, o lenço embolado com força em sua mão. Sua alma repleta da sensação de desastre. Ela tinha travado sua primeira luta por dignidade e liberdade como uma Pessoa adulta e independente, e foi assim que o universo a tratou. Não sucumbiu diante dela nem a esmagou com sua ira. Empurrou-a para trás com um golpe indigno, com um humor vulgar, com um sorriso insuportável e desdenhoso.

– Por Deus! – disse Ann Veronica pela primeira vez na vida. – Mas eu vou! Eu vou!

A FUGA PARA LONDRES

PARTE 1

Ann Veronica teve a impressão de que não dormira nada naquela noite, mas de qualquer forma venceu uma quantidade imensa de pensamentos e sentimentos febris.

Que ia fazer?

Uma ideia principal a dominava: precisava se afastar de casa, precisava se afirmar imediatamente ou morreria.

– Muito bem – dizia –, então devo ir.

Ficar, sentia, seria ceder em tudo. E ela teria de ir amanhã. Estava claro que precisava ser amanhã. Se adiasse um dia, adiaria dois dias, se adiasse dois dias, adiaria uma semana, e depois de uma semana as coisas se ajustariam à submissão eterna.

– Eu vou – prometeu à noite – ou morrerei!

Fez planos e estimou meios e recursos. Essa estimativa e seus preparativos gerais talvez apresentassem certa desproporção. Ela tinha um relógio de ouro, um relógio de ouro muito bom que fora de sua mãe, um colar de pérolas que era também muito bom, alguns anéis despretensiosos, pulseiras de prata e outras quinquilharias de qualidade inferior, três libras e treze xelins da mesada que ela não gastara e destinara a roupas e livros e alguns bons livros que poderia vender. Assim equipada, ela pretendia montar outro lar no mundo.

Então arranjaria um trabalho.

Durante a maior parte de uma noite longa e instável, ela esteve razoavelmente confiante de que encontraria trabalho; sabia que era forte, inteligente e capaz, segundo os padrões da maioria das garotas que conhecia. Não tinha muita certeza de como arranjaria, mas achava que arranjaria. Então escreveria ao pai contando o que fez, estabelecendo uma nova base para seu relacionamento.

Foi assim que ela projetou a situação, e em termos gerais parecia plausível e possível. Mas entre essas fases mais amplas de confiança, surgiram lacunas de dúvida desconcertante em que o universo se apresentava para ela com caretas sinistras e ameaçadoras, desafiando-a a desafiá-lo, preparando uma derrota humilhante e vergonhosa.

– Não me importo – disse Ann Veronica à escuridão. – Vou lutar!

Ela tentou planejar seus passos minuciosamente. As únicas dificuldades que se apresentaram com clareza foram as relacionadas a ir embora de Morningside Park, e não aquelas que estariam na outra ponta da jornada. Estas eram tão externas à sua experiência que ela considerava possível deixá-las quase fora da vista dizendo a si mesma em tom confiante que “ficaria tudo bem”. Mas ainda assim ela sabia que não estava tudo bem, e às vezes elas se tornavam uma obsessão terrível, como se algo estivesse esperando por ela na esquina. Tentou se imaginar “conseguindo alguma coisa”, projetar-se sentada diante de uma escrivaninha escrevendo, ou voltando do trabalho para um apartamento agradavelmente equipado e livre e independente. Durante algum tempo ela mobiliou o apartamento. Mas mesmo com a mobília o local se manteve extremamente vago, o bem possível e o mal possível também.

O mal possível.

– Eu vou – disse Ann Veronica pela centésima vez. – Eu vou. Não importa o que aconteça.

Ela despertou de um cochilo, como se não tivesse dormido. Era hora de levantar.

Sentou-se à beira da cama e olhou ao redor, para o quarto, para a fileira de livros de capa preta e o crânio de porco.

– Preciso levá-los – disse, para evitar a própria incredulidade. – Como vou tirar minha bagagem da casa?...

A imagem da tia, um pouco distante, um pouco apaziguadora, atrás do que era necessário para o café, encheu-a da sensação de aventura quase catastrófica. Talvez ela nunca mais voltasse para aquele ambiente de café da manhã. Nunca mais! Talvez um dia, logo, ela sentisse falta daquele ambiente. Ela se serviu do restante do bacon levemente endurecido, e voltou a pensar no problema de tirar a bagagem da casa. Decidiu solicitar a ajuda de Teddy Widgett, ou, à falta dele, de uma de suas irmãs.

PARTE 2

Ela encontrou a geração mais nova dos Widgetts entregue a lânguidas lembranças, e todos, segundo eles mesmos disseram, um "pouco podres". Todos ficaram tremendamente agitados quando souberam que Ann Veronica lhes tinha dado o bolo porque estava, como ela expressou, "trancada em casa".

– Meu Deus! – disse Teddy, mais impressionado do que nunca.

– Mas que você vai fazer? – perguntou Hetty.

– Que se pode fazer? – perguntou Ann Veronica. – Vocês suportariam isso? Eu vou embora.

– Embora? – exclamou Hetty.

– Para Londres – disse Ann Veronica.

Ela esperava admiração solidária, mas em vez disso todos os Widgetts, exceto Teddy, expressaram desestímulo compartilhado.

– Mas como vai fazer isso? – perguntou Constance. – Com quem vai ficar?

– Devo ir sozinha. Alugar um quarto!

– Sim! – disse Constance. – Mas quem vai pagar o quarto?

– Eu tenho dinheiro – respondeu Ann Veronica. – Qualquer coisa é melhor do que esta... esta vida sufocada! – E, ao perceber que Hetty e Constance estavam claramente desenvolvendo objeções, logo se precipitou e demandou ajuda: – Não tenho nada no mundo onde guardar minhas coisas a não ser uma valise pequena. Podem me emprestar umas coisas?

– Você É uma teimosa! – disse Constance, e passou bem lentamente da dissuasão para a ajuda.

Mas eles fizeram por ela tudo o que estava ao seu alcance. Concordaram em emprestar a mala de viagem e uma bolsa grande e disforme que chamavam de mala comunitária. E Teddy declarou estar pronto para ir até o fim do mundo por ela e levar a mala durante todo o percurso.

Hetty, olhando pela janela – ela sempre fumava o cigarro pós-café da manhã na janela para impressionar a parcela menos avançada da sociedade de Morningside Park – e tentando não levantar objeções, viu a srta. Stanley descer em direção às lojas.

– Se você vai mesmo fazer isso – disse Hetty – agora é a hora.

E Ann Veronica voltou de uma vez com a mala, tentando não se apressar para não chamar atenção, arrumando a mala com ar digno de pessoa injustiçada que faz a coisa certa e rápido. Teddy deu a volta pelos fundos do jardim e jogou a bolsa por cima da cerca. Aquilo tudo era entusiasmante e divertido. A tia voltou antes de as malas estarem prontas, e Ann Veronica almoçou com a sensação incômoda de saber que a bolsa e a mala estavam no andar de cima mal escondidas embaixo da cama. Corada e despreocupada, ela desceu até a casa dos Widgetts depois do almoço para os últimos preparativos, e assim que a tia foi deitar para fazer a digestão como de costume, arrriscou-se, pois os criados poderiam delatar sua iniciativa, e levou a mala e a bolsa até o portão do jardim, de onde Teddy, em estado de servidão extasiada, as carregou até a estação. Ela subiu as escadas mais uma vez, vestiu-se cuidadosamente com traje social, colocou seu chapéu de aparência mais profissional e, com uma onda de emoção difícil de controlar, desceu para pegar o trem das 3:17 para a cidade.

Teddy a levou até o compartimento de segunda classe que seu bilhete lhe garantia e declarou que ela estava "simplesmente esplêndida".

– Se você quiser qualquer coisa – ele disse –, ou tiver qualquer problema, me telegrafe. Eu voltaria do fim do mundo. Eu faria qualquer coisa, Vee. É horrível pensar em você assim!

– Você é um anjo, Teddy!

– Quem não seria por você?

O trem começou a avançar.

– Você é esplêndida! – disse Teddy, com o cabelo selvagem ao vento. – Boa sorte! Boa sorte!

Ela acenou da janela até a curva escondê-lo.

Ela se viu sozinha no trem perguntando-se o que fazer em seguida, e tentando não pensar em si mesma como exilada de casa ou de qualquer refúgio que a protegesse do mundo que decidira enfrentar. Sentia-se ainda menor e mais aventureira do que esperava.

– Deixe-me ver – disse a si mesma, tentando controlar um leve aperto no coração –, vou pegar um quarto em uma pensão porque é mais barato... mas talvez seja melhor eu pegar um quarto em um hotel esta noite e procurar... Deve ficar tudo bem – disse.

Mas seu coração continuou apertado. Para que hotel deveria ir? Se ela dissesse a um taxista que a levasse a um hotel, qualquer hotel, o que ele faria... ou diria? Ele poderia levá-la até um lugar terrivelmente caro, e não o tipo de lugar tranquilo de que ela precisava. Por fim, decidiu que mesmo no caso de um hotel ela precisaria procurar, e que no meio-tempo "reservaria" a bagagem em Waterloo. Ela disse ao carregador que levasse a bagagem ao guichê, e só depois de um instante constrangedor percebeu que devia tê-lo direcionado ao guarda-volumes. Mas isso logo foi corrigido, e ela saiu para a cidade de Londres com peculiar exaltação de espírito, exaltação que se alimentava do pânico e do desafio, mas era sobretudo uma sensação de liberdade sem precedentes.

Ela respirou fundo – inalando o ar londrino.

PARTE 3

Ela descartou os primeiros hotéis pelos quais passou, mal sabia por que, talvez pelo simples pavor de entrar, e atravessou a Waterloo Bridge em ritmo de passeio. Era tarde alta, não havia nenhuma grande aglomeração de pedestres, e muitos olhos nos coletivos e nas calçadas pousavam com apreço sobre sua presença fresca e elegante quando ela passava jovem e ereta, com a luz da determinação reluzindo no autodomínio tranquilo de seu rosto. Ela estava vestida como as garotas inglesas se vestem para ir à cidade, sem coqueteria ou rigor: a blusa sem gola revelava seu belo pescoço, os olhos eram brilhantes e firmes, e o cabelo escuro se ondulava solto e gracioso sobre as orelhas...

De início lhe parecia a tarde mais bela de todos os tempos, e talvez o entusiasmo de sua empolgação conferisse de fato uma exaltação distinta e culminante ao dia. O rio, as grandes construções da margem norte, Westminster, e St. Paul, opulentas e maravilhosas com o sol suave de Londres, o sol mais macio, mais finamente granulado, mais penetrante e menos enfático do mundo. Até as carroças e carretas e coches que a Wellington Street despejava sem cessar sobre a ponte pareciam bons e perfeitos aos seus olhos. Um tráfego de barcaças abundantes repousava sobre a superfície do rio – barcaças completamente paradas ou em devaneios após puxões desajeitados; e acima circulavam, urbanamente vorazes, as gaivotas de Londres. Ela nunca tinha estado lá naquela hora, naquela luz, e era como se ela ali viesse pela primeira vez. E esse grande lugar agradável, essa Londres agora era sua, para encará-la, para ir aonde quisesse, para conquistá-la e viver nela.

– Estou feliz por ter vindo.

Viu um hotel que não parecia nem opulento nem estranho em uma ruazinha lateral que levava ao Embankment, esforçou-se por decidir e, voltando pela Ponte Hungerford até Waterloo, pegou um táxi até o refúgio escolhido com seus dois volumes de bagagem. Houve apenas um minuto de hesitação antes que lhe dessem um quarto.

A jovem da recepção disse que verificaria, e Ann Veronica, enquanto fingia ler o pedido impresso numa caixinha de coleta de hospital sobre o balcão, teve a sensação desagradável de ser observada por um cavalheiro baixo e de bigodes vestindo sobrecasaca. Ele viera do escritório para a recepção, entre vários carregadores igualmente observadores, para espiá-la e espiar sua bagagem. Mas a consulta foi satisfatória e ela logo se viu no quarto de número 47, ajeitando o chapéu e esperando que a bagagem aparecesse.

– Tudo certo até aqui – disse a si mesma.

PARTE 4

Mas agora, sentada na única poltrona de seda vermelha protegida por uma manta e observando a mala e a bolsa naquele quarto apertado, quase vazio e desumanizado, com o guarda-roupa vazio e a mesinha de banheiro deserta e as paredes sem quadros e os móveis padronizados, um vazio repentino abateu-se sobre ela como se ela não importasse, e tivesse sido jogada nesse canto impessoal, ela e suas coisas...

Decidiu sair para a tarde londrina novamente e comer alguma coisa em uma padaria da rede Aerated Bread ou algum lugar parecido, e talvez encontrar um quarto barato. É claro que era isso que tinha de fazer; ela tinha de encontrar um quarto barato e um trabalho!

Este quarto 47 não passava de uma espécie de vagão de trem em vias de transformar-se num deles.

Como se consegue trabalho?

Caminhou pela Strand e pela Trafalgar Square, e passou pelo Haymarket até Piccadilly, e por praças dignas e becos palacianos até Oxford Street; e sua mente se dividia entre a reflexão sobre o emprego de um lado, e a brisa – a brisa zéfira – da mais entusiástica apreciação por Londres do outro. O lado bom disso era que, pela primeira vez na vida, no que dizia respeito a Londres, ela não estava indo a nenhum lugar específico; pela primeira vez na vida parecia que estava simplesmente absorvendo Londres.

Tentou pensar como as pessoas conseguiam trabalho. Será que devia entrar em alguns daqueles lugares e dizer a eles o que sabia fazer? Hesitou diante da janela de uma transportadora na Cockspur Street e em uma Army and Navy Stores, mas decidiu que talvez houvesse um horário especial e costumeiro, e que seria melhor descobrir isso antes de fazer qualquer tentativa. Ademais, ela não queria fazer uma tentativa de imediato.

Entregou-se a um sonho agradável de cargos e trabalhos. Por trás de cada uma das várias fachadas pelas quais passava devia haver uma carreira ou carreiras. Suas ideias sobre empregos para as mulheres e sobre a posição da mulher moderna na vida eram baseadas principalmente na figura de Vivie Warren em *A profissão da sra. Warren*. Ela assistira à peça furtivamente da galeria com Hetty Widgett, em uma apresentação da Stage Society numa tarde de segunda-feira. Grande parte fora incompreensível para ela, ou compreensível de uma maneira que minava a curiosidade de saber mais, mas a figura de Vivien, firme, capaz, bem-sucedida e intimidadora, que dava ordens a um verdadeiro Teddy na figura de Frank Gardner, a atraíra. Ela se via na posição de Vivie – administrando algo.

Seus pensamentos foram desviados de Vivie Warren pelo comportamento peculiar de um cavalheiro de meia-idade na Piccadilly. Ele apareceu de repente vindo do infinito próximo à Burlington Arcade, atravessando a calçada em sua direção e com os olhos nela. Parecia ter mais ou menos a idade de seu pai. Usava chapéu de seda levemente torto e um fraque fechado que envolvia uma estrutura retesada e contida; sapatos brancos davam acabamento a seu traje e endossavam a distinção discreta de sua gravata. Seu rosto talvez estivesse um pouco corado, e os olhos pequenos e castanhos brilhavam. Ele parou no meio-fio, sem olhar para ela, como se fosse atravessar a rua, e falou com ela de repente por sobre o ombro.

– Aonde vai? – disse, muito distinto, em tom curiosamente lisonjeiro.

Ann Veronica ficou olhando para seu sorriso bobo e expiatório e seu olhar faminto durante um instante de espanto, então se afastou e seguiu seu caminho com o passo apressado. Mas sua mente ficou perturbada, e sua superfície quase refletora de satisfação não foi facilmente restabelecida.

Cavalheiro esquisito!

A arte de ignorar é uma das conquistas de toda moça bem-criada, tão cuidadosamente instilada que por fim ela pode até mesmo ignorar os próprios pensamentos e o próprio conhecimento. Ann Veronica podia ao mesmo tempo perguntar a si mesma o que aquele cavalheiro esquisito podia querer ao falar com ela, e saber – saber em termos gerais, pelo menos – o que aquela interpelação significava.

Ao ir e voltar da Tredgold dia após dia, ela vira mas não vira muitos aspectos incidentais daquelas áreas da vida sobre as quais se espera que as moças desconheçam, aspectos que eram extraordinariamente relevantes para sua própria posição e visão de mundo, mas, por convenção, inefavelmente remotos. Apesar de sua excepcional iniciativa intelectual, ela nunca levara essas coisas em consideração com olhar direto. Ela as via de soslaio, e nunca conversava com mais ninguém no mundo sobre elas.

Seguiu seu caminho não mais sonhadora e apreciativa, mas perturbada e relutantemente observadora por trás da máscara de contentamento sereno.

Aquela sensação prazerosa de movimento livre e desimpedido desaparecera.

Ao se aproximar do fim da descida na Piccadilly, ela viu uma mulher que vinha da direção oposta – uma mulher alta que, à primeira vista, parecia bela e elegante. Ela caminhava com a firmeza palpitante de um navio alto. Então, quando se aproximou, a pintura se revelou em seu rosto, e uma determinação dura por trás da expressão tranquila de seu semblante aberto e uma espécie de irrealidade em seu esplendor revelaram algo cujo termo certo para nomeá-lo Ann Veronica não conseguiu lembrar – um termo compreendido pela metade que se escondia e espreitava em sua mente, o termo "meretrício". Atrás dessa mulher e um pouco para a lateral, caminhava um homem elegantemente vestido, com desejo e apreço no olhar. Alguma coisa insistia que aqueles dois estavam misteriosamente conectados – que a mulher sabia que o homem estava ali.

Foi um segundo lembrete de que, contra sua reivindicação de ser livre e desimpedida, havia uma argumentação a ser considerada, que afinal era verdade que nenhuma garota encara o mundo sozinha sem encontrar desafios, nem nunca encara o mundo livremente sozinha, que o mal anda por aí, e os perigos e insultos mesquinhos mais irritantes que os perigos estão à espreita.

Foi nas ruas e praças tranquilas a caminho da Oxford Street que surgiu em sua cabeça a ideia desagradável de que também ela estava sendo seguida. Ela observou um homem caminhando do outro lado da rua e olhando em sua direção.

– Que amolação! – praguejou. – Amolação! – E decidiu que não era verdade, e que não olharia novamente para a direita nem para a esquerda.

Depois da Circus, Ann Veronica entrou em uma loja da British Tea-Table Company para tomar um chá. E ainda estava esperando por seu chá quando viu o homem de novo. Ou era uma infeliz coincidência de trajeto, ou ele a seguira desde a Mayfair. Não havia como se enganar a respeito de suas intenções desta vez. Ele andou pelo estabelecimento claramente procurando por ela e ocupou um lugar do outro lado de frente para um espelho pelo qual podia observá-la diretamente.

Sob a despreocupação serena do rosto de Ann Veronica havia um caos fervilhante. Ela estava furiosamente irritada. Olhava com indiferença discreta na direção da janela e do tráfego da Oxford Street, e em seu coração estava ocupada chutando aquele homem até a morte. Ele a seguira SIM! Por que a seguira? Deve tê-la seguido durante todo o percurso desde antes da Grosvenor Square.

Era alto e loiro, tinha olhos azulados bastante protuberantes e mãos brancas compridas que ele fazia questão de exibir. Tinha tirado o chapéu de seda, e agora estava sentado olhando para Ann Veronica por sobre uma xícara de chá intocada; ele a devorava com os olhos, tentando fazer os olhares se cruzarem. Uma vez, acreditando que conseguira, sorriu um sorriso insinuante. Ele se moveu, depois de intervalos de calmaria, com movimentos curtos e rápidos, acariciou repetidamente o pequeno bigode e tossiu uma tosse tímida.

– Que ele ocupe o mesmo mundo que eu! – disse Ann Veronica, limitando-se a ler a lista de coisas boas que a British Tea-Table Company precificara para seus clientes.

Só Deus sabia que concepções obscuras e indecorosas de paixão e desejo ocupavam aquele crânio loiro, que sonhos de intriga e aventura nascidos do romance! Mas foram o bastante, quando Ann Veronica saiu novamente para a rua que escurecia, para incitar uma perseguição fugaz e obstinada, idiota, frustrante, indecente.

Ela não tinha ideia do que fazer. Se falasse com um policial, não sabia qual seria a consequência. Talvez ela tivesse de acusar o homem e comparecer a um tribunal no dia seguinte.

Ficou com raiva de si mesma. Não se deixaria levar por aquela agressão persistente e furtiva. Ela o ignoraria. Certamente era capaz fazê-lo. Parou de repente e olhou pela vitrine de uma floricultura. Ele passou, voltou devagar e parou ao lado dela, observando seu rosto silenciosamente.

A tarde se transformara em crepúsculo. As lojas se iluminavam com gigantescas lanternas coloridas, os postes da rua ganhavam vida, e ela se perdera no caminho. Perdera o senso de direção, e se encontrava em meio a ruas desconhecidas. Seguiu de rua em rua, e toda a glória de Londres desaparecera. Diante da desumanidade sinistra, ameaçadora, monstruosa da cidade sem limites, não havia nada agora além desse fato feio e supremo de uma perseguição – a perseguição do macho indesejado, persistente.

Pela segunda vez Ann Veronica quis praguejar contra o universo.

Houve momentos em que pensou em virar-se para aquele homem e conversar com ele. Mas havia algo em seu rosto ao mesmo tempo estúpido e invencível que lhe dizia que ele continuaria a se impor a ela e acharia que conversar com ela era uma grande conquista. No crepúsculo ele deixava de ser alguém que ela pudesse enfrentar e envergonhar; tinha se tornado algo mais generalizado, algo que se arrastava e se esgueirava em sua direção e não a deixava em paz...

Então, quando a tensão estava ficando insuportável, e ela estava à beira de abordar um transeunte qualquer e pedir ajuda, o perseguidor desapareceu. Por algum tempo ela mal conseguiu acreditar que ele tinha ido embora. Tinha. A noite o engolira, mas sua missão estava cumprida. Ela perdera a ousadia, e naquela noite já não havia liberdade para ela em Londres. Ela ficou feliz ao se juntar à corrente de trabalhadores apressados a caminho de casa, que agora deixava milhares de locais de trabalho, e imitou sua pressa motivada e ocupada. Seguiu um chapéu branco saltitante e um casaco cinza até chegar à esquina da Euston Road com a Tottenham Court Road, e ali, pelo nome escrito num ônibus e pelos gritos do motorista, adivinhou seu caminho. Ela não apenas parecia guiada – sentia-se guiada. Tinha medo de que as pessoas a seguissem, medo das passagens escuras e abertas pelas quais passava com medo do brilho da luz; medo de ficar sozinha, e não sabia de que exatamente tinha medo.

Já passava das sete quando ela chegou ao hotel. Pensou então que havia se livrado do homem de olhos azuis protuberantes para sempre, mas naquela noite descobriu que ele a seguiu até nos sonhos. Ele a perseguiu, encarou-a, desejou-a, ele se esgueirou furtivo e propiciatório, mas ao mesmo tempo implacável em sua direção, até que finalmente ela acordou do pesadelo sufocante que era aquela proximidade, e ficou deitada com medo e pavor ouvindo os sons incomuns do hotel. Naquela noite, chegou muito perto de decidir voltar para casa na manhã seguinte. Mas a manhã trouxe de volta a coragem, e aquelas primeiras insinuações de terror desapareceram por completo de sua mente.

PARTE 5

Ela enviara ao pai um telegrama do correio de East Strand que dizia o seguinte:

ESTÁ TUDO BEM COMIGO
ESTOU SEGURA | VERONICA

Depois jantou uma costeleta à la carte e decidiu escrever uma resposta ao pedido de casamento do sr. Manning. Mas achou muito difícil.

"CARO SR. MANNING", começou. Até aí foi fácil, e pareceu bastante óbvio continuar: "É muito difícil responder à sua carta".

Mas depois disso nem ideias nem frases surgiram e ela acabou pensando nos acontecimentos do dia. Decidiu que passaria a manhã seguinte respondendo a anúncios dos jornais que abundavam no salão de leitura; e depois de meia hora analisando edições anteriores da revista *Sketch* na sala de estar, foi se deitar.

Na manhã seguinte, ao tentar responder aos anúncios, descobriu que era mais difícil do que imaginava. Em primeiro lugar, não havia tantos anúncios adequados quanto ela esperava. Ela se sentou ao lado da pilha de jornais com a sensação generalizada de que era como Vivie Warren, e folheou o *Morning Post* e o *Standard* e o *Telegraph*, e depois os jornais menos importantes. O *Morning Post* estava faminto por governantas e babás, mas não oferecia outras esperanças; o *Daily Telegraph* naquela manhã parecia ávido apenas por costureiras. Ela foi até uma escrivaninha e fez algumas anotações em uma folha de papel, e então lembrou-se de que ainda não tinha endereço para onde a correspondência pudesse ser enviada.

Decidiu deixar o assunto para o dia seguinte e dedicou aquela manhã a resolver a situação com o sr. Manning. À custa de vários rascunhos rasgados, conseguiu desenvolver o seguinte:

CARO SR. MANNING,

É muito difícil responder à sua carta. Espero que não se importe se, em primeiro lugar, eu disser que é uma honra enorme para mim que o senhor considere alguém como eu com tanta estima e seriedade e, em segundo, que eu gostaria que não tivesse sido por escrito.

Ela examinou a frase por algum tempo antes de continuar.

– Eu me pergunto: por que alguém escreveria frases como essas? Vou ter de seguir assim – decidiu. Já escrevi muitas.

E seguiu, tentando desesperadamente ser simples e coloquial:

Veja, éramos bons amigos, eu acreditava, e agora talvez seja difícil voltarmos à antiga amizade. Mas, se isso for possível, quero que aconteça. Veja, o fato puro e simples é que acho que sou jovem e ignorante demais para o casamento. Tenho pensado nessas coisas ultimamente, e me parece que para toda moça o casamento é simplesmente a coisa mais importante da vida. Não é apenas uma de várias coisas importantes; para ela é a coisa importante, e enquanto não souber muito mais do que eu sei dos fatos da vida, como ela pode assumir esse compromisso? Então, por favor, se possível, esqueça que escreveu aquela carta, e perdoe esta resposta. Quero que pense em mim como se eu fosse um homem, e como se o casamento estivesse completamente fora de questão.

Espero que seja capaz de fazer isso, porque valorizo amizades masculinas. Lamentarei imensamente se não puder tê-lo como amigo. Acho que não existe amigo melhor para uma garota que um homem um tanto mais velho que ela.

A esta altura o senhor já soube, talvez, do passo que dei ao deixar meu lar. Provavelmente o senhor reprovará o que fiz... Será? O senhor pode, talvez, acreditar que o fiz apenas por um acesso de petulância infantil porque meu pai me trancou em casa quando eu queria ir ao baile que ele não aprovava. Mas, na verdade, é muito mais do que isso. Em Morningside Park, sentia que todo meu crescimento estava fadado a estancar de repente, como se eu fosse afastada da luz da vida e, como dizem em botânica, estiolada. Eu era como uma espécie de marionete que faz o que mandam – ou seja, age conforme as cordas são puxadas. Quero ser uma pessoa independente, e puxar minhas próprias cordas. Prefiro enfrentar problemas e dificuldades a ser cuidada por terceiros. Quero ser eu mesma. Eu me pergunto se um homem é capaz de entender esse sentimento apaixonado. É um sentimento bastante apaixonado. Então já não sou a garota que o senhor conheceu em Morningside Park. Sou uma jovem à procura de emprego e liberdade e desenvolvimento pessoal, exatamente como disse que queria ser em nossa primeira conversa.

Espero que o senhor veja as coisas como elas são e não fique ofendido comigo ou terrivelmente chocado e angustiado com o que fiz.

Cordialmente,

ANN VERONICA STANLEY.

PARTE 6

À tarde retomou sua busca por apartamento. A sensação inebriante de novidade dera lugar à disposição mais próxima dos negócios. Saiu da Strand em direção ao norte, e chegou a locais estranhos e sombrios.

Nunca tinha imaginado que a vida seria tão sinistra quanto lhe parecia no início dessas buscas. Ela se viu mais uma vez na presença de algum elemento da vida sobre o qual fora treinada a não pensar, sobre o qual talvez estivesse instintivamente indisposta a pensar; algo que contrastava, apesar de toda sua resistência mental, com todos os seus preconceitos de menina pura e corajosa que deixou Morningside Park como quem sai de uma cela para um mundo vasto e livre. Uma ou duas proprietárias a recusaram com ar de virtude que ela achou difícil de explicar.

– Não alugamos para damas – disseram.

Perambulou pela Theobald's Road rumo à região da Titchfield Street. Os apartamentos que viu eram ou escandalosamente sujos ou inexplicavelmente caros ou ambos. E alguns eram adornados com gravuras que lhe pareciam mais vulgares e indesejáveis que qualquer coisa que já vira. Ann Veronica amava as coisas belas, e mais ainda a beleza da graciosidade desnuda; mas aquelas eram imagens que insistiam grosseiramente nas curvas do corpo das mulheres. As janelas desses quartos eram escondidas por cortinas, o piso por tapetes em patchwork; os enfeites de porcelana sobre a lareira eram algo à parte. Depois das primeiras, várias mulheres que tinham quartos para alugar disseram que não alugariam para ela, e a dispensaram. Isso também lhe pareceu estranho.

Sobre muitas dessas casas pairava uma mancha misteriosa de um mal dúbio, ordinário e empoeirado; as mulheres que negociavam os quartos aparentavam conduta amigável como se fosse uma máscara, com olhos severos e desafiadores. Uma idosa, míope e de mãos trêmulas chamou Ann Veronica de "querida" e fez uma observação, obscura e cheia de gírias, cujo espírito, e não as palavras, penetrou seu entendimento.

Por algum tempo ela parou de procurar apartamento, e caminhou por ruas áridas e emporcalhadas, pelo lado sórdido da vida, perplexa e confusa, envergonhada de sua obtusidade anterior.

Sentia algo que um hindu talvez sinta quando está em um lugar ou toca algo que ofende sua casta. Passava pelas pessoas nas ruas e as via com apreensão ativa; uma ou duas vezes garotas vestidas em berloques desleixados vieram em sua direção, saindo daqueles lugares rumo à Regent Street. Não lhe ocorreu que ao menos encontraram um modo de ganhar a vida, e tinham essa superioridade econômica em relação a ela. Não lhe ocorreu que, exceto por alguns incidentes de educação e caráter, tinham alma como ela.

Por algum tempo Ann Veronica seguiu seu caminho avaliando a qualidade de ruas sórdidas. Finalmente, um pouco mais ao norte da Euston Road, a nuvem moral pareceu se dissipar, degraus limpos diante das portas, um apelo diferente nas placas bem colocadas com a palavra

APARTAMENTOS

nas janelas claras e reluzentes. Finalmente em uma rua próxima a Hampstead Road ela encontrou um quarto que tinha espaço e organização excepcionais, e uma mulher alta de rosto gentil que o mostrou.

– Você é estudante, imagino? – disse a mulher alta.

– Na Tredgold Women's College – disse Ann Veronica.

Ela sentiu que pouparia explicações se não dissesse que saíra de casa e estava procurando emprego. O quarto tinha papel de parede verde de estampa grande que, na pior das hipóteses, estava um pouco desbotado, e a poltrona e os assentos das outras cadeiras eram cobertos pelo brilho incomum de um tecido de grande estampa floral que cobria também as janelas. Havia uma mesa redonda coberta não com a "tapeçaria" usual, mas com um tecido verde simples que combinava com o papel de parede. No espaço ao lado da lareira havia algumas prateleiras abertas. O carpete era discreto e não muito gasto, e a cama no canto estava coberta por uma colcha branca. Não havia coisas escritas ou sujeira nas paredes, apenas uma versão extasiante do banquete de Belsazar, uma gravura de estilo vitoriano com áreas em preto satisfatórias. E a mulher que mostrou o quarto era alta, tinha olhar compreensivo e a conduta discreta de uma atendente bem treinada.

Ann Veronica trouxe a bagagem de táxi, deu uma gorjeta de seis pence ao carregador do hotel e pagou ao taxista dezoito pence além do valor da corrida, tirou alguns de seus livros e outras coisas da mala e deixou o quarto um pouco mais acolhedor; depois sentou em uma poltrona nada desconfortável diante da lareira. Providenciara como jantar um chá, um ovo cozido e alguns pêssegos enlatados. Discutira questões gerais de mantimentos com a prestativa proprietária.

– E agora – disse Ann Veronica, analisando o quarto com a sensação de direito de propriedade sem precedentes –, qual é o próximo passo?

Passou a noite escrevendo – com alguma dificuldade – ao pai e – o que era mais fácil – aos Widgetts. Ficou muito animada ao fazer isso. A necessidade de se defender e assumir um tom confiante e seguro ajudou a dissipar a sensação de estar exposta e indefesa em um mundo imenso e sombrio cheio de possibilidades sinistras. Endereçou as cartas, pensou um pouco sobre elas, saiu para postá-las. Algum tempo depois quis pegar de volta a carta ao pai e lê-la mais uma vez e, caso sua impressão geral indicasse, reescrevê-la.

Ele saberia seu endereço amanhã. Ela pensou nisso com a sensação de pavor que era também, de alguma forma, ainda que remotamente, alegre.

– Papai querido – disse –, ele vai fazer um rebuliço terrível. Bem, teria de acontecer algum dia… De alguma forma. Eu me pergunto o que ele vai dizer.

EXPOSTULAÇÕES

PARTE 1

A manhã seguinte se iniciou calmamente, e Ann Veronica sentou-se em seu quarto, seu próprio quarto, e comeu um ovo com marmelada, e leu os anúncios do *Daily Telegraph*. Então começaram as queixas, iniciadas por um telegrama e encabeçadas pela tia. O telegrama lembrou Ann Veronica de que não tinha um lugar para receber visitas a não ser seu quarto-sala, e procurou a proprietária e negociou rapidamente o uso da sala de estar do térreo, que felizmente estava vaga. Explicou que estava esperando uma visita importante, e pediu que a visitante fosse devidamente recebida. A tia chegou às dez e meia, vestida de preto e com véu grosso incomum. Levantou o véu com ar de conspirador que tira a máscara e revelou um rosto coberto de lágrimas. Por um instante ela permaneceu em silêncio.

– Minha querida – disse, quando conseguiu recuperar o fôlego –, você precisa voltar para casa imediatamente.

Ann Veronica fechou a porta suavemente e ficou parada.

– Isso quase matou seu pai… depois da Gwen!

– Eu mandei um telegrama.

– Ele tem tanto carinho por você. Tinha tanto carinho por você.

– Eu mandei um telegrama dizendo que estava bem.

– Bem! E eu jamais sonhei que algo assim pudesse estar acontecendo. Eu não fazia ideia! – Ela se sentou abruptamente e lançou os punhos frouxos sobre a mesa. – Ah, Veronica! – disse. – Deixar seu lar!

Ela estivera chorando. Estava chorando agora. Ann Veronica foi tomada por enorme emoção.

– Por que você fez isso? – rogou a tia. – Por que não pode confiar em nós?

– Isso o quê? – perguntou Ann Veronica.

– O que você fez.

– Mas o que eu fiz?

– Fugiu! Foi embora dessa maneira. Não fazíamos ideia. Tínhamos tanto orgulho de você, tanta esperança. Eu não fazia ideia de que você não era feliz. Tudo o que eu pude fazer! Seu pai ficou acordado a noite toda. Até que finalmente o convenci a ir para a cama. Ele queria vestir o sobretudo e vir atrás de você e procurar por você... em Londres. Procuramos nos certificar de que havia sido como a de Gwen. Mas a Gwen deixou uma carta. Você não fez nem isso Vee; nem isso.

– Eu mandei um telegrama, tia – repetiu Ann Veronica.

– Como uma punhalada. Você nem usou as doze palavras.

– Eu disse que estava bem.

– Gwen disse que estava feliz. Antes de o telegrama chegar, seu pai nem sabia que você tinha ido embora. Ele estava começando a ficar zangado pelo seu atraso para o jantar, você sabe como ele é, quando o telegrama chegou. Ele abriu imediatamente, e, quando vimos o que era, ele bateu na mesa e fez a colher de sopa voar e sujar a toalha. “Meu Deus!”, disse. “Vou atrás deles e vou matá-lo. Vou atrás deles e vou matá-lo.” Por um momento achei que o telegrama fosse da Gwen.

– Mas o que meu pai imaginou?

– É claro que ele imaginou! Qualquer um imaginaria! “Que aconteceu, Peter?”, perguntei. Ele estava em pé com o telegrama amassado na mão. Usou uma palavra terrível! Então disse “Ann Veronica foi embora como a irmã!". "Embora!", eu disse. "Embora!", ele repetiu. "Leia isso", e jogou o telegrama para mim, que caiu na sopeira. Ele praguejou quando tentei tirar com a concha, e me contou o que o telegrama dizia. Então voltou a se sentar em uma cadeira e disse que as pessoas que escrevem romances deviam ser amarradas. Fiz o que pude para impedi-lo de sair de casa voando atrás de você naquele mesmo instante. Desde que eu era menina não via seu pai tão alterado. "Ah! caçulinha Vee!", ele clamava. "Caçulinha Vee!" E colocou as duas mãos no rosto e ficou um bom tempo sentado antes de explodir novamente.

Ann Veronica ficara em pé enquanto a tia falava.

– A senhora quer dizer, tia – perguntou ela –, que meu pai achou que eu tivesse ido embora... com um homem?

– Que MAIS ele podia pensar? Alguém SONHARIA que você seria louca de ir embora sozinha?

– Depois... depois do que aconteceu na noite anterior?

– Ah, por que remoer velhos acontecimentos? Se você tivesse visto seu pai hoje de manhã, seu pobre rosto branco como um papel e todo cortado ao se barbear! Ele queria vir no primeiro trem e procurar por você, mas eu disse a ele "Espere as cartas". E, claro, ali estava a sua. Ele mal conseguiu abrir o envelope, de tanto que tremia. Então jogou a carta para mim. "Vá e traga-a de volta", ele disse. "Não é o que pensávamos", disse. "Não é o que pensávamos! É uma peça que ela está pregando." E com isso ele saiu para a cidade, sisudo e quieto, deixando o bacon no prato... uma bela fatia de bacon quase intocada. Sem café da manhã, não tinha jantado, mal tomou uma colher de sopa... desde o chá de ontem.

Ela parou. Tia e sobrinha se observaram em silêncio.

– Você precisa vir para casa imediatamente – disse a srta. Stanley.

Ann Veronica olhou os próprios dedos sobre a toalha de mesa cor de vinho. A tia invocara uma imagem muito vívida de seu pai como um homem arbitrário, autoritário, enfático, sentimental, barulhento, sem direção. Por que é que ele não podia deixar que ela crescesse à sua maneira? Seu orgulho se eriçou só de pensar em voltar.

– Acho que não POSSO fazer isso – disse. Levantou o olhar e continuou, quase sem ar: – Sinto muito, tia, mas acho que não posso.

PARTE 2

Foi então que as expostulações começaram de verdade.

Nessa ocasião a tia se queixou, do início ao fim, por quase duas horas.

– Mas, minha querida – começou –, é impossível! Está fora de questão. Você simplesmente não pode.

E a isso, por meio de vastos meandros retóricos, ela se agarrou.

– Como você vai viver? – apelou. – Pense no que as pessoas vão dizer! – Isso virou um refrão. – Pense no que Lady Palsworthy vai dizer! Pense no que – o Fulano de Tal – vai dizer! O que vamos dizer às pessoas… Além do mais, o que vou dizer ao seu pai?

De início, não estava exatamente claro para Ann Veronica que ela se recusaria a voltar para casa; ela tinha sonhado com uma rendição que lhe garantisse liberdade maior e definida, mas conforme a tia falava sobre esse aspecto e sobre a fuga, conforme ela divagava, sem lógica e sem consistência, de uma consideração urgente à outra, conforme misturava certezas e aspectos e emoções, foi ficando cada vez mais claro para a garota que haveria pouca ou nenhuma mudança na posição das coisas caso ela voltasse.

– E o que o sr. Manning vai pensar? – disse a tia.

– Não me importo com o que as pessoas pensam – disse Ann Veronica.

– Não consigo imaginar o que deu em você – disse a tia. – Não consigo conceber o que você quer. Garota tola!

Ann Veronica absorveu isso em silêncio. No fundo de sua mente, turva e ainda desconcertante, havia a percepção de que ela mesma não sabia o que queria. E, no entanto, sabia que não era justo chamá-la de tola.

– Você não gosta do sr. Manning? – a tia perguntou.

– Não vejo o que isso tem a ver com minha vinda a Londres.

– Ele… ele venera o chão que você pisa. Você não merece, mas ele venera. Ou pelo menos venerava antes de ontem. E aqui está você!

A tia abriu todos os dedos da mão enluvada com um gesto retórico.

– Tudo isso me parece loucura… loucura! Só porque seu pai… não permitiu que você lhe desobedecesse!

PARTE 3

À tarde, a tarefa das expostulações foi assumida pelo sr. Stanley em pessoa. As ideias de seu pai sobre expostulação eram um pouco mais severas e impetuosas e, sobre a toalha cor de vinho e sob o candelabro a gás, o chapéu e o guarda-chuva entre eles como o bastão no Parlamento, ele a filha se prepararam para uma disputa violenta. Ela pretendia demonstrar dignidade discreta, mas ele demonstrou raiva latente desde o início, e começou presumindo, o que por si só era intolerável, que a insurreição tinha terminado e que ela ia voltar para casa, submissa. Em seu desejo de ser enfático e vingar-se das angústias da noite, ele logo assumiu uma postura brutal, mais brutal do que ela jamais vira.

– Que belo instante de ansiedade você me causou, mocinha – disse ao entrar no cômodo. – Espero que esteja satisfeita.

Ela estava amedrontada – a raiva dele sempre a amedrontava –, e, em sua decisão de esconder o medo, e demonstrou dignidade de rainha em resposta ao que, na ocasião, considerou um discurso absurdo. Disse que esperava não tê-lo aborrecido com a atitude que se sentira obrigada a tomar, e ele lhe disse que não fosse tola. Ela tentou manter a argumentação declarando que o pai a colocara em situação impossível, e ele respondeu aos gritos:

– Bobagem! Bobagem! Qualquer pai no meu lugar teria feito o que fiz. – E seguiu: – Bem, você teve sua pequena aventura, e espero que já esteja satisfeita. Então suba e pegue suas coisas enquanto eu procuro uma carruagem.

Mas a única resposta possível a isso foi:

– Não vou voltar para casa.

– Não vai voltar para casa!?

– Não!

E, apesar de sua decisão de ser uma Pessoa, Ann Veronica começou a chorar, aterrorizada consigo mesma. Aparentemente, ela estava fadada a sempre chorar ao conversar com o pai. Mas ele sempre a obrigava a dizer e fazer tais coisas inesperadamente conclusivas. Ela temia que ele tomasse suas lágrimas como um sinal de fraqueza. Então disse:

– Não vou para casa. Prefiro passar fome!

Por um instante a conversa ficou suspensa com essa declaração. Então o sr. Stanley, colocando as mãos sobre a mesa, mais como acusador que como defensor, e observando-a funestamente através dos óculos com indisfarçada animosidade, perguntou:

– E posso me atrever a perguntar, então, o que pretende fazer? Como pretende viver?

– Vou viver – soluçou Ann Veronica. – O senhor não precisa se preocupar com isso! Vou dar um jeito de viver.

– Mas eu ESTOU preocupado – disse o sr. Stanley. – Estou preocupado. Você acha que não é nada minha filha estar correndo por Londres procurando empregos estranhos e passando vergonha?

– Não vou procurar empregos estranhos – disse Ann Veronica, enxugando os olhos.

E daquele ponto em diante eles passaram a uma disputa profundamente amarga. O sr. Stanley usou sua autoridade, e ordenou a Ann Veronica que voltasse para casa, ao que, é claro, ela respondeu que não voltaria; então advertiu-a que não o desafiasse, advertiu-a com severidade, e ordenou mais uma vez. Então disse a ela que, se não lhe obedecesse, nunca mais viesse "bater à sua porta", o que era, de fato, bastante agressivo. A ameaça apavorou tanto Ann Veronica que ela declarou com soluços e veemência que nunca mais voltaria para casa, e durante algum tempo os dois falaram ao mesmo tempo e desenfreadamente. Ele perguntou se ela entendia o que estava dizendo, e continuou dizendo com ainda mais firmeza que nunca mais tocaria em um centavo de seu dinheiro enquanto não voltasse para casa – nem um centavo. Ann Veronica disse que não se importava.

Então, abruptamente, o sr. Stanley mudou de tom.

– Pobre criança! – disse. – Você não enxerga a infinita tolice desse gesto? Pense! Pense no amor e no carinho que está abandonando! Pense em sua tia, uma segunda mãe para você. Pense se sua mãe estivesse viva!

Ele parou, profundamente comovido.

– Se minha mãe estivesse viva – soluçou Ann Veronica –, ela entenderia.

A conversa foi ficando cada vez mais inconclusiva e exaustiva. Ann Veronica se viu incompetente, indigna e detestável, agarrando-se desesperadamente a um antagonismo cada vez maior em relação ao pai, discutindo com ele, brigando com ele, pensando em réplicas – quase como se ele fosse um irmão. Era terrível, mas o que ela podia fazer? Ela pretendia viver a própria vida, e ele pretendia, com desprezo e insultos, impedi-la. Tudo o mais que foi dito, ela agora considerava mera expressão disso ou distração.

Em retrospecto, ela ficou surpresa quando pensou como as coisas tinham se despedaçado, pois de início estava bastante disposta a voltar para casa sob algumas condições. Enquanto esperava que ele chegasse, ela declarara a relação atual e futura entre os dois com o que lhe parecia de uma lucidez e plenitude satisfatórias. Estava ansiosa por uma explicação. Em vez disso, veio a tempestade, a gritaria, a choradeira, a confusão de ameaças e apelos irrelevantes. A questão não era apenas que o pai dissera todo tipo de coisas inconsistentes e irracionais, mas, por alguma inflexão incompreensível, ela respondera na mesma linha. Ele presumira que o fato de ela ter ido embora era o cerne da questão, que tudo girava em torno disso, e que a única alternativa era a obediência, e ela aceitou essa suposição a ponto de a rebeldia se tornar um princípio sagrado. Além disso, o que era atroz e inexorável, ele deixou transparecer várias vezes em vislumbres terríveis da suspeita de que havia um homem envolvido... Um homem!

E para concluir tudo isso, a figura do pai à porta, dando-lhe uma última chance, o chapéu em uma das mãos, o guarda-chuva na outra, sacudido em sua direção como que para dar ênfase.

– Você compreende, então – dizia ele. – Você compreende?

– Compreendo – disse Ann Veronica, molhada pelas lágrimas e corada com emoção recíproca, mas enfrentando-o com uma igualdade que surpreendeu até a si mesma. – Compreendo. – Ela controlou um soluço. – Nem um centavo… nem um centavo… e que eu nunca mais bata à sua porta!

PARTE 4

No dia seguinte a tia voltou e expostulou, e disse que era "inédito" uma moça deixar o lar como fez Ann Veronica, quando o pai dela chegou e foi conduzido até a sala pela senhoria de rosto agradável.

O pai tinha decidido por nova abordagem. Largou o chapéu e o guarda-chuva, descansou as mãos no quadril e observou Ann Veronica com firmeza.

– Agora – disse calmamente – é hora de pararmos com essa bobagem.

Ann Veronica estava prestes a responder, quando ele continuou, com calma ainda mais mortal:

– Eu não estou aqui para trocar palavras com você. Chega desta farsa. Você vai voltar para casa.

– Eu achei que tivesse explicado…

– Acho que você não me ouviu – disse o pai. – Eu mandei você voltar para casa.

– Eu achei que tivesse explicado…

– Volte para casa.

Ann Veronica deu de ombros.

– Muito bem – disse o pai. – Acho que isso põe um fim à negociação – continuou, virando-se para a irmã. – Não devemos mais suplicar. Ela deve aprender a ter sabedoria… como Deus quiser.

– Mas, meu querido Peter! – disse a srta. Stanley.

– Não – disse o irmão, conclusivo. – Não é papel dos pais persuadir os filhos.

A srta. Stanley se levantou e olhou fixamente Ann Veronica. A garota estava em pé com as mãos nas costas, mal-humorada, decidida e inteligente, uma mecha do cabelo preto sobre o olho e com a feição mais delicada que o normal, e parecendo mais do que nunca uma criança obstinada.

– Ela não sabe.

– Ela sabe.

– Não consigo imaginar o que está fazendo você sair voando contra tudo assim – a srta. Stanley disse à sobrinha.

– De que adianta falar? – disse o irmão. – Ela deve seguir o próprio caminho. Hoje em dia os filhos já não pertencem aos pais. Essa é a realidade. A mente deles se volta contra os pais... Porcarias de romances e patifes perniciosos. Não podemos nem defendê-los de si mesmos.

Um abismo imenso pareceu se abrir entre pai e filha enquanto ele dizia essas palavras.

– Não vejo por que – suspirou Ann Veronica – pais e filhos... não podem ser amigos.

– Amigos! – disse o pai. – Se a vemos caminhando para o diabo com desobediência! Vamos, Molly, ela deve seguir o próprio caminho. Tentei usar minha autoridade, e ela me desafia. Que mais há para dizer? Ela me desafia!

Foi extraordinário. Ann Veronica de repente sentiu uma emoção tremenda; ela teria dado tudo para ser capaz de estruturar e fazer algum apelo, alguma declaração que preenchesse aquele abismo sem fundo que se abria entre ela e o pai, e não conseguiu encontrar nada que fosse pelo menos sincero e simpático para dizer.

– Pai – ela exclamou –, eu preciso viver!

Ele entendeu mal.

– Isso – disse ele, em tom severo, com a mão na maçaneta – é problema só seu, a não ser que escolha viver em Morningside Park.

A srta. Stanley deu meia-volta.

– Vee – disse –, venha para casa. Antes que seja tarde demais.

– Vamos, Molly – disse o sr. Stanley, da porta.

– Vee! – disse a srta. Stanley. – Ouça o que o seu pai diz!

A srta. Stanley lutou contra a emoção. Ela fez um movimento curioso em direção à sobrinha, então, de repente, e convulsivamente, largou algo grumoso sobre a mesa e virou para seguir com o irmão. Ann Veronica olhou por um instante com espanto para o objeto verde-escuro que fez barulho quando colocado sobre a mesa. Era uma bolsa. Ela deu um passo à frente.

– Tia! – disse. – Eu não posso…

Então ela percebeu um apelo feroz nos olhos azuis da tia, parou, e a porta se fechou.

Houve uma pausa, e a porta da frente bateu…

Ann Veronica percebeu que estava sozinha no mundo. E desta vez a partida causou-lhe a sensação tremenda de conclusão. Ela teve de resistir ao impulso de pavor absoluto, de correr atrás deles e desistir.

– Deuses – disse ela finalmente. – Desta vez eu consegui! Bem…

Ela pegou a bolsa de couro de cabra, abriu e examinou o conteúdo.

Continha três soberanos, sessenta e quatro pence, dois selos, uma chave pequena e o bilhete de volta da tia para Morningside Park.

PARTE 5

Depois da conversa, Ann Veronica se considerou formalmente desligada de seu lar. Se nada mais fosse indicativo disso, a bolsa o era.

No entanto, houve ainda um resíduo de expostulações. O irmão Roddy, que trabalhava na indústria automotiva, veio expostular; a irmã Alice escreveu. E o sr. Manning a visitou

A irmã Alice parecia ter desenvolvido certa religiosidade em Yorkshire, e fez apelos que não tinham nenhum significado para a mente de Ann Veronica. Ela rogou a Ann Veronica que não se tornasse uma “dessas intelectuais assexuadas, nem homem nem mulher”.

Ann Veronica pensou naquela frase.

– Isso é ELE – disse Ann Veronica, em inglês alto e claro. – Pobre Alice!

O irmão Roddy veio até ela e exigiu chá, e pediu-lhe que se explicasse.

– Um pouco insensível com o velho, não? – disse Roddy, que tinha desenvolvido um estilo franco e direto na oficina. – Se importa se eu fumar? – perguntou ele. – Não consigo entender exatamente qual é a sua jogada, Vee, mas imagino que você tenha uma. Que bando esquisito nós somos! – ele continuou. – A Alice… A Alice ficou doida e só quer saber de crianças. A Gwen… Eu vi a Gwen esses dias, e a maquiagem está mais grossa do que nunca. O Jim está enfiado até o pescoço em Mahatmas e teosofia e Novo Pensamento e essas besteiras… escreve cartas piores que as da Alice. E agora VOCÊ está declarando guerra. Acho que sou o único membro são que restou da família. O G.V. está tão louco quanto qualquer um de vocês, apesar de toda sua respeitabilidade; nem um resquício de sanidade nele, nada.

– Sanidade?

– Nada! Ele está atrás dos oito por cento desde o início. Oito por cento! Ele vai se dar mal qualquer dia destes, se quer saber minha opinião. Já passou perto uma ou duas vezes. Isso o deixa com os nervos em frangalhos. Acho que somos todos seres humanos, na verdade, mas o que virou a sagrada Instituição da Família! Nós como grupo, hein?… Não discordo nem um pouco de você, Vee, de verdade. Mas é o seguinte, não vejo como isso pode dar certo. Um lar PODE ser uma espécie de jaula, mas ainda assim… é um lar. Dá a você o direito de se agarrar ao velho até ele falir… praticamente. É bem difícil para uma garota ganhar a vida. Não é da MINHA conta.

Ele fez perguntas e ouviu as opiniões dela por algum tempo.

– Eu acabaria logo com isso se fosse você, Vee – disse. – Sou cinco anos mais velho que você, e muito mais esperto, sendo homem. O que você está tentando é muito arriscado. É uma coisa muito difícil de fazer. É muito bonito querer se virar sozinha, mas é muito difícil. Essa é a minha opinião, se você quer saber. Não há nada que uma garota possa fazer que não demande um esforço descomunal. Você se acerta com o G.V., e vai para casa antes que seja necessário. É o meu conselho. Se você não se rebaixa agora, pode ser muito pior depois. Eu não posso te ajudar nem com um centavo. A vida já é bastante difícil hoje em dia para um homem desprotegido. Imagine para uma garota. Você precisa aceitar o mundo como ele é, e o único negócio possível para uma garota que não demanda esforço descomunal é conseguir um homem e fazer com que ele faça isso por ela. Não é bom querer se desvencilhar disso, Vee. Não fui eu que inventei isso. É o Destino. É como as coisas são; é a ordem do mundo. É como apendicite. Não é bonito, mas é como é. Uma asneira, sem dúvida, mas não temos como mudar as coisas. Vá para casa e seja sustentada pelo G.V., e consiga outro homem que a sustente assim que possível. É insensível, mas é sensato. Toda essa coisa de mulheres de ação... não leva a nada. Afinal, o velho D., o Destino, quero dizer, JÁ organizou as coisas para que os homens as sustentassem, mais ou menos. Ele fez o universo assim. Você precisa aceitar o que vem.

Essa era a essência de seu irmão Roddy.

Ele lançou variações desse mesmo tema por quase uma hora.

– Vá para casa – disse, ao se despedir. – Vá para casa. É tudo muito bonito, Vee, essa liberdade, mas não vai funcionar. O mundo não está pronto para as garotas se virarem sozinhas ainda, essa é a verdade pura e simples. Bebês e mulheres precisam se agarrar a alguém ou vão afundar... pelo menos pelas próximas gerações. Vá para casa e espere um século, Vee, então tente de novo. Assim talvez tenha uma chance. Agora você não tem nenhuma... não se respeitar as regras do jogo.

PARTE 6

Era notável para Ann Veronica o quanto o sr. Manning, em seu dialeto totalmente diferente, endossava a visão de seu irmão Roddy. Ele veio, disse, apenas para fazer uma visita, com um pedido de desculpas generoso e sonoro, com gentileza e bondade radiantes. A srta. Stanley, ficou claro, tinha lhe dado o endereço de Ann Veronica. A senhoria de rosto gentil não perguntara seu nome, e disse que era um cavalheiro alto e charmoso, de bigode preto. Ann Veronica, com um suspiro pelo custo da hospitalidade, negociou rapidamente mais um chá e a lareira acesa no andar de baixo, e se arrumou cuidadosamente para a visita. No pequeno cômodo, sob o candelabro a gás, sua altura e sua postura encurvada certamente chamavam atenção. Sob aquela luz fraca, ele parecia ao mesmo tempo militar e sentimental e diligente, como um dos guardas de Ouida[3], revisados pelo sr. Haldane[4] e pela London School of Economics e finalizados na escola celta.

– É imperdoável de minha parte aparecer, srta. Stanley – disse, apertando-lhe a mão de um jeito peculiar, nobre e moderno –, mas a senhorita disse que poderíamos ser amigos. É terrível que esteja aqui – continuou, indicando a presença amarelada da primeira névoa do ano lá fora –, mas sua tia me contou um pouco do que aconteceu. Faz jus ao seu Orgulho Esplêndido fazer isso. Faz jus!

Ele se sentou na poltrona e bebeu chá, consumiu vários dos bolos extras que ela mandara buscar e conversou com ela e se expressou, olhando-a com bastante sinceridade nos seus olhos profundos e evitando com muito cuidado ficar com migalhas no bigode. Ann Veronica sentou-se à luz da lareira ao lado da bandeja de chá com ar quase inconsciente de anfitriã experiente.

– Mas como tudo isso vai acabar? – perguntou o sr. Manning. – Seu pai, é claro – continuou –, deve vir a perceber o quanto é Esplêndida! Ele não compreende. Eu o vi, e ele não compreende nem um pouco. Eu não compreendia antes da carta. Ela me faz querer ser TUDO que eu possa vir a ser para a senhorita. A senhorita é uma Princesa Esplêndida no Exílio nesses Aposentos Medonhos!

– Lamento, mas sou tudo menos uma princesa quando se trata de receber salário – disse Ann Veronica. – E, francamente, pretendo lutar até o fim se eu puder.

---

[3] Pseudônimo de Maria Louise Ramé, escritora britânica (1839-1908). (N.T.)

[4] John Burdon Sanderson Haldane, filósofo, geneticista e biólogo britânico (1892-1964). (N.T.)

– Meu Deus! – disse Manning, como se fizesse um aparte. – Receber salário! A senhorita é como uma Princesa no Exílio – repetiu, ignorando-a. – Veio para este ambiente sórdido, não se importa que eu diga que é sórdido, e faz parecer que isso não tem importância... Eu não acho que tenha. Acho que nenhum ambiente é capaz de lançar sombra sobre a senhorita.

Ann Veronica sentiu leve constrangimento.

– Não aceita um pouco mais de chá, sr. Manning? – ela perguntou.

– Sabe – disse o sr. Manning, entregando a xícara sem responder à pergunta –, quando a ouço falar de ganhar a vida, é como se estivesse ouvindo falar de um arcanjo entrando na bolsa de valores... ou Cristo vendendo pombos... Perdoe-me, querida. Não pude deixar de pensar isso.

– É uma imagem muito boa – disse Ann Veronica.

– Eu sabia que não se importaria.

– Mas será que condiz com os fatos neste caso? Sabe, sr. Manning, tudo isso condiz com o sentimentalismo, mas será que condiz com a realidade? As mulheres são mesmo tão angelicais e os homens tão cavalheirescos? Vocês homens têm a intenção, eu sei, de fazer de nós Rainhas e Deusas, mas, na prática... Bem, veja, por exemplo, a corrente de garotas indo de manhã para o trabalho, de ombros caídos, sem nada e mal alimentadas! Elas não são rainhas, e ninguém as está tratando como rainhas. E veja, mais uma vez, as mulheres que encontramos alugando quartos... Eu andei procurando quartos na semana passada. Aquilo me tirou do sério... as mulheres que vi. Piores que qualquer homem. Em todos os lugares em cuja porta bati, encontrava outra mulher terrivelmente maltrapilha, mais uma rainha caída, imagino, uma mais maltrapilha que a outra, sujas, sabe, encardidas. Aquelas pobres mãos!

– Eu sei – disse o sr. Manning, expressando emoção completamente adequada.

– E pense nas esposas e mães comuns, com sua ansiedade, suas limitações, seus enxames de filhos.

O sr. Manning demonstrou angústia. Ele desviou dessas questões com o quarto pedaço de bolo.

– Eu sei que nossa ordem social é bastante temerosa – ele disse – e sacrifica tudo que há de melhor e mais belo na vida. Não a defendo.

– Além do mais, no que diz respeito à ideia das rainhas – Ann Veronica continuou –, há vinte e um milhões e meio de mulheres para vinte milhões de homens. Suponhamos que o lugar adequado para nós seja um santuário. Ainda assim, isso nos deixa com escassez de mais de um milhão de santuários, sem contar as viúvas que se casam novamente. E morrem mais rapazes que moças, então a desproporção real entre os adultos é ainda maior.

– Eu sei – disse o sr. Manning. – Conheço essas estatísticas terríveis. Sei que há um espécie de razão em sua impaciência com a lentidão do progresso. Mas me diga uma coisa que eu não entendo... me diga uma coisa: Como a senhorita pode evitar tudo isso vindo para a batalha e para o atoleiro? É isso que me preocupa.

– Ah, eu não estou tentando evitar – disse Ann Veronica. – Estou apenas argumentando contra sua ideia a respeito do que a mulher deve ser, e tentando esclarecer as coisas na minha própria cabeça. Estou neste apartamento e procurando emprego porque... Bem, que mais posso fazer, quando meu pai praticamente me tranca em casa?

– Eu sei – disse o sr. Manning. – Eu sei. Não ache que não sou capaz de simpatizar e compreender. Ainda assim, aqui estamos nesta cidade suja e nebulosa. Ó deuses! Que selvageria! Cada um tentando passar a perna no outro, cada um indiferente ao outro, este é um daqueles dias em que todos esbarram em nós, todos despejando fumaça de carvão no ar e fazendo do tumulto ainda mais tumulto, ônibus motorizados barulhentos e fedorentos, um cavalo na Tottenham Court Road, uma idosa na esquina tossindo pavorosamente... todas as cenas dolorosas de uma grande cidade, e é para cá que a senhorita vem para tentar a sorte. É valentia demais, srta. Stanley, valentia demais!

Ann Veronica pensou um pouco. Agora eram dois dias que se passavam desde que ela começou a procurar emprego.

– Eu me pergunto se é mesmo.

– Não é – disse o sr. Manning – que eu não aprecie a coragem nas mulheres... eu amo e admiro a coragem. O que poderia ser mais esplêndido que uma bela garota encarando um tigre forte e glorioso? É Una e o Leão de novo! Mas isto não é a mesma coisa; isto é uma selva de competição egoísta, suada e vulgar!

– De qual o senhor quer me manter longe?

– Exatamente! – disse o sr. Manning.

– Em uma espécie de belo jardim… usando vestidos lindos e colhendo flores encantadoras?

– Ah! Se eu pudesse!

– Enquanto essas outras garotas se arrastam para o trabalho e essas outras mulheres alugam quartos. E na verdade até esse jardim mágico se transforma em uma casa em Morningside Park com meu pai cada vez mais grosseiro e autoritário nas refeições… e uma sensação generalizada de insegurança e futilidade.

O sr. Manning largou a xícara e lançou um olhar expressivo para Ann Veronica.

– Nisso – disse – a senhorita não é justa comigo, srta. Stanley. Meu jardim seria melhor do que isso.

iDEAIS E REALIDADE

PARTE 1

E agora, no decorrer de algumas semanas, Ann Veronica testaria seu valor de mercado no mundo. Caminhou pela Londres negligente de novembro que se tornara bastante escura e nebulosa e ameaçadora, e tentou encontrar o emprego modesto mas independente que imaginara precipitadamente. Andou pela cidade, parecendo determinada e segura de si, elegante e refinada, escondendo suas emoções, quaisquer que fossem, conforme as realidades de sua posição se abriam diante dela. Seu pequeno quarto-sala era como um covil, e ela saía dele para o mundo vasto e sombrio, com suas casas cinza-fumaça, ruas deslumbrantes de lojas, ruas escuras de casas, janelas de iluminação alaranjada, sob um céu de cobre ou cinza lamacento ou preto, como um animal que sai em busca de comida. Ela voltava e escrevia cartas, cartas cuidadosamente planejadas e escritas, ou lia alguns livros que pegava na Mudie's – investira meio guinéu na Mudie's – ou sentava diante do fogo e pensava.

Devagar e relutantemente, ela chegou à conclusão de que Vivie Warren era o que se chama de "ideal". Não havia garotas assim nem posições assim. Nenhum trabalho que se oferecia chegava perto da qualidade que ela imaginara vagamente para si mesma. Com as qualificações que tinha, dois canais principais de emprego se abriam, e nenhum deles a atraía, nem parecia realmente oferecer uma fuga conclusiva da submissão aos homens contra a qual, na pessoa de seu pai, ela estava se rebelando. Um caminho principal era se tornar uma espécie de esposa ou mãe complementar assalariada, ou ser governanta ou professora assistente, ou uma espécie de governanta-babá muito importante. O outro caminho era trabalhar no comércio – como recepcionista de fotógrafo, por exemplo – ou em loja de chapéus. O primeiro lhe parecia doméstico e restritivo demais; para o segundo ela era terrivelmente prejudicada pela falta de experiência. E ela não gostava de nenhum dos dois. Não gostava das lojas, não gostava do rosto das outras mulheres; considerava os homens sorridentes em sobrecasacas que dominavam esses estabelecimentos as pessoas mais intoleráveis que já tivera de encarar. Um deles a chamou sem rodeios de "minha querida!".

Dois cargos de secretária pareciam interessantes, para os quais, pelo menos, não havia exclusão específica de mulheres; um deles, de um membro radical do Parlamento, o outro de um médico da Harley Street, mas ambos os homens recusaram seus serviços com a maior civilidade e admiração e horror. Houve também uma entrevista curiosa, realizada em um grande hotel com uma mulher de meia-idade com pó branco no rosto, toda coberta de joias e cheirando a perfume, que queria uma dama de companhia. Ela não achou que Ann Veronica servisse como companhia.

E quase todos esses trabalhos eram terrivelmente mal pagos. Ofereciam não mais que salários de subsistência; e demandavam todo seu tempo e toda sua energia. Ela ouvira falar de mulheres jornalistas, mulheres escritoras e assim por diante, mas não conseguia nem mesmo ser recebida pelos editores que pedia para ver, e não tinha certeza de que se conseguisse seria capaz de fazer qualquer trabalho que lhe dessem. Um dia desistiu da busca e foi sem avisar à faculdade Tredgold. A vaga não tinha sido preenchida; ela fora simplesmente considerada ausente, e passou um dia reconfortante dissecando uma tartaruga. Ela trabalhou com tanto interesse, e era um alívio tão grande em relação à ansiedade da busca penosa por trabalho, que seguiu assim durante uma semana inteira, como se ainda morasse em casa. Então uma terceira vaga de secretária surgiu e renovou suas esperanças: um cargo de escrevente – ao qual se combinavam algumas tarefas mais leves de cuidadora – de um cavalheiro enfermo de posses que vivia em Twickenham e se dedicava a uma grande pesquisa literária para provar que o poema épico "A rainha das fadas" era, na verdade, um tratado de química molecular escrito em um código peculiar e pitoresco.

PARTE 2

Agora, enquanto Ann Veronica fazia essas sondagens no mar industrial, e media seu valor diante do mundo tal como ele era, ela também explorava extensivamente as ideias e atitudes de vários seres humanos que aparentemente se ocupavam em imaginar como o mundo devia ser. Foi atraída primeiro por meio da srta. Miniver, e em seguida por seu próprio interesse natural, para um estrato curioso de pessoas que sonhavam com o progresso mundial, mudanças grandes e fundamentais, uma nova era destinada a substituir todas as tensões e transtornos da vida contemporânea.

A srta. Miniver soube de sua fuga e conseguiu seu endereço com os Widgetts. Ela chegou por volta das nove horas da noite seguinte em estado de trêmulo entusiasmo. Ela seguiu a senhoria até metade da escada e chamou Ann Veronica:

– Posso subir? Sou eu! Você sabe... Nettie Miniver!

Ela apareceu antes que Ann Veronica pudesse lembrar com clareza quem seria Nettie Miniver.

Havia um brilho feroz em seus olhos, e o cabelo liso estava solto, demonstrando e sufragando suas próprias noções de independência. Seus dedos saltaram das luvas, como se quisessem entrar em contato com Ann Veronica de imediato.

– Você está gloriosa! – disse a srta. Miniver em tom de êxtase, colocando as mãos nas dela e observando o rosto de Ann Veronica. – Gloriosa! Você é tão calma, querida, e tão decidida, tão serena! São garotas como você que mostram a eles quem somos – continuou –, garotas cujo espírito não foi destruído!

Ann Veronica se banhou por um instante naquele calor.

– Estava observando você em Morningside Park, querida – disse a srta. Miniver. – Estou observando todas as mulheres. Achava que talvez você não se importasse, que fosse como tantas outras. AGORA é como se você tivesse crescido de repente.

Ela parou, e então sugeriu:

– Eu me pergunto... Eu adoraria... Se tivesse a ver com algo que eu disse.

Ela não esperou pela resposta de Ann Veronica. Parecia presumir que certamente fora algo que ela disse.

– Essas ideias se popularizam – disse. – Espalham-se como fogo no palheiro. Esta é uma época e tanto! Uma época gloriosa! Nunca houve época como esta! Tudo parece tão perto da realização, tão próximo e próspero! A Insurreição das Mulheres! Elas surgem de toda parte. Conte-me o que aconteceu, de irmã para irmã.

Ela assustou um pouco Ann Veronica com esta última frase, mas o magnetismo de sua camaradagem e seu entusiasmo eram muito fortes; e era agradável ser transformada em heroína depois de tantas queixas e tantas dúvidas secretas.

Mas ela não ouviu por muito tempo; queria falar. Ela se sentou, agachada no canto do tapete que ficava sob a estante que sustentava o crânio de porco, e olhou para o fogo e para o rosto de Ann Veronica, e se soltou.

– Vamos apagar a lamparina – disse. – As chamas são muito melhores para uma conversa – Ann Veronica concordou. – Você está saindo diretamente para a vida... encarando tudo.

Ann Veronica se sentou com o queixo nas mãos, iluminada em tom vermelho e falando pouco, e a srta. Miniver discursava. Enquanto ela falava, o impulso e o significado do que ela dizia se moldavam lentamente à apreensão de Ann Veronica. Apresentavam-se como um mundo vasto, cinza e monótono – um mundo brutal, supersticioso, confuso e incorrigível, que magoava e limitava as pessoas inexplicavelmente. Em tempos e países remotos, suas tendências malignas haviam se expressado na forma de tiranias, massacres, guerras e que tais; mas no presente, na Inglaterra, elas se configuravam como comercialismo e competição, chapéus de seda, moral suburbana, exploração do trabalho e submissão das mulheres. Até então a coisa toda era aceitável. Mas contra o mundo a srta. Miniver reunia uma minoria pequena mas enérgica, os Filhos da Luz – pessoas que ela dizia estarem "à frente" ou "totalmente à frente", sobre quem a mente de Ann Veronica estava disposta a ser mais cética.

Tudo, a srta. Miniver disse, estava "se preparando", tudo estava "acontecendo" – o novo pensamento, a vida simples, socialismo, humanitarismo, era tudo a mesma coisa na verdade. Ela amava estar ali, participar de tudo, respirar aquilo tudo, ser aquilo tudo. Até então, na história do mundo, houve precursores desse progresso separados por intervalos longos, vozes que se levantaram e cessaram, mas agora tudo estava acontecendo rápido. Ela mencionou, com respeito comum, Cristo e Buda e Shelley e Nietzsche e Platão. Pioneiros, todos eles. Tais nomes brilharam claramente na escuridão, com espaços pretos de vazio sem luz entre eles, como as estrelas brilham na noite; mas agora... agora era diferente; agora era o alvorecer... o verdadeiro alvorecer.

– As mulheres estão no controle – disse a srta. Miniver. – As mulheres e o povo, todos querendo o avanço, todos inflamados.

Ann Veronica ouviu com os olhos no fogo.

– Todos estão assumindo – continuou a srta. Miniver. – VOCÊ tinha de vir conosco. Não havia como evitar. Algo a atraiu. Algo atrai a todos. Dos subúrbios, das cidades do interior... de todos os lugares. Vejo todos os movimentos. No que está ao meu alcance, pertenço a todos eles. Eu me mantenho a par de tudo.

Ann Veronica não disse nada.

– O alvorecer! – disse a srta. Miniver, seus óculos refletindo o fogo tal qual poças vermelhas como sangue.

– Eu vim para Londres – disse Ann Veronica – mais em razão de minha própria dificuldade. Não sei se compreendo totalmente.

– É claro que não compreende – disse a srta. Miniver, gesticulando triunfante com a mão fina e o pulso mais fino ainda, e dando tapinhas no joelho de Ann Veronica. – É claro que não compreende. Essa é a beleza da coisa. Mas você vai compreender, vai compreender. Precisa deixar que eu a leve às coisas... reuniões e coisas, conferências e palestras. Então vai começar a ver. Vai começar a ver tudo se abrindo. Estou mergulhada nisso tudo... em todos os instantes possíveis! Só leciono em um escola, uma boa escola, três dias por semana. Todo o resto... Movimentos! Hoje consigo viver com quatro pence por dia. Pense no quanto isso me deixa livre para acompanhar tudo! Preciso levá-la a todos os lugares. Preciso levá-la ao povo do Sufrágio, e aos tolstonianos e aos fabianos.

– Ouvi falar dos fabianos – disse Ann Veronica.

– Eles são A Sociedade! – disse a srta. Miniver. – O centro dos intelectuais. Algumas das reuniões são maravilhosas! Mulheres tão sinceras e belas! Homens tão inteligentes!... E pensar que ali eles estão fazendo história! Estão realmente reunindo os planos para um mundo novo. Quase despreocupados. Tem Shaw, e Webb, e Wilkins, o autor, e Toomer, e o dr. Tumpany... pessoas maravilhosas! Eles discutem, decidem, planejam. Pense... ELES ESTÃO CONSTRUINDO UM MUNDO NOVO!

– Mas essas pessoas vão MESMO mudar tudo? – perguntou Ann Veronica.

– Que mais pode acontecer? – perguntou a srta. Miniver, com um gesto fraco em direção ao brilho do fogo. – Que mais pode acontecer... do jeito que as coisas estão agora?

PARTE 3

A srta. Miniver expôs a Ann Veronica suas considerações particulares sobre o mundo com tão entusiasmada generosidade que lhe parecia ingrato permanecer crítica. De fato, quase insensivelmente, Ann Veronica se habituou à aparência peculiar e à conduta peculiar das pessoas "à frente". O choque em relação à sua atitude intelectual passara, o costume roubara-lhe a primeira impressão de irracionalidade deliberada. Elas tinham tanta razão em muitos aspectos; ela se agarrou a isso e esquivou-se cada vez mais da convicção paradoxal de que elas eram também, de alguma forma, e mesmo em relação direta com essa razão, absurdas.

Muito centrais no universo da srta. Miniver eram os Goopes. Os Goopes eram o casal mais estranho que alguém poderia imaginar, e seguiam uma vida frugívora no andar de cima de uma construção da Theobald's Road. Não tinham filhos nem criados, e reduziam a vida simples à mais fina das artes. O sr. Goopes, Ann Veronica concluiu, era professor de matemática e visitava escolas, e sua esposa escrevia uma coluna semanal no *New Ideas* sobre culinária vegetariana, vivissecção, degeneração, secreção láctea, apendicite, o Novo Pensamento em geral, e ajudava a gerenciar uma frutaria na Tottenham Court Road. A mobília tinha misteriosa erudição, e em casa o sr. Goopes se vestia com simplicidade, com um traje em formato de pijama de tecido rústico amarrado com fitas marrons, enquanto a esposa vestia uma túnica roxa com uma pala ricamente bordada. Ele era um homem baixo, moreno e reservado, de testa alta e convexa, aparência rígida, e sua esposa era bastante rosada e espirituosa, e seu queixo era daqueles que dão lugar imperceptivelmente ao pescoço cheio e forte. Uma vez por semana, todo sábado, eles faziam uma pequena reunião das nove até a madrugada, só conversas e talvez leituras em voz alta e refrescos frugívoros – sanduíches de castanhas com manteiga de nozes, e outras coisas do tipo – e limonada e vinho não fermentado; e a um desses simpósios a srta. Miniver, depois de uma boa dose de atenção preliminar, conduziu Ann Veronica.

Ela foi apresentada, talvez com obviedade um tanto exagerada para seu gosto, como uma garota que se destacava entre os seus a um grupo composto de uma senhora bastante idosa de pele extremamente enrugada e voz grave, que usava na cabeça o que aos olhos inexperientes de Ann Veronica parecia uma manta; um jovem loiro tímido de testa estreita e óculos; duas mulheres indistinguíveis de saia e camisa simples; e um casal de meia-idade, bem gordos e parecidos, vestidos de preto, o sr. e a sra. Dunstable, ele conselheiro do Conselho Municipal de Marylebone. Estavam sentados em semicírculo imperfeito em torno de uma lareira toda adornada de cobre, encimada por uma placa de madeira entalhada que dizia:

"FAÇA AGORA".

O grupo logo foi acrescido de um jovem de aparência malandra, com cabelo avermelhado, gravata laranja e terno folgado de tweed, e outros que, na lembrança de Ann Veronica, apesar de seus esforços para se lembrar dos detalhes, permaneceram apenas e teimosamente "outros".

A conversa foi animada, sempre brilhante na forma mesmo quando deixava de ser brilhante no conteúdo. Houve momentos em que Ann Veronica mais que suspeitou que os principais condutores estivessem, como diriam meninos de escola, se exibindo para ela.

Falaram de um novo substituto para a gordura na culinária vegetariana, do qual a sra. Goopes estava convencida que exercia influência excepcionalmente purificadora na mente. E falaram de anarquismo e socialismo, e se aquele seria o exato oposto deste ou apenas sua forma mais elevada. O jovem de cabelo avermelhado contribuiu com alusões à filosofia hegeliana que deixaram a discussão confusa por um instante. Então o conselheiro Dunstable, que até então estivera em silêncio, desandou a falar e desviou do assunto e ofereceu suas impressões pessoais sobre um número considerável de seus colegas do conselho. Ele continuou fazendo isso intermitentemente durante o resto da noite, entre um assunto e outro. Dirigia-se principalmente a Goopes, e falava como se respondesse a longas indagações por parte de Goopes sobre a equipe do Conselho Municipal de Marylebone.

– Se me perguntassem – dizia –, eu diria que Blinders é sério. Um tipo comum, é claro...

As contribuições da sra. Dunstable à conversa se davam inteiramente na forma de acenos de cabeça; sempre que o conselheiro elogiava ou culpava, ela assentia duas ou três vezes, de acordo com o que demandava a ênfase do marido. E pareceu estar sempre de olho no vestido de Ann Veronica. A sra. Goopes desconcertou levemente o conselheiro ao desafiar o jovem de aparência malandra e gravata laranja (que, ao que parecia, era editor-assistente do *New Ideas*) a propósito de uma crítica a Nietzsche e Tolstói publicada em seu jornal na qual foram lançadas dúvidas sobre a sinceridade perfeita deste último. Todos pareceram muito preocupados com a sinceridade de Tolstói.

A srta. Miniver disse que se um dia perdesse a confiança na sinceridade de Tolstói nada do que ela sentia teria muita importância, e perguntou a Ann Veronica se ela não sentia o mesmo; e o sr. Goopes disse "precisamos distinguir sinceridade de ironia, que muitas vezes não seria mais do que sinceridade em nível elevado".

O conselheiro Dunstable disse que a sinceridade era com frequência questão de oportunidade, e ilustrou o argumento para o jovem com uma anedota sobre Blinders no Comitê de Incineração de Resíduos, e durante a discussão o jovem de gravata laranja conseguiu conferir-lhe um sabor ousado e erótico quando perguntou se alguém poderia ser perfeitamente sincero no amor.

A srta. Miniver achava que não existia sinceridade verdadeira a não ser no amor, e apelou a Ann Veronica, mas o jovem de gravata laranja declarou que era bastante possível amar com sinceridade duas pessoas ao mesmo tempo, embora talvez em nível diferente com cada uma delas e enganando as duas. Mas isso fez a sra. Goopes retrucar com a lição que Ticiano ensina tão belamente em seu Amor sacro e Amor profano, e defender com eloquência a impossibilidade de tal engano.

Por algum tempo eles discutiram o amor, e o conselheiro Dunstable, voltando-se novamente para o jovem loiro e tímido e, falando em voz baixa e com a maior clareza, fez um relato breve e confidencial de um rumor infundado sobre a bifurcação dos afetos de Blinders que levara a uma situação algo desagradável para o conselho municipal.

A senhora bastante idosa com a manta tocou o braço de Ann Veronica de repente e disse, com voz grave e astuta:

– Falando de amor de novo; primavera de novo, amor de novo. Ah!, vocês jovens!

O jovem de gravata laranja, apesar do esforço sísifo de Goopes de elevar o nível da discussão, demonstrou grande persistência em especular a possível distribuição dos afetos em sujeitos modernos altamente desenvolvidos.

A senhora da manta disse, abruptamente:

– Ah! vocês jovens, vocês jovens, se ao menos soubessem!

E riu e meditou com afetação; e o jovem com a testa estreita e óculos limpou a garganta e perguntou ao jovem de gravata laranja se ele acreditava que o amor platônico era possível. A sra. Goopes disse que não acreditava em nada além disso, e então olhou para Ann Veronica, levantou-se um pouco abrupta e orientou Goopes e o jovem tímido na distribuição dos refrescos.

Mas o jovem de gravata laranja não saiu do lugar, discutindo se o corpo não teria algo que ele chamou de reivindicações legítimas. E daí eles voltaram, por meio da Sonata a Kreutzer e da Ressurreição, para Tolstói.

Assim a conversa seguiu. Goopes, que de início fora um pouco reservado, agora recorria ao método socrático para conter o jovem de gravata laranja, e inclinou a testa sobre ele e finalmente arrancou dele a admissão de que o corpo era mera ilusão e tudo não passava de espírito e moléculas de pensamento. Aquilo acabou se tornando uma espécie de duelo entre eles, e todos os outros ficaram sentados ouvindo – todos exceto o conselheiro, que encurralava o jovem loiro em um canto próximo da cômoda tingida de verde com coisas de alumínio, e estava sentado de costas para todos os outros, com uma mão sobre a boca para maior privacidade, contando a ele, em tom de admissão confidencial, aos sussurros, a luta crônica entre a modéstia natural e a inofensividade geral do conselho municipal e o mal social em Marylebone.

Assim a conversa seguiu, e logo eles estavam criticando romancistas, e certos ensaios ousados de Wilkins receberam a devida cota de atenção, e discutindo o futuro do teatro. Ann Veronica interferiu um pouco na discussão sobre os romancistas defendendo Esmond e negando que *O egoísta* fosse obscuro, e quando ela falou todos pararam de falar e escutaram. Então discutiram se Bernard Shaw devia ir para o Parlamento. Isso os levou ao vegetarianismo e à abstinência, e o jovem de gravata laranja e a sra. Goopes tiveram uma grande discussão sobre a sinceridade de Chesterton e Belloc que foi interrompida por Goopes quando deu sinais de que retomaria o método socrático.

E finalmente Ann Veronica e a srta. Miniver desceram as escadas escuras e saíram para os espaços nebulosos das praças de Londres, e atravessaram a Russell Square, a Woburn Square, a Gordon Square, traçando uma rota indireta até o quarto de Ann Veronica. Elas caminharam um pouco esfomeadas, em consequência dos refrescos frugívoros, e com a mente muito ativa. E a srta. Miniver acabou discutindo se Goopes ou Bernard Shaw ou Tolstói ou o dr. Tumpany ou Wilkins, o autor, teria a mente mais poderosa e perfeita da atualidade. Ela tinha clareza de que não havia outras mentes como eles no mundo inteiro.

PARTE 4

Certa noite Ann Veronica ocupou com a srta. Miniver os últimos assentos da galeria do Essex Hall, e ouviu e viu os líderes gigantes da Sociedade Fabiana que estão reconstruindo o mundo: Bernard Shaw e Toomer e o dr. Tumpany e Wilkins, o autor, todos dispostos sobre uma plataforma. O lugar estava lotado, e o grupo em volta era quase uniformemente composto de jovens muito belos e entusiasmados e uma grande variedade de tipos como

Goopes. Na discussão deu-se a mais estranha mistura de coisas pessoais e mesquinhas com devoção idealista muito além da contenda. Em quase todos os discursos que ela ouviu, havia a mesma implicação de mudanças grandes e necessárias ao mundo – mudanças que seriam conquistadas com muito esforço e sacrifício, mas conquistadas certamente. Depois ela viu uma reunião muito maior e mais entusiasmada, uma reunião da cúpula do movimento das mulheres no Caxton Hall, onde soaram as mesmas notas de grandes mudanças em progresso; e foi a um sarau da Associação da Reforma do Vestuário e visitou uma Exibição da Reforma Alimentar, na qual a mudança iminente se revelou assustadoramente visível. A reunião das mulheres era muito mais carregada de força emocional que a dos socialistas. O entusiasmo de Ann Veronica suplantou completamente sua base intelectual e crítica, e ela aplaudiu e proferiu gritos que uma reflexão subsequente não seria capaz de endossar.

– Eu sabia que você ia sentir – disse a srta. Miniver quando elas saíram, coradas e encaloradas. – Eu sabia que começaria a ver como tudo se encaixa.

Tudo começava mesmo a se encaixar. Ela foi se sentindo mais e mais viva, não tanto em reação ao sistema de ideias, mas ao grande impulso difuso rumo à mudança, a um grande descontentamento e criticismo à vida como era vivida, à confusão clamorosa de ideias de reconstrução – reconstrução dos métodos de negócio, do desenvolvimento econômico, das regras de propriedade, da condição das crianças, da roupa e da alimentação e da educação de todos; ela desenvolveu uma consciência bastante exagerada de uma multidão de pessoas que andavam pelos espaços fervilhantes de Londres com a cabeça a mil, conversas e gestos a mil, e até suas roupas carregadas de uma sugestão de urgência daquele projeto generalizado de mudança. Algumas de fato se portavam, vestiam-se até, mais como visitantes estrangeiros das terras de "Olhando para Trás" e "Notícias de Lugar Nenhum" do que como londrinos nativos que eram. Em sua maioria, eram pessoas independentes: homens das artes plásticas, jovens escritores, jovens trabalhadores, uma grande proporção de meninas e mulheres – mulheres que se sustentavam ou meninas da classe dos estudantes. Formavam um estrato no qual Ann Veronica agora estava mergulhada até o pescoço; tinha se tornado seu estrato.

Nenhuma das coisas que elas diziam e faziam era completa novidade para Ann Veronica, mas agora ela recebia essas coisas aglomeradas e vivas não por meros vislumbres ou pelos livros – vivas e articuladas e insistentes. Os cenários londrinos em Bloomsbury e Marylebone, diante dos quais essas pessoas iam para lá e para cá, assumiam, em razão de suas fachadas cinza, suas janelas e persianas implacavelmente respeitosas, suas reiteradas grades de ferro inexpressivas, a sugestão cada vez mais forte do gostinho de seu pai em sua fase mais obstinada, e de todas as coisas contra as quais ela sentia que estava lutando.

Ela já estava minimamente preparada, por suas leituras e discussões sob a influência dos Widgetts, para ideias e "movimentos", embora por temperamento talvez estivesse mais disposta a resistir a eles e criticá-los do que a abraçá-los. Mas as pessoas em meio às quais ela fora lançada pelos esforços sociais da srta. Miniver e dos Widgetts – Teddy e Hetty vieram de Morningside Park e a levaram a um jantar de dezoito pence no Soho e a apresentaram a alguns estudantes de arte, também socialistas, e assim abriram caminho para uma noite de conversa sinuosa em um estúdio – levavam consigo, como se fosse uma atmosfera, a ideia implícita de que o mundo estava, de um jeito estúpido e até óbvio, ERRADO, com a qual de fato ela estava disposta a concordar, mas seria necessário apenas que alguns pioneiros se comportassem de acordo para "avançar" total e indiscriminadamente, e assim uma nova ordem fosse alcançada.

Quando noventa por cento de dez ou doze pessoas que conhecemos por mês não apenas dizem mas sentem e presumem algo, é muito difícil não cair na crença de que esse algo é verdadeiro. Quase imperceptivelmente, Ann Veronica começou a adquirir essa nova atitude, mesmo que sua mente ainda resistisse às ideias ocultas que vinham com ela. E a srta. Miniver começou a convencê-la.

O fato de a srta. Miniver nunca expor um argumento com clareza, nunca ser tomada pela sensação de autocontradição e ter quase tanto respeito pela consistência das declarações quanto uma lavadeira tem pelas nuvens de vapor, o que fez com que Ann Veronica reagisse com crítica e hostilidade ao primeiro encontro em Morningside Park, acabou se tornando, por meio da associação constante, o segredo de sua influência cada vez maior. O cérebro se cansa da resistência e, quando encontra repetidamente, incoerentemente ativas, as mesmas frases, as mesmas ideias que ele já matou e expôs e dissecou e enterrou, resta-lhe cada vez menos energia para repetir a operação. Deve haver algo, é de pensar, nas ideias que alcançam com persistência uma ressurreição bem-sucedida. O que a srta. Miniver chamaria de Verdade Elevada consequente.

Ainda assim, em todas essas palestras, essas reuniões e conferências, esses movimentos e esforços, em tudo que frequentou com a amiga, e às vezes aplaudiu ao lado dela com entusiasmo, Ann Veronica mantinha olhos cada vez mais intrigados, e sobrancelhas finas cada vez mais dispostas a franzir. Ela estava integrada a esses movimentos – era semelhante a eles, às vezes sentia isso intensamente –, e ainda assim algo a escapava. Morningside Park era passiva e defeituosa; aquilo tudo urgia e era ativo, mas ainda assim defeituoso. Ainda faltava alguma coisa. Parecia pertinente que tantas das pessoas "à frente" fossem pessoas comuns, ou pessoas esmorecidas, ou pessoas de aparência cansada. Parecia de fato relevante que todas elas argumentavam mal e eram egoístas em sua conduta e inconsistentes em suas frases. Havia momentos em que ela se perguntava se aquela massa toda de movimentos e sociedades e reuniões e palestras não eram simplesmente um espetáculo coerente de fracassos que se protegia da degradação por meio do *glamour* de suas próprias declarações. Ocorria que, no círculo social de Ann Veronica, no ponto mais extremo em relação aos Widgetts estava a família do comerciante de cavalos de Morningside Park, um grupo de mulheres jovens extremamente elegantes e hilárias, com um irmão equestre viciado em coletes elegantes, charutos e sardas. Essas garotas usavam chapéu em ângulos notáveis e arco para assustar e matar; elas gostavam de estar no lugar certo o tempo todo e a par de tudo que fosse importante desde o início e expressavam suas ideias sobre os socialistas e todos os reformistas com termos como "absolutamente assustadores" e "esquisitos". Bem, era indiscutível que esses termos expressavam uma característica dos movimentos em geral em meio aos quais a srta. Miniver circulava. Eles ERAM esquisitos. E mesmo considerando tudo isso...

O contraste desconcertante entre o pensamento avançado e o pensador avançado invadiu as noites de Ann Veronica, mantendo-a acordada. As propostas gerais do socialismo, por exemplo, pareciam-lhe admiráveis, mas ela certamente não estendia sua admiração a qualquer um de seus expoentes. Ela seguia mais comovida com a ideia de cidadania igualitária entre homens e mulheres, com a ideia de que uma organização cada vez maior de mulheres estava dando forma e expressão generalizada a seu orgulho pessoal, à aspiração pela liberdade e pelo respeito que a trouxera a Londres; mas quando ouvia a srta. Miniver discursando sobre o próximo passo da campanha pelo sufrágio, ou lia que mulheres importunavam ministros, presas a grades ou levantando-se em eventos públicos para berrar a exigência do voto e sendo carregadas para fora esperneando e gritando, sua alma se revoltava. Ela não podia abrir mão da dignidade. Algo ainda não formulado dentro dela a mantinha afastada de todos esses aspectos práticos de suas crenças. "Não foi por essas coisas, ó Ann Veronica, que você se rebelou", sua alma dizia, "e este não é seu propósito."

Era como se ela estivesse encarando uma escuridão na qual havia algo muito belo e maravilhoso e ainda não imaginado. O pequeno franzido de suas sobrancelhas se tornou ainda mais perceptível.

PARTE 5

No início de dezembro Ann Veronica começou a especular confidencialmente os procedimentos de penhora. Decidira começar com o colar de pérolas. Passou uma tarde e uma noite bastante desagradáveis – estava chovendo forte, e ela imprudentemente deixara seu melhor par de botas na casa do pai em Morningside Park – pensando em sua situação econômica e planejando um curso de ação. A tia enviara a Ann Veronica em segredo algumas peças de roupa de baixo quentes, uma dúzia de pares de meias e seu casaco do último inverno, mas a querida senhora esquecera as botas.

Essas coisas jogaram luz à sua situação. Finalmente ela decidiu dar um passo que sempre lhe parecera razoável, mas que até então, por motivos vagos demais para ser formulados, evitara. Decidiu ir até a cidade encontrar Ramage e pedir-lhe conselho. E na manhã seguinte ela se arrumou com cuidado e atenção especiais, encontrou o endereço na lista de uma agência do correio, e foi até Ramage.

Teve de esperar alguns minutos em uma sala externa, onde três jovens de aparência e trajes pitorescos a observavam com curiosidade e admiração mal disfarçadas. Então Ramage apareceu efusivo, e a conduziu até sua sala. Os três jovens trocaram olhares expressivos.

A sala tinha decoração graciosa, com grosso e elegante tapete turco, um bom guarda-fogo, uma bela escrivaninha antiga, e nas paredes gravuras de duas garotas, de Greuze, e um quadro moderno de garotos banhando-se em uma piscina iluminada pelo sol.

– Que surpresa! – disse Ramage. – Que maravilha! Eu senti que a senhorita tinha desaparecido do meu mundo. Esteve fora de Morningside Park?

– Não estou interrompendo?

– Está. Com esplendor. Os negócios existem exatamente para que possam ser interrompidos assim. Aqui está, a melhor cadeira para clientes.

Ann Veronica sentou, e os olhos ansiosos de Ramage nela se deleitaram.

– Tenho procurado pela senhorita – ele disse. – Confesso.

Ela não se lembrou, pegou-se refletindo, de quanto seus olhos eram proeminentes.

– Gostaria de um conselho – disse Ann Veronica.

– Pois não?

– O senhor se lembra daquela vez que conversamos… naquele portão nos Downs? Conversamos sobre a possibilidade de as moças viverem com independência.

– Sim, sim.

– Bem, veja, algo aconteceu em casa.

Ela fez uma pausa.

– Nada com o sr. Stanley?

– Eu me desentendi com meu pai. Foi a respeito de... o que eu posso ou não fazer. Ele... na verdade, ele... ele me trancou em meu quarto. Praticamente.

Sua respiração falhou por um instante.

– NÃO ME DIGA! – disse o sr. Ramage.

– Eu queria ir a um baile dos estudantes de arte e ele não permitiu.

– E por que não deveria ir?

– Senti que esse tipo de coisa não podia continuar. Então arrumei minhas coisas e vim para Londres no dia seguinte.

– Para a casa de uma amiga?

– Para uma hospedaria... sozinha.

– Minha nossa, a senhorita tem coragem. Fez isso sozinha?

Ann Veronica sorriu.

– Praticamente – disse.

– É magnífico! – Ele se recostou na cadeia e a observou com a cabeça levemente inclinada. – Por Deus! – disse. – Há algo direto na senhorita. Eu me pergunto se a teria trancado se fosse seu pai. Por sorte não sou. E saiu imediatamente lutando contra o mundo como uma cidadã por conta própria? – Ele inclinou o tronco para a frente e cruzou as mãos sob o corpo em cima da mesa. – Como o mundo reagiu? – perguntou. – Se eu fosse o mundo, imagino que teria estendido um tapete vermelho, perguntado o que a senhorita queria e a convidado a caminhar sobre mim. Mas o mundo não fez isso.

– Não exatamente.

– Ofereceu-lhe suas costas largas e impenetráveis, e seguiu sem pensar em mais nada.

– Ofereceu quinze a vinte e dois xelins por semana... por um trabalho enfadonho.

– O mundo não tem noção do que deve à juventude e à coragem. Nunca teve.

– Sim, realmente. – disse Ann Veronica. – Mas a questão é que eu quero um emprego.

– Exatamente! E por isso veio até mim. E, veja, eu não dou as costas e estou olhando para a senhorita e pensando na senhorita com todo meu ser.

– E que acha que eu devo fazer?

– Exatamente! – Ele levantou um peso de papel e o tocou gentilmente. – O que a senhorita precisa fazer?

– Procurei todo tipo de coisa.

– O ponto a considerar é que essencialmente a senhorita não quer fazer essas coisas.

– Não entendi.

– A senhorita quer ser livre, sim. Mas não quer exatamente fazer o trabalho que garante esta liberdade... o trabalho pelo trabalho. O que quero dizer é que o trabalho em si não a interessa.

– Acho que não.

– Essa é uma de nossas diferenças. Nós homens somos como crianças. Nós nos entregamos às brincadeiras, aos jogos, aos negócios que fazemos. É por isso que às vezes temos bom desempenho e nos damos bem. Mas as mulheres, em geral, não se dedicam a coisas assim. Na verdade, não é de seu interesse. E, como consequência, naturalmente não têm desempenho tão bom, e não se saem bem... então o mundo não as recompensa. Elas não se agarram a interesses discursivos, veja, porque são mais sérias, concentram-se na realidade central da vida, e são um pouco mais impacientes com seus... seus aspectos externos. Pelo menos isso, eu acho, é o que torna a carreira da mulher inteligente muito mais difícil que a do homem inteligente.

– Ela não desenvolve uma especialidade.

Ann Veronica se esforçava para acompanhá-lo.

– Ela já tem uma, por isso. Sua especialidade é a coisa central da vida, é a própria vida, o calor da vida, o sexo... e o amor.

Ele pronunciou isso com ar de profunda convicção e com os olhos no rosto de Ann Veronica. Tinha o ar de quem contava um segredo profundo, íntimo. Ela estremeceu quando ele lhe apresentou o fato, estava prestes a responder, e se conteve. Corou levemente.

– Isso não responde à pergunta que lhe fiz – ela disse. – Pode ser verdade, mas não é exatamente o que eu tenho em mente.

– É claro que não – disse Ramage, como quem desperta de preocupações profundas.

E começou a questioná-la, em tom profissional, sobre os passos que dera e as buscas que fizera. Não demonstrou nem sinal do otimismo da conversa anterior naquele portão. Era prestativo, mas seriamente hesitante.

– Veja – disse –, do meu ponto de vista, a senhorita é adulta... tem a idade de qualquer deusa e é contemporânea de todos os homens vivos. Mas do... do ponto de vista econômico, é uma pessoa muito jovem e totalmente inexperiente.

Ele desenvolveu a ideia.

– A senhorita ainda está estudando – disse. – Do ponto de vista da maior parte das coisas no mundo do trabalho que a mulher pode fazer razoavelmente bem e ganhar a vida, a senhorita é ainda imatura e não completamente treinada. Se tivesse um diploma, por exemplo.

Ele falou do trabalho de secretária, mas ainda assim ela teria de saber datilografar e taquigrafar. Ele foi deixando cada vez mais evidente que o procedimento adequado não seria ganhar um salário, mas acumular recursos.

– Veja – disse –, a senhorita é como uma mina de ouro inacessível nisso tudo. É esplêndida, sabe, mas não tem nada pronto para vender. Essa é a situação pura e simples.

Ele pensou. Então bateu a mão na mesa e levantou o olhar com o ar de homem atingido por uma ideia brilhante.

– Ouça – disse, projetando ainda mais os olhos –, por que arranjar o que fazer agora? Por que não, se precisa ser livre, fazer o que é prático? Fazer-se digna de uma liberdade decente. Siga com seus estudos na Imperial

College, por exemplo, consiga um diploma, e ganhe um bom dinheiro. Ou se especialize em datilografia e taquigrafia e secretariado.

– Mas não posso fazer isso.

– Por que não?

– Veja, se eu for para casa, meu pai se opõe à faculdade, e quanto à datilografia…

– Não vá para casa.

– Sim, mas o senhor esquece: como eu vou viver?

– Fácil. Fácil. Empreste… de mim.

– Eu não poderia fazer isso – disse Ann Veronica, bruscamente.

– Não vejo por que não.

– É impossível.

– De amigo para amiga. Os homens sempre fazem isso, e se quer ser como os homens…

– Não, isso está fora de cogitação, sr. Ramage.

O rosto de Ann Veronica estava quente.

Ramage contraiu os lábios e encolheu os ombros, com os olhos fixos nela.

– Bem, de qualquer forma… Não vejo por que tamanha objeção. É o conselho que lhe dou. Estou aqui. Considere que tem os recursos disponíveis em mim. Talvez à primeira vista… possa lhe parecer estranho. As pessoas são criadas para ser tímidas em relação ao dinheiro. Como se fosse indelicado… é só uma espécie de timidez. Mas eu sou alguém a quem a senhorita pode recorrer. Sou uma alternativa a um trabalho desagradável… ou ir para casa.

– É muito gentil da sua parte – começou Ann Veronica.

– Nem um pouco. Apenas uma sugestão educada e amigável. Não estou sugerindo nenhuma filantropia. Eu lhe cobraria cinco por cento, sabe, justo.

Ann Veronica abriu ligeiramente os lábios, mas não falou. Mas cinco por cento certamente parecia melhorar o aspecto da sugestão de Ramage.

– Bem, de qualquer forma, considere em aberto. – Ele tocou mais uma vez o peso de papel, e passou a falar em tom totalmente diferente. – Agora me conte, por favor, como fugiu de Morningside Park. Como tirou sua bagagem da casa? Não foi... não foi em alguns aspectos... uma farra? É um dos meus arrependimentos pela juventude perdida. Nunca fugi de nenhum lugar com ninguém em tempo algum. E agora... acho que diriam que estou velho demais. Não me sinto velho demais... Não sentiu que era um ACONTECIMENTO... no trem... vir para Waterloo?

PARTE 6

Antes do Natal, Ann Veronica foi novamente até Ramage e aceitou a oferta que de início declinara.

Muitas coisas menores contribuíram para a decisão. A mais significativa foi o despertar de sua percepção da necessidade de dinheiro. Fora forçada a comprar aquele par de botas e uma saia de passeio, e o colar de pérolas no penhor havia rendido uma quantia bastante decepcionante. E, além disso, ela queria tomar de empréstimo aquele dinheiro. Parecia mesmo, de muitas maneiras, exatamente o que Ramage disse que era: a coisa mais prática. Estava ali... disponível. Daria a toda aquela aventura uma base mais larga e firme; parecia, de fato, quase a única maneira possível de sair daquela rebelião com qualquer coisa que lembrasse o sucesso. Nem que fosse para vencer a discussão em casa, ela queria o sucesso. E por que, afinal, não deveria emprestar dinheiro de Ramage?

Era tão verdade o que ele dissera; as pessoas de classe média eram MESMO ridiculamente melindrosas no que dizia respeito ao dinheiro. Por quê?

Ela e Ramage eram amigos, bons amigos. Se ela estivesse em posição de ajudá-lo, é o que faria; mas acontecia de ser o contrário. Ele estava em posição de ajudá-la. Qual era a objeção?

Descobriu que era impossível encarar a própria timidez. Então foi até Ramage e foi direto ao ponto.

– O senhor pode me emprestar quarenta libras? – perguntou.

O sr. Ramage controlou a expressão e pensou rapidamente.

– De acordo – disse. – Certamente. – E puxou um talão de cheques. – É melhor que seja uma quantia redonda. Mas não vou lhe dar um cheque...

Vou, sim. Vou dar um cheque não cruzado, e pode sacar no banco, aqui perto... É melhor não levar todo o dinheiro; é mais aconselhável abrir uma pequena conta no correio e sacar cinco por vez. Isso não envolveria referências, como uma conta no banco... e essa coisa toda. O dinheiro vai durar mais e... não vai incomodá-la.

Ele se levantou, ficando bem próximo dela, e olhou em seus olhos. Parecia estar tentando entender algo muito complicado e vago.

– É uma alegria – disse – que tenha recorrido a mim. É uma espécie de garantia de confiança. Da última vez... eu me senti um pouco desprezado.

Ele hesitou, e desviou do assunto.

– Há infinitos assuntos que gostaria de conversar com a senhorita. Está quase na minha hora de almoço. Venha almoçar comigo.

Ann Veronica se esquivou por um instante.

– Não quero tomar seu tempo.

– Não vamos a nenhum desses lugares da cidade. São frequentados apenas por homens, e ninguém está livre de um escândalo. Mas conheço um lugarzinho onde podemos conversar com tranquilidade.

Ann Veronica, por algum motivo que não conseguia definir, não queria almoçar com ele – mas não encontrou uma justificativa para negar o convite, e Ramage saiu para a sala externa com ela, alerta e atento, despertando o interesse vívido dos três jovens. Os três lutaram pela única janela, e a viram ser conduzida a uma carruagem. A conversa que tiveram então está fora do escopo de nossa história.

– Ao Ritter's! – disse Ramage ao condutor. – Dean Street.

Era raro Ann Veronica usar carruagens, e estar em uma era, por si só, um acontecimento emocionante. Ela gostava do balanço alto e agradável da coisa sobre as rodas grandes, do tamborilar ligeiro do cavalo, da paisagem de ruas fervilhantes. Admitiu o prazer a Ramage.

E o Ritter's, também, era bastante divertido e estrangeiro e discreto; um pequeno salão desconexo com algumas mesinhas, flores e abajures elétricos vermelhos. Era um dia nublado, embora sem neblina, e os abajures vermelhos emitiam luz agradável, e um garçom italiano com inglês insuficiente tirou os pedidos com Ramage e serviu com aparente afeto. Ann Veronica achou a coisa toda bastante divertida. A comida do Ritter era melhor que a da maioria de seus compatriotas, e mais bem preparada, e Ramage, com percepção aguçada do paladar feminino, pediu Vero Capri. Para ela, era como se um gole daquele blend impressionante fosse capaz de aquecer seu sangue, exatamente o tipo de coisa que sua tia não aprovaria, estar almoçando assim, frente a frente com um homem; e ao mesmo tempo era perfeitamente inocente e também agradável.

Eles conversaram durante a refeição, em tom leve a amistoso, sobre os problemas de Ann Veronica. Ele era mesmo muito sábio e esperto, e sua conversa tinha um tipo de ousadia que estava no limite do atrevimento. Ela lhe descreveu os Goopes e os fabianos, e descreveu sua senhoria; e ele falou, de modo bastante liberal e divertido, das perspectivas da jovem moderna. Parecia saber bastante da vida. Ofereceu vislumbres de possibilidades. Levantou curiosidades. Era um contraste e tanto com a exibição vazia de Teddy. Sua amizade parecia valer a pena …

Mas, ao avaliar a situação no quarto naquela noite, dúvidas indefinidas e desconcertantes desafiaram sua convicção. Ela se perguntou qual seria sua posição diante dele e o que aquele brilho contido em seu rosto poderia significar. Sentiu que talvez, em seu desejo de desempenhar um papel adequado na conversa, falara com muito mais liberdade do que deveria, e dera a ele uma impressão errônea de si mesma.

PARTE 7

Isso aconteceu dois dias antes da véspera de Natal. Na manhã seguinte, ela recebeu uma carta compacta do pai.

MINHA QUERIDA FILHA,

Aqui, no auge da temporada do perdão, estendo a mão uma última vez na esperança de uma reconciliação. Peço a você, embora não seja minha função pedir, que volte para casa. Este teto ainda está aberto para você. Você não será atormentada se voltar, e faremos tudo o que for possível para deixá-la feliz.

De fato, devo implorar que retorne. Esta sua aventura já foi longe demais; tornou-se uma angústia séria tanto para mim quanto para sua tia. Somos incapazes de compreender suas razões para fazer o que está fazendo, ou, de fato, como está conseguindo fazê-lo, ou como está vivendo. Se pensar em um único aspecto menor – na inconveniência que deve ser para nós explicar sua ausência –, acho que pode começar a perceber o que isso tudo significa para nós. Nem preciso dizer que sua tia me acompanha neste pedido com muito entusiasmo.

Por favor, volte para casa. Não serei irracional com você.

Com carinho,

SEU PAI.

Ann Veronica se sentou diante do fogo com a carta do pai nas mãos.

– Ele escreve cartas estranhas – disse. – Suponho que as cartas da maioria das pessoas sejam estranhas. Teto aberto... como uma Arca de Noé. Eu me pergunto se ele quer mesmo que eu volte para casa. É estranho que eu saiba tão pouco sobre ele, como se sente e o que sente. Eu me pergunto como tratou Gwen. – Sua mente vagou em especulações sobre a irmã. – Preciso procurar Gwen – disse. – Eu me pergunto o que aconteceu. – Então se pegou pensando na tia. – Eu gostaria de ir para casa – chorou –, para agradá-la. Ela é muito querida. Considerando o pouco que ele lhe permite ter. – A verdade prevaleceu. – O inexplicável é que eu não voltaria para casa para agradá-la. Ela é, à sua maneira, uma querida. É MISTER querer agradá-la. E eu não quero. Não me importo. Não consigo nem me importar.

Logo, como se quisesse compará-lo com a carta do pai, ela tirou o cheque de Ramage da caixa onde guardava seus documentos. Pois até então não o havia sacado.

– Suponha que eu jogue fora – declarou, levantando-se com a tira de papel lilás na mão. – Suponha que eu jogue fora, e me renda, e vá para casa! Talvez, afinal, Roddy tenha razão! Meu pai segue abrindo a porta e fechando, mas vai chegar uma hora… eu ainda poderia ir para casa!

Ela segurou o cheque de Ramage como se fosse rasgá-lo ao meio.

– Não – disse finalmente. – Sou um ser humano, não uma fêmea tímida. Que faria eu em casa? A outra opção é um arremedo… renda-se. Dane-se! Eu vou até o fim.

BIOLOGIA

PARTE 1

Janeiro encontrou Ann Veronica como aluna do laboratório de biologia da Imperial College, o qual se ergue em meio às ruas secundárias entre a Euston Road e a Great Portland Street. Ela estava se dedicando com afinco ao Curso Avançado de Anatomia Comparada, muito aliviada por ter sua mente ocupada com um tema em desenvolvimento metódico no lugar das incertezas discursivas dos dois meses anteriores, e se esforçando para manter no fundo de sua mente e fora da vista o fato, primeiro, de que tinha alcançado aquele paraíso de atividade satisfatória recorrendo a uma dívida de quarenta libras com Ramage e, segundo, de que sua posição atual era necessariamente temporária, e o resultado bastante incerto.

O laboratório de biologia tinha atmosfera muito própria.

Ficava no topo do prédio, com vista clara para uma massa aglomerada de prédios inferiores na direção do Regent's Park. Era comprido e estreito, uma galeria tranquila, bem iluminada e bem ventilada, com pequenas mesas e pias, impregnada por um leve frasco de álcool desnaturado e matéria orgânica esterilizada em decomposição. Ao longo da parede interna havia uma série maravilhosamente organizada de espécimes em exibição que o próprio Russell havia preparado. O impacto supremo para Ann Veronica era sua relevância insuperável; fazia com que todas as outras atmosferas que ela conhecia parecessem digressivas e confusas. O lugar como um todo e tudo nele tinham um só objetivo: ilustrar, elaborar, criticar e iluminar, e tornar cada vez mais clara a importância da estrutura animal e da vegetal. Tratava, do chão ao teto e de uma extremidade a outra, da Teoria das Formas de Vida; até mesmo o espanador ao lado do quadro estava ali para dar sua contribuição a esse trabalho, até as arruelas das torneiras; a sala se concentrava com mais clareza em seu objetivo do que até mesmo qualquer igreja. A isso talvez se devesse grande parte da satisfação que causava. Em contraste com os movimentos e presenças confusas das reuniões fabianas, ou com o entusiasmo inexplicável por trás da demanda do sufrágio, com discursos que eram parte demonstração egoica, parte manobras engenhosas e parte clamores incoerentes por fins mal formulados, comparada às idas e vindas de plateias e simpatizantes que eram como redemoinhos de papel na rua, aquela câmara longa, tranquila e metódica brilhava como uma estrela vista por entre as nuvens.

Dia após dia, durante uma hora exata no anfiteatro, com força e paciência elaboradas, Russell reunia dificuldade e sugestão, exemplo e contraexemplo, na construção elaborada da árvore genealógica da vida. E depois os alunos iam ao laboratório comprido e aplicavam esses fatos em tecido quase vivo com microscópio e bisturi, sonda e micrótomo, e o máximo de sua habilidade e cuidado, vez ou outra fazendo uma incursão ao museu de ilustrações ao lado, onde espécimes e modelos e instruções aguardavam em fileiras organizadas sob a direção do monitor Capes. Havia quadros-negros nas duas extremidades do corredor de mesas, e neles Capes, com um discurso apressado e nervoso que contrastava claramente com a articulação lenta e definitiva de Russell, orientava a dissecação e fazia comentários esclarecedores sobre as estruturas examinadas. Então ele andava pelo laboratório, sentando ao lado de cada aluno, conferindo o trabalho e falando sobre suas dificuldades, e respondendo às perguntas que surgiam da aula de Russell.

Ann Veronica chegara à Imperial College obcecada pela grande figura de Russell, pelo papel que ele desempenhava nas controvérsias darwinianas e pelo efeito resoluto do rosto leonino, amarelado e carrancudo sob a cabeleira grisalha. Capes, por sua vez, era uma descoberta. Capes era algo a mais. Russell reluzia como um farol, mas Capes iluminava com flashes direcionados e lançava luz, ainda que momentânea, a cem cantos que Russell deixara à sombra.

Capes era homem excepcionalmente claro de trinta e dois ou trinta e três anos, tão loiro que era uma supresa que não tivesse cílios claros, e com reputação própria, menor mas de maneira alguma descartável. No quadro, ele falava com voz agradável, levemente ceceante, uma espontaneidade curiosa e às vezes era bastante desajeitado em sua demonstração, e às vezes bastante intenso. Ele dissecava quase sem jeito e com pressa, mas, em geral, com eficácia, e desenhava com franqueza impaciente que compensava com significado o que lhe faltava em precisão. Ao longo do quadro, os gizes coloridos voavam como foguetes de cores variadas dando à luz diagramas e mais diagramas.

Aconteceu de naquele ano haver uma proporção incomum de meninas e mulheres no laboratório avançado, talvez porque a turma como um todo fosse excepcionalmente pequena. Totalizava nove alunos, e, destes, quatro eram mulheres. Como consequência do tamanho da turma, era possível realizar o trabalho com muito mais facilidade e informalidade que turmas maiores permitiriam. E o costume do chá às quatro da tarde se difundiu sob a guarda da srta. Garvice, moça alta e graciosa de competência intelectual distinta, em quem o instinto de anfitriã parecia exageradamente desenvolvido.

Capes participava dos chás; era visível que gostava de participar, e aparecia à porta da sala, com tom agradável de timidez, esperando um convite.

Desde o início, Ann Veronica o considerou homem excepcionalmente interessante. Para começo de conversa, ele lhe parecia a pessoa mais polivalente que ela já conhecera. Às vezes, era brilhante e magistral, persuadia e convencia a todos, e pareceria dominador se não fosse extraordinariamente gentil; às vezes, era quase monossilábico, e frustrava as mais hábeis tentativas da srta. Garvice de fazê-lo falar mais. Às vezes, parecia obviamente irritado e desconfortável e infeliz em seus esforços de parecer à vontade. E às vezes transbordava sagacidade especialmente maligna que brincava, com consequências devastadoras, com qualquer assunto que tivesse a coragem de encarar. As experiências de Ann Veronica com homens se concentrava em tipos mais estáveis – Teddy, que era sempre absurdo; seu pai, que era sempre autoritário e sentimental; Manning, que era sempre Manning. E a maioria dos outros que conhecera demonstrava, ela sentia, a mesma constância. Goopes, ela tinha certeza, era sempre erudito e lento e socrático. E Ramage também – em volta de Ramage sempre haveria aquele ar de avidez, aquele ar de conhecimento e questionamento, a mistura em sua fala de coisas que eram muito boas com coisas que eram muito ruins. Mas não havia como ter certeza com Capes.

Os cinco alunos do sexo masculino eram um grupo variado. Havia um jovem de rosto bem branco de dezoito anos que penteava o cabelo para trás exatamente como Russell e se dispunha a manter um silêncio desconfortável quando estava perto dela, e com quem ela considerava bondade cristã ser sempre simpática; e um jovem relapso de vinte e cinco anos que vestia azul-marinho e misturava Marx e Bebel com os deuses mais ortodoxos do panteão biológico. Havia um jovem baixo, de rosto vermelho e resoluto que herdara do pai a atitude autoritária em relação à bacteriologia; um aluno japonês despretensioso que desenhava lindamente e tinha conhecimento imperfeito da língua inglesa; e um escocês moreno e de classe baixa com um par de óculos complicado que vinha todas as manhãs, como uma espécie de monitor complementar: analisava seu trabalho com muita atenção, dizia que suas dissecações eram "boas", ou "muito boas mesmo" ou "acima da média para o padrão feminino", ficava ali como se esperasse um agradecimento efusivo e, com retrospectos admirados que faziam com que seus óculos brilhassem como diamantes, voltava para seu lugar.

As mulheres, Ann Veronica achava, não eram tão interessantes quanto os homens. Havia duas professoras de escola, uma das quais – a srta.

Klegg – poderia muito bem ser prima de primeiro grau da srta. Miniver, de tantas características que tinham em comum; uma garota apreensiva cujo nome Ann Veronica nunca aprendera, mas que trabalhava muito bem; e a srta. Garvice, que de início chamara muito sua atenção – ela se movimentava com tanta beleza –, mas acabou dando a impressão de que seus belos movimentos eram a única coisa que tinha a oferecer.

PARTE 2

As semanas seguintes foram de muito pensamento e crescimento para Ann Veronica. As impressões acumuladas nas semanas anteriores pareceram operar em conjunto assim que sua mente deixou a busca caótica por emprego e voltou a ter contato com um coerente e sistemático desenvolvimento de ideias. Os estudos avançados na Imperial andavam lado a lado com interesses e controvérsias da época; as ilustrações e os materiais eram provenientes das duas grandes pesquisas de Russell – sobre a relação entre os braquiópodes e os equinodermas, e sobre os folículos secundários e terciários de mamíferos e pseudomamíferos nas formas larvais livres de vários organismos marinhos. Além disso, uma troca vigorosa de críticas mútuas estava ocorrendo entre a Imperial College e os mendelianos de Cambridge, e ecoava nas aulas. Do início ao fim, era tudo de primeira mão.

Mas a influência da ciência irradiava muito além de seu campo específico – além daqueles problemas belos e altamente técnicos com os quais não pretendemos incomodar nem por um instante o leitor naturalmente apavorado. Biologia é ciência extraordinariamente digestiva. Lança uma série de amplas generalizações experimentais, e então se propõe colocar em harmonia ou relação com elas uma coleção infinitamente multifacetada de fenômenos. As pequenas manchas na área de germinação de um ovo, os movimentos nervosos de um cavalo impaciente, o truque de um garoto fazendo um cálculo, os sentidos de um peixe, o fungo na raiz de uma flor no jardim e o limo sobre uma rocha banhada pelo mar – milhares de coisas como essas são testemunhas delas e iluminadas por elas. E essas generalizações tentaculares não só reuniram todos os fatos da história natural e da anatomia comparada, mas também pareceram se estender cada vez mais para dentro de um mundo de interesses que eram totalmente externos a seus limites legítimos.

Ocorreu a Ann Veronica certa noite, após uma longa conversa com a srta. Miniver, como algo de repente notável e de aspecto grotesco e singular, que esse esquema biológico de elaboração lenta revelava para ela algo mais que interesse acadêmico. E não apenas isso que era, afinal de contas, um método mais sistemático e particular de examinar exatamente as mesmas questões que sustentavam as discussões da Sociedade Fabiana, a conversa do Clube de Artes do Centro-Oeste, os papos dos estúdios e as discussões profundas e sem fim dos lares de vida simples. Era a mesma bio, cuja natureza e tendência e formas e métodos e aspectos envolvia todos eles. E ela, ela pessoalmente, era essa bioeterna que reiniciava sua jornada recorrente de seleção e multiplicação e fracasso e sobrevivência.

Mas foi apenas um vislumbre momentâneo de aplicação pessoal, e desta vez ela não se dedicou a ele.

E agora eram também as noites de Ann Veronica que ficavam bastante ocupadas. Ela seguiu com seu interesse no movimento socialista e na agitação sufragista na companhia da srta. Miniver. Elas foram a vários encontros fabianos centrais e locais, várias reuniões do sufrágio. Teddy Widgett rondava todas essas reuniões, piscando para Ann Veronica e às vezes dando uma corrida exageradamente amigável até ela e levá-la, e a srta. Miniver, para beber chocolate quente depois das reuniões com outros fabianos dos mais diversos tipos, jovens e simpáticos. E o sr. Manning vez ou outra rondava seu mundo, cheio de uma preocupação inútil, e quase sempre declarando que ela era esplêndida, esplêndida, e querendo resolver as coisas com ela. Ele oferecia chás ao comissariado da campanha de Ann Veronica – muitos chás. Ele a convencia a tomar chá com ele geralmente em um salão agradável em cima de uma frutaria na Tottenham Court Road, e discutia seu próprio ponto de vista sugerindo milhares de devoções, colocando-se às suas ordens. E expressava sensibilidades artísticas e apreciações estéticas variadas em frases cuidadosamente pontuadas com voz alta e clara. No Natal ele lhe deu uma coleção de uma pequena edição dos romances de Meredith, belamente encadernada com couro flexível; foi guiado, na escolha do autor, segundo insinuou, mais pelas preferências dela que pelas dele.

Havia algo notória e deliberadamente liberal em sua conduta em todos os encontros. Ele expressava não apenas sua percepção da extrema falta de correção de seus encontros não aprovados, mas também que, no que lhe dizia respeito, essa irregularidade não lhe importava nem um pouco, que ele havia lançado – e seguia lançando – tais considerações ao vento.

Além disso, ela agora se encontrava e conversava com Ramage quase semanalmente, com base na teoria, levada por ela muito a sério, de que eles eram apenas amigos. Ele a convidava para jantar em um restaurantezinho italiano ou semiboêmio nos arredores do Soho, ou em um dos estabelecimentos mais estilosos e magníficos ao redor da Piccadilly Circus, e na maioria das vezes ela não recusava. Nem, na verdade, queria recusar. Esses jantares, desde a pródiga e ambígua exposição de antepastos até os sorvetes diminutos em pratos de papel franzido, com suas garrafas de Chianti e pratos de parmesão e seus garçons poliglotas e sua clientela poliglota, eram muito divertidos e animados; e ela gostava muito de Ramage, e valorizava sua ajuda e conselhos. Era interessante ver como a abordagem dele a todo tipo de questões do interesse dela era diferente e característica, e era divertido descobrir aquele outro lado da vida de um habitante de Morningside Park. Ela acreditava que todos os chefes de família de Morningside Park iam para casa antes das sete no máximo, como seu pai. Ramage sempre falava de mulheres ou de alguma questão relacionada às mulheres e muito da visão de Ann Veronica sobre a vida. Estava sempre traçando contrastes entre a sina da mulher e a do homem, e a colocava como um novo ponto de partida maravilhoso nessa comparação. Ann Veronica gostava ainda mais deste relacionamento porque era incomum.

Depois desses jantares eles caminhavam, geralmente até o Thames Embankment, para observar a grande extensão do rio em ambos os lados

Waterloo Bridge; e se despediam na Westminster Bridge, talvez, e ele seguia para Waterloo. Uma vez ele sugeriu que fossem a um café-concerto ver uma nova bailarina maravilhosa, mas Ann Veronica não achou que se interessaria pela nova bailarina. Então, em vez disso, conversaram sobre a dança e o que ela podia significar para a vida humana. Ann Veronica achava que seria uma liberação espontânea de energia que levaria ao bem-estar, mas Ramage achava que, ao dançar, os homens, e pássaros e animais que dançam, sentem e pensam sobre o próprio corpo.

Essas atividades, planejadas para que Ann Veronica fosse inclinada a sentir afeto familiar por Ramage, certamente o estavam levando a um interesse cada vez mais profundo em Ann Veronica. Ele achava que o relacionamento estava se desenvolvendo muito devagar, mas não via como poderia fazê-lo avançar mais rápido. Sentia que precisava criar em Ann Veronica certas ideias e nela avivar certas curiosidades e sentimentos. Enquanto isso não acontecesse, certa experiência de vida lhe garantia que toda garota seria uma fortaleza absoluta contra a abordagem de certos homens. Ela tinha toda a fascinação de ser absolutamente enigmática a esse respeito. Por um lado, parecia pensar direta e descomplicadamente, e conversava com serenidade e liberdade sobre assuntos que a maioria das mulheres era treinada para evitar ou ocultar; por outro, ela não tinha consciência, ou ao menos parecia não ter – esse era o enigma –, de todo tipo de inferência pessoal que quase toda garota ou mulher teria. Ele estava sempre se esforçando para chamar a atenção dela para o fato de que ele era homem de caráter, qualidade e experiência, e ela uma mulher jovem e bela, e que todo tipo de construção era possível para seu relacionamento, confiando que daí ela chegaria à ideia de que todo tipo de relacionamento era possível. Ela respondia com aparência inabalável de insensibilidade, e nunca como uma mulher jovem e bela consciente de seu sexo; sempre na personagem da estudante inteligente.

A percepção de Ramage da beleza pessoal de Ann Veronica se aprofundava e acelerava a cada encontro. De vez em quando a presença dela assumia um encanto radiante diante de seus olhos; ela surgia na rua vindo em sua direção, uma surpresa, tão bela e sorridente e acolhedora, tão ampla e iluminada e viva, muito além de suas meras expectativas. Ou ele percebia algo – uma onda em seu cabelo, uma pequena linha no contorno de sua sobrancelha ou pescoço – que se tornava uma descoberta primorosa.

Ele estava começando a pensar nela incessantemente. Ficava sentado em seu escritório compondo conversas com ela, conversas profundas, esclarecedoras e quase conclusivas que nunca tinham a menor utilidade quando se encontravam pessoalmente. E passou também a acordar no meio da noite pensando nela.

Pensava nela e nele, e não mais naquele tom de aventura acidental do início. Ele pensava, também, na inválida irritadiça deitada no quarto ao lado, cujo dinheiro havia possibilitado seu negócio e calcado sua posição no mundo.

– Conquistei grande parte das coisas que quis – disse Ramage, na calmaria da noite.

PARTE 3

Durante algum tempo a família de Ann Veronica desistiu das ofertas diretas de perdão gratuito; eles estavam evidentemente esperando que seus recursos se esgotassem. Nem pai, nem tia, nem irmão entraram em contato; então, certa tarde no início de fevereiro, a tia a procurou num estado entre a expostulação e o ressentimento digno, mas era óbvio que ela estava muito ansiosa pelo bem-estar de Ann Veronica.

– Tive um sonho – disse. – Vi você em uma espécie de declive escorregadio se agarrando a alguma coisa e escorregando. Você parecia estar escorregando, escorregando, e seu rosto estava branco. Foi um sonho muito, muito vívido! Você parecia estar escorregando e quase caindo e se segurando. Isso me fez despertar, e fiquei deitada pensando em você, aqui sozinha todas as noites, sem ninguém para cuidar de você. Eu me perguntei o que estaria fazendo e o que estaria acontecendo com você. Disse a mim mesma: "Ou foi coincidência ou chamariz". Eu senti que PRECISAVA fazer alguma coisa de qualquer forma, e vim vê-la assim que pude.

Ela falava muito rápido.

– Não posso deixar de dizer – continuou, alterando o tom de voz – que NÃO acho certo que uma garota desprotegida fique em Londres sozinha como você está.

– Mas sou bastante capaz de cuidar de mim mesma, tia.

– Deve ser muito desconfortável. É muito desconfortável para todos os envolvidos.

Ela falava com certa aspereza. Sentia que Ann Veronica lhe havia pregado uma peça naquele sonho, e já que tinha vindo até Londres podia muito bem dizer o que pensava.

– Nada de ceia de Natal – disse – ou outra coisa agradável! Nem ao menos sabemos o que você anda fazendo.

– Continuo estudando para obter meu diploma.

– Por que não podia fazer isso em casa?

– Estou estudando na Imperial College. Veja, tia, é a única maneira de eu conseguir um bom diploma na minha área, e meu pai não quer saber. Se eu estivesse em casa, seriam apenas discussões intermináveis. E como eu poderia voltar para casa... se ele me tranca no quarto?

– Eu queria que isso não estivesse acontecendo – disse a srta. Stanley, após uma pausa. – Eu queria que você e seu pai pudessem chegar a um acordo.

Ann Veronica respondeu com convicção:

– Eu também queria.

– Não podemos combinar alguma coisa? Não podemos fazer uma espécie de acordo?

– Ele não manteria o acordo. Ficaria irritado demais qualquer noite destas e ninguém ousaria lembrá-lo do acordo.

– Como você pode dizer essas coisas.

– Mas é verdade!

– Ainda assim, não lhe cabe dizê-las.

– É isso que impede um acordo.

– EU não posso fazer um acordo?

Ann Veronica pensou, e não conseguiu imaginar um acordo que lhe permitisse ir a jantares quase ilícitos com Ramage ou caminhar pelas praças de Londres discutindo socialismo com a srta. Miniver até a madrugada. Ela tinha experimentado a liberdade agora, e até então não sentira necessidade de ser protegida. Ainda assim, alguma coisa na ideia de um acordo a atraía.

– Não sei como você pode estar se mantendo – disse a srta. Stanley.

E Ann Veronica se apressou em responder:

– Eu gasto muito pouco.

Sua mente voltou a pensar no acordo.

– E não há taxas a pagar na Imperial College? – a tia perguntou, uma pergunta desagradável.

– Algumas.

– E como você paga?

– Meu Deus! – Ann Veronica disse a si mesma, e tentou não parecer culpada. – Eu consegui dinheiro emprestado.

– Emprestado! Mas quem emprestou?

– Uma amiga – disse Ann Veronica.

Ela estava se sentindo encurralada. Vasculhou sua mente ligeiro procurando uma resposta plausível que não veio àquela pergunta óbvia. A tia desviou do assunto.

– Mas minha querida Ann Veronica, você vai se endividar!

Imediatamente, sentindo imenso alívio, Ann Veronica se refugiou em sua dignidade:

– Eu acho, tia – disse –, que a senhora pode confiar que minha dignidade vai me manter longe das dívidas.

Por um instante a tia não conseguiu pensar em uma resposta a esse contra-ataque, e Ann Veronica aproveitou a vantagem com uma pergunta repentina sobre as botas abandonadas.

Mas no trem de volta para casa, a tia pensou.

– Se ela está pedindo dinheiro emprestado – disse a srta. Stanley –, DEVE estar se endividando. Não faz sentido…

PARTE 4

Foi com ritmo imperceptível que Capes foi se tornando importante nos pensamentos de Ann Veronica. Mas, de repente, ele começou a dar alguns passos, e finalmente pernadas tornando-se cada vez mais predominante. Ela começou a se interessar pelas suas exposições e teoria biológica, em seguida se sentiu atraída pelo seu caráter e, de certa forma, apaixonou-se pela mente dele.

Um dia estavam tomando chá no laboratório e surgiu uma discussão sobre o sufrágio feminino. O movimento estava em suas primeiras fases militantes, e apenas uma das mulheres, a srta. Garvice, se opunha a ele, embora Ann Veronica estivesse mais para morna. Mas a oposição masculina sempre a despertava para o lado do sufrágio; ela tinha um sentimento curioso de lealdade ao ajudar as mais agressivas. Capes era irritantemente crítico em relação à questão, nem absurdamente contra, para que pudesse esmagá-lo, nem desesperadamente indeciso, mas tepidamente cético. A srta. Klegg e a garota mais jovem atacaram com vigor a srta. Garvice, que disse que achava que as mulheres perdiam algo infinitamente precioso ao se envolverem nos conflitos da vida. A discussão se desviou e foi pontuada com pão e manteiga. Capes estava propenso a apoiar a srta. Klegg até que a srta. Garvice o encurralou citando algo que ele mesmo dissera em artigo recente na revista *Nineteenth Century* no qual, seguindo Atkinson, ele fez um ataque vigoroso e prejudicial à defesa de Lester Ward ao matriarcado primitivo e à importância predominante das fêmeas no reino animal.

Ann Veronica não conhecia esse lado literário do professor; e sentiu uma pontinha de irritação com a vantagem da srta. Garvice. Depois foi atrás do artigo em questão, que lhe pareceu deliciosamente escrito e argumentado. Capes tinha o dom da escrita leve e espontânea combinada com o pensamento bastante lógico e claro, e acompanhar seu pensamento escrito deu a ela a sensação de estar cortando coisas com faca perfeitamente nova, perfeitamente afiada. Ela se viu ansiosa para ler mais escritos dele e, na quarta-feira seguinte, foi ao Museu Britânico e procurou primeiro seus ensaios entre as revistas de meia coroa, depois seus artigos de pesquisa em vários periódicos científicos. O artigo de pesquisa comum, quando não é teorização extravagante, pode apresentar uma textura desinteressante, e Ann Veronica ficou encantada ao encontrar a mesma leveza e clareza confiante características de seu trabalho para o leitor comum. Ela voltou aos artigos mais tarde e, no fundo de sua mente, ao analisá-los mais uma vez, tomou a decisão bastante firme de citá-los na primeira oportunidade, como fizera a srta. Garvice.

Quando chegou ao seu quarto naquela noite ela refletiu, com surpresa, sobre a empreitada que ocupara metade do dia e apercebeu-se que ela mostrava simplesmente que Capes era de fato uma pessoa muito interessante.

Então ficou pensando nele. Perguntou-se por que ele era tão distinto, tão diferente dos outros homens, e durante algum tempo deixou de perceber que talvez isso se devesse ao fato de estar se apaixonando por ele.

PARTE 5

Ann Veronica, no entanto, andava pensando muito sobre o amor. Uma dúzia de barreiras intelectuais e de timidez vinham sendo superadas ou derrubadas em sua mente. Todas as influências sobre ela trabalhavam a favor de sua própria predisposição e contra todas as tradições de seu lar e sua criação no que dizia respeito a lidar com os fatos da vida de maneira ousada. Ramage, por meio de centenas de hábeis insinuações, a levara a perceber que o problema de sua própria vida era indissociável dos problemas da vida de qualquer mulher, e, na verdade, de apenas um tipo específico de problema da vida da mulher, o amor.

– O jovem chega à vida adulta perguntando qual é a melhor posição que ele pode assumir – disse Ramage. – A mulher chega à vida adulta perguntando qual é a melhor maneira de se doar.

Ann Veronica recebeu aquela fala como cheia de sentido, e germinou e espalhou tentáculos de explicação pelo cérebro. O laboratório de biologia, sempre vendo a vida como acasalamento e procriação e seleção, e mais uma vez acasalamento e procriação, parecia ser apenas uma tradução generalizada daquela afirmação. E toda a conversa de Minivers e Widgetts parecia sempre ser um navio em condições metereológicas adversas e abrigado na encosta do amor.

– Há sete anos – disse Ann Veronica –, venho tentando não pensar no amor… venho treinando para olhar as coisas bonitas de soslaio.

Ela se permitiu agora olhar diretamente. Fez uma declaração de liberdade para si mesma.

– Isso é bobagem, é mero medo repressor! – disse. – É a escravidão da vida velada. Eu poderia muito bem estar em Morningside Park. Esse negócio do amor é a questão suprema da vida, é o único acontecimento e crise da mulher que compensa todas as outras restrições, e eu me acovardo, como todas nos acorvardamos, com a mente paralisada e tímida até que a coisa toda me domine!… Não vou permitir.

Mas ela percebeu que não era capaz de falar livremente sobre o amor, apesar daquela alforria.

Ramage parecia estar sempre rondando o tópico proibido, sondando aberturas, e ela se perguntava por que não se abria para ele. Algo instintivo a impedia, e tomando a decisão de não ser "boba" ou recatada, ela percebeu que sempre que ele abordava o assunto com ousadia ela se tornava completamente científica e impessoal, quase entomológica, em sua abordagem; matava no ato cada observação que ele fazia e a preparava para a dissecação. No laboratório de biologia, esse era o tom invencível. Mas ela reprovava cada vez mais a própria austeridade mental. Ali estava um homem experiente, seu amigo, que claramente se interessava muito por esse assunto supremo e estava disposto a beneficiá-la com suas experiências! Por que não podia ficar à vontade com ele? Por que não podia saber das coisas? Já é difícil o bastante para um ser humano aprender, refletiu, mas é muito mais difícil do que precisaria ser por causa dos pensamentos e das bocas fechadas.

Ela enfim decidiu derrubar as barreiras da timidez em ao menos uma direção, e conversou certa noite sobre o amor e fatos do amor com a srta. Miniver.

Mas a srta. Miniver foi altamente insatisfatória. Ela repetiu frases da sra. Goopes:

– Pessoas modernas – disse ela, com ar de grande elucidação – tendem a GENERALIZAR o amor. "Ora melhor quem ama melhor – todas as coisas, grandes e pequenas." De minha parte, sigo amando.

– Sim, mas os homens – disse Ann Veronica, mergulhando no assunto. – Você não quer o amor dos homens?

Por alguns segundos elas permaneceram em silêncio, ambas chocadas com a pergunta.

A srta. Miniver olhou a amiga por sobre os óculos quase com malícia.

– NÃO! – respondeu, finalmente, com algo no tom de voz que fez Ann Veronica pensar em uma raquete de tênis. – Já pensei nisso tudo – continuou após uma pausa; falava devagar. – Nunca conheci homem nenhum cujo intelecto eu respeitasse.

Ann Veronica olhou-a pensativamente um instante, e decidiu insistir por princípio.

– Mas se tivesse conhecido? – perguntou.

– Não consigo imaginar – disse a srta. Miniver. – E pense, pense – sua voz quase sumiu – na vulgaridade terrível!

– Que vulgaridade? – perguntou Ann Veronica.

– Minha querida Vee! – Ela passou a falar em voz baixa. – Você não sabe?

–Ah! Eu sei...

– Bem... – Seu rosto foi tomado por um tom de rosa incomum.

Ann Veronica ignorou a confusão da amiga.

– Nós não preferimos mistificar a vulgaridade? Nós mulheres, quero dizer – ela disse. Decidiu continuar, após um pausa momentânea. – Fingimos que os corpos são feios. Na verdade, são a coisa mais linda do mundo. Fingimos que nunca pensamos em tudo o que faz de nós quem somos.

– Não – exclamou a srta. Miniver, quase veementemente. – Você está errada! Eu não achava que você pensava essas coisas. Corpos! Corpos! Coisas terríveis! Somos almas. O amor vive em plano mais elevado. Não somos animais. Se um dia eu conhecesse um homem que pudesse amar, eu o amaria – o volume de sua voz voltou a baixar – platonicamente. – Ela fez os óculos brilharem. – Absolutamente platônico – disse. – Alma com alma.

Ela virou o rosto para o fogo, agarrou os cotovelos com as mãos e encolheu os ombros magros.

– Argh! – disse.

Ann Veronica a observou e se admirou com ela.

– Não queremos os homens – disse a srta. Miniver. – Não os queremos, com seu desdém e suas gargalhadas. Brutamontes vazios, bobos e grosseiros. Brutamontes! Eles são o bruto que ainda está conosco! A ciência um dia pode nos ensinar a seguir sem eles. Apenas as mulheres importam. Nem toda espécie de criatura precisa... dos machos. Algumas não têm machos.

– Tem os afídios – admitiu Ann Veronica. – Mas ainda assim...

A conversa parou para um instante de reflexão.

Ann Veronica ajeitou o queixo na mão.

– Me pergunto qual de nós está certa – disse. – Não tenho nenhuma pontinha... desse tipo de aversão.

– Tolstói trata tão bem disso – disse a srta. Miniver, desconsiderando a atitude da amiga. – Ele vê através de tudo. A Vida Superior e a Inferior. Ele vê os homens todos contaminados por pensamentos grosseiros, modos grosseiros de crueldade. Simplesmente porque são endurecidos pela... pela bestialidade, e envenenados pelos sucos da carne abatida com raiva e das bebidas fermentadas... Imagine! Bebidas dominadas por milhares e milhares de bactérias horríveis!

– É levedura – disse Ann Veronica. – Um vegetal.

– É tudo a mesma coisa – disse a srta. Miniver. – E depois ficam inchados e inflamados e embriagados de matéria. Ficam cegos para todas as coisas delicadas e sutis... olham a vida com olhos vermelhos e narinas dilatadas. São arbitrários e injustos e dogmáticos e bestiais e lascivos.

– Mas você acha mesmo que a mente dos homens é alterada pelo que eles comem?

– Eu sei que é – disse a srta. Miniver. – Opinião de especialista. Quando levo uma vida verdadeira, uma vida pura e simples e livre de estimulantes e excitações, eu penso... eu penso... ah! com pelúcida clareza; mas se eu comer uma única garfada de carne, ou qualquer coisa, o espelho se embaça.

PARTE 6

Então, tomando forma sem que ela soubesse como, como um apetite recém-nascido, surgiu em Ann Veronica um desejo de ver e ouvir a beleza.

Era como se seu senso estético tivesse se inflamado. Sua mente voltou-se para si mesma e se acusou de ter sido fria e dura. Ela começou a procurar a beleza e descobri-la em lugares e aspectos inesperados. Até então a encontrara principalmente em quadros e outras obras de arte sem querer, como uma coisa tirada da vida. Agora seu senso de beleza se espalhava para um sem-número de aspectos até então insuspeitos do mundo à sua volta.

A ideia da beleza se tornou obsessão, entrelaçou-se em seu trabalho biológico. Ann Veronica se viu perguntando com curiosidade cada vez maior:

– Por que, segundo o princípio da sobrevivência do mais apto, eu teria afinal qualquer sentido da beleza?

Isso a capacitou a seguir pensando na beleza quando aparentemente deveria pensar na biologia.

Ela foi bastante treinada pelos dois sistemas de valores – as duas séries de explicações que a anatomia comparada, de um lado, e o seu senso de beleza, de outro, desencadearam em seus pensamentos. Não conseguia definir qual das duas era a mais sutil, elementar, qual emprestava seu valor à outra. Seria o fato de que a luta pela sobrevivência produzia, como uma espécie de subproduto inevitável, essas preferências e apreços intensos, ou seria o fato de que uma coisa mística e externa, uma força maior, conduzia a vida rumo à beleza, mesmo à custa da conveniência, desconsiderando o valor da sobrevivência e todos os critérios evidentes da vida? Ela levou o enigma a Capes e o apresentou com muito cuidado e clareza, e ele falou bastante – ele sempre falava longamente quando ela lhe apresentava uma dificuldade – e direcionou-a a várias leituras sobre os padrões das borboletas, elaboração e esplendor incompreensíveis das aves-do-paraíso, plumagem dos beija-flores, padrões dos tigres, manchas dos leopardos. Ele se mostrou interessante e inconclusivo, e os artigos originais a que aludiu a propósito das divagações de Ann Veronica eram quando muito apenas sugestivos. Depois, certa tarde, depois de hesitar um pouco, ele foi se sentar ao lado dela e falou por algum tempo da beleza e do enigma da beleza. Demonstrou veia pouco profissional de misticismo ao abordar a questão. Ao contrário de Russell, cujos métodos intelectuais eram, por assim dizer, ceticamente dogmáticos. A conversa derivou para a beleza da música, e eles voltaram ao assunto na hora do chá.

Mas conforme os alunos foram se sentando ao redor do bule da srta. Garvice e bebendo chá e fumando cigarros, a conversa se distanciou de Capes. O escocês informou Ann Veronica de que a visão da beleza dependia necessariamente das premissas metafísicas, e o jovem de cabelo como o de Russell ficou ansioso para se destacar, e disse ao estudante japonês que a arte ocidental era simétrica e a oriental era assimétrica, e que nos organismos mais elevados a tendência era a simetria externa revelar falta de equilíbrio interno. Ann Veronica decidiu que teria de continuar com Capes outro dia e, levantando o olhar, viu-o sentado em um banquinho com as mãos no bolso e a cabeça um pouco inclinada para o lado, olhando-a com expressão pensativa. Ela olhou em seus olhos por um instante com curiosa surpresa.

Ele virou e olhou a srta. Garvice como quem desperta de um devaneio, e então levantou e atravessou o laboratório em direção a seu refúgio, a sala de preparação.

PARTE 7

E um dia ocorreu uma coisa pequena que, no entanto, se revestiu de significado.

Ela estava trabalhando em uma fita de seções de micrótomo de salamandra em desenvolvimento, e ele foi ver o que ela tinha feito. Ela se levantou e ele sentou diante do microscópio, e por algum tempo ficou ocupado analisando uma seção depois da outra. Ela olhou para ele e viu que a luz do sol reluzia em suas faces, e que elas eram cobertas de fina e delicada penugem dourada. E com essa visão alguma coisa saltou dentro dela.

Alguma coisa mudou para ela.

A presença de Capes a sensibilizou como nunca a presença de nenhum ser humano a sensibilizara. Observou a modelagem de sua orelha, os músculos de seu pescoço e as texturas dos cabelos que saíam de sua fronte, a curva diminuta e suave da pálpebra que ela mal conseguia enxergar além da sobrancelha; percebeu todas essas coisas comuns como se fossem extremamente belas. Elas ERAM, percebeu, extremamente belas. Seus sentidos seguiram os ombros dele embaixo do casaco, até a mão flexível e de aparência sensível que descansava levemente sobre a mesa. Ela o sentiu como algo sólido e forte e extremamente confiável. Essa percepção dele inundou seu ser.

Ele se levantou.

– Aqui tem uma coisa muito boa – disse, e com um sobressalto Ann Veronica se esforçou para tomar seu lugar ao microscópio, enquanto ele ficou ao seu lado, quase se inclinando sobre ela.

Ela percebeu que estava tremendo com a proximidade e tomada pelo receio entusiasmante de que ele viesse a tocá-la. Ela se controlou e colocou o olho no visor.

– Está vendo o ponteiro? – ele perguntou.

– Estou vendo o ponteiro – ela respondeu.

– É assim – ele disse, e arrastou um banco até o lado dela e se sentou com o cotovelo a dez centímetros do dela e fez um esboço. Então levantou e saiu.

Ela sentiu sua partida como se fosse uma cavidade imensa, algo que lhe fora tirado; não sabia dizer se era um lamento infinito ou um alívio infinito…

Mas agora Ann Veronica sabia qual era o problema com ela.

PARTE 8

E ao se sentar em sua cama naquela noite, pensativa e seminua, ela começou a correr a mão pelo braço e examinar o fluxo suave dos músculos sob a pele. Pensou na beleza maravilhosa da pele, e em todo o encanto da textura viva. Na parte de dentro do braço, encontrou a penugem mais fina do mundo.

– Macaco eterializado – disse.

Estendeu o braço à sua frente, e virou a mão de um lado e outro.

– Por que fingir? – sussurrou. – Por que fingir? Pense em toda a beleza do mundo que está coberta e revestida.

Ela olhou com timidez para o espelho sobre a penteadeira, e depois para os móveis à sua volta, como se pudessem penetrar nos pensamento que surgiam em sua mente.

– Eu me pergunto – disse Ann Veronica enfim – se eu sou bela. Se algum dia vou brilhar como uma luz, como uma deusa translúcida... Me pergunto... Imagino que garotas e mulheres já tenham pedido por isso, já tenham chegado a isso... na Babilônia, em Nínive. Por que enfrentar os fatos dentro de si mesmo?

Ela se levantou. Pôs-se diante do espelho e se examinou com olhos atentos, críticos, mas admiradores.

– E, afinal, eu sou apenas uma pessoa comum!

Ela observou a pulsação das artérias no pescoço, e colocou a mão gentilmente e quase tímida onde seu coração batia no peito.

PARTE 9

A percepção de que estava apaixonada inundou a mente de Ann Veronica e alterou a natureza de todos os seus temas.

Ela começou a pensar em Capes constantemente, e agora lhe parecia que havia algumas semanas pelo menos que ela vinha pensando nele constantemente sem perceber. Ficou surpresa ao descobrir quanto sua mente estava cheia de impressões e lembranças relacionadas a ele, quanto se lembrava vividamente de seus gestos e de pequenas coisas que ele dizia. Ocorreu-lhe que era absurdo e errado pensar com tanta frequência em um tópico dominante, e se esforçou para obrigar a mente a se dedicar a outras questões.

Mas era extraordinário quanto coisas aparentemente irrelevantes eram capazes de fazê-la voltar a pensar em Capes. E quando ela ia dormir, Capes sempre se tornava o visitante singular e maravilhoso de seus sonhos.

Durante algum tempo pareceu mesmo suficiente para ela apenas amar. A possibilidade de Capes amá-la parecia estar além dos limites de sua imaginação. De fato, não queria pensar nele como alguém que a amasse. Ela queria pensar nele como objeto de seu amor, estar perto dele e observá-lo; que ele seguisse andando por aí, fazendo isso e aquilo, dizendo isso e aquilo, sem voltar sua atenção para ela, e ela tampouco voltaria a atenção para si mesma. Pensar nele como alguém que a amasse mudaria tudo isso. Ele viraria o rosto em sua direção, e ela teria de conceber a si mesma em seus olhos. Ela ficaria na defensiva – suas ações seriam tudo o que importava. Ele lhe exigiria coisas, e ela se preocuparia, apaixonada, em corresponder a suas exigências. Amar era melhor que isso. Amar era esquecer de si mesmo, deleitar-se puramente em outro ser humano. Ela sentia que com Capes por perto estaria sempre satisfeita em seguir amando.

No dia seguinte ela foi à faculdade, e seu mundo parecia todo feito de felicidade levemente moldada em formas e acontecimentos e deveres. Descobriu que o trabalho ao microscópio saía ainda melhor por estar apaixonada. Estremeceu ao ouvir a porta da sala de preparação se abrir pela primeira vez e ver Capes atravessar o laboratório; mas quando ele finalmente chegou à sua mesa, ela já tinha se contido. Colocou um banco para ele a pouca distância do seu, e depois de revisar o trabalho do dia ele hesitou, e então mergulhou mais uma vez na discussão sobre a beleza.

– Eu acho que fui um tanto místico demais sobre a beleza naquele dia – ele disse.

– Eu gosto da abordagem mística – ela respondeu.

– Nossa ocupação aqui é a exatidão. Estive pensando, sabe... não tenho certeza se a percepção da beleza não é apenas a intensidade de sentir-se livre da dor; a intensidade da percepção sem nenhuma destruição de tecido.

– Gosto mais da abordagem mística – disse Ann Veronica, e pensou. – Várias coisas belas não são intensas.

– Mas a delicadeza, por exemplo, pode ser percebida com intensidade.

– Mas por que um rosto é bonito e o outro não? – objetou Ann Veronica. – Segundo a sua teoria, dois rostos quaisquer, lado a lado, à luz do sol, seriam igualmente belos. Seriam percebidos exatamente com a mesma intensidade.

Ele não concordou.

– Não me refiro simplesmente à intensidade da sensação. Mas à intensidade da percepção. Você pode perceber a harmonia, a proporção, o ritmo intensamente. São coisas leves e sutis em si mesmas, mas são como o detonador de uma bomba: elas liberam o explosivo. Existe o fator interno e também o externo... Não sei se estou me expressando com clareza. O que quero dizer é que a questão é a vivacidade da percepção ser o fator essencial da beleza; mas, é claro, a vivacidade pode ser criada por um sussurro.

– Isso nos leva de volta – disse Ann Veronica – ao mistério. Por que algumas coisas abrem as profundezas e outras não?

– Bem, isso pode, no frigir dos ovos, ser resultado da seleção... como a preferência por flores azuis, que não são nem de longe tão brilhantes quanto as amarelas, por parte de alguns insetos.

– Isso não explica o pôr do sol.

– Não com a facilidade que explica o inseto que pousa sobre papel colorido. Mas talvez se as pessoas não gostassem de olhos claros, brilhantes e saudáveis, o que é biologicamente compreensível, elas não gostariam de pedras preciosas. Uma coisa pode ser resultado direto de outras. E, afinal, um céu claro e encantador de cores reluzentes é um sinal para deixar o esconderijo e se alegrar e seguir com a vida.

– Hum! – disse Ann Veronica, e balançou a cabeça.

Capes sorriu com alegria quando seus olhos encontraram os dela.

– Digo essas coisas de passagem – ele disse. – O que estou tentando dizer é que a beleza não é uma coisa especial, inserida; essa é minha ideia. É só a vida, a vida pura, a vida nascente, correndo límpida e forte.

Ele se levantou para continuar com o próximo aluno.

– Existe a beleza mórbida – disse Ann Veronica.

– Me pergunto se existe! – disse Capes, e parou, e então se curvou sobre o rapaz que usava o cabelo como o de Russell.

Ann Veronica observou suas costas curvadas por um instante, e então puxou o microscópio para si. Durante algum tempo ela ficou imóvel. Sentiu que havia virado uma esquina difícil, e que agora podia seguir conversando com ele, exatamente como fazia antes de entender o que estava acontecendo consigo mesma...

Tinha uma ideia, percebeu, muito clara em sua mente... a ideia de que conseguiria uma bolsa de pesquisa, e daria um jeito de ficar mais um ano no laboratório.

– Agora vejo o significado de tudo – disse Ann Veronica para si mesma; e por alguns dias pareceu mesmo que o segredo do universo, que andara encoberto e escondido dela com tamanha obstinação, fora finalmente revelado por completo.

DISCÓRDIAS

PARTE 1

Certa tarde, logo depois da grande descoberta de Ann Veronica, um telegrama chegou ao laboratório para ela. Dizia:

ENTEDIADO E NADA PARA FAZER
QUE TAL JANTAR COMIGO ESTA
NOITE EM ALGUM LUGAR E
CONVERSAR | FICAREI GRATO | RAMAGE

Ann Veronica ficou muito contente com isso. Ela não via Ramage havia dez ou onze dias, e estava pronta para tagarelar com ele. E agora sua mente estava tão ocupada com a ideia de que estava apaixonada – apaixonada! que estado maravilhoso! – que acredito mesmo que ela tenha pensado brevemente em conversar sobre isso com ele. De qualquer maneira, seria bom ouvi-lo dizer as coisas que ele dizia – talvez agora ela compreendesse melhor – com esse segredo abalador brandindo dentro de sua cabeça a um metro dele.

Lamentou perceber Ramage levemente inclinado à melancolia.

– Ganhei mais de setecentas libras na semana passada – ele disse.

– Isso é incrível – disse Ann Veronica.

– Nem um pouco – ele respondeu. – Não passa de pontuação de jogo.

– Uma pontuação com a qual se pode comprar todo tipo de coisa.

– Nada que realmente se queira.

Ele virou para o garçom, que segurava a carta de vinhos.

– Nada pode me animar – ele disse –, exceto champanhe. – Pensou um pouco. – Este – disse. Então: – Não! Este é mais doce? Muito bem… Está tudo bem comigo – disse, cruzando os braços e observando Ann Veronica com olhos levemente projetados e bem abertos. – E não estou feliz. Acho que estou apaixonado.

Ele se abaixou para tomar a sopa.

E logo retomou:

– Acho que devo estar apaixonado.

– Não pode estar – disse Ann Veronica, sábia.

– Como sabe?

– Bem, não é exatamente um estado depressivo, é?

– A SENHORITA não sabe.

– Tenho minhas teorias – disse Ann Veronica, radiante.

– Ah, teorias! Estar apaixonado é um fato.

– E deve fazer a pessoa feliz.

– É uma inquietação… uma falta… O que é isso? – O garçom aparecera. – Parmesão… leve!

Ele olhou para o rosto de Ann Veronica, e pareceu-lhe que ela estava excepcionalmente radiante. Ele se perguntou por que ela achava que o amor deixava as pessoas felizes, e começou a falar das smilax e dos cravos que adornavam a mesa. Encheu a taça dela com champanhe.

– A senhorita PRECISA – disse –, por causa da minha depressão.

Eles comiam codornas quando voltaram ao assunto do amor.

– O que a fez pensar – ele disse, abruptamente, com certa avidez em sua expressão – que o amor deixa as pessoas felizes?

– Sei que deixa.

– Mas como?

Ele estava exagerando um pouco na insistência, ela pensou.

– As mulheres sabem essas coisas por instinto – ela respondeu.

– Me pergunto – ele disse – se as mulheres sabem mesmo essas coisas por instinto. Tenho minhas dúvidas quanto ao instinto feminino. É uma de nossas superstições convencionais. Toda mulher deveria saber quando um homem está apaixonado por ela. A senhorita acha que ela sabe?

Ann Veronica remexeu a salada no prato com expressão pensativa.

– Acho que ela saberia – decidiu.

– Ah! – disse Ramage, impressionado.

Ann Veronica levantou o olhar e encontrou-o observando-a com olhos quase inconsoláveis e nos quais ele tentava imprimir muito mais expressão do que eram capazes de carregar. Houve uma pequena pausa entre eles, cheia, para Ann Veronica, de suspeitas e sugestões ligeiras e evasivas.

– Talvez seja bobagem o que dizem sobre o instinto da mulher – ela disse. – É uma maneira de evitar explicações. E garotas e mulheres, talvez, sejam diferentes. Não sei. Não acho que uma garota saiba dizer se um homem está apaixonado por ela ou não. – Sua mente voltou-se para Capes. Seus pensamentos falavam por si sós. – Não tem como. Imagino que depende do estado de espírito dela. Quando queremos muito alguma coisa, talvez nos inclinemos a achar que não podemos ter essa coisa. Imagino que quando amamos muito alguém, temos muitas dúvidas. E quando amamos muito alguém, é quando ficamos mais cegos, exatamente quando mais queremos ver.

Ela parou de repente, com medo que Ramage pudesse desconfiar de Capes pelas coisas que ela estava dizendo, e de fato o rosto dele parecia bastante ansioso.

– E? – ele disse.

Ann ficou vermelha.

– É só isso – ela disse. – Infelizmente sou meio confusa com essas coisas.

Ramage olhou para ela, então mergulhou em uma reflexão profunda quando o garçom chegou para interromper a conversa mais uma vez.

– Já foi à ópera, Ann Veronica? – perguntou Ramage.

– Uma ou duas vezes.

– Vamos agora?

– Acho que eu gostaria de ouvir música. O que está em cartaz?

– Tristão.

– Nunca ouvi Tristão e Isolda.

– Então está decidido. Nós vamos. Deve haver assentos em algum lugar.

– É muito agradável da sua parte – disse Ann Veronica.

– É agradável da sua parte aceitar o convite – disse Ramage.

Eles logo entraram em uma carruagem juntos, e Ann Veronica recostou-se no assento, sentindo o luxo e o encanto, e observou o brilho reluzente e agitado e enevoado do trânsito por debaixo de pálpebras levemente caídas, enquanto Ramage se sentava mais próximo dela do que necessário, e olhava repetidamente para seu rosto, e fazia que ia falar mas não falava. E quando chegaram ao Covent Garden, Ramage comprou um dos camarotes superiores, e eles entraram quando a abertura estava começando.

Ann Veronica tirou o casaco e ocupou o assento do canto, e inclinou o tronco para a frente para olhar a grande cavidade marrom, nebulosa e cálida do teatro, e Ramage posicionou sua cadeira ao lado e próximo dela, olhando o palco. A música a invadia lentamente enquanto seus olhos viajavam das fileiras indistintas e imóveis da plateia até a pequena orquestra agitada com seus violinos trêmulos, seus movimentos metódicos de instrumentos marrons e prateados, suas partituras bem iluminadas e as sombras lançadas pelas luzes. Ela nunca fora à ópera exceto como parte da massa congestionada de pessoas nos assentos mais baratos, e tendo costas e cabeças e chapéus femininos como moldura do espetáculo; havia, em contraste, uma sensação ampla e agradável de espaço e conforto em sua posição atual. A cortina subiu nos últimos compassos da abertura, revelando Isolda na proa de um navio bárbaro. A voz do jovem marinheiro veio flutuando do calcês, e a história dos amantes imortais começou. Ela conhecia a história apenas de passagem, e a seguia com interesse apaixonado e cada vez mais profundo. As vozes esplêndidas seguiam cantando fase por fase do amor que se desenrolava, e o navio atravessava o mar ao ritmo dos remadores. Os amantes se lançaram a um reconhecimento apaixonado de si mesmos e um do outro, e então, numa intervenção chocante, o rei Marco surgiu em meio aos gritos dos marinheiros, e se pôs ao lado deles.

A cortina desceu lentamente, a música parou, as luzes do auditório se acenderam e Ann Veronica despertou de seu sonho confuso de amor involuntário e dominador em sons e cores gloriosas para descobrir Ramage sentado ao seu lado com uma mão descansando levemente em sua cintura. Ela fez um movimento rápido, e a mão desapareceu.

– Por Deus! Ann Veronica – ele disse, suspirando profundamente. – Isso mexe conosco.

Ela ficou imóvel olhando para ele.

– Eu queria que nós dois tivéssemos bebido aquela poção do amor – ele continuou.

Ela não encontrou uma resposta imediata para isso, e ele prosseguiu:

– A música é o alimento do amor. Me faz desejar a vida além de qualquer medida. Vida! Vida e amor! Me faz querer ser sempre jovem, sempre forte, sempre dedicando minha vida... e morrer em esplendor.

– É muito bonito – disse Ann Veronica, em voz baixa.

Eles não disseram mais nada por alguns instantes, e ambos sentiam profundamente a presença do outro. Ann Veronica estava animada e perplexa, com a sensação de uma luz nova e desconcertante lançada sobre seu relacionamento com Ramage. Nunca tinha pensado nele daquele jeito. Não ficou chocada; ficou surpresa, bastante interessada. Mas ao mesmo tempo aquilo não podia continuar. Sentiu que ele ia dizer alguma coisa – alguma coisa ainda mais pessoal e íntima. Estava curiosa, e ao mesmo tempo claramente decidida a não ouvir. Sentiu que precisava incitá-lo a falar sobre algo impessoal a qualquer custo. Revolveu sua mente.

– Qual é o poder exato de um motivo? – perguntou aleatoriamente. – Antes de ouvir Wagner, ouvi as descrições entusiasmadas de uma professora de quem eu não gostava na escola. Ela me deu a impressão de uma espécie de colcha remendada; como pedaços de coisas padronizadas surgidos repetidamente.

Ela parou com ar de interrogação.

Ramage a observou longa e distintamente sem falar. Ele parecia hesitar entre dois cursos de ação.

– Não sou grande conhecedor de técnica musical – disse finalmente, sem tirar os olhos dela. – É mais uma questão de sentimento para mim.

Ele se contradisse mergulhando em uma exposição de motivos.

Em um acordo tácito, ambos ignoraram aquela coisa significativa que surgiu entre eles, ignoraram o desaparecimento do chão que até então os sustentava...

Durante toda a composição de amor do segundo ato, até as trompas de guerra de Marco romperem o sonho, a consciência de Ann Veronica foi inundada com a percepção de um homem ao seu lado, preparando algo novo para dizer a ela, preparando-se, talvez, para tocá-la, estendendo tentáculos invisíveis e famintos à sua volta. Ela tentou pensar no que deveria fazer caso acontecesse isso ou aquilo. Sua mente estivera e estava cheia de pensamentos sobre Capes, uma imensa amante generalizada de Capes. E, de maneira algo incompreensível, Ramage se confundia com Capes; ela foi tomada por estranha disposição de convencer a si mesma que na verdade era Capes que pairava sobre ela, por assim dizer, com asas de desejo. O fato de que se tratava de seu amigo de confiança fazendo amor ilícito com ela permaneceu, apesar de todos os seus esforços, insignificante em sua mente. A música a confundia e distraía, e a obrigava a lutar contra uma sensação de embriaguez. Sua cabeça girou. Essa era a inconveniência da situação; sua cabeça estava girando. A música palpitou em meio aos avisos que antecederam a entrada impetuosa do rei.

Abruptamente, ele agarrou seu pulso.

– Eu te amo, Ann Veronica. Eu te amo... com todo o meu coração e toda a minha alma.

Ela aproximou o rosto do dele. Sentiu sua proximidade cheia de calor.

– NÃO! – disse, e tentou arrancar seu pulso da mão que o segurava.

– Meu Deus! Ann Veronica – ele disse, tentando manter o domínio sobre ela. – Meu Deus! Me diga... me diga agora... diga que me ama!

A expressão dele era, de certa forma, vorazmente furtiva. Ela respondeu em sussurros, pois viu o braço branco de uma mulher no camarote ao lado que espiava pela divisória a menos de um metro deles.

– Minha mão! Aqui não é lugar.

Ele soltou sua mão e falou em voz baixa e impaciente em contraposição a um fundo audível de urgência e angústia.

– Ann Veronica – ele disse –, estou lhe dizendo que isto é amor. Eu amo as solas de seus pés. Eu amo até a sua respiração. Tentei não lhe dizer... tentei ser apenas seu amigo. Não deu certo. Eu quero você. Eu venero você. Eu faria qualquer coisa... eu daria qualquer coisa para que você fosse minha... Você está me ouvindo? Está ouvindo o que eu estou dizendo?... Amor!

Ele segurou o braço dela e voltou a largar quando ela fez um ligeiro movimento defensivo. Durante um bom tempo nenhum dos dois voltou a falar.

Ela ficou encolhida em seu assento no canto do camarote, sem saber o que dizer ou fazer – com medo, curiosa, perplexa. Parecia-lhe que era seu dever levantar-se e insistir em voltar para casa, para seu quarto, protestar contra aquelas investidas como se fossem insultos. Mas não queria nem um pouco fazer isso. Tais dignidades não estavam na abrangência de sua vontade; ela se lembrou de que gostava de Ramage, e devia coisas a ele, e estava interessada – estava profundamente interessada. Ele estava apaixonado por ela! Tentou compreender toda a agitação de valores da situação ao mesmo tempo, e tirar alguma conclusão da desordem.

Ele voltou a falar em tom tão baixo e ligeiro que ela não conseguiu ouvir com nitidez.

– Eu amo você – dizia – desde que você se sentou naquele portão e falou. Sempre amei você. Não ligo para o que nos separa. Não ligo para mais nada neste mundo. Quero você mais do que posso expressar ou calcular...

Sua voz subia e descia em meio à música e à cantoria de Tristão e do rei Marco, como voz que mal se ouve nas conexões telefônicas ruins. Ela observou seu rosto suplicante.

Ela se virou para o palco, e Tristão estava ferido nos braços de Kurvenal, com Isolda a seus pés, e o rei Marco, a encarnação da força e da obrigação masculinas, o credor masculino do amor e da beleza, pairando sobre ele, e o segundo clímax ia chegando ao fim em espirais e emanação de melodias; então a cortina começou a descer em uma série de investidas ligeiras, a música acabou, e as pessoas se agitaram e começaram a aplaudir, e as luzes do auditório começaram a se acender. A luz penetrou a obscuridade do camarote, e Ramage interrompeu de repente seu fluxo urgente de palavras e se voltou a sentar. Isso ajudou a restaurar o autodomínio de Ann Veronica.

Ela voltou os olhos para ele mais uma vez, e viu seu antigo amigo e companheiro agradável e confiável que de repente achou por bem transformar-se em amante, balbuciar coisas inaceitáveis e curiosas. Ele parecia ansioso e corado e perturbado. Seus olhos encontraram os dela com questionamentos apaixonados.

– Me diga – ele disse –, fale comigo.

Ela percebeu que era possível sentir pena dele – muita pena pela situação. É claro que aquilo era absolutamente impossível. Mas ela ficou transtornada, misteriosamente transtornada. Lembrou-se de repente de que estava vivendo do dinheiro dele. Então se aproximou e falou com ele.

– Sr. Ramage – disse –, por favor, não fale assim.

Ele fez menção de falar mas não disse nada.

– Não quero que faça isso, que siga falando comigo. Não quero ouvi-lo. Se eu soubesse que tinha a intenção de falar assim, eu não teria vindo.

– Mas como posso evitar? Como posso manter o silêncio?

– Por favor! – ela insistiu. – Por favor, agora não.

– Eu PRECISO conversar com você. Preciso dizer o que tenho a dizer.

– Mas não agora… não aqui.

– Aconteceu – ele disse. – Eu não planejei… E agora que comecei…

Ela teve a aguda percepção de que era direito dele receber explicações, tão aguda quanto a percepção de que era impossível oferecê-las naquela noite. Queria pensar.

– Sr. Ramage – disse. – Não posso... Não agora, ou terei de ir embora.

Ele a olhou tentando adivinhar o mistério de seus pensamentos.

– Você não quer ir?

– Não. Mas preciso... Devo...

– Eu PRECISO conversar sobre isso. Preciso mesmo.

– Não agora.

– Mas eu te amo. Te amo... insuportavelmente.

– Então não fale comigo agora. Não quero que fale comigo agora. Existem lugares para isso... Aqui não é lugar. O senhor entendeu mal. Eu não posso explicar...

Eles se entreolharam, cada um cego para o outro.

– Me perdoe – ele decidiu dizer finalmente, e sua voz estremeceu levemente de emoção, e ele colocou a mão sobre a dela, sobre o joelho dela. – Sou o mais tolo dos homens. Fui estúpido... Estúpido e impulsivo demais explodindo assim com você. Eu... Eu sou um idiota doente de amor, e não sou responsável por meus atos. Você me perdoa... se eu não disser mais nada.

Ela olhou o olhou com olhos perplexos e sinceros.

– Finja – ele disse – que tudo o que eu disse não foi dito. E continuemos com nossa noite. Por que não? Imagine que tive um ataque histérico... e que voltei a mim.

– Sim – ela respondeu, e de repente gostou dele imensamente. Sentia que era a maneira mais sensata de sair daquela situação sinistra.

Ele ainda a observava e questionou:

– E vamos conversar sobre isto... outro dia. Em algum lugar onde possamos conversar sem sermos interrompidos. Sim?

Ela pensou, e ele pensou que Ann Veronica nunca lhe parecera tão disciplinada e ponderada e bela.

– Sim – ela respondeu. – É o que devemos fazer.

Mas logo voltou a duvidar da qualidade do armistício que tinham acabado de estabelecer.

Ele teve impulso de gritar.

– De acordo – disse, com exaltação estranha, e apertou a mão dela com mais força. – E esta noite somos amigos?

– Somos amigos – disse Ann Veronica, e afastou a mão com pressa.

– Esta noite somos como sempre fomos. Exceto pelo fato de estarmos nadando nesta música divina. Enquanto eu a importunava, você ouviu? Pelo menos ouviu o primeiro ato? E o terceiro ato é todo de uma música apaixonada. Tristão morrendo e Isolda vindo coroar sua morte. Wagner estava simplesmente apaixonado quando escreveu tudo isso. Começa com aquele solo de flautim singular. Agora eu nunca mais vou ouvi-lo sem que esta noite me invada.

As luzes diminuíram, o prelúdio do terceiro ato começava, a música subia e descia em insinuações de amantes separados – amantes separados com cicatrizes e lembranças entre eles, e as cortinas subiram revelando Tristão ferido deitado em seu sofá e o pastor agachado com seu cachimbo.

PARTE 2

Eles se explicaram na noite seguinte, mas foram explicações em termos bem distintos dos que Ann Veronica imaginara, termos bem distintos e muito mais surpreendentes e esclarecedores. Ramage procurou-a na pensão, e ela o recebeu com graça e gentileza como uma rainha que sabe que deve oferecer seus pêsames a um soberano fiel. Foi excepcionalmente afável e gentil em sua conduta para com ele. Ele usava um chapéu de seda cuja aba era ligeiramente mais generosa que a do anterior, e o desta noite combinava com seu tipo de rosto, tirando de seus olhos escuros um pouco da agressividade e conferindo-lhe ar digno e benevolente e sólido. Uma leve antecipação de triunfo transparecia em seus gestos, e um entusiasmo contido.

– Vamos a um lugar onde possamos falar em particular – ele disse. – Então… então podemos resolver tudo.

E desta vez foram ao Rococo, na Germain Street, e subiram até o andar onde estava um garçom careca de bigodes como os de um almirante francês e dono de ilimitada discrição em suas maneiras. Ele parecia estar esperando por eles. Conduziu-os com uma mão espalmada amigável até um cômodo one havia um pequeno fogão a gás, um sofá carmesim e uma mesinha reluzente, alegre, com guardanapos e flores de estufa.

– Salinha bizarra – disse Ann Veronica, absorvendo vagamente aquele sofá indiscreto.

– É possível conversar sem meios-tons, por assim dizer – respondeu Ramage. – É… privado.

Ele ficou em pé observando os preparativos feitos no lugar com preocupação incomum e, com um estalo, pegou o casaco dela, um pouco sem jeito, e entregou ao garçom, que o pendurou num canto. Aparentemente ele já tinha pedido o jantar e o vinho, e o garçom de bigodes fez sinal a seu subordinado para que entrasse sem demora com a sopa.

– Vou falar de vários temas – disse Ramage, um pouco agitado. Então… então vamos juntos… Que achou de Tristão?

Ann Veronica parou por uma fração de segundo antes que sua resposta viesse.

– Achei surpreendentemente belo.

– Não é. E pensar que o homem tirou tudo aquilo de uma historinha de amor por uma dama respeitável da nobreza! Você já leu?

– Nunca.

– Resumidamente é o milagre da arte e da imaginação. Você tem um músico esquisito e irascível com uma paixão impossível e infeliz por uma patrona rica, e de sua cabeça sai ISSO, uma tapeçaria de música gloriosa que expõe o amor para os amantes, amantes que amam apesar de tudo que é sábio e respeitável e correto.

Ann Veronica pensou. Ela não queria parecer recuar da conversa, mas todo tipo de perguntas estranhas passava por sua cabeça.

– Eu me pergunto por que pessoas apaixonadas são tão desafiadoras, tão negligentes com outras considerações.

– Todos ficam ousados. Acho que é porque É a coisa mais importante da vida. – Ele parou e repetiu com um tom que denotava extrema sinceridade: – É a coisa mais importante da vida, e todo o resto vem depois. Tudo, minha querida, tudo!... Mas precisamos falar de temas diferentes até esgotarmos esse jovem loiro da Bavária...

O jantar finalmente chegou ao fim, e o garçom bigodudo trouxe a conta e evacuou a sala e fechou a porta atrás de si com discrição quase ostensiva. Ramage se levantou, e de repente virou a chave da porta como que de improviso.

– Agora – disse – ninguém pode nos interromper. Estamos sozinhos e podemos dizer o que quisermos. Nós dois.

Ele ficou parado, olhando-a.

Ann Veronica tentou parecer completamente despreocupada. O fato de ele ter virado a chave a alarmou, mas ela não via motivo para fazer nenhuma objeção. Sentia que tinha entrado em um mundo de costumes desconhecidos.

– Venho esperando por isso – ele disse, e permaneceu imóvel olhando-a até que o silêncio se tornou opressivo.

– Por que o senhor não se senta e me diz o que quer dizer? – ela perguntou. Sua voz saiu monótona e fraca. De repente, teve medo. Esforçou-se para não ter medo. Afinal, o que podia acontecer?

Ele a olhava com intensa seriedade.

– Ann Veronica – disse.

Então, antes que ela pudesse dizer uma palavra para detê-lo, ele estava ao seu lado.

– Não! – disse com voz fraca quando ele se aproximou, pôs um braço em volta dela, suas mãos na dele e a beijou, quase nos lábios. Ele parecia fazer dez coisas antes que ela conseguisse pensar em fazer apenas uma, parecia saltar sobre ela e tomar posse.

O universo de Ann Veronica, que nunca lhe fora tão respeitoso quanto ela gostaria, deu um grito e virou de cabeça para baixo. Tudo no mundo tinha mudado para ela. Se o ódio fosse capaz de matar, Ramage seria morto por um lampejo de ódio.

– Sr. Ramage! – ela exclamou, e se esforçou para ficar em pé.

– Minha querida! – ele disse, segurando-a em seus braços com determinação. – Minha querida!

– Sr. Ramage! – ela começou, e a boca dele selou a sua e a respiração dele se misturou com a sua. Seu olho encontrou o dele a dez centímetros de distância, ofuscante, imenso e cheio de determinação, um monstro estupendo de um olho.

Ela fechou os lábios com força, sua mandíbula se enrijeceu e começou a lutar contra ele. Afastou a cabeça de seu alcance e colocou o braço entre o seu peito e o dele. Eles começaram a lutar ferozmente. Cada um percebendo o outro como um corpo enérgico e plástico, os músculos fortes do pescoço contra o rosto, as mãos agarrando a cintura e os ombros.

– Como ousa! – ela disse ofegante. Era o mundo dela que gritava e a insultava expressando nojo. – Como ousa!

Os dois estavam surpresos com a força do outro. Talvez Ramage estivesse mais surpreso. Ann Veronica era uma jogadora de hóquei fervorosa e aprendera jiu-jitsu na escola. Sua defesa logo deixou de ter aparência feminina, e se tornou vigorosa e eficaz; uma faixa de cabelo preto que tinha escapado dos grampos atingiu os olhos de Ramage, e as juntas de um punho pequeno mas bem fechado atingiram com eficácia e dor extremas a área embaixo de sua mandíbula e sua orelha.

– Me solte! – disse Ann Veronica, entredentes, causando ainda mais dor, e ele soltou um grito agudo e a soltou e recuou um passo.

– AGORA! – disse Ann Veronica. – Por que ousou fazer isso?

PARTE 3

Eles ficaram olhando um para o outro, em um universo que tinha alterado seu sistema de valores com completude caleidoscópica. Ela estava corada, e seus olhos brilhantes e raivosos; sua respiração vinha em soluços, e seu cabelo estava todo desgrenhado com mechas pretas errantes. Também ele estava corado e amarrotado; um lado de seu colarinho tinha se soltado e levou a mão à lateral da mandíbula.

– Sua megera! – disse o sr. Ramage, enunciando o primeiro pensamento de seu coração.

– O senhor não tinha o direito... – Ann Veronica respondeu ofegante.

– Por que é que você me machucou assim? – ele perguntou.

Ann Veronica se esforçou para acreditar que não tinha tentado deliberadamente machucá-lo. Ela ignorou a pergunta.

– Jamais pensei! – disse ela.

– Que é que você esperava que eu fizesse então? – ele perguntou.

PARTE 4

A interpretação caiu sobre ela quase às cegas; agora entendia a sala, o garçom, a situação toda. Entendia. Saltou para um mundo de conhecimentos vis, de percepções com bases furtivas. Queria gritar para si mesma que era a mais completa idiota que existia.

– Achei que o senhor quisesse conversar comigo – ela disse.

– Eu queria fazer amor com você. Você sabia disso – ele acrescentou depois de um silêncio momentâneo.

– O senhor disse que estava apaixonado por mim – disse Ann Veronica. – Eu queria explicar...

– Eu disse que amava e desejava você. – A brutalidade de seu espanto inicial estava se dissipando. – Estou apaixonado por você. Você sabe que estou apaixonado por você. E você... quase me estrangula... Acho que esmagou uma glândula ou coisa do tipo. Parece que sim.

– Sinto muito – disse Ann Veronica. – Que mais eu podia fazer?

Durante alguns segundos, ela ficou olhando para ele e ambos pensaram muito rápido. O estado de espírito de Ann Veronica seria completamente vergonhoso à sua avó. Ela devia ser predisposta a reagir àqueles acontecimentos com desmaio e gritos; devia ter mantido uma fachada de dignidade ofendida para esconder o aperto em seu coração. Gostaria de descrever assim. Mas de fato essa não seria uma boa descrição de sua atitude. Ela era uma rainha indignada, sem dúvida estava completamente assustada e enojada; mas estava muito empolgada e havia algo, alguma veia aventureira em seu ser, algum elemento, sutil, se não fundamental, percorrendo os caminhos tumultuados e locais revoltosos de sua mente, declarando que a coisa toda era, afinal – são as únicas palavras capazes de expressar –, uma grande farsa. No fundo de seu coração, ela não tinha nem um pouco de medo de Ramage. Tinha vislumbres incontáveis de simpatia e afeto por ele. E o fato estranho era que não chegava a repugnar, mas via com condenação crítica a sensação esquisita de ser beijada. Nunca antes nenhum ser humano havia beijado seus lábios…

Apenas algumas horas depois esses elementos ambíguos se dissiparam e desapareceram e a repugnância chegou, e ela realmente começou a ficar totalmente enojada e envergonhada daquela disputa e briga infames.

Ele, de sua parte, tentava compreender aquela série de reações inesperadas que destruíram seu tête-à-tête. Ele pretendia ser senhor de seu destino naquela noite, e este lhe escapara completamente. Tinha, por assim dizer, explodido com o abalo de seu primeiro passo. Ocorreu-lhe que fora abominavelmente usado por Ann Veronica.

– Escute aqui – ele disse –, eu a trouxe aqui para fazer amor com você.

– Eu não entendi… sua ideia de fazer amor. É melhor que me solte de novo.

– Ainda não – ele disse. – Eu amo mesmo você. Amo ainda mais pelo traço de perniciosidade pura que há em você… Você é a coisa mais bela, mais desejável que já encontrei neste mundo. Foi bom beijá-la, mesmo pagando o preço. Mas, por Deus! Você é feroz! É como aquelas mulheres romanas que levavam punhal nos cabelos.

– Eu vim para ter uma conversa sensata, sr. Ramage. É abominável…

– Para que manter esse tom de indignação, Ann Veronica? Estou aqui! Sou seu amante, queimando por você. Desejo ter você! Não me desdenhe agora. Não volte à respeitabilidade vitoriana, fingindo que não sabe e não pensa nisto e tudo o mais. É chegada a hora de ir do sonho para a realidade. Este é o seu momento. Ninguém nunca vai amá-la como eu a amo agora. Tenho sonhado com seu corpo e com você toda noite. Tenho imaginado...

– Sr. Ramage, eu vim aqui... Não imaginei nem por um momento que o senhor ousaria...

– Bobagem! Esse é o seu erro! Você é muito intelectual. Quer fazer tudo com a mente. Tem medo de beijos. Tem medo do calor de seu sangue. Só porque esse lado da sua vida ainda não começou.

Ele deu um passo em direção a ela.

– Sr. Ramage – ela disse, bruscamente –, preciso ser muito clara. Não acho que o senhor entendeu. Eu não o amo. Não amo. Não posso amá-lo. Amo outra pessoa. É repulsivo. Me enoja que o senhor me toque.

Ele ficou assombrado com esse novo aspecto da situação.

– Você ama outra pessoa? – repetiu.

– Eu amo outra pessoa. Não poderia nem sonhar em amar o senhor.

Então ele lançou toda sua concepção das relações entre homens e mulheres sobre ela com uma pergunta espantosa. Levou a mão ao queixo mais uma vez e inquiriu Ann Veronica quase por instinto:

– Então por que é que você deixou que eu lhe pagasse jantares e ópera... e por que veio a uma sala particular comigo? – Ele irradiava raiva. – Você quer dizer que tem um amante? Enquanto eu a sustento! Sim... a sustento!

Lançou essa visão sobre ela como se fosse um míssil. Ela ficou atordoada. Sentia que precisava escapar e já não era capaz. Não pensou nem por um instante na interpretação que ele poderia conferir à palavra "amante"

– Sr. Ramage – disse, atendo-se a seu ponto –, quero sair deste quartinho terrível. Foi um erro. Fui estúpida e tola. Pode destrancar a porta?

– Nunca! – ele respondeu. – Dane-se seu amante! Olhe para mim! Acha mesmo que eu vou sustentá-la enquanto ele faz amor com você? Claro que não! Nunca ouvi nada tão deliberado. Se ele quer você, ele que venha pegá-la. Você é minha. Paguei por você e ajudei você, e vou conquistá-la de alguma maneira... Ainda que eu tenha que domá-la. Até agora você viu apenas meu lado tranquilo, gentil. Mas acabou! Como você pode evitar? Vou beijá-la.

– Não vai! – disse Ann Veronica, com tom claríssimo de determinação.

Ele parecia prestes a partir para cima dela. Ela deu um passo para trás, ligeiro, e sua mão derrubou uma taça de vinho da mesa, que se espatifou sonoramente no chão. Ela se aproveitou da ideia.

– Se o senhor se aproximar de mim um passo que seja – disse –, vou quebrar tudo o que está em cima desta mesa.

– Então, por Deus! – ele disse. – Você vai ser presa!

Ann Veronica ficou confusa por um instante. Imaginou policiais, magistrados reprovadores, um tribunal lotado, vergonha pública. Viu a tia às lágrimas, o pai pálido e impactado.

– Não se aproxime! – ela disse.

Uma batida discreta à porta, e a expressão de Ramage se alterou.

– Não – ela disse, baixinho –, o senhor não é capaz de encarar isso.

E soube que estava segura.

Ele foi até a porta.

– Está tudo bem – disse, tranquilizando o inquiridor do outro lado.

Ann Veronica olhou para o espelho e se viu ruborizada e desgrenhada. Começou a ajeitar o cabelo imediatamente, enquanto Ramage negociava com interrogações inaudíveis.

– Um copo caiu da mesa – explicou. – Não. *Non. Pas du tout. Non.... Niente.... Bitte!... Oui, dans la note*.... Logo. Logo.

A conversa terminou, e ele se virou para ela novamente.

– Estou indo – ela disse, inflexível, com três grampos de cabelo na boca.

Pegou o chapéu do cabideiro no canto e começou a colocá-lo. Ele observou aquele milagre perene de estabilidade com olhos coléricos.

– Escute, Ann Veronica – ele começou. – Quero uma conversa franca com você sobre tudo isso. Você quer me dizer que não entendeu por que eu queria vir aqui?

– Nem um pouco – respondeu Ann Veronica, com firmeza.

– Você não esperava que eu fosse beijá-la?

– Como eu ia saber que um homem pensaria... pensaria que fosse possível... quando não há nada... amor nenhum?

– Como eu saberia que não havia amor?

Isso a silenciou por um instante.

– E como é que você pensa que o mundo funciona? – ele continuou. Por que acha que tenho feito essas coisas por você? Pelo prazer abstrato da bondade? Você faz parte daquela grande irmandade branca que recebe e não dá nada em troca? A mulher que aceita! Você acha mesmo que as moças têm direito de viver à custa dos homens sem dar nada em troca?

– Eu achei – disse Ann Veronica – que o senhor fosse meu amigo.

– Amigo! O que um homem e uma garota têm em comum para serem amigos? Pergunte ao seu amante! E mesmo entre amigos, seria um lado dá tudo e o outro só recebe?... ELE sabe que eu a sustento?... Você não aceita que o homem a beije, mas não vê nenhum problema em comer da mão dele.

Ann Veronica foi tomada por uma raiva incontrolável.

– Sr. Ramage – exclamou – o senhor é ultrajante. Não entende nada. O senhor é... terrível. Vai me deixar sair desta sala?

– Não – gritou Ramage. – Ouça! Terei essa satisfação, seja como for. Vocês mulheres, com seus truques evasivos, são um sexo de trapaceiras. Têm toda a destreza instintiva dos parasitas. Usam o charme para serem ajudadas. Avançam decepcionando os homens. Esse seu amante...

– Ele não sabe! – gritou Ann Veronica.

– Bem, você sabe.

Ann Veronica poderia ter chorado de vergonha. De fato, um tom de choro atingiu sua voz por um instante quando ela explodiu:

– O senhor sabe tão bem quanto eu que aquele dinheiro foi apenas um empréstimo!

– Empréstimo!

– O senhor mesmo chamou de empréstimo!

– Eufemismo. Nós dois entendemos isso.

– O senhor vai receber cada centavo de volta.

– Vou emoldurar... quando conseguir.

– Eu vou pagar, nem que tenha que trabalhar em uma confecção de camisas ganhando três pence por hora.

– Você nunca vai me pagar. Acha que vai. É sua maneira de encobrir a posição ética. É a maneira como a mulher sempre encobre sua questão ética. Todas são dependentes... todas vocês. Por instinto. Mas as boas... se esquivam. Vocês se esquivam de um retorno direto e decente por aquilo que conseguem de nós... se refugiando na pureza e na delicadeza e que tais na hora do pagamento.

– Sr. Ramage – disse Ann Veronica –, eu quero ir... AGORA!

PARTE 5

Mas ela não conseguiu sair naquele momento.

A amargura de Ramage passou tão de repente quanto sua agressão.

– Ah, Ann Veronica! – ele exclamou. – Não posso deixá-la ir embora assim! Você não entende. Não pode entender!

Ele deu início a uma explicação confusa, um pedido de desculpas contraditório e desconcertante em sua urgência e ira. Ele amava Ann Veronica, disse; estava tão louco para tê-la que ele mesmo se derrotou, e fez coisas cruéis e alarmantes e disparatadas. Seu abuso perverso desapareceu. De repente, se tornou eloquente e razoável. Conseguiu fazê-la perceber o desejo agudo e perturbador que sentia por ela e o dominara. Ela ficou, por assim dizer, preparada para sair pela porta, com os olhos atentos a cada movimento, ouvindo-o, repelida por ele mas ao mesmo tempo compreensiva.

De qualquer forma, ele deixou muito claro naquela noite que havia um desacordo inextirpável na vida, algo chocante que destruiria todos os sonhos que ela tinha de um modo de vida que permitisse às mulheres serem livres e abertas e amigáveis com os homens, que era a predisposição apaixonada dos homens a acreditar que o amor das mulheres poderia ser conquistado e controlado e compelido.

Ele colocou de lado toda a conversa sobre ajuda e amizade desinteressada como se nunca tivesse sido nem mesmo um disfarce entre eles, como se desde o início não passasse de uma bela roupagem com que desenvolveram o relacionamento de comum acordo. Ele tinha a intenção de conquistá-la, e ela permitiu que ele começasse. E ao pensar naquele outro amante – estava convencido de que a pessoa amada era um amante, e ela se viu incapaz de dizer uma palavra para lhe explicar que essa outra pessoa, a pessoa que ela amava, nem sabia de seu amor –, Ramage voltou a ficar furioso e selvagem e de repente voltou a zombar e insultar. Os homens fazem as coisas pelo amor das mulheres, e as mulheres que aceitam devem pagar. Esse era o código simples que se revelava em todos os seus pensamentos. Ele deixou essa regra árida livre de qualquer névoa de refinamento ou delicadeza.

Pagar quarenta libras para ajudar essa garota que preferia outro homem não era aos seus olhos menos que fraude e zombaria que faziam de sua negativa uma desonra enlouquecedora e ultrajante para ele. E isso embora estivesse visivelmente e loucamente apaixonado por ela.

Por um instante, a ameaçou.

– Você colocou toda a sua vida nas minhas mãos – declarou. – Pense naquele cheque que compensou. Tenho isso… contra você. Eu a desafio a explicá-lo. O que você acha que as pessoas vão pensar? O que esse seu amante vai pensar?

De tempos em tempos, Ann Veronica exigia ir embora, declarando sua determinação absoluta de lhe pagar a qualquer custo, e fez movimentos rápidos em direção à porta.

Mas finalmente essa provação acabou, e Ramage abriu a porta. Ela saiu pálida e com os olhos arregalados para um andar de iluminação avermelhada. Passou por três garçons que a observaram intensamente e estavam sem dúvida apreensivos ao vê-la descer a escada de carpete grosso e sair do Hotel Rococo, aquele laboratório de relacionamentos singular, passando por um porteiro alto vestido de azul e carmesim, para a noite clara e fresca.

PARTE 6

Quando Ann Veronica chegou a seu pequeno quarto-sala, cada nervo de seu corpo tremia de vergonha e aversão por si mesma.

Jogou o chapéu e o casaco na cama e se sentou em frente à lareira.

– E agora – ela disse, estilhaçando com um golpe certeiro o pedaço sobrevivente de carvão nos fragmentos que lançavam chamas –, que vou fazer? Estou em um buraco!... Encrenca é uma palavra melhor, expressa melhor. Estou em uma encrenca... uma encrenca terrível! Uma encrenca chocante! Ah, uma encrenca sem fim! Está ouvindo, Ann Veronica?... Você está em uma encrenca terrível, chocante, imperdoável! Eu não entrei em uma encrenca, tola? Quarenta libras! Eu não tenho nem vinte!

Ela se levantou, bateu o pé e, lembrando-se de repente do inquilino do andar de baixo, sentou-se e arrancou as botas.

– É isso que você ganha por ser uma mulher moderna. Por Deus! Estou começando a duvidar da liberdade! Ann Veronica, sua jovem tola! Sua jovem tola! Ah, que mácula! A mácula desse tipo de situação!... Vão me malhar!

Ela começou a esfregar violentamente os lábios insultados com as costas da mão.

– Argh! – disse. – As jovens da época de Jane Austen não caíam nesse tipo de encrenca! Pelo menos... é o que imaginamos... me pergunto se algumas caíram, e não foi relatado. Tia Jane tinha seus momentos de tranquilidade. A maioria delas não, pelo menos. Eram criadas adequadamente, e ficavam sentadas quietinhas e eretas, e como damas aceitavam a sorte que o destino lhes trazia. E tinham uma ideia de como os homens eram por baixo de toda a gentileza. Sabiam que eram todos uma ameaça disfarçada. Eu não! Eu não! Afinal...

Durante algum tempo sua mente se alimentou de delicadezas e suas restrições defensivas como se fossem a única coisa desejável. Aquele mundo de cambraias de fina estampa e donzelas acompanhadas, de significados secundários delicados e insinuações refinadas se apresentava a sua imaginação com o brilho de um paraíso perdido, como é de fato para muitas mulheres um paraíso perdido.

– Me pergunto se há algo de errado com a minha conduta – disse. – Me pergunto se fui criada adequadamente. Se eu fosse bastante quieta e inocente e digna, as coisas não teriam sido diferentes? Ele teria ousado?...

Por alguns instantes dignos de registro, Ann Veronica ficou totalmente enojada consigo mesma; foi tomada pelo desejo apaixonado e tardio de se movimentar com graça, de falar com suavidade e ambiguidade... de ser, na verdade, decorosa.

Detalhes terríveis lhe vieram à mente.

– Por que, entre outras coisas, coloquei os nós dos dedos no pescoço dele... deliberadamente para machucá-lo?

Ela tentou imprimir graça à situação.

– A senhorita está ciente, Ann Veronica, de que quase estrangulou aquele cavalheiro?

Então ridicularizou a maneira tola como ela mesma fez a pergunta.

– Ann Veronica, sua estúpida, imbecil! Sua sem-vergonha! Sem--vergonha! Sem-vergonha!... Por que não está envolta em lavanda como toda jovem deve estar? Que tem feito da vida?...

Ela remexeu o fogo com o atiçador.

– Tudo isso não me ajuda nem um pouco a pagar aquele dinheiro.

Aquela noite foi a mais desagradável da vida de Ann Veronica. Ela lavou o rosto com atenção incomum antes de se deitar. Desta vez, não havia dúvida, ela não dormiu. Quanto mais desemaranhava os fios de sua situação, mais profunda ficava sua aversão a si mesma. Em alguns momentos o mero fato de ficar deitada na cama se tornava insuportável, e ela se levantava e marchava pelo quarto e sussurrava injúrias para si mesma... geralmente até bater em algum móvel.

Então vinham momentos de tranquilidade, nos quais dizia a si mesma:

– Escute aqui! Me deixe pensar em tudo isso!

Pela primeira vez, segundo lhe parecia, ela enfrentava os fatos envolvidos na posição ocupada no mundo pela mulher – as realidades escassas da liberdade tal como lhe era permitida, a obrigação quase inevitável para com o homem para quem ela deveria trabalhar a fim de alcançar o menor ponto de apoio neste mundo. Tinha se desvencilhado do amparo do pai com a maior suposição de independência pessoal. E aqui estava – em uma encrenca porque lhe fora impossível evitar se apoiar em outro homem. Ela pensara... o que pensara? Que essa dependência das mulheres não passava de uma ilusão que precisava apenas ser negada para desaparecer. Ela a negara com vigor, e aqui estava!

Ela não esgotou essa questão geral, mas voltou a seu problema individual insolúvel?

– Que vou fazer?

Queria, antes de qualquer coisa, jogar as quarenta libras de volta na cara de Ramage. Mas tinha gastado quase metade, e não tinha ideia de como juntar tal quantia novamente. Pensou em todo tipo de expedientes estranhos e desesperados, e com petulância apaixonada rejeitou a todos.

Encontrou alívio batendo no travesseiro e inventando epítetos ofensivos para si mesma. Levantou, abriu a cortina e por algum tempo observou pela janela a visão das chaminés no amanhecer gelado, depois se sentou na beirada da cama. Qual era a alternativa a voltar para casa? Nenhuma alternativa surgiu na escuridão.

Parecia intolerável voltar para casa e admitir a derrota. Ela desejava ardorosamente não ser humilhada em Morningside Park, e durante longas horas não conseguiu pensar em nenhuma maneira de fazê-lo que não parecesse admissão incondicional da derrota.

– Prefiro virar corista – disse.

Ela não conhecia muito bem a posição e os deveres de corista, mas certamente lhe parecia se tratar de um último recurso desesperado. Disso surgiu uma vaga esperança de que talvez ela pudesse arrancar uma rendição do pai ameaçando buscar tal posição, e em seguida, com clareza esmagadora, ela se deu conta de que, o que quer que acontecesse, nunca poderia revelar a dívida ao pai. Mesmo a rendição total não eliminaria o problema. E ela sentiu que se voltasse para casa seria imperativo pagar. Estaria sempre caminhando pela Avenida, vendo Ramage de longe, encontrando-o em trens...

Durante algum tempo andou pelo quarto.

– Por que eu peguei aquele empréstimo? Nem uma louca de hospício teria feito aquilo! Vulgaridade da alma e inocência da mente... a pior de todas as combinações imagináveis. Queria que alguém matasse Ramage por acidente!... Mas então encontrariam o cheque compensado... Que será que ele vai fazer?

Tentou imaginar situações que poderiam surgir do impasse com Ramage, pois ele fora tão amargo e feroz que não conseguia acreditar que ele deixaria as coisas como estavam.

Na manhã seguinte ela saiu com a caderneta de sua conta no correio, e mandou um telegrama solicitando o saque de todo o dinheiro que tinha no mundo. Somava vinte e duas libras. Endereçou um envelope a Ramage e rabiscou em um pedaço de papel: "O restante seguirá em breve". O dinheiro estaria disponível à tarde, e ela enviaria quatro notas de cinco libras. O restante pretendia guardar para suas necessidades imediatas. Um pouco aliviada com esse passo rumo ao restabelecimento, dirigiu à Imperial College para esquecer seus problemas por algum tempo, se possível, na presença de Capes.

PARTE 7

Durante algum tempo o laboratório de biologia se mostrou cheio de virtudes calmantes. A noite sem dormir a deixara abatida, mas não entorpecida, e durante cerca de uma hora o trabalho a distraiu completamente dos problemas.

Então, depois que Capes revisou seu trabalho e seguiu em frente, ela percebeu que o tecido de sua vida estava fadado ao colapso quase imediato;

que em pouco tempo os estudos chegariam ao fim e talvez ela nunca mais voltasse a vê-lo. Depois disso o consolo desapareceu.

A tensão nervosa da noite voltou a dar as caras; ela ficou desatenta ao trabalho à sua frente, e nada mais deu certo. Ficou sonolenta e excepcionalmente irritada. Almoçou em uma lanchonete na Great Portland Street e, como o dia estava dominado pelo sol do inverno, passou o restante da hora de almoço em uma melancolia sonolenta, que imaginou dever-se aos problemas de sua situação, em um banco do Regent's Park. Uma garota de quinze ou dezesseis anos entregou-lhe um folheto que ela imaginou se tratar de propaganda até que leu "Votos para as mulheres" no topo. Isso fez sua mente voltar mais uma vez para os aspectos mais generalizados de suas perplexidades. Ela nunca estivera tão disposta a concordar que a posição das mulheres no mundo moderno era intolerável.

Capes ficou junto dos alunos na hora do chá e exibiu o humor travesso que às vezes o dominava. Ele não percebeu que Ann Veronica estava preocupada e com o olhar cansado. A srta. Klegg levantou a questão do sufrágio feminino, e ele se lançou a provocar um duelo entre ela e a srta. Garvice. O jovem com o cabelo penteado para trás e o escocês de óculos aderiram à discussão a favor do voto das mulheres e contra.

De vez em quando Capes se dirigia a Ann Veronica. Ele gostava de atraí-la para a discussão, e ela se esforçou para falar. Mas não falou com facilidade e, para dizer alguma coisa, patinou um pouco, e sentiu que patinava. Capes respondia com o vigor inflexível que era seu jeito de elogiar sua inteligência. Mas naquela tarde incitou nela uma veia incomum de irritabilidade. Ele estava lendo Belfort Bax, e se declarou um convertido. Comparou as mulheres em geral com os homens, apresentando os homens como mártires pacientes, e as mulheres como mimadas favorecidas pela Natureza. Uma veia de convicção veio juntar-se a seu tom farsesco.

Durante algum tempo ele e a srta. Klegg se opuseram.

A questão deixou de ser mera conversa à mesa do chá e de repente se tornou tragicamente real para Ann Veronica. Ali estava ele, alegremente amigável na liberdade de seu sexo – o homem que ela amava, o único homem que ela queria que abrisse o caminho que levava ao mundo vasto de suas possibilidades femininas aprisionadas, e ele parecia não perceber que ela sufocava diante de seus olhos; zombava de toda a insurgência apaixonada da alma das mulheres contra o destino de suas condições.

A srta. Garvice repetiu mais uma vez, e com quase as mesmas palavras que usava em todas as discussões, sua contribuição à grande questão.

Ela achava que as mulheres não eram feitas para as lutas e turbulências da vida – seu lugar era o mundo menor, o lar; seu poder estava não nos votos, mas na influência que exerciam sobre os homens e em fazer excelente e esplêndida a mente de seus filhos.

– As mulheres devem entender os assuntos dos homens, talvez – disse a srta. Garvice –, mas não se misturar com eles sacrificando esse poder de influência que exercem agora.

– EXISTE alguma sensatez nessa posição – disse Capes, intervindo como se para defender a srta. Garvice de um possível ataque de Ann Veronica. – Pode não ser preciso, mas, afinal, é como as coisas são. As mulheres não ocupam o mundo do mesmo modo que os homens... indivíduos combativos em competição ferrenha. Não vejo como poderiam ocupar. Todo lar é um pequeno recesso, um nicho, fora do mundo dos negócios e competição no qual as mulheres e o futuro se abrigam.

– Um pequeno fosso! – disse Ann Veronica. – Uma pequena prisão!

– Ao mesmo tempo é um pequeno refúgio. De qualquer forma, é assim que as coisas são.

– E o homem é o senhor na boca do fosso.

– Como sentinela. A senhorita esquece toda a massa de tradição e instinto necessários para fazer dele um senhor tolerável. A natureza é a mãe; suas tendências sempre foram feministas, e ela moldou o homem pela mulher tosquiada.

– Eu gostaria – disse Ann Veronica, com raiva repentina – que você pudesse saber como é viver em um fosso!

Ela se levantou enquanto falava, e soltou sua xícara ao lado da xícara da srta. Garvice. Dirigiu-se a Capes como se falasse só com ele.

– Não consigo suportar – disse.

Todos viraram para ela com espanto.

Ela sentiu que devia continuar.

– Nenhum homem é capaz de perceber – disse – como pode ser esse fosso. O modo… o modo como somos enganadas! Somos ensinadas a acreditar que somos livres no mundo, a pensar que somos rainhas… Então descobrimos. Descobrimos que nenhum homem trata a mulher com a justiça que reserva a outro homem… nenhum homem. Ele quer você… ou não quer; e depois ajuda outra mulher contra você… Tudo o que você diz provavelmente é verdade e necessário… Mas pense na desilusão! Além de nosso sexo, temos mente, como os homens, desejos, como os homens. Saímos para o mundo, algumas de nós…

Ela parou. Suas palavras, conforme as dizia, pareciam não significar nada, e havia tanto que lutava para ser exprimido.

– As mulheres são ridicularizadas – disse. – Sempre que tentam se apoderar da vida, um homem intervém.

Ela sentiu, como pavor repentino, que talvez começasse a chorar. Desejou não ter se levantado. Perguntou-se ferozmente por que tinha se levantado. Ninguém falou, e ela foi incitada a seguir aos tropeços.

– Pense na zombaria! – disse. – Pense quanto nos encontramos adormecidas e sufocadas! Eu sei que parece que temos uma espécie de liberdade… O senhor já tentou correr e saltar usando anáguas, sr. Capes? Bem, pense como deve ser viver com elas… alma e mente e corpo! Para os homens é divertido fazer graça de nossa posição.

– Eu não estava fazendo graça – disse Capes, bruscamente.

Ela estava cara a cara com ele, e a voz dele interrompeu seu discurso e a fez parar abruptamente. Estava magoada e tensa, e era intolerável para ela que ele estivesse a menos de três metros dela, insuspeito, mas com poder incalculável sobre sua felicidade. Estava magoada com as perplexidades de sua posição absurda. Estava cansada de si mesma, de sua vida, de tudo menos dele; e por ele todo seu ser mascarado e encoberto gritava.

Ela parou de repente ao som da voz dele, e perdeu o fio da meada do que estava dizendo. Na pausa, percebeu a atenção dos outros concentrada sobre ela, as lágrimas que estavam se acumulando em seus olhos. Sentiu uma tempestade de emoção crescendo dentro de si. Percebeu que o aluno escocês a observava com espanto estupendo, uma xícara de chá apoiada em uma mão peluda e os óculos mostrando vários segmentos aumentados de seu olho.

A porta para o corredor se ofereceu como um convite irresistível – a única alternativa a um choro público e inexplicável.

Capes logo compreendeu sua intenção, levantou-se de uma vez e abriu a porta para que ela se retirasse.

PARTE 8

– Por que eu deveria voltar? – ela perguntou a si mesma, descendo as escadas.

Foi até o correio e sacou e enviou o dinheiro a Ramage. Então saiu para a rua, tendo apenas uma certeza – de que não poderia voltar direto para seus aposentos. Queria ar – e a distração de coisas mudando e movendo-se ao seu redor. A noite começava a cair, e em uma hora estaria escuro. Resolveu atravessar o parque até os jardins do zoológico, e seguir por Primrose Hill até Hampstead Heath. Lá vagaria na escuridão gentil. E pensaria em tudo...

Logo percebeu passos apressados atrás de si e, ao virar-se, viu a srta. Klegg, um pouco sem ar, vindo atrás dela.

Ann Veronica parou um pouco, e a srta. Klegg alcançou-a.

– VOCÊ atravessa o parque?

– Normalmente, não. Mas hoje vou atravessar. Quero caminhar.

– Não estou surpresa. Achei o sr. Capes intolerável.

– Ah, não foi isso. Tive dor de cabeça o dia todo.

– Achei o sr. Capes muito injusto – a srta. Klegg continuou em voz baixa e constante. – MUITO injusto! Fiquei feliz por você ter respondido.

– Não me importo com aquela pequena discussão.

– Você respondeu bem. O que você disse precisava ser dito. Depois que você saiu, ele se levantou e se refugiou na sala de preparação. Ou eu teria acabado com ele.

Ann Veronica não disse nada, e a srta. Klegg continuou:

– Ele com frequência é... muito injusto. Tem um jeito de se impor sobre as pessoas. Ele não gostaria que fizessem isso com ele. Se antecipa às palavras que vão sair da sua boca; se apodera do que você tem a dizer antes que tenha tempo de expressar suas ideias adequadamente.

Pausa.

– Suponho que seja terrivelmente inteligente – disse a srta. Klegg. – É membro da Royal Society, e não deve ter passado muito dos trinta.

– Ele escreve muito bem – disse Ann Veronica.

– Não pode ter mais que trinta. Deve ter casado muito jovem.

– Casado? – perguntou Ann Veronica.

– Você não sabia que ele era casado? – perguntou a srta. Klegg, e ocorreu-lhe um pensamento que a fez olhar rapidamente para a companheira.

Ann Veronica ficou sem resposta por um instante. Virou a cabeça para o outro lado bruscamente. Algum autômato dentro dela produziu, com voz bastante irreconhecível, a observação:

– Eles estão jogando futebol.

– Estão muito longe para que a bola nos acerte – disse a srta. Klegg.

– Eu não sabia que o sr. Capes era casado – disse Ann Veronica, retomando a conversa sem nenhum traço da lassidão anterior.

– Ah, sim – disse a srta. Klegg. – Eu achei que todos soubessem.

– Não – disse Ann Veronica, em tom descontraído. – Nunca ouvi falar disso.

– Achei que todos soubessem. Achei que todos tivessem ouvido falar.

– Mas por quê?

– Ele é casado... E, acredito, vive separado da esposa. Houve um caso, ou algo do tipo, há alguns anos.

– Que caso?

– Um divórcio, ou algo do tipo, não sei. Mas fiquei sabendo que ele quase teve de deixar a faculdade. Dizem que se o professor Russell não o tivesse defendido, ele teria sido obrigado a ir embora.

– Ele se divorciou, você quer dizer?

– Não, mas ele se envolveu em um caso de divórcio. Não me lembro dos detalhes, mas sei que foi bastante desagradável. Foi entre artistas.

Ann Veronica ficou em silêncio por um instante.

– Achei que todos tivessem ouvido falar – disse a srta. Klegg. – Ou eu não teria comentado.

– Suponho que todos os homens – disse Ann Veronica, em tom de crítica imparcial – se envolvem nesse tipo de confusão. E, de qualquer forma, isso não importa para nós. – Ela se virou de repente em ângulo reto em direção ao caminho que estavam seguindo. – Este é o meu caminho de volta para o meu lado do parque – disse.

– Achei que você fosse atravessar o parque.

– Ah, não – disse Ann Veronica. – Tenho trabalho a fazer. Só queria tomar ar. E logo vão fechar os portões. Não falta muito para o crepúsculo.

PARTE 9

Por volta das dez horas naquela noite, estava sentada diante da lareira pensando quando um envelope selado e registrado lhe foi entregue.

Abriu e tirou uma carta, e dobradas dentro dela estavam as notas que enviara a Ramage naquele dia. A carta se iniciava com:

MINHA QUERIDA GAROTA,

Não posso permitir que cometa esta tolice...

Ela amassou notas e carta em uma das mãos e, em um gesto arrebatado, lançou-as ao fogo. Imediatamente, pegou o atiçador e, em um esforço desesperado, tentou recuperá-las. Mas só conseguiu salvar um pedaço da carta. As vinte libras queimaram com voracidade.

Ela ficou alguns segundos agachada diante do guarda-fogo, com o atiçador na mão.

– Por Deus! – disse, finalmente se levantando. – Isso deve colocar um fim em tudo, Ann Veronica!

AS SUFRAGISTAS

PARTE 1

– Só há uma maneira de sair disso – disse Ann Veronica, sentando-se em sua pequena cama na escuridão e roendo as unhas. – Eu achava que estaria enfrentando apenas Morningside Park e meu pai, mas é toda a ordem das coisas… toda a abençoada ordem das coisas…

Ela estremeceu. Franziu o cenho e agarrou as mãos sobre os joelhos com força. Sua mente foi tomada de fúria selvagem pelas condições da vida da mulher.

– Suponho que toda vida envolva sorte. Mas a vida da mulher é toda sorte. Sorte artificial. Encontre um homem, essa é a regra. Todo o resto é farsa e delicadeza. Ele é a alavanca da sua vida. Ele a deixará viver, se isso agradá-lo… Isso pode ser mudado? Seriam as atrizes livres?…

Ela tentou pensar em outro estado de coisas em que essas limitações monstruosas seriam aliviadas, em que as mulheres se apoiariam sobre os próprios pés, em igualdade de cidadania com os homens. Durante algum tempo refletiu sobre os ideais e sugestões dos socialistas, sobre as vagas insinuações de uma bolsa-maternidade, de um relaxamento completo da intensa dependência individual das mulheres tão intrincada na ordem social existente. No fundo de sua mente, aparecia sempre um espectador qualificado e irrelevante cuja presença ela tentava ignorar. Não olhava para ele, não pensava nele; quando sua mente hesitava, ela murmurava para si mesma na escuridão que mantivesse suas generalizações.

– É verdade. Não adianta renunciar à coisa; é verdade. A não ser que aceitemos que as mulheres nunca devam ser livres, há de haver uma geração de mártires... Por que não podemos ser nós as mártires? De qualquer forma, não há mais nada para a maioria de nós. É um tipo de traição querer ter vida própria...

Ela repetiu, como se respondesse a um opositor.

– Um tipo de traição. Um sexo de traidoras.

Sua mente divergiu para outros aspectos, e outra espécie de condição feminina.

– Pobre Miniver! Como ela poderia ser diferente do que é?... Ela apresentar argumentos emaranhados, arrastando-se num pântano de tolices, não altera o fato de que ela tem razão.

Aquela frase sobre arrastar a verdade num pântano de tolices ela retomou de Capes. Ao lembrar que a frase era dele, pareceu atravessar uma superfície fina, como alguém que atravessa a lava e cai em profundezas reluzentes. Por um momento ela mergulhou o pensamento em Capes, incapaz de escapar de sua imagem e da ideia daquela presença em sua vida.

Ela deixou sua mente correr em direção aos sonhos daquele paraíso de um mundo diferente no qual os Goopes e as Minivers, os fabianos e as pessoas reformistas acreditavam. Naquele mundo estava escrito em letras reluzentes: "bolsa-maternidade". Suponhamos que, de modo um tanto complexo mas concebível, as mulheres fossem recompensadas, não dependessem econômica e socialmente dos homens.

– Se a mulher fosse livre – ela disse –, ela poderia ir até ele... Essa hesitação vil para chamar a atenção do homem!... Ela poderia ir até ele e dizer que o ama. Eu quero amá-lo. Um pouco do amor dele seria suficiente. Não faria mal a ninguém. Não seria nenhuma obrigação para ele.

Ela soltou um gemido alto e curvou a cabeça sobre os joelhos. Debateu-se profundamente. Queria beijar-lhe os pés. Os pés dele teriam a mesma textura firme das mãos.

Então, de repente, seu espírito se revoltou.

– Eu não vou aceitar esta escravidão – disse. – Não vou aceitar esta escravidão.

Brandiu o punho para o teto.

– Está ouvindo? – disse. – O que quer que você seja, onde quer que esteja! Eu não vou ser escrava do pensamento de nenhum homem, escrava dos costumes de nenhuma época. Dane-se essa escravidão do sexo! Eu sou homem! Vou resolver esta questão nem que eu morra fazendo isso!

Franziu o cenho para a escuridão à sua volta.

– Manning – disse, e contemplou uma imagem de persistência passiva. – Não!

Seus pensamentos tomaram novo rumo.

– Não importa – disse, depois de longo intervalo – que sejam absurdos. Têm um significado. Significam tudo que as mulheres podem querer... menos a submissão. O voto é apenas o começo, o começo necessário. Se não começarmos...

Tomou uma decisão. Levantou-se da cama de repente, alisou o lençol, ajeitou o travesseiro e se deitou, e dormiu quase instantaneamente.

PARTE 2

A manhã seguinte estava escura e nebulosa como se fosse meados de novembro, não início de março. Ann Veronica acordou bem mais tarde que de costume, e ficou deitada por alguns minutos antes de se lembrar de certa decisão que tomara na madrugada. Então, levantou-se da cama imediatamente e começou a se vestir.

Não seguiu para a Imperial College. Até dez da manhã escreveu uma série de cartas infrutíferas a Ramage, rasgando-as ainda inacabadas; finalmente desistiu e vestiu o casaco e saiu na escuridão iluminada pelos postes e nas ruas lamacentas. Virou a fronte resoluta para o sul.

Seguiu pela Oxford Street até Holborn, pediu informação para chegar a Chancery Lane. Lá procurou e enfim encontrou o número 107A, uma daquelas pilhas heterogêneas de escritórios que ocupavam o lado leste da rua. Analisou nomes de empresas, empreendimentos e pessoas pintados na parede e descobriu que a União das Mulheres pela Liberdade ocupava várias salas contíguas do primeiro andar. Ela subiu e hesitou entre quatro portas com painéis de vidro fosco nos quais estava escrito "União das Mulheres pela Liberdade" em elegantes letras pretas. Abriu uma delas e se viu em uma sala grande e desorganizada com cadeiras um pouco em desordem como se tivesse havido uma reunião na noite anterior. Nas paredes havia quadros de avisos com aglomerados de recortes de jornal, três ou quatro pôsteres grandes de encontros gigantescos, a um dos quais Ann Veronica comparecera com a srta. Miniver, uma série de anúncios em tinta roxa de mimeógrafo, e em um canto uma pilha de cartazes. Não havia ninguém na sala principal, mas pela porta entreaberta de uma das salas pequenas ela viu duas moças bastante jovens sentadas a escrever com rapidez diante de uma mesa abarrotada.

Ela foi até essa sala e, abrindo um pouco mais a porta, encontrou a prensa do grupo funcionando.

– Eu gostaria de saber – disse Ann Veronica.

– Na porta ao lado – disse uma jovem de dezessete ou dezoito anos, de óculos, indicando a direção com impaciência.

Na sala ao lado Ann Veronica encontrou uma mulher de meia-idade de rosto cansado sob o chapéu também cansado, sentada a uma mesa abrindo cartas enquanto uma moça morena e desarrumada de vinte e oito ou vinte e nove anos batia com força e diligência numa máquina de escrever. A mulher cansada ergueu os olhos em um silêncio inquisidor quando Ann Veronica entrou, acanhada.

– Gostaria de ter mais informações sobre o movimento – disse Ann Veronica.

– Você está conosco? – perguntou a mulher cansada.

– Não sei – respondeu Ann Veronica. – Acho que sim. Quero muito fazer alguma coisa pelas mulheres. Mas quero saber o que vocês estão fazendo.

A mulher cansada ficou parada por um instante.

– Você não veio aqui para causar problemas? – ela perguntou.

– Não – respondeu Ann Veronica –, mas quero saber.

A mulher cansada fechou os olhos com força por um instante, e então olhou para Ann Veronica.

– O que você sabe fazer? – perguntou.

– Fazer?

– Está preparada para fazer coisas para nós? Distribuir programas? Escrever cartas? Interromper reuniões? Fazer campanha eleitoral? Encarar perigos?

– Se eu ficar satisfeita…

– Se nós satisfizermos você?

– Então, se possível, eu gostaria de ir para a prisão.

– Não é bom ir para a prisão.

– Eu me adapto.

– O caminho até lá não é agradável.

– Isso é detalhe – disse Ann Veronica.

A mulher cansada ficou olhando para ela em silêncio.

– Quais são suas objeções?

– Não são exatamente objeções. Quero saber o que estão fazendo; como acham que o trabalho que fazem é útil para as mulheres.

– Estamos trabalhando pela igualdade de cidadania entre homens e mulheres – disse a mulher cansada. – As mulheres vêm sendo tratadas como inferiores aos homens, queremos que sejam iguais.

– Sim – disse Ann Veronica –, eu concordo com isso. Mas…

A mulher cansada levantou as sobrancelhas em leve protesto.

– A questão não é mais complicada que isso? – perguntou Ann Veronica.

– Você pode conversar com a srta. Kitty Brett hoje à tarde, se quiser. Marco uma hora para você?

A srta. Kitty Brett era uma das maiores líderes do movimento. Ann Veronica agarrou a oportunidade e passou a maior parte do tempo que tinha disponível antes da hora marcada na Ala Assíria do Museu Britânico lendo e refletindo sobre um livrinho a respeito do movimento feminista que a mulher cansada a obrigara a comprar. Comprou um pãozinho e um chocolate quente na lanchonete e caminhou pelas galerias do andar de cima, cheias de ídolos e trajes de dança polinésios, e todos os acessórios simples e ousados da vida na Polinésia, até chegar a um banco entre as múmias. Tentava pensar em seus problemas de modo prático, mas sua mente insistia em ser mais discursiva e evocatória do que de costume, generalizando tudo o que pensava.

– Por que as mulheres deveriam depender dos homens? – perguntou, e a pergunta foi logo convertida em um sistema de variações ao redor do tema "Por que as coisas são como são?", "Por que os seres humanos são vivíparos?", "Por que as pessoas têm fome três vezes por dia?", "Por que as pessoas desmaiam diante do perigo?".

Ela ficou algum tempo observando os membros secos e o rosto ainda humano daquela múmia desidratada e desembrulhada desde o início da vida em sociedade. Ela parecia muito paciente, pensou, e bastante vaidosa. Parecia ter subestimado o mundo em que vivia e prosperado nessa presunção – um mundo no qual as crianças eram treinadas para obedecer aos mais velhos e os desejos das mulheres eram rejeitados como se isso fosse natural. Era maravilhoso pensar que aquela coisa tinha vivido, sentido e sofrido. Talvez um dia tivesse desejado insuportavelmente outro ser humano. Talvez alguém tivesse beijado a testa que agora era tão cadavérica, acarinhado aquele rosto fundo com dedos amorosos, segurado aquele pescoço fibroso com mãos vivas e apaixonadas. Mas tudo isso estava esquecido. "No fim", a múmia parecia pensar, "eles me embalsamaram com o maior respeito... com especiarias boas escolhidas para durar... as melhores! Encarei o mundo como o encontrei. AS COISAS SÃO ASSIM!"

PARTE 3

A primeira impressão de Ann Veronica a respeito de Kitty Brett foi que ela era agressiva e desagradável; a segunda, que era uma pessoa de incrível poder de persuasão. Talvez tivesse vinte e três anos, e sua aparência era bastante rosada e saudável, exibindo o pescoço branco e arredondado acima da camisa de aparência profissional mas bastante feminina, e um braço rechonchudo e gesticulador que saía da manga curta. Tinha olhos azul-acinzentados animados sob sobrancelhas finas, e cabelo castanho-escuro que caía simples e eficaz de sua testa larga e achatada. Sua capacidade de argumentação inteligente era como um rolo compressor. Era um ser treinado – treinado por mãe implacável para cumprir um objetivo específico.

Ela falava com entusiasmo fluente. Não negociou exatamente com as interpolações de Ann Veronica, mas as dispensou com réplicas ligeiras e curtidas, e prosseguiu com franqueza elegante esboçando a causa de sua agitação, daquela rebelião notável das mulheres que estava agitando todo o mundo da política e da discussão. Ela supôs com uma espécie de força hipnotizante todas as proposições que Ann Veronica queria que ela definisse.

– Que queremos? Qual é o objetivo? – perguntou Ann Veronica.

– Liberdade! Cidadania! E o caminho para chegar lá, para chegar a qualquer lugar, é o voto.

Ann Veronica disse alguma coisa sobre uma mudança generalizada nas ideias.

– Como você pode mudar as ideias das pessoas quando não tem poder? – perguntou Kitty Brett.

Ann Veronica não estava preparada para lidar com esse contra-ataque.

– Não é desejável transformar tudo em mero antagonismo de sexo.

– Quando as mulheres conseguirem justiça – disse Kitty Brett –, não haverá antagonismo de sexo. Nenhum. Até lá, pretendemos continuar martelando.

– A mim parece que muitas das dificuldades da mulher são econômicas.

– Isso virá como consequência – disse Kitty Brett. – Isso virá como consequência.

Ela interrompeu quando Ann Veronica estava prestes a falar de novo, com esperança vibrante e contagiosa.

– Tudo virá como consequência – disse.

– Sim – disse Ann Veronica, tentando pensar onde estavam, tentando fazer com que as coisas voltassem a ficar claras, como pareciam estar na tranquilidade da noite.

– Nada jamais foi feito – afirmou a srta. Brett – sem algum elemento de fé. Depois que conquistarmos o voto e formos reconhecidas como cidadãs, então poderemos alcançar todas essas outras coisas.

Mesmo com o *glamour* da confiança da srta. Brett, parecia a Ann Veronica que aquilo, afinal, não era mais que a doutrina da srta. Miniver com novo arranjo de ressonâncias. E que aquela doutrina significava alguma coisa, alguma coisa diferente do que diziam suas frases, alguma coisa elusiva, mas ao mesmo tempo alguma coisa que, apesar da incoerência superficial de suas frases, era essencialmente verdadeiro. Havia algo segurando as mulheres, impedindo-as de avançar, e se não era exatamente a lei feita pelos homens, a lei feita pelos homens era um aspecto da coisa. Havia algo que de fato impedia toda a espécie de alcançar a amplitude inimaginável da vida...

– O voto é o símbolo de tudo – disse a srta. Brett.

E fez um apelo pessoal repentino.

– Ah! por favor não se perca em uma imensidão de considerações secundárias – disse. – Não me peça que lhe diga tudo o que as mulheres podem fazer, tudo o que as mulheres podem ser. Existe uma nova vida, diferente da velha vida de dependência, possível. Se ao menos não estivermos divididas. Se ao menos trabalharmos juntas. Este é o movimento que une mulheres de classes diferentes em um propósito comum. Se você visse como isso lhes dá alma, mulheres que subestimavam as coisas, que se entregaram completamente à mesquinhez e à vaidade...

– Me dê algo que eu possa fazer – disse Ann Veronica, finalmente interrompendo suas persuasões. – Foi muito gentil de sua parte conversar comigo, mas eu não quero ficar sentada conversando e desperdiçando seu tempo. Quero fazer alguma coisa. Quero martelar contra tudo isso que amarra as mulheres. Sinto que vou sufocar se não puder fazer alguma coisa... e logo.

PARTE 4

Não era culpa de Ann Veronica que o trabalho noturno tivesse assumido a forma do burlesco selvagem. Ela era absolutamente sincera em tudo o que fazia. Para ela, aquilo parecia o último ataque desesperado contra um universo que não a deixava viver como desejava, que a atava e a controlava e a governava e a reprovava, o mesmo invólucro invencível, a mesma tirania de chumbo de um universo que ela jurou superar depois daquele conflito memorável com o pai em Morningside Park.

Ela foi convocada para a invasão – foi informada que seria uma invasão à Câmara dos Comuns, embora não lhe tivessem informado nenhum detalhe – e disseram-lhe que fosse sozinha à Dexter Street, 14, Westminster, e não pedisse informação a nenhum policial. Dexter Street, 14, Westminster, ela descobriu, não era uma casa, mas um pátio em uma rua obscura, com portões grandes e o nome Podgers & Carlo, Transportes e Mudanças. Perplexa, ela ficou parada na rua vazia por alguns segundos, hesitante, até que a vinda de outra mulher circunspecta sob o poste de iluminação a tranquilizou. Em um dos portões grandes havia uma portinha, e ela bateu. A porta foi imediatamente aberta por um homem com cílios leves e trejeitos que sugeriam uma paixão contida.

– Entrem logo – ele sussurrou baixinho, com o tom de um verdadeiro conspirador, fechou a porta bem devagar e apontou: – Por ali!

À luz escassa de uma lamparina a gás ela percebeu um pátio de paralelepípedos com quatro vans cheias de móveis com cavalos e lâmpadas acesas. Um jovem esguio, de óculos, surgiu da sombra da van mais próxima.

– Você é A, B, C ou D? – ele perguntou.

– Me disseram D – respondeu Ann Veronica.

– Por aqui – ele disse, e com o folheto que segurava apontou o caminho.

Ann Veronica se viu entre uma pequena multidão agitada de mulheres entusiasmadas, sussurrando e rindo e falando em voz baixa.

A luz era escassa, então ela enxergava vaga e indistintamente os rostos reluzentes. Ninguém falou com ela. Ela ficou no meio delas, observando-as e se sentindo curiosamente estranha. A luz oblíqua avermelhada as distorcia, lançando-lhes sobre a roupa barras e manchas de sombras estranhas.

– Foi ideia da Kitty – disse uma delas. – Nós vamos nas vans.

– A Kitty é maravilhosa – disse outra.

– Maravilhosa!

– Sempre quis ir para a prisão – disse uma voz. – Sempre. Desde o início. Mas só agora posso ir.

Uma criaturinha loira bem perto dela de repente teve um ataque de riso histérico, que acabou em soluço.

– Antes de eu entrar para o Sufrágio – uma voz firme e monótona observou –, eu mal conseguia subir escadas sem ter palpitações.

Alguém que estava fora do campo de visão de Ann Veronica parecia estar comandando o grupo.

– Precisamos entrar, eu acho – disse a Ann Veronica uma senhorinha simpática de gorro, falando com voz um pouco trêmula. – Minha querida, você consegue enxergar nesta luz? Eu acho que eu gostaria de entrar. Qual é a C?

Ann Veronica, com aperto curioso no coração, observou as cavidades escuras das vans. As portas estavam abertas, e placas com letras grandes indicavam a seção designada a cada uma delas. Ela direcionou a senhorinha e seguiu para a van D. Uma jovem com uma faixa branca no braço se levantou e contou as seções enquanto elas entravam nas vans.

– Quando baterem no telhado – ela disse, em tom de autoridade –, vocês devem sair. Vocês estarão em frente à entrada principal no Old Palace Yard. É a entrada social. Devem ir até lá e entrar no salão se conseguirem, e seguir em direção ao plenário da Câmara gritando "Votos para as mulheres!" enquanto avançam.

Ela falava como se fosse professora falando com crianças.

– Não se amontoem demais quando saírem – acrescentou.

– Certo? – perguntou o homem com os cílios leves, aparecendo de repente à porta.

Ele esperou um momento, desperdiçando um sorriso encorajador naquela luz imperfeita, e fechou as portas da van deixando as mulheres no escuro...

A van saiu com um solavanco e seguiu seu caminho estrondosamente.

– É como Troia! – disse uma voz em êxtase. – É exatamente como Troia!

PARTE 5

Então Ann Veronica, envolvida e um pouco desconfiada como sempre, juntou-se ao fluxo da história e escreveu seu nome de batismo nos registros do tribunal de polícia da região.

Mas por consideração tardia ao pai, escreveu o sobrenome de outra pessoa.

Um dia, quando as recompensas da literatura permitirem a árdua pesquisa necessária, a Campanha das Mulheres encontrará seu Carlyle, e os pormenores daquela maravilhosa série de façanhas nas quais a srta. Brett e suas colegas importunaram todo o mundo ocidental discutindo a posição das mulheres se tornarão material para as mais encantadoras e surpreendentes descrições. Enquanto isso o mundo aguarda esse escritor, e o registro confuso dos jornais permanece como única fonte para os curiosos. Quando ele vier, tratará aquela incursão das vans de mudança com a justiça que ela merece; descreverá a cena noturna metódica contra a legislatura imperial em minúcias convincentes, o ir e vir de táxis a cavalo e motorizados e coches atravessando a noite fria e úmida rumo ao New Palace Yard, a polícia reforçada mas despreocupada e desavisada nas entradas daqueles grandes prédios, cujo estilo gótico vitoriano quadrado e apainelado sobe do brilho dos postes de iluminação para a escuridão da noite; o Big Ben reluzente no alto, farol inatacável, e o tráfego incidental de Westminster, táxis, charretes e ônibus indo e vindo da ponte. Entre a Abbey e a Abingdon Street ficavam os piquetes e destacamentos policiais, sua atenção toda direcionada para o oeste, onde as mulheres em Caxton Hall, Westminster, zumbiam como colmeia raivosa. Os pelotões chegaram ao portal daquele centro de perturbação. E atravessando todas as defesas rumo ao Old Palace Yard, e os pontos vitais dessas defesas, seguiam pesadas as vans insuspeitas.

Passaram pelos poucos turistas desocupados que enfrentavam a noite nada convidativa para ver o que as Sufragistas estariam aprontado; pararam sem nenhum problema a menos de trinta metros dos cobiçados portais.

E vomitaram.

Se eu fosse pintor, esgotaria todas as minhas habilidades de proporção e perspectiva e atmosfera na sede augusta do império e a apresentaria cinza e digna e imensa e respeitável além de qualquer mera descrição verbal, e com preto vivo pintaria bem pequenas aquelas vans valentes e impertinentes, agachadas na base de toda a sua altitude a despejar o fluxo ligeiro e disperso de pequenos objetos pretos e ominosos, figuras diminutas de mulheres determinadas em guerra contra o universo.

Ann Veronica estava na linha de frente.

Em um instante a calmaria expectante de Westminster chegara ao fim, e até o parlamentar que estava com a palavra titubeou ao som dos apitos da polícia. Os membros mais ousados da Câmara deixaram os assentos rumo ao salão, sorrindo. Outros cobriram o rosto com chapéu, acovardados em seu assento, e fingiram que tudo estava certo no mundo. Em Old Palace Yard todos corriam. Corriam para ver ou para buscar abrigo. Até mesmo dois ministros fugiram, com sorriso falso. Quando as portas da van se abriram e ela saiu para o ar fresco, as dúvidas e a depressão de Ann Veronica deram lugar à alegria mais basilar. A mesma fome de aventura que já a impulsionara durante crises que teriam esmagado qualquer garota normal de vergonha e pavor agora voltava a predominar. Diante dela estava o grande portal gótico. Ela tinha de atravessá-lo.

Passou a velhinha de gorro, correndo incrivelmente rápido, mas sem perder o ar respeitável, e emitindo um som estranho e ameaçador enquanto corria, como alguém espantando patos de um jardim – "B-r-r-r-r-r–!" – e agitando as mãos enluvadas de preto. Os policiais estavam se aproximando das laterais para impedir. A velhinha atingiu como um projétil o peito retumbante do primeiro deles, e Ann Veronica passou e começou a subir os degraus.

Então, horrivelmente, alguém a agarrou por trás pela cintura e a levantou do chão.

Com isso, um elemento novo surgiu em seu entusiasmo, um elemento feroz de aversão e pavor. Nunca na vida ela sentira nada tão desagradável quanto a sensação impotente de ter seus pés arrancados do chão. Gritou involuntariamente – nunca gritara – e começou a se contorcer e lutar como um animal assustado contra os homens que a seguravam.

De um salto, a situação passou de farra a pesadelo de violência e repulsa. Seu cabelo se soltou, o chapéu cobriu um de seus olhos, e ela não tinha nenhum dos braços livre para recolocá-lo. Ela sentiu que ia sufocar se aqueles homens não a soltassem, e durante algum tempo eles não a soltaram. Então, para seu alívio indescritível, seus pés alcançaram o chão, e ela foi levada por dois policiais, que seguravam seus pulsos de maneira habilidosa. Ela lutava para libertar as mãos e se viu ofegando com violência arrebatada:

– É odioso! Odioso! – para desgosto manifesto do policial paternal à sua direita.

Em seguida, eles soltaram seus braços e tentaram empurrá-la para longe.

– Circulando, mocinha – disse o policial paternal. – Aqui não é lugar para a senhorita.

Ele a empurrou uns doze metros ao longo da calçada escorregadia com mãos espalmadas bem treinadas que pareciam impossíveis de combater. Diante dela se estendiam espaços vazios, pontilhados por pessoas correndo em sua direção, e além deles grades e uma estátua. Ela quase se entregou a esse fim de aventura. Mas ao ouvir a palavra "casa", se virou para ele.

– Não vou para casa – disse. – Não vou! – E se esquivou das garras do policial paternal e tentou passar por ele rumo ao portal.

– Em frente! – ele gritou.

Uma distração foi criada pela luta violenta da senhorinha. Ela parecia dotada de uma força sobre-humana. Um grupo de três policiais que lutavam contra ela cambalearam em direção aos policiais que continham Ann Veronica e distraíram sua atenção.

– Eu VOU ser presa! Eu NÃO VOU para casa! – a senhorinha gritava repetidamente.

Eles a soltaram, e ela saltou sobre eles; ela atirou um capacete ao chão.

– Vocês vão ter de levá-la! – gritou um inspetor a cavalo.

Ela ecoou seu grito:

– Vocês vão ter de me levar!

Eles a agarraram e a levantaram, e ela gritou. Ann Veronica ficou violentamente entusiasmada com a cena.

– Seus covardes! – disse. – Soltem ela!

E se libertou de uma mão que a continha e bateu com os punhos na orelhona vermelha e no ombro azul do policial que segurava a senhorinha.

Então Ann Veronica também foi presa.

E veio a vil experiência de ser forçada e carregada pelas ruas até a delegacia. Qualquer expectativa que Ann Veronica tivesse a esse respeito se dissipou diante da realidade. Logo ela estava passando pela multidão agitada e barulhenta, rostos que sorriam e a encaravam impiedosos à luz dos postes elétricos.

– Vamos, garota! – gritou um deles. – Chute eles!

Na verdade, ela agora seguia com mansidão cristã, desgostosa apenas da mão do policial que a empurrava. Várias pessoas na multidão pareciam estar lutando. Soltavam gritos ofensivos frequentes e variados, mas ela não entendia quase nada do que era dito.

– Quem vai cuidar do bebê agora?

Foi uma das inspirações da noite, e bastante frequente. Um jovem esguio de óculos a seguiu por algum tempo, gritando:

– Coragem! Coragem!

Alguém lhe jogou um punhado de lama, e um pouco dessa lama lhe atingiu o pescoço. Ela foi tomada por imensurável desgosto. Sentiu-se completamente suja e insultada.

Não podia esconder o rosto. Tentou, em um ato de pura força de vontade, acabar com aquela cena, sair dali para qualquer lugar. Teve um vislumbre terrível daquela senhorinha outrora gentil que agora era também carregada para a delegacia, ainda lutando embora com fraqueza e coberta de lama – uma mecha de cabelo grisalho agarrado ao pescoço, o rosto assustado, pálido, mas triunfante. Seu gorro caiu e foi pisoteado na sarjeta. Um londrino cockney o recuperou, e ridiculamente tentou alcançá-la e devolvê-lo.

– Vocês vão ter de me prender! – ela disse quase engasgando, sem ar, insistindo insanamente em algo que já estava acontecendo. – Vão sim!

No fim a delegacia pareceu a Ann Veronica um refúgio de vergonhas inomináveis. Ela hesitou ao dizer seu nome e, instigada, acabou respondendo Ann Veronica Smith, Chancery Lane, 107A...

A indignação a ajudou a sobreviver àquela noite – aqueles homens e o mundo clamavam por isso. As mulheres presas foram conduzidas por um corredor da delegacia de polícia da Panton Street que levava a uma cela suja demais para ser ocupada, e a maioria delas passou a noite em pé. Café quente e bolo foram enviados de manhã por algum esperto simpatizante, ou ela teria passado fome o dia todo. A submissão ao inevitável a fez sobreviver às circunstâncias do comparecimento diante do juiz.

O juiz, sem dúvida, se esforçava para expressar a atitude da sociedade diante daquelas rés cansadas e heroicas, mas parecia simplesmente grosseiro e injusto com Ann Veronica. Ele não era, ao que parecia, o estipendiário adequado, e houve certa objeção à sua jurisdição que o deixou irritado. Ele se ressentiu de ser considerado irregular. Ele se sentia a própria sabedoria humana:

– Suas tolas – disse repetidamente ao longo da audiência, puxando o mata-borrão com mãos agitadas. – Mulheres tolas! Argh! Que vergonha!

A corte estava lotada, a maioria apoiadores e admiradores das rés, e o homem de cílios leves parecia visivelmente ativo e onipresente.

O comparecimento de Ann Veronica foi breve e indistinto. Ela não tinha nada a dizer para se defender. Foi conduzida até o banco dos réus por um inspetor de polícia prestativo. Estava atenta à corte, aos agentes sentados diante de uma mesa preta cheia de papéis, aos policiais ao redor rijos e com expressão de integridade, e logo atrás dela aos espectadores - um murmúrio de cabeças e ombros. Em uma cadeira alta atrás de um balcão elevado, o substituto do estipendiário a observava malevolente por sobre os óculos. Um jovem desagradável, de cabelo avermelhado e boca aberta, ocupava a mesa reservada aos jornalistas; não havia dúvida de que ele desenhava o retrato dela.

Ela se interessou pelo juramento das testemunhas. O ato de beijar o livro pareceu-lhe particularmente estranho, e os policiais prestaram depoimento com gestos secos e frases estereotipadas.

– A senhorita tem algo a perguntar à testemunha? – perguntou o inspetor prestativo.

Os demônios indecentes que infestavam a mente de Ann Veronica instaram-na a fazer várias perguntas jocosas, como onde a testemunha adquirira seu discurso maçante. Ela se controlou e respondeu mansamente:

- Não.

– Bem, Ann Veronica Smith – o magistrado observou com todos os autos diante de si –, a senhorita é bonita, forte, respeitável, e é uma pena que vocês, jovens tolas, não sejam capazes de encontrar nada melhor para fazer com sua exuberância. Vinte e dois anos! Não consigo imaginar o que se passa na cabeça dos seus pais para deixá-las entrar nessas enrascadas.

A mente de Ann Veronica estava cheia de indizíveis respostas confusas.

– São persuadidas a participar desses atos ultrajantes. Muitas de vocês, tenho certeza, não fazem ideia da natureza desses atos. Suponho que não saibam me dizer qual seria a origem do sufrágio se eu perguntasse. Não! Nem mesmo a origem! Mas a moda foi lançada e precisam segui-la.

Os homens à mesa reservada aos jornalistas levantaram as sobrancelhas, sorriram levemente e se recostaram para assistir à reprimenda. Um deles, cuja aparência lembrava um gnomo careca, bocejou agonizante. Já tinham anotado tudo – ouviram a fundamentação pela décima quarta vez. O estipendiário teria feito tudo muito diferente.

Ela logo descobriu que sairia do banco dos réus confrontada com a alternativa de pagar fiança correspondente à quantia de quarenta libras – o que quer que isso significasse – ou passar um mês na prisão.

– Segunda classe – alguém disse, mas primeira e segunda eram a mesma coisa para ela.

Ela escolheu ir para a prisão.

Enfim, após longa e barulhenta jornada em uma van abafada e sem janelas, ela chegou à Prisão Canongate – pois Holloway já estava lotada. Foi azar ir para Canongate.

A prisão era bestial. A prisão era sombria, apertada e impregnada de um cheiro opressivo; e ela teve de esperar duas horas na presença taciturna e insolente de duas ladras sujas antes que uma cela lhe fosse designada. A tristeza do lugar, como a imundície da cela da delegacia, foi uma surpresa. Ela imaginava as prisões como lugares com azulejos brancos, fedendo a cal e de limpeza imaculada. Em vez disso, pareciam estar no nível de higiene de pensões de vagabundos. Ela foi banhada em água turva já usada. Não lhe permitiram lavar-se sozinha: outra prisioneira, que parecia ter privilégios, a lavou. Objeções de consciência a esse respeito não eram permitidas, segundo ela descobriu, em Canongate. Seu cabelo foi lavado por outra pessoa. Vestiram-na com um traje sujo de sarja grossa e com uma touca, e levaram sua roupa. O vestido visivelmente não fora lavado depois de usado; até a roupa de baixo que lhe deram parecia suja. Memórias terríveis de coisas pertencentes às formas mais básicas de vida vistas ao microscópio surgiram-lhe na mente e a fizeram estremecer com irritações imaginadas. Ela se sentou à beira da cama – a guarda estava muito ocupada com a enxurrada de chegadas do dia para perceber –, e sua pele estremeceu ao contato com aquela roupa. Examinou as acomodações que, aparentemente apenas austeras de início, foram se revelando cada vez mais inadequadas conforme o tempo voava. Refletiu profundamente durante várias horas longas e frias sobre tudo o que tinha acontecido e tudo o que tinha feito desde que o redemoinho do movimento sufragista se sobrepôs a suas questões pessoais…

Emergindo muito lentamente de um estado de estupefação, seu problema pessoal e essas questões pessoais retomaram a posse de sua mente. Ela achava que os afogara por completo.

PENSAMENTOS NA PRISÃO

PARTE 1

Na primeira noite na prisão, ela não conseguiu dormir. A cama era a mais dura que jamais experimentara, a roupa de cama áspera e insuficiente, a cela ao mesmo tempo fria e abafada. A pequena grade na porta, a sensação de inspeção constante, a preocupava. Ela ficava abrindo os olhos e olhando para lá. Estava física e mentalmente cansada, nem sua mente nem seu corpo puderam descansar. Percebeu que em intervalos regulares uma luz iluminava seu rosto e um olho sem corpo a observava, e isso, no decorrer da noite, se tornou um tormento.

Capes voltou à sua mente. Ele a assombrava entre o sonho febril e o delírio brando, e ela se via falando com ele em voz alta. Toda noite um Capes totalmente impossível e monumental a confrontava, e tinha com ele discussões sobre homens e mulheres. Ela o imaginava em uniforme policial e bastante impassível. Em um momento de insanidade, ela imaginou que precisava se defender em verso.

– Nós somos a música, e vocês o instrumento – disse. – Nós somos o verso, e vocês a prosa.

O homem pensa, a mulher rima
O homem sempre predomina.

Esse dístico surgiu em sua mente do nada, e imediatamente gerou uma série sem fim de dísticos semelhantes que ela começou a compor e dedicar a Capes. Eles proliferavam angustiantes em seu cérebro dolorido:

O homem chuta sem cessar;
O homem vence em qualquer lugar.

Seu traje nunca a atrapalhar;
O homem vence em qualquer lugar.
Se o chapéu cair ou brilhar;
Seu traje sempre a alavancar;
O homem vence em qualquer lugar.

Sem sua cintura apertar;
O homem vence em qualquer lugar.

Até sem cabelo pode ficar;
O homem vence em qualquer lugar.

Sem olhares a preocupar;
O homem vence em qualquer lugar.

E filhos temos que gerar...

– Ah, droga! – ela gritou, quando a centésima primeira parelha se apresentou em seu cérebro indisposto.

Durante algum tempo sua mente se ocupou de banhos compulsórios e doenças de pele.

Então ela se entregou a um remorso febril pelo hábito de praguejar que desenvolvera.

O homem pragueja e pode fumar;
O homem vence em qualquer lugar.

Virou-se de bruços e enfiou os dedos nos ouvidos para calar o ritmo de sua cabeça. Ficou deitada por um bom tempo, e sua mente voltou a um compasso mais tolerável. Ela se viu conversando com Capes em um meio-tom que indicava admissão racional de culpa.

– Há que reconhecer a teoria da feminilidade final – admitiu. – As mulheres devem ser pessoas gentis e submissas, fortes apenas em virtude e resistência à coação do mal. Meu querido (eu posso chamá-lo assim aqui, afinal), eu sei disso. Os vitorianos exageraram um pouco, admito. Sua ideia de inocência virginal era de um branco absoluto... o tipo de branco monótono que não brilha. Mas isso não muda o fato de que EXISTE inocência. E eu li, e pensei, e conjecturei, e procurei... pela MINHA inocência... está manchada. Manchada!... Veja, querido, TEMOS uma ânsia apaixonada por alguma coisa... o que é? Queremos ser LIMPOS. Você quer que eu seja limpa. Você ia querer que eu fosse limpa, se pensasse em mim, quer dizer... Me pergunto se você pensa em mim... Não sou uma boa mulher. Não quero dizer que não sou uma boa mulher, quero dizer que não sou uma BOA mulher. Meu pobre cérebro está tão confuso, querido, eu mal sei o que estou dizendo. Quero dizer que não sou um bom espécime de mulher. Tenho um vestígio masculino. As coisas acontecem às mulheres (às mulheres corretas), e tudo que elas podem fazer é aceitá-las. Elas têm de seguir brancas. Mas eu estou sempre tentando fazer as coisas acontecerem. E eu me sujo... É sujeira que sai ao lavar, querido, mas é sujeira. A mulher branca e não agressiva que corrige e cuida e serve, e é adorada e traída... a rainha-mártir dos homens, a mãe branca... Não é possível fazer esse tipo de coisa a não ser com religião, e não há nenhuma religião do tipo em mim. Não sou delicada. Certamente não sou uma dama. Não sou grosseira... não! Mas não tenho mente pura... não realmente pura. A mente da boa mulher tem anjos com espadas flamejantes nos portais para afastar pensamentos decaídos... Me pergunto se existe alguma mulher boa de verdade. Eu queria não praguejar. Mas praguejo. Começou como uma brincadeira... Acabou se tornando uma espécie de maus modos secretos. No fim, é como fumaça de tabaco sobre tudo o que digo e faço... "Vamos, mocinha!", disseram, "Chute eles!" Eu xinguei aquele policial... e causei--lhe asco. Asco!

Para eles nunca há espanto;
O homem vence em tudo e tanto...

– Droga! As coisas estão ficando mais claras. Deve ser o amanhecer se aproximando.

Agora está amanhecendo;
Pobre mulher, eu não aguento.

– Ah, durma! Durma! Durma! Durma!

PARTE 2

– Agora – disse Ann Veronica, após meia hora de exercícios, sentada no banco de madeira desconfortável e sem encosto que era seu poleiro durante o dia –, de nada adianta ficar aqui em uma espécie de labirinto. Não tenho nada mais a fazer durante um mês além de pensar. Então vou pensar. Preciso ser capaz de resolver as coisas. Como posso formular a questão? O que sou? O que posso fazer de mim mesma?... Me pergunto se muitas pessoas SÃO capazes de resolver as coisas. Estamos todos apenas nos agarrando a frases e obedecendo aos nossos humores? Não era assim com as pessoas antigas, elas sabiam diferir o certo do errado; tinham fé religiosa e bem definida que parecia explicar tudo e regular tudo. Nós não temos. Eu não tenho, pelo menos. E não adianta fingir que se tem uma quando não se tem... Acho que acredito em Deus... Nunca parei para pensar nele, de verdade… as pessoas não… Acho que meu credo é "Acredito muito vagamente no Deus Pai Todo-Poderoso, substrato do processo evolutivo, e, em uma veia de sentimentalismo vago sem nenhum parâmetro, em Jesus Cristo, Seu Filho… De nada adianta, Ann Veronica, fingir que acredita, quando não acredita… E no que diz respeito a orar pela fé… esse tipo de monólogo é o mais próximo que alguém como eu chega a rezar. Não estou pedindo, pedindo claramente agora?… Estamos todos misturando nossas ideias, e estamos com ressaca intelectual, cada um de nós abençoados… Uma confusão de motivos, é o que sou!… Há esse anseio absurdo pelo sr. Capes… o "anseio Capes", diriam na América. Por que eu o desejo tanto? Por que o desejo, e penso nele e não consigo me afastar dele? Não eu inteira. A primeira pessoa que você ama, Ann Veronica, é você mesma… entenda isso! A alma que você tem que salvar é a alma de Ann Veronica…

Ela se ajoelhou no chão da cela a uniu as mãos, permanecendo durante muito tempo em silêncio.

– Ah, Deus! – disse finalmente. – Como gostaria que tivessem me ensinado a orar!

PARTE 3

Ela teve a ideia vaga de apresentar essas questões sutis e difíceis ao capelão quando foi avisada que ele viria. Mas não contava com a etiqueta de Canongate. Ela se levantou, como lhe disseram que fizesse, quando ele apareceu, e ele a surpreendeu por sentar, como era o costume, na banqueta dela. Ainda estava de chapéu, para mostrar que os dias dos milagres e da civilidade de Cristo para com os pecadores se foram para sempre. Ela percebeu que seu semblante era composto apenas de um grande esforço, de traços severamente comprimidos. Ele estava agitado e suas orelhas estavam vermelhas, sem dúvida por alguma controvérsia anterior. Ele a avaliou enquanto se sentava.

– Mais uma jovem, imagino – disse –, que sabe mais que seu Criador sobre seu lugar no mundo. A senhorita tem alguma pergunta para mim?

Ann Veronica reajustou sua mente às pressas. Suas costas se retesaram. Ela tirou das profundezas de seu orgulho o tom investigativo do moderno visitante distrital.

– O senhor é um tipo especial de clérigo – disse ela, após uma pausa, olhando-o de cima –, ou frequenta as universidades?

– Ah! – disse ele, profundamente.

Ficou ofegante por algum tempo com todas as respostas não ditas, e então, com um gesto de desprezo, levantou e saiu da cela.

Assim, Ann Veronica não conseguiu o conselho de um especialista de que certamente precisava no estado espiritual em que se encontrava.

PARTE 4

Depois de um dia ou mais ela já pensava com mais firmeza. Encontrava-se em estado de reação violenta ao movimento sufragista, uma fase promovida em grande parte por uma daquelas objeções irracionais que pessoas com o temperamento como o de Ann Veronica fazem de vez em quando – a uma garota na cela vizinha à dela. Era uma garota resiliente e grande, com sorriso vivo e expressão de sinceridade ainda mais boba e voz gutural de contralto. Era barulhenta e hilária e entusiasmada, e seu cabelo estava sempre abominável. Na capela, ela cantava com vontade, a plenos pulmões, que silenciava completamente Ann Veronica, e no pátio onde se exercitavam ela andava curvada e com os pés abertos. Ann Veronica decidiu que "tempestuosa esfarrapada" era a única frase capaz de descrevê-la. Ela estava sempre rompendo regras, sussurrando apartes, insinuando sinais. Às vezes, era para Ann Veronica a personificação de tudo o que fazia o movimento sufragista imperfeito e insatisfatório.

Estava sempre incitando pequenas violações de disciplina. Sua maior façanha era uivar antes da refeição do meio-dia. Era uma imitação de barulhos produzidos pelos carnívoros do jardim zoológico na hora da comida;

a ideia era adotada pelas prisioneiras, uma após outra, até todo o lugar se agitar com latidos, ganidos, rugidos, tagarelices aviárias e lamentos felinos, intercalados com guinchos de gargalhadas histéricas. Para muitas naquela solidão apinhada, aquilo era um alívio extraordinário. Era ainda melhor do que cantar hinos. Mas irritava Ann Veronica.

– Idiotas! – ela dizia ao ouvir esse pandemônio e especialmente em referência à jovem do contralto gutural ao lado. – Idiotas insuportáveis...

Demorou alguns dias até passar essa fase, e ela deixou algumas cicatrizes e algo próximo de uma decisão.

– A violência não vai resolver – disse Ann Veronica. – Incite a violência, e a mulher afunda... Mas todo o restante de nossa luta é certo... Sim.

Conforme os dias longos e solitários se passaram, Ann Veronica encontrou várias atitudes e conclusões definitivas em sua mente.

Uma delas era a classificação das mulheres em mulheres que são hostis aos homens e mulheres que não o são.

– O verdadeiro motivo por que estou deslocada aqui é o fato de eu gostar dos homens. Sei conversar com eles. Nunca os achei hostis. Não tenho sentimento de classe feminino. Não quero leis ou liberdades que me protejam de um homem como o sr. Capes. Sei que em meu coração eu aceitaria o que quer que ele oferecesse... Toda mulher quer uma aliança adequada com o homem, homem que seja melhor que ela. Ela quer isso e precisa disso mais que de qualquer outra coisa no mundo. Pode não ser justo, mas as coisas são assim. Não foi a lei, ou o costume, ou a violência masculina que estabeleceu isso. É só o jeito como as coisas são. Ela quer ser livre... ela quer ser legal e economicamente livre para que não tenha de se sujeitar ao homem errado; mas somente Deus, que fez o mundo, pode alterar as coisas para evitar que ela seja escrava do homem certo. E se ela não puder ter o homem certo? Desenvolvemos uma preferência tão característica! – Ela esfregou os nós dos dedos na testa. – Ah, mas a vida é difícil! – suspirou. – Quando soltamos a corda de um lado, apertamos o nó do outro... Antes que se faça alguma mudança, uma mudança real, eu vou estar morta... morta... morta e acabada... um duzentos anos!...

PARTE 5

Certa tarde, enquanto tudo estava tranquilo, a guarda a ouviu clamar de repente e em tom alarmante, e com uma paixão grandiosa e inconfundível:

– Por que, em nome de tudo que é bom, eu queimei aquelas vinte libras?

PARTE 6

Ela ficou sentada observando o jantar. A carne estava grossa e fora servida de um jeito desagradável.

– Acho que alguém está fazendo um pouco de comida – disse. – Temos ideias tão ridículas a respeito das pessoas comuns imorais e do belo maquinário da ordem que as contém. E estes lugares aqui, cheios de epidemias! É claro que essa é a textura real da vida, de que nós, pessoas refinadas e seguras, nos esquecemos. Achamos que a coisa toda é essencialmente correta e nobre, e não é. Achamos que se simplesmente desafiarmos nossos amigos e sairmos para o mundo tudo vai se tornar fácil e esplêndido. Não percebemos que até mesmo o tipo de civilização que temos em Morningside Park é mantida com dificuldade. Para policiais, não há de ser um choque. Este não é um mundo que uma moça inocente possa percorrer. É um mundo de sujeiras e doenças de pele e parasitas. É um mundo onde a lei pode ser um porco estúpido, e as delegacias covis imundos. Queremos ajudantes e protetores… e água limpa. Estou ficando razoável ou estou sendo domada? Estou simplesmente descobrindo que a vida é múltipla e complexa e intrigante. Eu achava que precisávamos apenas pegá-la pelo pescoço. Ela não TEM pescoço!

PARTE 7

Um dia a ideia do autossacrifício lhe surgiu na cabeça, e ela fez, segundo acreditou, algumas descobertas morais importantes.

Vieram com um efeito extremo de redescoberta, uma novidade digna de nota.

– O que eu tenho sido todo este tempo? – perguntou a si mesma e respondeu. – Apenas egoísmo puro, reafirmação bruta de Ann Veronica, sem uma simples nota de religião ou disciplina ou respeito à autoridade que me protegesse!

Parecia-lhe que tinha finalmente encontrado o fundamento da conduta. Percebeu que nunca tinha pensando em ninguém além de si mesma em todas as suas ações e planos. Até mesmo Capes não passara de mero amor estimulante e passional – mero ídolo aos pés de quem o seguidor pode desfrutar de um mergulho de autopiedade. Ela saíra atrás de uma vida bela, uma vida livre e sem freios, desenvolvimento pessoal, sem calcular o custo para si ou para os outros.

– Magoei meu pai – disse. – Magoei minha tia e esnobei o pobre do Teddy. Não fiz ninguém feliz. Mereço o que recebi... Ao menos por magoarmos os outros ao nos libertarmos, precisamos nos submeter... Pessoas domadas! Para mim, o mundo se resume a crianças egoístas e pessoas domadas. Sua pequena bandeira de orgulho deve descer com o restante delas, Ann Veronica... Comprometimento... e gentileza. Comprometimento e gentileza. Quem é VOCÊ para que o mundo se deite a seus pés? Você precisa ser uma cidadã decente, Ann Veronica. Aceitar, como os outros, a parte que lhe cabe. Não deve ir atrás de um homem que não lhe pertence... que não está interessado em você. Isso é óbvio. Precisa tomar o caminho decente e razoável. Precisa se ajustar às pessoas que Deus colocou ao seu redor. Todos precisam.

Ela foi pensando cada vez mais nesses termos. Não havia motivo para não ser amiga de Capes. De qualquer maneira, ele gostava dela; sempre ficava satisfeito por estar com ela. Não havia motivo para não ser sua amiga contida e digna. Afinal, a vida era assim. Nada era dado, e ninguém vinha a se tornar tão rico a ponto de comandar tudo o que ela tinha a oferecer. Todos precisam fazer um acordo com o mundo.

Seria muito bom ter a amizade de Capes.

Talvez pudesse seguir com a biologia, talvez até mesmo com as mesmas questões com as quais trabalhava...

Talvez sua neta se casasse com o neto dele...

Foi ficando cada vez mais claro para ela que, durante toda sua incursão selvagem em busca da independência, não fizera nada por ninguém, e muitas pessoas fizeram coisas por ela. Pensou na tia e na bolsa deixada sobre a mesa, e nas muitas gentilezas complicadas e não correspondidas; pensou na ajuda dos Widgetts, na admiração de Teddy; pensou, com generosidade recém-descoberta, no pai, no altruísmo meticuloso de Manning, na devoção da srta. Miniver.

– E para mim tem sido Orgulho e Orgulho e Orgulho! Sou a filha pródiga. Vou me levantar e ir até meu pai, e direi a ele... Suponho que orgulho e arrogância sejam pecado? Pequei contra o céu... Sim, pequei contra o céu e diante de ti... Pobre papai! Me pergunto se ele vai gastar muito no bezerro cevado?... A disciplina eterna empacotada! Finalmente chegamos a ela. Começo a entender Jane Austen e almofadas de tecido barato e decência e requinte e tudo mais. Enluvamos dedos gananciosos. Aprendemos a nos sentar... E de um jeito ou de outro – acrescentou, após um intervalo longo –, preciso devolver as quarenta libras ao sr. Ramage.

ANN VERONICA COLOCA AS COISAS EM ORDEM

PARTE 1

Ann Veronica fez uma tentativa extenuante de manter suas boas resoluções. Pensou longamente e com cuidado na carta ao pai antes de escrevê-la, e mais uma vez séria e deliberadamente antes de enviá-la.

MEU QUERIDO PAI,

Tenho pensado muito em tudo desde que fui mandada para esta prisão. Todas estas experiências me ensinaram muito sobre a vida e suas realidades. Vejo que a transigência é mais necessária na vida do que eu, em minha ignorância, imaginava, e venho tentando conseguir o livro de Lord Morley a respeito, mas não parece estar disponível na biblioteca da prisão, e o capelão parece considerá-lo autor indesejável.

Aqui ela percebeu que estava desviando do assunto.

Lerei quando sair. Mas vejo claramente que, como as coisas são, uma filha depende necessariamente do pai e deve, enquanto ocupa essa posição, viver em harmonia com as ideias dele.

– Um pouco engomado demais – disse Ann Veronica, e mudou o tom abruptamente. E seu parágrafo final, em geral, talvez não fosse engomado o suficiente.

De verdade, papai, sinto muito por tudo o que fiz para irritá-lo. Posso voltar para casa e tentar ser uma filha melhor para o senhor?

ANN VERONICA.

PARTE 2

A tia veio encontrá-la na saída de Canongate e, um pouco confusa entre o que era oficial e o que era meramente um desprezo rebelde contra a justiça nacional, de repente se viu em uma procissão triunfante rumo ao restaurante vegetariano Vindicator, e foi saudada especial e intimamente por uma pequena multidão maltrapilha em frente ao local do encontro. Eles decidiram sem cerimônia:

– Ela é uma querida. O voto não lhe faria mal.

Ela estava prestes a consumir uma refeição vegetariana antes de se recobrar da confusão. Obedecendo a algum instinto refinado, fora à prisão com véu escuro, mas o levantou para beijar Ann Veronica e não o abaixou mais. Ovos foram providenciados, e ela suportou as emoções e a eloquência que seguiram com a dignidade que cabia a uma dama ferida de boa família. O encontro de boas-vindas tranquilo que Ann Veronica e ela organizaram foi completamente desorganizado por essa desventura; não houve espaço para as devidas explicações, e depois de resolver as coisas nos aposentos de Ann Veronica, elas chegaram a casa no início da tarde distantes e deprimidas, com dor de cabeça e a voz de trombeta da indomável Kitty Brett ainda ecoando em seus ouvidos.

– Mulheres terríveis, minha querida! – disse a srta. Stanley. – E algumas delas bastante bonitas e bem-vestidas. Não precisam fazer essas coisas. Nunca vamos contar ao seu pai que fomos. Por que foi que você me deixou entrar naquela carroça?

– Achei que devíamos – disse Ann Veronica, que também fora meio coagida pelos líderes da situação. – Foi muito cansativo.

– Vamos tomar um chá na sala de estar assim que pudermos... e eu vou tirar esta roupa. Acho que nunca mais vou querer usar este chapéu. Vamos comer umas torradas com manteiga. Suas pobres bochechas estão fundas e ocas...

PARTE 3

Quando Ann Veronica se viu no escritório do pai naquela noite, por um instante foi como se todos os acontecimentos dos seis meses anteriores tivessem sido um sonho. Os lugares grandes e acinzentados de Londres, as ruas engorduradas e reluzentes iluminadas pelas lojas já eram uma lembrança remota; o laboratório de biologia, com o trabalho e as emoções, os encontros e discussões, os passeios em carruagens com Ramage, eram como coisas de um livro lido e fechado. O escritório parecia absolutamente igual, ainda havia o mesmo abajur com a cúpula lascada, ainda a mesma lareira a gás, ainda o mesmo maço de papéis azuis e brancos, ao que lhe parecia, envoltos pela mesma fita rosa, no braço da poltrona, ainda o mesmo pai. Ele estava sentado na mesma posição, e ela estava em pé exatamente como quando ele lhe disse que não podia ir ao Baile Fadden. Os dois tinham deixado de lado a polidez um tanto elaborada da sala de jantar, e no rosto de cada um o observador imparcial descobriria pequenas linhas de teimosia obstinada em comum; certa resistência – afiada, de fato, no pai, e levemente arredondada na filha –, mas ainda assim resistência, que fazia de cada acordo uma barganha e de cada caridade um desconto.

– Então você tem pensado? – o pai começou citando sua carta e olhando-a por sobre os óculos caídos. – Bem, minha menina, eu queria que você tivesse pensado em todas essas coisas antes que esses aborrecimento começassem.

Ann Veronica percebeu que não podia se esquecer de permanecer eminentemente razoável.

– É preciso viver e aprender – disse, fazendo uma imitação aceitável dos trejeitos do pai.

– Contanto que você aprenda – disse o sr. Stanley.

A conversa ficou suspensa.

– Suponho, papai, que o senhor não vai se opor que eu continue meu trabalho na Imperial College? – ela perguntou.

– Se vai ajudar a mantê-la ocupada – respondeu ele, com um sorriso levemente irônico.

– A mensalidade deve ser paga até o fim do período.

Ele assentiu duas vezes, com os olhos no fogo, como se aquela fosse uma declaração formal.

– Você pode continuar com esse trabalho – disse – desde que mantenha a harmonia com as coisas da casa. Estou convencido de que grande parte das pesquisas de Russel seguem linhas errôneas e pouco sólidas. Ainda assim... deve descobrir por si mesma. Já tem idade... já tem idade.

– O trabalho é quase essencial para que eu obtenha o grau de bacharel.

– É escandaloso, mas suponho que sim.

O acordo até então parecia singular, no entanto, como boas-vindas, e à coisa toda parecia faltar um pouco de calor. Mas Ann Veronica ainda não abordara o tópico principal. Eles ficaram em silêncio por um instante.

– É um período de visões brutas e trabalho bruto – disse o sr. Stanley. – Ainda assim, aqueles mendelianos parecem inclinados a complicar a vida do sr. Russell, complicar bastante. Alguns de seus espécimes... maravilhosamente selecionados, maravilhosamente mantidos.

– Papai – disse Ann Veronica –, esses acontecimentos… estar longe de casa… custaram dinheiro.

– Imaginei que você fosse descobrir isso.

– Na verdade, acabei me endividando um pouco.

– Nunca!

O coração dela apertou com a mudança na expressão do pai.

– Bem, o quarto e outras coisas. E paguei a mensalidade da faculdade.

– Sim. Mas como você conseguiu… Quem lhe ofereceu crédito?

– Ouça – disse Ann Veronica –, minha senhoria manteve o quarto em meu nome enquanto eu estive em Holloway, e as mensalidades da faculdade aumentaram consideravelmente.

Ela falava bastante rápido, porque achou a pergunta do pai a mais estranha que teve de responder na vida.

– Molly e você resolveram a questão do quarto. Ela disse que você TINHA um pouco de dinheiro.

– Peguei emprestado – disse Ann Veronica em tom descontraído, com desespero absoluto no coração.

– Mas quem lhe teria emprestado dinheiro?

– Penhorei meu colar de pérolas. Consegui três libras, e três com o relógio.

– Seis libras. Hum. Tem os papéis? Assim, mas você… você disse que pegou emprestado?

– Peguei, também – respondeu Ann Veronica.

– De quem?

Seus olhares se encontraram por um instante, e o coração de Ann Veronica parou. A verdade era impossível, indecente. Se ela mencionasse Ramage, ele poderia ter um ataque… qualquer coisa podia acontecer. Ela mentiu.

– Dos Widgetts – disse.

– Tsc, tsc! Francamente, Vee, parece que você alardeia os nossos problemas para qualquer um.

– Eles… eles sabiam, é claro. Por causa do baile.

– Quanto deve a eles?

Ela sabia que quarenta libras era uma quantia impossível para os vizinhos. Sabia, também, que não podia hesitar.

– Oito libras – ela se precipitou, e acrescentou, tola: – Quinze libras me livrarão de tudo.

Ela resmungou baixinho para si mesma alguma coisa não muito digna de uma dama e começou a fazer contas secretas.

O sr. Stanley estava determinado a melhorar as coisas. Pareceu deliberar.

– Bem – disse finalmente devagar –, vou pagar. Vou pagar. Mas espero, Vee, espero mesmo, que seja o fim dessas aventuras. Espero que você tenha aprendido a lição e visto, compreendido, como são as coisas. As pessoas... ninguém pode fazer o que quer neste mundo. Em todo lugar há limitações.

– Eu sei – disse Ann Veronica (quinze libras!). – Aprendi isso. Pretendo... pretendo fazer o que estiver ao meu alcance. – (Quinze libras. Quarenta menos quinze é vinte e cinco.)

Ele hesitou. Ela não sabia mais o que dizer.

– Bem – ela disse finalmente –, aqui se inicia uma nova vida!

– Aqui se inicia uma nova vida – ele ecoou e se levantou.

Pai e filha se olharam com cautela, cada um bastante inseguro em relação ao outro. Ele fez um movimento em sua direção e se lembrou das circunstâncias de sua última conversa naquele escritório. Ela viu seu propósito e sua hesitação, foi até ele, segurou as lapelas de seu casaco e o beijou no rosto.

– Ah, Vee – ele disse. – Assim é melhor! – E retribuiu o beijo bastante sem jeito.

– Vamos ser sensatos.

Ela se desvencilhou e saiu do cômodo com expressão séria, preocupada. (Quinze libras! E ela queria quarenta!)

PARTE 4

Foi, talvez, a consequência natural de um dia longo e cansativo e empolgante que Ann Veronica tivesse uma noite agitada e angustiante, uma noite na qual as resoluções nobres e autoapaziguadoras de Canongate se exibiram pela primeira vez em uma atmosfera de desânimo quase lúgubre. A alma especialmente rígida de seu pai se apresentava agora como algo totalmente descolado dos cálculos nos quais ela baseara seus planos e, além disso, ela não antecipara a dificuldade que teria em conseguir as quarenta libras de que precisava para pagar a Ramage. Isso a pegou de surpresa, e seu cansaço mental a decepcionou. Ela conseguiria quinze libras, não mais que isso. Sabia que esperar por mais era como imaginar uma mina de ouro no jardim. A oportunidade fora embora. De repente, ficou muito claro para ela que era impossível devolver quinze libras, ou qualquer quantia menor que vinte libras a Ramage – absolutamente impossível. Ela se deu conta disso com uma pontada de desgosto e pavor.

Ela já lhe enviara vinte libras, e nunca escreveu para explicar por que não as enviou de volta imediatamente depois que ele mesmo as retornou. Devia ter escrito de uma vez contando exatamente o que havia acontecido. Agora, se mandasse quinze libras, a sugestão de que tinha gastado uma nota de cinco libras no meio-tempo seria irresistível. Não! Isso era impossível. Ela teria de guardar as quinze libras até conseguir completar vinte. Isso talvez acontecesse no seu aniversário… em agosto.

Ela se revirou na cama, e foi perseguida por visões, metade lembranças, metade sonhos, de Ramage. Ele ia ficando feio e monstruoso, cobrando-a, ameaçando-a, assediando-a.

– Sexo confuso, todos eles! – disse Ann Veronica. – Por que não podemos nos propagar por esporos assexuados, como fazem as samambaias? Nós nos limitamos, nos atormentamos, a amizade fica envenenada e enterrada embaixo de tudo isso!… PRECISO pagar aquelas quarenta libras. PRECISO.

Aparentemente, durante algum tempo ela não teve conforto nenhum, nem mesmo em Capes. Veria Capes no dia seguinte, mas agora, nesse estado de miséria a que chegou, tinha certeza de que ele lhe daria as costas, nem repararia nela. E, então, de que adiantaria vê-lo?

– Queria que ele fosse mulher – ela disse –, então eu poderia torná-lo meu amigo. Eu o quero como amigo. Quero conversar com ele e andar por aí com ele. Só andar por aí com ele.

Ela ficou em silêncio por algum tempo, com o nariz no travesseiro, e isso a levou a:

– De que adianta fingir? Eu o amo – disse em voz alta para as formas escuras em seu quarto, e repetiu, e passou a se imaginar dedicando-se a atos de devoção canina em relação ao biólogo, que, para fins dramáticos, permanecia totalmente alheio e indiferente a suas ações.

Finalmente, um anódino se configurou a partir desses exercícios e, com os cílios molhados por lágrimas débeis como apenas o páthos das três da manhã é capaz de destilar, ela pegou no sono.

PARTE 5

Depois de alguns cálculos completamente confidenciais, ela só foi à Imperial College depois do meio-dia, e encontrou o laboratório deserto, exatamente como desejava. Foi até a mesa sob a última janela na qual estava acostumada a trabalhar e a encontrou limpa e decorada com garrafas cheias de reagentes. Tudo estava muito organizado; sem dúvida, alguém havia mantido a mesa organizada para ela. Ela largou os cadernos de desenhos e aparatos que trazia consigo, puxou o banquinho e se sentou. Enquanto isso, a porta da sala de preparação se abriu atrás dela. Ela ouviu a porta se abrir, mas, por se sentir incapaz de se virar de modo despreocupado, fingiu não ouvir. Então os passos de Capes se aproximaram. Ela se virou com esforço.

– Esperava vê-la hoje de manhã – ele disse. – Eu vi… eles soltaram seus grilhões ontem.

– Acho que fiz bem deixar para vir hoje à tarde.

– Eu estava ficando com medo de que você não viesse mais.

– Com medo!

– Sim. Estou feliz por você estar de volta, por vários motivos. – Ele falava com certo nervosismo. – Entre outras coisas, não sabia muito bem… não sabia que você era tão interessada nessa questão do sufrágio. Fiquei com peso na consciência por tê-la ofendido…

– Me ofendido? Quando?

– Venho sendo assombrado pela sua lembrança. Fui grosseiro e estúpido. Você estava falando sobre o sufrágio... e eu fiz chacota.

– Não foi grosseiro – ela disse.

– Eu não sabia que você era tão envolvida com a questão do sufrágio.

– Nem eu. Mas você ficou com isso na cabeça esse tempo todo?

– Fiquei. Senti que a magoei de alguma forma.

– Não magoou. Eu... eu magoei a mim mesma.

– Quero dizer...

– Eu me comportei como uma idiota, só isso. Meus nervos estavam em frangalhos. Eu estava preocupada. Somos o animal histérico, sr. Capes. Fui presa para me acalmar. Meio por instinto. Como um cão comendo grama. Agora estou bem de novo.

– O fato de seus nervos estarem expostos não é desculpa para que eu tocasse neles. Eu devia ter percebido...

– Não tem importância... se não se ressentir do... do modo como me comportei.

– Eu me ressentir?

– Me arrependi de ter sido tão idiota.

– Bem, suponho que estamos resolvidos, então – disse Capes em tom de alívio, e assumiu postura mais tranquila à beira da mesa. – Mas se você não estava envolvida com a questão do sufrágio, por que é que foi para a prisão?

Ann Veronica refletiu.

– Foi uma fase – disse.

Ele sorriu.

– Esta é uma nova fase na história da vida – ele observou. – Todas parecem passar por ela. Todas que estão se tornando mulheres.

– Tem a srta. Garvice.

– Ela vai chegar lá – disse Capes. – E, sabe, vocês estão fazendo todos nós mudarmos. EU estou balançado. A campanha é um sucesso. – Ele percebeu o olhar questionador de Ann Veronica, e repetiu: – Ah! É um sucesso, SIM. Os homens são tão predispostos a... a ser levianos com as mulheres. A não ser que elas os lembrem de vez em quando de que não devem fazer isso. VOCÊ me lembrou.

– Então não desperdicei de todo meu tempo na prisão?

– Não foi a prisão que me impressionou. Mas gostei das coisas que você disse aqui. De repente, senti que compreendia você... como uma pessoa inteligente. Se me perdoar dizer isso, e se isso der a impressão do contrário. Há algo de... imaturo na atitude geral dos homens em relação às mulheres. Foi o que ficou na minha consciência... Não acho que seja responsabilidade só nossa se não levamos algumas de vocês a sério. Algumas do seu sexo, quero dizer. Mas agimos com certa ironia, infelizmente, ao conversar com vocês. Agimos com ironia, e somos um pouco... furtivos.

Ele fez uma pausa, analisando-a com seriedade.

– Você, pelo menos, não merece isso – disse.

O colóquio foi encerrado abruptamente com a chegada da srta. Klegg na porta mais distante. Ao ver Ann Veronica, ela ficou parada por um instante parecendo estar em transe, então avançou com as mãos estendidas.

– Véronique! – exclamou com entonação crescente, embora nunca tivesse chamado Ann Veronica por outro nome senão srta. Stanley, e a agarrou e a apertou e a beijou com profunda emoção. – E pensar que você estava prestes a fazer aquilo... e nunca disse nada! Está um pouco magrinha, mas tirando isso parece... parece melhor do que nunca. Foi MUITO terrível? Tentei entrar no tribunal, mas a multidão estava grande demais, por mais que eu tentasse... Pretendo ir para a prisão assim que o semestre terminar – disse a srta. Klegg. – Que venham cavalos selvagens, que tragam toda a polícia montada de Londres, não vão me impedir.

PARTE 6

Capes iluminou maravilhosamente as coisas para Ann Veronica durante toda a tarde; estava tão amigável, manifestando interesse tão palpável por ela, e feliz por tê-la de volta com ele. O chá no laboratório foi uma espécie de recepção sufragista. A srta. Garvice assumiu postura de neutralidade, declarando-se quase conquistada pelo exemplo de Ann Veronica, e o escocês decidiu que, se as mulheres ocupavam uma esfera distinta, era, de qualquer forma, uma esfera em expansão, e ninguém que acreditasse na doutrina da evolução podia negar logicamente o voto às mulheres "em última análise", por mais disposto que estivesse a duvidar da conveniência de concedê-lo imediatamente. Era recusa de conveniência, disse, não recusa absoluta. O jovem que usava o cabelo como o de Russell limpou a garganta e declarou, de modo um tanto irrelevante, que conhecia um homem, que por sua vez conhecia Thomas Bayard Simmons, que participara do protesto na Strangers' Gallery, e Capes, percebendo que todos eram distintamente pró-Ann Veronica, para não dizer pró-feminismo, arriscou-se a ser perverso, e deu início a uma especulação baseada na ideia do escocês – de que ainda havia esperança de as mulheres evoluírem para algo mais elevado.

Assumiu posição absurda e ligeira que não lhe era habitual, e o tempo todo pareceu a Ann Veronica – como uma possibilidade encantadora, uma coisa que não devia ser levada a sério, mas sentida algo furtivamente – que ele estava agindo de maneira tão agradável porque ela havia retornado. Voltou para casa atravessando um mundo que lhe parecia tão róseo quanto fora cinza na noite anterior.

Mas assim que desceu do trem na estação de Morningside Park, entrou em choque. Viu, a vinte metros de distância na plataforma, o chapéu brilhante e as costas largas e a ginga inconfundível de Ramage. Mergulhou de vez atrás da cobertura de um poste de luz e fingiu estar com problemas com o laço do sapato até ele deixar a estação, e depois o seguiu lentamente e com muita discrição até que a bifurcação da Avenida com o terreno garantisse sua fuga. Ramage subiu a Avenida, e ela se apressou terreno adentro com o coração acelerado e a sensação desagradável de problema não resolvido.

– Isso continua – ela disse a si mesma. – Tudo continua. Droga! Boas resoluções não mudam nada do que já colocamos em marcha.

Então, à sua frente, ela viu a figura radiante e acolhedora de Manning. Ele surgiu como a distração agradável diante da perplexidade insolúvel. Sorriu ao vê-lo, e com isso a luz que ele emanava se intensificou.

– Perdi a hora da sua soltura – ele disse –, mas estive no restaurante. Você não me viu, eu sei. Estava entre a massa comum no andar de baixo, mas fiz questão de vê-la.

– É claro que se converteu? – ela perguntou.

– À ideia de que todas aquelas mulheres esplêndidas do movimento devem ter direito ao voto? Certamente! Quem poderia evitar?

Ele se aproximou e sorriu para ela com seu jeito paternal.

– À visão de que todas as mulheres devem ter direito ao voto, gostem elas ou não.

Ele balançou a cabeça, e seus olhos e a boca sob o bigode preto se enrugaram com seu sorriso. E, enquanto ele caminhava ao lado dela, eles começaram uma discussão que, no entanto, foi prazerosa para Ann Veronica porque serviu para afastar uma preocupação desagradável. Pareceu-lhe, em sua simpatia recuperada, que ela gostava muito de Manning. A luz que Capes lançara sobre o mundo glorificava até mesmo seu rival.

PARTE 7

Os passos que levaram Ann Veronica à decisão de se casar com Manning nunca ficaram muito claros para ela. Uma miscelânea de motivos batalharam dentro dela, e certamente não era dos menos importantes o fato de ela saber que estava perdidamente apaixonada por Capes; em alguns momentos sentia vertiginosa desconfiança de que ele estava começando a se interessar por ela. Foi ficando cada vez mais clara para ela a corda bamba sobre a qual caminhava – a prontidão temerosa com que às vezes parecia capaz de se soltar, o erro e o descuido absolutos envolvidos em tal entrega.

– Ele nunca pode saber – sussurrava para si mesma. – Ele nunca pode saber. Do contrário... Do contrário vai ser impossível ser amiga dele.

Essa declaração simples da situação não correspondia ao todo que se passava na mente de Ann Veronica. Mas correspondia à decisão que estava em vigor; era só assim que ela se permitia ver a luz do dia. O restante se escondia nas sombras e em lugares profundos; se em algum devaneio essas ideias saíam para a luz, logo eram soterradas e empurradas de volta para o esconderijo. Ela jamais olharia diretamente para essas formas oníricas que zombavam da ordem social na qual ela vivia, nunca admitiria ouvir seus suaves sussurros em seus ouvidos. Mas Manning parecia cada vez mais indicado como refúgio, como segurança. Alguns propósitos simples surgiram da confusão generalizada de seus sentimentos e desejos. Ver Capes diariamente era um acontecimento luminoso que a incitava a seguir o curso que decidira seguir. Ela desapareceu do laboratório por uma semana, uma semana de dias estranhamente interessantes…

Ao voltar a frequentar a Imperial College, o terceiro dedo de sua mão esquerda estava adornado com um anel de ouro antigo muito bonito com safiras azul-escuras que pertenceram à tia-avó de Manning.

Não havia dúvida de que o anel ocupava muito os seus pensamentos. Ela interrompia o trabalho para observá-lo e, quando Capes chegava à sua mesa, ela primeiro colocava a mão no colo e em seguida diante dele, bastante sem jeito. Mas os homens costumam ser cegos para anéis. Ele parecia ser.

À tarde, ela pensou em algumas dúvidas com muito cuidado e decidiu pelo curso de ação mais enfático.

– Será que são safiras comuns? – perguntou.

Capes se curvou sobre sua mão, e ela tirou o anel e deu a ele para que examinasse.

– Muito boas – disse. – Consideralmente mais escuras que a maioria. Mas sou bem ignorante em matéria de pedras preciosas. É um anel antigo? – ele perguntou, devolvendo-o.

– Acho que sim. É um anel de noivado… – Ela colocou o anel no dedo e acrescentou, com tom de voz que tentou parecer informal: – Ganhei na semana passada.

– Ah! – ele disse, em tom impassível e com os olhos no rosto dela.

– Sim. Semana passada.

Olhou para ele e, de repente, em um instante de iluminação, ficou claro que aquele anel em seu dedo era a maior tolice de sua vida. Ficou claro, e depois desvaneceu como uma necessidade inevitável.

– Estranho! – ele observou, com alguma surpresa, depois de curto intervalo.

Houve uma pausa breve, uma pausa agitada, entre eles.

Ela ficou estática, e os olhos dele descansaram naquele ornamento por um instante, e depois viajaram lentamente até o pulso dela e as linhas suaves de seu antebraço.

– Suponho que devo parabenizá-la – ele disse. Seus olhos se encontraram, e os dele exprimiam perplexidade e curiosidade. – A verdade é que... não sei por que motivo... isso me pegou de surpresa. De alguma forma, não ligava a ideia a você. Você parecia completamente... alheia a isso.

– Parecia? – ela perguntou.

– Não sei por quê. Mas é como... como andar em volta de uma casa que parece um quadrado perfeito e descobrir uma ala inesperada nos fundos.

Ela olhou para ele, e viu que ele a observava com atenção. Por alguns segundos de pensamento agitado, os dois olharam para o anel entre eles, e nenhum deles disse nada. Então Capes direcionou os olhos para o microscópio e para as bandejinhas de seções não montadas ao lado.

– Como está se saindo com o carmim? – ele perguntou, com interesse forçado.

– Melhor – respondeu Ann Veronica, com espontaneidade falsa. – Mas ainda está faltando o nucléolo.

O ANEL DE SAFIRAS

PARTE 1

Por algum tempo aquele anel de safiras pareceu ser, afinal, a solução satisfatória dos problemas de Ann Veronica. Era como derramar ácido forte sobre metal opaco. A mancha de constrangimento que recentemente se espalhara sobre seu relacionamento com Capes desapareceu mais uma vez. Eles embarcaram em uma amizade aberta e declarada. Conversavam até mesmo sobre amizade. Foram ao jardim zoológico num sábado para observar um ponto de interesse morfológico referente ao bico de tucano – ave amigável e divertida – e passaram o restante da tarde caminhando por ali e elaborando, em termos gerais, esse tema e a superioridade do companheirismo intelectual sobre todos os relacionamentos meramente passionais. Neste tópico Capes foi rígido e meticuloso, mas a ela parecia que era exatamente como ele devia ser. Ele foi também, sem que ela soubesse, mais que um pouco insincero.

– Estamos apenas no início da era da amizade – ele disse –, quando o interesse, suponho, suplantará as paixões. É preciso amar as pessoas ou odiá-las, o que é também um tipo de amor, à sua maneira, para obter algo delas. Agora, cada vez mais, vamos nos interessar por elas, ser curiosos em relação a elas e experimentar com elas. – Ele parecia estar elaborando as ideias conforme falava. Eles observaram os chimpanzés na nova ala dos primatas e admiraram a humanidade gentil de seus olhos – "tão mais humanos que os seres humanos" – e observaram no compartimento ao lado um ágil gibão que dava saltos maravilhosos e cambalhotas aéreas.

– Me pergunto qual de nós está se divertindo mais – disse Capes. – Ele ou nós?

– Ele parece entusiasmado...

– Ele faz e esquece. Nós lembramos. Esses saltos alegres se entrelaçam em minhas lembranças e ali ficam para sempre. Viver é apenas material.

– É muito bom estar vivo.

– É melhor se saber vivo que estar vivo.

– É possível fazer os dois – disse Ann Veronica.

A disposição dela não era nada exigente naquela tarde. Então ele disse:

– Vamos ver o javali-africano.

E ela pensou que ninguém jamais tivera um fluxo de pensamento tão ligeiro quanto o dele; e quando ele explicou que o açúcar e não o pão era o talismã de popularidade entre os animais, ela se maravilhou com sua onisciência prática.

Finalmente, ao saírem para o Regent's Park, encontraram a srta. Klegg. Foi a expressão no rosto dela que deu a Ann Veronica a ideia de levar Manning à faculdade qualquer dia, uma ideia que ela por algum motivo pôs em prática só duas semanas depois.

PARTE 2

Quando ela finalmente o levou, o anel de safiras adquiriu nova característica na imaginação de Capes. Deixou de ser o símbolo da liberdade e de uma pessoa remota e bastante abstrata, e de repente, o que era bastante desagradável, tornou-se o símbolo de um corpo portentoso e solene, visível e tangível.

Manning apareceu à tarde, no fim do expediente, e o biólogo estava examinando algumas perplexidades que o escocês criara por meio do tratamento metafísico do crânio de um hírax e do crânio de um elefante-africano jovem. Ele estava esclarecendo essas dificuldades ao traçar uma sutura parcialmente obliterada que o escocês deixara passar quando a porta do corredor se abriu e Manning entrou em seu universo.

Visto lá do fim do laboratório, Manning parecia um cavalheiro muito charmoso e belo, e, ao vê-lo avançar ávido em direção à noiva, a srta. Klegg substituiu o romance normal e simples que imaginava para Ann Veronica por outro longamente desejado. Ele levava uma bengala e um chapéu de seda com uma faixa de luto em uma das mãos coberta por uma luva cinza; sua sobrecasaca e suas calças eram admiráveis; o rosto belo, o bigode preto e a fronte proeminente transmitiam um cuidado entusiasmado.

– Quero – ele disse, estendendo uma mão branca – levá-la para tomar um chá.

– Já estou limpando tudo – disse Ann Veronica, animada.

– Todas as suas coisas científicas pavorosas? – ele perguntou, com um sorriso que a srta. Klegg considerou extraordinariamente gentil.

– Todas as minhas coisas científicas pavorosas – repetiu Ann Veronica.

Ele ficou logo atrás, sorrindo com ar de direito de propriedade e observando o equipamento de aparência profissional à sua volta. O teto baixo o fazia parecer excepcionalmente alto. Ann Veronica limpou um bisturi, colocou um cartão sobre um vidro de relógio que continha fragmentos embrionários de porquinho-da-índia nadando em manchas malva, e desmontou o microscópio.

– Eu queria entender mais de biologia – disse Manning.

– Estou pronta – disse Ann Veronica, fechando a caixa do microscópio com um clique, e observando o laboratório por um breve instante. – Aqui ninguém se dá ares, e o meu chapéu está pendurado em um cabideiro no corredor.

Ela seguiu em direção à porta, e Manning seguiu logo atrás e circundou-a para abrir a porta. Quando Capes ergueu o olhar por um instante,

Manning parecia estar abraçando-a com ostentação, e não havia nada além de anuência tranquila na atitude dela.

Depois de tratar dos problemas do escocês, Capes voltou para a sala de preparação. Sentou-se no parapeito da janela aberta, cruzou os braços e ficou um bom tempo olhando fixamente à frente para a selva de telhas e chaminés contra um céu azul e vazio. Ele não era afeito aos monólogos, e o único comentário audível que se permitiu de início diante de um universo que claramente não lhe era satisfatório naquela tarde foi um compacto e não direcionado:

– Caramba!

A palavra devia ter algo de satisfatório, pois ele a repetiu. Então se levantou e a repetiu mais uma vez.

– Como tenho sido tolo! – exclamou; e agora um discurso lhe surgia na mente. Experimentou a frase com impropérios: – Idiota! – E continuou ainda se aquecendo. – Idiota, estúpido moral! Eu devia ter feito alguma coisa. Para que serve, homem? Amizade!

Ele ergueu o punho e deu a impressão de querer enfiá-lo pelo vidro da janela. Deu as costas a essa tentação. De repente, pegou de sua mesa uma nova garrafa de preparação que continha boa parte da semana de trabalho – uma dissecação de caracol, muito bem feita – e arremessou-a pela sala, fazendo-a se espatifar no piso de cimento sob a estante de livros; então, sem pressa ou hesitação, passou o braço sobre uma prateleira de reagentes fazendo com que se juntassem aos destroços no chão. Eles caíram em um diapasão de estilhaços.

– Hum! – ele disse, olhando os destroços com semblante mais calmo. – Tolo! – observou após uma pausa. – É difícil saber... o tempo todo.

Ele colocou as mãos nos bolsos, com a boca contraída em um assovio, e foi até a porta da outra sala de preparação e ali ficou, salvo pela ligeira intensificação de seu rubor natural, como se fosse a personificação da mais absoluta serenidade.

– Gellett – chamou –, venha limpar a bagunça, sim? Eu quebrei algumas coisas.

PARTE 3

Havia uma falha grave nos planos de autorrecuperação de Ann Veronica, e era Ramage. Ele pairava sobre ela – ele e seu empréstimo e sua conexão com ela e aquela noite terrível –, como a vaga e desconcertante possibilidade de aborrecimento e exposição. Ela não conseguia ver nenhum alívio dessa ansiedade que não fosse o pagamento, e o pagamento parecia impossível. Juntar vinte e cinco libras era tarefa que ultrapassava em muito suas possiblidades. Seu aniversário seria em quatro meses, e então, sendo otimista, talvez ela ganhasse cinco libras.

A questão era uma úlcera em sua mente, dia e noite. Ela acordava no meio da noite e repetia o grito amargo:

– Ah, por que eu queimei aquelas notas?

Aumentava muito sua irritação com aquela situação o fato de ter encontrado Ramage na Avenida duas vezes desde que voltara para o abrigo paterno. Ele a cumprimentara com civilidade elaborada, os olhos dilatados de intenções indecifráveis.

Ela sentia que tinha a obrigação honrosa de contar tudo a Manning mais cedo ou mais tarde. De fato, parecia inevitável que ela resolvesse a questão com a ajuda dele, ou não resolvesse de todo. E quando Manning não estava por perto, a coisa toda parecia bastante simples. Ela compunha explicações extremamente lúcidas e honrosas. Mas quando chegou a hora de abordá-lo, foi muito mais difícil do que ela imaginava.

Eles desceram a escadaria do prédio e, enquanto ela buscava em sua mente um jeito de iniciar a conversa, ele começou a elogiar seu vestido simples e a felicitar a si mesmo pelo noivado.

– Me faz sentir – disse – que nada é impossível, ter você ao meu lado. Eu disse, aquele dia em Surbiton, "Há muitas coisas boas na vida, mas só uma é a melhor de todas, a garota de cabelos selvagens puxando aquele remo. Vou fazer dela meu Cálice, e um dia, talvez, se Deus quiser, ela será minha esposa!".

Ele olhava compenetrado para a frente ao dizer isso, e sua voz estava cheia de profundo sentimento.

– Cálice! – disse Ann Veronica, e em seguida: – Ah, sim… claro! Mas não um sagrado, suponho.

– Totalmente sagrado, Ann Veronica. Ah! mas você nem imagina o que é para mim e o que significa para mim! Suponho que exista algo de místico e maravilhoso em todas as mulheres.

– Existe algo místico e maravilhoso em todos os seres humanos. Não acho que os homens precisem das mulheres para investir nisso.

– O homem precisa – disse Manning –, o homem de verdade, pelo menos. E para mim existe apenas uma casa do tesouro. Por Deus! Quando penso nisso quero pular e gritar!

– Isso chocaria aquele homem levando o carrinho de mão.

– Me choca eu não estar pulando e gritando – disse Manning, em tom intenso de autossatisfação.

– Eu acho – Ann Veronica começou a falar – que você não percebe…

Ele a ignorou completamente. Levantou um braço e disse com amplificação singular:

– Me sinto como um gigante! Acredito agora que estou destinado a coisas grandiosas. Deus! Como deve ser bom declamar versos fortes, esplêndidos… versos poderosos! Versos poderosos! Se eu fizer isso, Ann Veronica, vai ser por sua causa. Vai ser só por sua causa. Vou dedicar meus livros a você. Vou depositá-los a seus pés.

Ele abriu um sorriso enorme para ela.

– Acho que você não percebe – Ann Veronica começou mais uma vez – que sou um ser humano bastante defeituoso.

– Não quero perceber – disse Manning. – Dizem que há manchas no sol. Não para mim. Ele me aquece, e me ilumina e enche meu mundo de flores. Por que eu o analisaria através de um vidro fumê para ver coisas que não me afetam?

Ele sorriu pelo prazer de sua companhia.

– Tenho defeitos graves.

Ele balançou a cabeça devagar, com um sorriso misterioso.

– Mas talvez eu queira confessá-los.

– Eu lhe concedo a absolvição.

– Não quero absolvição. Quero que você me veja.

– Eu gostaria de ser capaz de fazer você ver a si mesma. Não acredito nos defeitos. São apenas a suavização alegre do contorno... mais belos que a perfeição. Como os defeitos de um mármore antigo. Se você fala de seus defeitos, devo falar de seu esplendor.

– Ainda assim, eu quero lhe contar algumas coisas.

– Nós teremos, graças a Deus!, dez miríades para contar coisas um ao outro. Quando penso nisso...

– Mas há coisas que quero contar agora!

– Fiz uma pequena canção. Quero recitá-la para você. Ainda não tem título. Epitalâmio talvez sirva.

Como quem pisou o Darién
O mar inexplorado
Dez mil dias e dez mil noites
Minha Rainha ao lado.

– E eu vou ter só uns sessenta e cinco anos.

Deserto brilhante de tempo
Ao ocaso se estende
Nenhuma quilha as ondas aram
Nem à praia tende.

Velejaremos no esplendor
Juntos todos os dias
Nas ilhas da felicidade
A que só Deus nos guia.

– Sim – disse sua candidata a marinheira –, muito bonito. – Ela parou de repente, cheia de coisas não ditas. Bonito! Des mil dias e dez mil noites!

– Me conte seus defeitos – disse Manning. – Se são importantes para você, então são importantes.

– Não são exatamente defeitos – disse Ann Veronica. – É algo que me preocupa. – Dez mil! Colocado nesses termos parecia tão diferente.

– Então com certeza é importante! – disse Manning.

Ela teve certa dificuldade no início. Ficou feliz quando ele continuou:

– Quero ser para você um refúgio para todo tipo de preocupação. Quero ficar entre você e toda a força e vilania do mundo. Quero fazer você sentir que existe um lugar onde a multidão não clama e os ventos ruins não sopram.

– Isso tudo é muito bom – disse Ann Veronica, sem ser ouvida.

– É meu sonho para você – disse Manning, apenas aquecendo. – Quero que minha vida seja como o ouro forjado para que se encaixe perfeitamente na sua. Ali estará você, em um templo interno. Quero enriquecê-lo com ornamentos e alegrá-lo com versos. Quero enchê-lo de coisas delicadas e preciosas. E aos poucos, talvez, essa sua desconfiança de donzela que a faz recuar diante dos meus beijos desapareça... Me perdoe se certo calor se insinua em minhas palavras! O parque é verde e cinza hoje, mas eu estou reluzindo rosa e dourado... É difícil expressar essas coisas.

PARTE 4

Estavam sentados diante de uma mesinha em frente ao pavilhão do Regent's Park. Tinham chá e morangos e creme diante de si. A confissão de Ann Veronica ainda estava por fazer. Manning inclinava o tronco sobre a mesa, discursando sobre o provável brilhantismo de sua vida de casados. Ann Veronica estava sentada como quem não presta atenção, os olhos em um jogo distante de críquete, a mente perplexa e ocupada. Ela estava rememorando as circunstâncias em que aceitara o noivado com

Manning, e tentando compreender o curioso desdobramento da natureza de seu relacionamento.

Os detalhes de seu noivado estavam muitos claros em sua memória. Ela garantira que ele iniciasse essa importante conversa em um banco do jardim que ficava à vista das janelas da casa. Eles tinham jogado tênis, e a intenção manifesta de Manning pairava sobre ela.

– Vamos nos sentar por um momento – ele disse.

Proferiu seu pequeno discurso de modo elaborado. Ela ficou puxando os nós da raquete enquanto ouviu até o fim, então disse em voz baixa e contida.

– Está me propondo que seja sua noiva, sr. Manning – começou.

– Quero depositar minha vida aos seus pés.

– Sr. Manning, eu acho que não o amo... quero ser bastante clara com o senhor. Não sinto nada, nada que possa ser considerado paixão pelo senhor. Tenho certeza. Nada.

Ele ficou em silêncio por alguns instantes.

– Talvez esteja apenas dormente – ele disse. – Como você pode saber?

– Eu acho... talvez eu seja uma pessoa de sangue frio.

Ela parou. Ele seguiu ouvindo com atenção.

– O senhor tem sido muito gentil comigo – ela disse.

– Eu daria minha vida por você.

Seu coração se aqueceu por ele. Pareceu-lhe que a vida poderia mesmo ser muito boa com toda sua amabilidade e sacrifício por ela. Pensava nele sempre como alguém cortês e prestativo que de fato cumpriria seu ideal de proteção e serviço deixando-a livre para viver a própria vida, alegrando-se em sua generosidade infinita com cada detalhe da conduta irresponsável dela. Ela fez o categute vibrar sob seus dedos.

– Parece tão injusto – disse – aceitar tudo o que o senhor me oferece e dar tão pouco em troca.

– É tudo para mim. E não somos comerciantes em busca da equivalência.

– Sabe, sr. Manning, eu não tenho o desejo de casar.

– Não.

– Parece tão... tão indigno – ela escolheu bem a frase – do amor nobre que o senhor oferece...

Ela parou diante da dificuldade que encontrou para se expressar.

– Mas eu é que devo ser o juiz disso – disse Manning.

– O senhor esperaria por mim?

Manning ficou em silêncio por um instante.

– Como minha dama quiser.

– Permitiria que eu continuasse estudando por algum tempo?

– Se é paciência que quer.

– Eu acho, sr. Manning... Eu não sei. É tão difícil. Quando penso no amor que o senhor me dá... É preciso retribuir esse amor.

– Você gosta de mim?

– Sim. E sou grata ao senhor...

Manning bateu levemente com a raquete no gramado durante um momento de silêncio.

– Você é a mais perfeita, a mais gloriosa das criaturas... doce, franca, inteligente, corajosa, bela. Sou seu servo. Estou disposto a esperar por você, a esperar seu prazer, a dedicar toda a minha vida para ganhá-lo. Deixe-me usar sua insígnia. Deixe-me ao menos tentar. Você quer pensar por algum tempo, ser livre por algum tempo. É tão típico de você, Diana... Palas Atena! (Palas Atena é melhor.) Você é todas as deusas esguias. Eu compreendo. Deixe que eu me empenhe. É tudo que peço.

Ela olhou para ele; seu rosto, olhando para baixo de perfil, era belo e forte. A gratidão cresceu dentro dela.

– O senhor é bom demais para mim – ela disse, em voz baixa.

– Então você... você aceita?

Uma pausa longa.

– Não é justo...

– Mas você aceita?

– SIM.

Por alguns segundos ele ficou quase imóvel.

– Se eu ficar aqui sentado – ele disse, levantando-se abruptamente. – Vou ter de gritar. Vamos caminhar por aí. Tã, tã, tarã, tã, tã, tã, tarã... aquela do Mendelssohn! Se deixar um ser humano absurdamente feliz lhe dá alguma satisfação...

Ele estendeu as mãos, e ela também levantou.

Ele a trouxe para perto com um puxão forte e firme. Então, de repente, em frente àquelas janelas, ele a segurou em seus braços e a abraçou forte, e beijou seu rosto sem resistência.

– Não! – exclamou Ann Veronica, agora resistindo levemente, e ele a soltou.

– Perdoe-me – ele disse. – Mas estou alegre a ponto de cantar.

Ela teve um instante de pânico puro em relação ao que acabara de fazer.

– Sr. Manning – disse –, durante algum tempo... Pode não contar a ninguém? Pode ser... nosso segredo? Estou insegura... Poderia, por favor, não contar nem à minha tia?

– Como quiser – ele respondeu. – Mas se minha conduta revelar! Não posso evitar. Você quer manter segredo apenas por pouco tempo?

– Sim, apenas por pouco tempo – ela disse...

Mas o anel, e o olhar triunfante da tia, e o tom de aprovação no comportamento do pai, e uma nova disposição de sua parte a elogiar Manning em tom justo e imparcial logo impuseram limitações muito claras ao segredo prometido.

PARTE 5

No início, o relacionamento com Manning parecia tocante e belo a Ann Veronica. Ela o admirava e sentia um pouco de pena dele, e lhe era abertamente grata. Chegou a pensar que talvez viesse a amá-lo, apesar do leve sabor indecifrável de absurdo que impregnava seu comportamento cortês. Ela jamais o amaria como amava Capes, é claro, mas há diferentes graus e tipos de amor. Para Manning seria um amor mais moderado. Muito mais moderado; o amor discreto e sem alegria de uma esposa virtuosa, relutante e condescendente. Ela estava bastante convencida de que um noivado com ele e finalmente um casamento tinham exatamente a característica da concessão que denotava a conduta dos sábios. Seria o mundo encoberto quase em sua maior expressão. Ela se via construindo uma vida sobre aquela base – uma vida comedida, gentil, bela, um pouco patética e totalmente digna; uma vida de grande disciplina e supressão e comedimento...

Mas o caso Ramage precisava ser esclarecido, é claro; era uma falha daquele projeto. Ela precisava explicar e pagar aquelas quarenta libras...

Então, quase imperceptivelmente, sua majestade decaiu. Ela nunca foi capaz de delinear as mudanças ocorridas em sua atitude, desde a época em que acreditava ser a mimada Rainha do Destino, a coroa do amor de um homem bom (e em segredo, mas nobremente, venerando outra pessoa), até o momento em que percebeu que, na verdade, não passava de um manequim para a imaginação de seu amante, e que para ele as realidades de seu ser, as coisas que ela sentia e desejava, as paixões e sonhos que a moviam não importavam mais que o pó importa para a criança. Ela era a atriz que seu capricho escolhera para desempenhar um papel passivo...

Foi uma das decepções mais educativas da vida de Ann Veronica.

Mas quantas mulheres conseguiam algo melhor que isso?

Nessa tarde, quando estava ansiosa para explicar a situação complicada com Ramage, a percepção dessa característica estranha de sua relação com Manning foi aguçada. Até então ela a classificara segundo sua concepção de que toda a vida seria uma concessão, segundo seu esforço de não ser tão crítica em relação à vida. Mas percebeu que contar a Manning suas aventuras com Ramage exatamente como tinham acontecido seria como cobrir com piche figuras de uma aquarela. Elas acompanhavam outro tom, tinham outro timbre. Como poderia contar o que agora já parecia confundir a si mesma, o motivo pelo qual pegara aquele dinheiro emprestado? A verdade pura e simples era que ela mordera a isca. Ela mordera a isca! Ela foi ficando cada vez menos atenta aos fragmentos de conversa meditativos e autocomplacentes de Manning enquanto dizia isso a si mesma. Seus pensamentos secretos fizeram incursões apressadas e indecisas na possibilidade de contar a coisa toda em tons românticos – Ramage era um vilão, ela uma donzela pura... Duvidava que Manning fosse ouvir aquilo. Ele se recusaria a ouvir e a absolveria sem confissão.

Então pensou, com um choque, como um lapso extraordinário, que nunca poderia contar a Manning sobre Ramage – nunca.

Ela rejeitou a ideia de fazê-lo. Mas isso ainda a deixava com a história das quarenta libras!...

Sua mente seguiu generalizando. Então aquilo ficaria sempre entre ela e Manning. Viu sua vida diante de si, roubada de todas as suas ilusões generosas, a vida encoberta revelada para sempre, visões de respostas enfadonhas, crises de faz de conta, anos de descaso mútuo em um jardim nebuloso de sentimentos refinados.

Mas que mulher conseguiria coisa melhor de homem? Talvez toda mulher se esconda de algum homem necessariamente!...

Ela pensou em Capes. Não conseguia não pensar em Capes. Certamente Capes era diferente. Capes olhava para ela, não a olhava de cima, falava com ela, tratava-a como um visível fato concreto. Capes a via, sentia por ela, importava-se com dela, ainda que não a amasse. De qualquer maneira, Capes não a sentimentalizava. E ela vinha se perguntando desde aquela caminhada no zoológico se, de fato, ele simplesmente gostava dela. Pequenas coisas, quase impalpáveis, justificavam aquela desconfiança; algo em sua conduta contradizia suas palavras. Ele não a procurava de manhã quando ela entrava? Não vinha rápido ter com ela? Ela pensou na figura dele, a figura que viu da última vez olhando para o outro lado do laboratório para vê-la partir. Por que ele levantou o olhar daquela maneira?...

O pensamento em Capes invadiu seu ser como a luz do sol há muito encoberta atravessa as nuvens. Ocorreu-lhe, como algo caro redescoberto, que amava Capes. Ocorreu-lhe que se casar com qualquer um que não Capes era impossível. Se não podia se casar com ele, não se casaria com ninguém. Colocaria um fim a essa farsa com Manning. Que nunca devia ter começado. Era uma traição, uma traição lamentável. E então, se algum dia Capes a quisesse – achasse por bem alterar seu ponto de vista a respeito da amizade...

Possibilidades remotas que ela não parecia ver gesticulavam no fundo de sua mente, na penumbra.

De repente, ela saltou para uma decisão desesperada, e em um instante fez dessa decisão um novo eu. Descartou todos os planos que tinha para sua vida, todos os critérios. É claro, por que não? Seria honesta, ao menos!

Voltou os olhos para Manning.

Ele estava sentado com o tronco afastado da mesa agora, com um braço atrás da cadeira verde e o outro descansando na mesinha. Sorria embaixo do bigode pesado, com a cabeça um pouco inclinada, olhando para ela.

– E qual era a confissão terrível que você tinha a fazer? – disse.

Seu sorriso tranquilo e gentil implicava sua descrença serena em qualquer coisa que fosse confessável. Ann Veronica empurrou para o lado a xícara e os restos de morango e creme, e colocou os cotovelos diante de si sobre a mesa.

– Sr. Manning – disse –, eu TENHO uma confissão a fazer.

– Eu queria que você usasse meu nome de batismo – ele disse.

Ela pensou nisso, então descartou por não ter importância.

Algo em sua voz e em seus gestos transmitia um efeito de gravidade incomum para ele. Pela primeira vez ele pareceu se perguntar o que ela poderia ter para confessar. Seu sorriso desapareceu.

– Acho que nosso noivado não pode continuar – ela mergulhou, e sentiu a mesma perda de ar que vem quando se mergulha na água gelada.

– Mas, agora – ele disse, ajeitando-se na cadeira, totalmente atônito –, não continuar?

– Eu estava pensando enquanto o senhor falava. Veja... eu não entendia.

Ela olhava fixamente as próprias unhas.

– É difícil expressar, mas quero ser sincera com o senhor. Quando prometi que casaria com o senhor, eu achava que pudesse; eu achava que era um acordo possível. Eu achava que poderia ser feito. Admirava seu cavalheirismo. Eu estava grata.

Ela fez uma pausa.

– Continue – ele disse.

Ela então colocou os cotovelos mais perto dele e falou com voz ainda mais baixa.

– Eu disse ao senhor que não o amava.

– Eu sei – disse Manning, assentindo com seriedade. – Foi sincero e corajoso de sua parte.

– Mas tem mais uma coisa.

Ela fez mais uma pausa.

– Eu... eu sinto muito... por não ter explicado. Essas coisas são difíceis. Não estava claro para mim que eu precisava explicar... eu amo outra pessoa.

Eles ficaram olhando um para o outro durante três ou quatro segundos. Então Manning se jogou para trás na cadeira e seu queixo caiu como se tivesse levado um tiro. Houve um longo silêncio entre eles.

– Meu Deus! – ele disse finalmente, com sentimento tremendo, e de novo: – Meu Deus!

Agora que a coisa fora dita, a mente dela estava clara e calma. Ela ouviu aquela expressão padrão extraída de uma alma forte com uma frieza que a surpreendeu. Ela percebeu vagamente que não havia nada de pessoal por trás daquela exclamação, que incontáveis Mannings já haviam soltado um "Meu Deus!" com a mesma força em situações como aquela. Isso atenuou em muito seu remorso. Ele descansou a fronte nas mãos e sua pose transmitiu um magnífico senso de tragédia.

– Mas por que – ele disse, com voz ofegante de quem tenta conter a agonia, e olhou para ela por baixo de a fronte enrugada de dor –, por que você não me disse antes?

– Não sei... achei que seria capaz de me controlar.

– E não é?

– Acho que não devo me controlar.

– E eu vinha sonhando e pensando...

– Eu sinto muito...

– Mas... do nada, assim! Meu Deus! Ann Veronica, você não compreende. Isso... Isso estilhaça um mundo inteiro!

Ela tentou sentir pena, mas a percepção do egoísmo imenso dele era forte e clara.

Ele seguiu com urgência intensa.

– Por que deixou que eu a amasse? Por que me deixou espiar pelos portões do paraíso? Ah! meu Deus! Ainda nem comecei a sentir e compreender isso tudo. Me parece apenas conversa; me parece coisa de sonho. Me diga que não ouvi. É brincadeira sua.

Sua voz era baixa e cheia, e ele olhou seu rosto de perto.

Ela cruzou os dedos com firmeza.

– Não é brincadeira – disse. – Eu me sinto desprezível e desonrada... Eu nem devia ter pensado nisso. No senhor, quero dizer...

Ele caiu na cadeira com expressão de tremenda desolação.

– Meu Deus! – repetiu...

Eles perceberam a garçonete parada ao lado com caderno e lápis pronta para a conta.

– Deixe a conta para lá... – disse Manning em tom trágico, levantando-se e colocando quatro xelins na mão da garçonete e dando as costas largas para seu espanto. – Vamos caminhar pelo parque ao menos – ele disse a Ann Veronica. – Neste momento minha mente não é capaz de compreender isso... Estou lhe dizendo... deixe a conta para lá. Fique com o dinheiro! Fique!

PARTE 6

Eles caminharam muito naquela tarde. Atravessaram o parque em direção ao oeste, depois contornaram o círculo ao redor do Jardim Botânico Real e seguiram para o sul rumo a Waterloo. Caminhavam e conversavam e Manning se esforçava, como disse, para "entender aquilo tudo".

Foi uma conversa longa, sinuosa, estúpida, vergonhosa e inevitável. Ann Veronica pesarosa do fundo de sua alma. Ao mesmo tempo, ela estava exultante com a decisão que tinha tomado, por ter dado fim a seu deslize. Ela só precisava passar por isso, precisava consolar Manning o quanto pudesse, colocar tantos emplastos desajeitados sobre suas feridas quanto possível, e então estaria livre – livre para colocar seu destino à prova. Ela fez alguns protestos, ofereceu algumas desculpas pela ação de aceitá-lo, algumas explicações esfarrapadas, mas ele não ouviu nem se importou. Então percebeu que devia deixar Manning falar e impor suas próprias interpretações à situação no que lhe dizia respeito. Ela se esforçou nesse sentido. Mas ele demonstrou muita curiosidade quanto a seu rival desconhecido.

Ele a forçou a contar o cerne do problema.

– Não posso dizer quem ele é – disse Ann Veronica –, mas é um homem casado... Não! Eu nem sei se ele gosta de mim. Não adianta falar disso. Mas eu só quero a ele. Só quero a ele, a ninguém mais. Não adianta discutir.

– Mas você achou que poderia esquecê-lo.

– Acho que devo ter achado. Eu não compreendia. Agora compreendo.

– Por Deus! – disse Manning, exagerando a palavra. – Acho quc é destino. Destino! Você é tão franca, tão esplêndida! Estou levando isso tudo com calma agora – ele disse, quase como se pedisse desculpas – porque estou um pouco atordoado.

Então ele perguntou:

– Me diga! Este homem, ele OUSOU cortejá-la?

Ann Veronica teve um instante de imoralidade.

– Eu gostaria que tivesse ousado – disse.

– Mas...

A conversa longa e sem objetivo naquele momento estava começando a irritá-la.

– Quando queremos algo mais que qualquer outra coisa no mundo – ela disse com franqueza chocante – é natural desejarmos ter essa coisa.

Ela o chocou ao dizer isso. Estilhaçou o edifício que ele construía de si mesmo como amante dedicado, esperando apenas sua chance de fazê-la superar uma paixão irremediável e desgastante.

– Sr. Manning – ela disse –, eu disse ao senhor que não me idealizasse. Os homens não devem idealizar as mulheres. Não merecemos isso. Não fizemos nada para merecer isso. E isso é um estorvo. Vocês não sabem o que pensamos; as coisas que podemos fazer e dizer. O senhor não tem irmãs; nunca ouviu as conversas de mulher nos colégios internos femininos.

– Ah! mas você *é* esplêndida e aberta e destemida! Como se eu não fosse reconhecer isso! Que são essas pequenas coisas? Nada! Nada! Você não pode se macular. Não pode! Estou dizendo francamente, você pode romper o noivado comigo... seguirei comprometido com você, seu de qualquer maneira. Quanto a essa paixão... é como uma obsessão, uma coisa mágica imposta a você. Não é de seu feitio... nem um pouco. É uma coisa que aconteceu com você. É como um acidente. Não me importo. Em certo sentido, não me importa. Não faz diferença... De qualquer forma, gostaria de pegar esse sujeito pelo pescoço! O homem viril e não regenerado em mim gostaria de... Suponho que teria de desistir. Sabe – continuou –, isso não me parece colocar um fim em nada. Sou uma pessoa bastante persistente. Sou o tipo de cão que, se você coloca para fora da sala, se deita no tapete diante da porta. Não sou um garoto apaixonado. Sou um homem, sei o que quero. É um golpe tremendo, é claro... Mas não me mata. E a situação que cria!... A situação!

Assim estava Manning, egoísta, incoerente, irreal. E Ann Veronica caminhava ao lado dele, tentando em vão abrandar o coração em relação a ele, pensando no quanto o tinha usado, e o tempo todo, conforme seus pés e sua mente iam se cansando, alegrando-se mais e mais, ao custo daquela caminhada interminável, escapar da perspectiva de... como era? "Dez mil dias e dez mil noites" em sua companhia. O que quer que acontecesse, ela nunca voltaria a essa possibilidade.

– Para mim – Manning continuou –, isso não é o fim. Em certo sentido, não muda nada. Seguirei usando seu distintivo, ainda que seja roubado e proibido, em meu capacete... Ainda vou acreditar em você. Confiar em você.

Ele repetiu várias vezes que confiaria nela, embora seguisse incerto onde exatamente a confiança entraria.

– Escute – ele exclamou em meio a um instante de silêncio, com um lampejo súbito de compreensão –, você tinha a intenção de me rejeitar quando saiu comigo hoje à tarde?

Ann Veronica hesitou, e com espanto se deu conta da verdade.

– Não – respondeu, relutante.

– Muito bem – disse Manning. – Então não tomo isto como definitivo. É isso. Eu a entediei ou algo do tipo... Você acha que ama esse outro homem! Sem dúvida você o ama. Antes que tudo acabe...

Ele se tornou sombriamente profético. Recorreu a um apoio retórico.

– Vou FAZER com que me ame! Até ele desvanecer... desvanecer em simples lembrança...

Ele a acompanhou até o trem em Waterloo e ficou ali, uma figura alta e séria, com o chapéu levantado, enquanto o vagão avançava devagar até escondê-lo. Ann Veronica se sentou com um suspiro aliviado. Manning podia continuar a idealizá-la o quanto quisesse. Ela não seria mais cúmplice disso. Ele poderia seguir como o amante dedicado até se cansar. Ela rompera para sempre com a era do cavalheirismo, e com as próprias adaptações a essas tradições e à vida de concessões. Voltava a ser sincera.

Mas quando seus pensamentos retornaram a Morningside Park, percebeu que o emaranhado da vida agora se complicaria ainda mais com aquela importunação romântica.

O COLAPSO DA PENITENTE

PARTE 1

A primavera se atrasou naquele ano até o início de maio, então a primavera e o verão chegaram juntos e apressados. Dois dias após a conversa entre Manning e Ann Veronica, Capes entrou no laboratório na hora do almoço e a encontrou sozinha em pé ao lado da janela aberta, e sem nem mesmo fingir que fazia alguma coisa.

Ele entrou com as mãos nos bolsos da calça e ar de depressão em sua postura. Estava determinado a detestar Manning e a si mesmo quase na mesma medida. Seu rosto se iluminou ao vê-la, e ele foi até ela.

– Que está fazendo? – perguntou.

– Nada – disse Ann Veronica, e olhou pela janela por sobre o ombro.

– Então estou...? Seria lassidão?

– Imagino que sim.

– Eu não consigo trabalhar.

– Nem eu – disse Ann Veronica.

Pausa.

– É a primavera – ele disse. – É o aquecimento do ano, a chegada das manhãs iluminadas, o modo como tudo começa a correr e dar início a coisas novas. O trabalho fica desagradável; pensamos em férias. Este ano... Estive muito mal. Quero viajar. Eu nunca quis tanto viajar.

– Para onde você vai?

– Ah!... Para os Alpes.

– Escalar?

– Sim.

– Como férias é ótimo!

Ele não respondeu por três ou quatro segundos.

– Sim – disse. – Quero viajar. Em alguns momentos, me sinto capaz de sair correndo... Tolo, não é? Indisciplinado.

Ele foi até a janela e mexeu na persiana, olhando para onde o topo das árvores do Regent's Park aparecia distante sobre as casas. Ele virou na direção dela e a encontrou olhando para ele completamente imóvel.

– É a agitação da primavera – ele disse.

– Acho que sim.

Ela olhou pela janela, e as árvores distantes eram uma espuma de um verde primaveril e flores de amendoeira. Tomou uma decisão tempestuosa e, antes que pudesse hesitar, lançou-se a concretizá-la.

– Terminei meu noivado – disse, em tom informal, e percebeu que o coração lhe saltava na garganta. Ele mal se movimentou, e ela continuou, precisando recuperar o fôlego levemente: – É um incômodo e um aborrecimento, mas, sabe...

Ela tinha de ir até o fim agora, porque não conseguia pensar em mais nada além das palavras concebidas anteriormente. Sua voz saía fraca e monótona.

– Eu me apaixonei.

Ele não a ajudou com nenhum som.

– Eu... eu não amava o homem de quem era noiva – ela disse.

Seus olhos encontraram os dele por um instante, e ela não conseguiu interpretar sua expressão. Eles lhe pareceram frios e indiferentes.

Seu coração parou e a decisão virou água. Ela ficou em pé, rígida, incapaz de se mover. Não conseguiu olhar para ele durante um intervalo que pareceu um abismo enorme de tempo. Mas sentiu a figura relaxada de Capes se enrijecer.

Finalmente a voz dele veio aliviar a tensão.

– Achei que você estivesse um pouco perdida. Você... É bom que confie em mim. Ainda assim... – Então, com incrível estupidez obviamente deliberada, e voz tão monótona quanto a dela, ele perguntou: – Quem é o homem?

O espírito de Ann Veronica se enfureceu com a paralisia que caiu sobre ela. Graça, confiança, capacidade de movimento até, pareciam ter desaparecido. Uma febre de vergonha percorreu seu ser. Dúvidas terríveis a acometeram. Ela se sentou sem jeito e imponente em um dos banquinhos próximos à mesa e cobriu o rosto com as mãos.

– Você não VÊ como as coisas são? – perguntou.

PARTE 2

Antes que Capes pudesse dar qualquer resposta, a porta no fim do laboratório se abriu barulhenta e a srta. Klegg apareceu. Ela foi até sua mesa e se sentou. Ao ouvir a porta, Ann Veronica revelou um rosto sem lágrimas e, com um movimento rápido, assumiu postura de conversa. As coisas ficaram suspensas por um momento de silêncio constrangedor.

– Veja – disse Ann Veronica, olhando o caixilho da janela à sua frente –, essa é a forma que minha questão assume no momento.

Capes não teve a mesma capacidade de recuperação. Ele ficou em pé com as mãos nos bolsos olhando para as costas da srta. Klegg. Seu rosto estava branco.

– É... É uma questão difícil. – Ele parecia paralisado por cálculos confusos. Então, bastante sem jeito, pegou um banquinho e o colocou na ponta da mesa de Ann Veronica e se sentou. Olhou mais uma vez para a srta. Klegg e falou rápido e furtivo, com olhos ansiosos no rosto de Ann Veronica. – Eu tinha uma ideia vaga de que as coisas fossem como você diz que são, mas a questão do anel... do anel inesperado... me confundiu.

Queria que ELA – ele indicou as costas da srta. Klegg com um aceno de cabeça – estivesse no fundo do mar… Quero conversar com você sobre isso… logo. Se você não considerar ofensa social, talvez eu possa acompanhá-la até a estação.

– Vou esperar – disse Ann Veronica, ainda sem olhar para ele –, e entramos no Regent's Park. Não… você vem comigo até Waterloo.

– Certo! – ele disse, e hesitou, então levantou-se calmamente e foi até a sala de preparação.

PARTE 3

Durante algum tempo eles caminharam em silêncio pelas ruas secundárias que levavam ao sul saindo da faculdade. Capes mantinha expressão de infinita perplexidade.

– O que me sinto persuadido a dizer, srta. Stanley – ele disse finalmente –, é que isso é muito repentino.

– Vem acontecendo desde a primeira vez que entrei no laboratório.

– O que você quer? – ele perguntou, sem rodeios.

– Você! – disse Ann Veronica.

A ideia de estar em público, de pessoas indo e vindo, mantinha ambos sem emoção. E nenhum dos dois agia com a teatralidade que exige gestos e expressões faciais.

– Suponho que saiba que gosto muito de você – ele prosseguiu.

– Você me disse no zoológico.

Ela sentiu os músculos trêmulos. Mas não havia nada em sua expressão que um transeunte pudesse notar, que entregasse a emoção que a dominava.

– Eu – ele pareceu ter dificuldade com a palavra. – Eu amo você. Eu praticamente já lhe disse isso. Mas posso dizer a palavra exata agora. Você não precisa mais ter dúvida. Digo isso porque nos coloca em pé de igualdade…

Eles seguiram por algum tempo sem dizer mais nenhuma palavra.

– Mas você nada sabe a meu respeito?

– Alguma coisa. Não muito.

– Sou um homem casado. E minha esposa não quer viver comigo por motivos que acho que a maioria das mulheres consideraria razoáveis... Ou teria cortejado você há muito tempo.

Mais uma vez ficaram em silêncio.

– Não me importo – disse Ann Veronica.

– Mas se você soubesse...

– Eu soube. Não importa.

– Por que você me contou? Eu pensei... eu pensei que íamos ser amigos.

De repente ele ficou ressentido. Parecia responsabilizá-la pela ruína de sua situação.

– Por que foi que você me CONTOU? – exclamou.

– Eu não pude evitar. Foi um impulso. Eu TIVE que contar.

– Mas isso muda as coisas. Eu achava que você compreendia.

– Eu tive que contar – ela repetiu. – Estava cansada do faz de conta. Não me importo! Estou feliz por ter contado. Estou feliz por ter contado.

– Escute! – disse Capes. – Que é que você quer? Que acha que podemos fazer? Não sabe como os homens são, e como a vida é?... Vir até mim e falar comigo assim!

– Eu sei... de alguma coisa, pelo menos. Mas não me importo; não tenho nem uma centelha de vergonha. Não vejo nada de bom na vida se não tiver você. Eu queria que você soubesse. E agora você sabe. E as cercas foram derrubadas para sempre. Você não pode olhar nos meus olhos e dizer que não gosta de mim.

– Eu já disse – ele respondeu.

– Muito bem – disse Ann Veronica, com ar de quem conclui a discussão.

Eles caminharam lado a lado por algum tempo.

– No laboratório, chegamos a desconsiderar essas paixões – começou Capes. – Homens são animais curiosos, e logram se apaixonar prontamente por garotas da sua idade. É preciso treino para que não aconteça. Eu me acostumei a pensar em você como se você fosse qualquer uma das outras garotas da faculdade, como algo fora dessas possibilidades. Ao menos por lealdade à coeducação, é preciso fazer isso. Além de todo o resto, este nosso encontro é violação das boas regras.

– Regras são para dias comuns – disse Ann Veronica. – Este não é um dia comum. Está acima de todas as regras.

– Para você.

– Para você não?

– Não. Não, eu vou me ater às regras... É estranho, mas este caso parece não passar de um clichê. Você me colocou em situação bastante difícil, srta. Stanley. – O tom da própria voz o exasperou. – Ah, maldição! – disse.

Ela não respondeu, e durante algum tempo ele discutiu alguns problemas consigo mesmo.

– Não! – ele finalmente disse em voz alta. – O senso comum diz que não podemos ser amantes no sentido comum. Isso, eu acho, é claro. Sabe, não trabalhei nada hoje à tarde. Fiquei fumando cigarros na sala de preparação e pensando nisso. Não podemos ser amantes no sentido comum, mas podemos ser grandes amigos íntimos.

– Nós somos – disse Ann Veronica.

– Você me interessa enormemente...

Ele fez uma pausa ao sentir certa inépcia.

– Quero ser seu amigo – disse. – Eu disse isso no zoológico, e estou sendo sincero. Vamos ser amigos... O mais próximo que os amigos podem ser.

Ann Veronica virou-se e ele pôde observar melhor seu perfil pálido.

– De que adianta fingir? – disse.

– Nós não fingimos.

– Fingimos sim. Amor é uma coisa, amizade é bem outra. Porque sou mais jovem que você... tenho imaginação... Sei do que estou falando. Sr. Capes, o senhor acha... o senhor acha que eu não sei o significado do amor?

PARTE 4

Capes ficou algum tempo sem responder.

– Minha mente está cheia de coisas confusas – disse por fim. – Estive pensado... a tarde toda. Ah, e semanas e meses de pensamentos e sentimentos guardados... Me sinto uma mistura de fera e penhorista. Me sinto um fiduciário fraudulento. Todas as regras estão contra mim... Por que eu deixei que você começasse isso? Eu podia ter dito...

– Não acredito que o senhor pudesse impedir...

– Eu podia ter impedido...

– Não podia.

– Ainda assim... eu devia ter impedido. Me pergunto – ele disse, saindo pela tangente. – Se você sabe do meu passado escandaloso?

– Muito pouco. Não parece importar. Importa?

– Acho que importa. Muito.

– Por quê?

– Impede nosso casamento. Impede... todo tipo de coisa.

– Não pode impedir nosso amor.

– Infelizmente não. Mas, por Deus! Vai fazer de nosso amor uma coisa absolutamente abstrata.

– O senhor está separado de sua esposa?

– Sim, mas como você sabe?

– Não sei exatamente.

– Por que é que...? O homem deve ser rotulado. Veja, estou separado de minha esposa. Mas ela não quer e não vai se divorciar de mim. Você não entende a dificuldade em que me encontro. E não sabe o que levou à nossa separação. E, na verdade, você não sabe nada do problema e não vejo como eu poderia ter contado antes. Eu queria, aquele dia no zoológico. Mas acreditei naquele seu anel.

– Pobre anel! – disse Ann Veronica.

– Eu nunca devia ter ido ao zoológico, suponho. Convidei-a a ir. Mas homem é criatura dúbia... Eu queria passar aquele tempo com você. Queria muito.

– Me fale de você – disse Ann Veronica.

– Para começar, eu estive... Eu estive num tribunal de divórcio. Eu era um co-respondente. Você entende esse termo? É uma pessoa citada em um caso de divórcio como tendo cometido adultério com o réu.

Ann Veronica sorriu levemente.

– Toda moça moderna entende esses termos. Ela lê romances, e história, e todo tipo de coisa. Você duvidou mesmo que eu soubesse?

– Não. Mas não imagino que possa entender.

– Não vejo por que não poderia.

– Conhecer as coisas pelo nome é uma coisa; conhecê-las de vê-las e senti-las e sê-las é bem outra. É aí que a vida se aproveita dos jovens. Você não compreende.

– Talvez não.

– Não. Essa é a dificuldade. Se eu lhe contasse os fatos, imagino, por estar apaixonada por mim, explicaria a coisa toda como boa e honrosa para mim... a moral mais elevada, ou algo do tipo... Não foi.

– Não me importo muito com a moral mais elevada, ou com a verdade mais elevada, ou esse tipo de coisa – disse Ann Veronica.

– Talvez não. Mas o ser humano que é jovem é puro, como você, e é capaz de enobrecer... ou explicar as coisas

– Tive treinamento biológico. Sou uma jovem firme.

– De qualquer forma, firmeza pura. Acho que você é firme. Há algo... algo ADULTO em você. Estou falando com você agora como se tivesse toda a sabedoria e tolerância do mundo. Vou contar as coisas claramente. Claramente. É melhor. E depois pode ir para casa e pensar em tudo antes de conversarmos novamente. Quero que saiba com clareza o que realmente está enfrentando, de qualquer forma.

Não me importo de saber – disse Ann Veronica.

– Não é nada romântico.

– Bem, me conte.

– Eu casei bastante jovem – disse Capes. – Eu tenho... Eu preciso contar isso para que fique bem claro... Tenho um vestígio de animal ardente em minha composição. Eu casei... Eu me casei com uma mulher que ainda considero uma das pessoas mais lindas do mundo. Ela é mais ou menos um ano mais velha do que eu, e tem, bem, temperamento bastante sereno e altivo e digno. Se a conhecesse, tenho certeza de que a consideraria tão boa quanto eu a considero. Ela nunca fez nada desonroso que eu saiba... nunca. Eu a conheci quando nós dois éramos muito jovens, tão jovens quanto você. Eu a amei e a cortejei e acho que ela não correspondia ao meu amor da mesma forma.

Ele parou por algum tempo. Ann Veronica não disse nada.

– É o tipo de coisa que não deveria acontecer. Não constam nos romances... essas incompatibilidades. Jovens as ignoram até deparar com elas. Minha esposa não entende, não entende agora. Ela me despreza, imagino... Nós nos casamos, e fomos felizes por algum tempo. Ela era boa e carinhosa. Eu a venerava e me sujeitava a ela.

Ele parou abruptamente.

– Você entende o que estou dizendo? Não adianta nada se não entender.

– Acho que sim – disse Ann Veronica, e ficou vermelha. – Aliás, sim, entendo.

– Você considera que essas coisas, essas questões, pertencem à nossa natureza mais elevada ou mais baixa?

– Não me importo com coisas mais elevadas, já disse – respondeu Ann Veronica –, ou mais baixas, por assim dizer. Não classifico. – Ela hesitou. – Corpos e flores são iguais para mim.

– É o que conforta em você. Bem, algum tempo depois surgiu uma febre em meu sangue. Não pense que foi coisa melhor que uma febre... ou mais bonito. Não foi. Logo depois que nos casamos, antes de um ano, fiz amizade com a esposa de um amigo, uma mulher oito anos mais velha que eu... Não era nada de esplêndido, sabe. Foi apenas um descuido estúpido e furtivo que começou entre nós. Como roubar. Enfeitávamos com um pouco de música... Quero que você entenda que fiquei em dívida com o homem em vários aspectos. Fui vil com ele... Foi a satisfação de uma necessidade imensa. Éramos duas pessoas com um anseio. Nos sentíamos como ladrões. ÉRAMOS ladrões... GOSTÁVAMOS bastante um do outro. Bem, meu amigo descobriu, e não deu trégua. Ele se divorciou dela. Que acha da história?

– Continue – disse Ann Veronica, um pouco rouca. – Me conte.

– Minha esposa ficou pasma... extremamente magoada. Passou a me achar... imundo. Todo o seu orgulho se virou contra mim. Uma coisa especialmente humilhante foi revelada... Humilhante para mim. Havia mais uma pessoa. Eu não soube dele antes do julgamento. Não sei por que isso é tão humilhante. Não há lógica nessas coisas. Foi humilhante.

– Pobrezinho – disse Ann Veronica.

– Minha esposa se recusou terminantemente a ter qualquer relação comigo. Mal falava comigo; insistia implacavelmente na separação. Ela tinha dinheiro, muito mais do que eu tenho, e não havia por que discutir isso. Ela se dedicou ao serviço social.

– Bem...

– Isso é tudo. Praticamente tudo. E ainda assim... Espere, é bom que saiba de todos os detalhes. Homem nenhum anda por aí com essas paixões apaziguadas simplesmente porque causaram ruínas e escândalos. Ele continua! Com as mesmas questões! O desejo está no nosso sangue, um desejo despertado, apartado do lado emocional redentor e guia. Os homens têm mais liberdade para fazer o mal que as mulheres. De vez em quando é inglório e nada romântico, sabe, sou um homem perverso. Essa... essa foi a minha vida particular. Até poucos meses atrás. Não se trata do que fui, mas do que sou. Não dei muita importância a isso até agora. Minha honra estava em meu trabalho científico e na discussão pública das coisas que escrevo. Muitos de nós são assim. Mas, sabe, estou manchado. Para o tipo de amor em que você está pensando. Eu arruinei tudo. Meu tempo passou e eu perdi a chance. Sou mercadoria danificada. E você pura como o fogo. Você vem com esses olhos límpidos, valente como um anjo...

Ele parou de repente.

– Bem? – ela disse.

– Isso é tudo.

– É tão estranho pensar em você... perturbado por essas coisas. Eu não achava... eu não sei o que eu achava. De repente tudo isso faz de você um homem. Faz de você real.

– Mas não vê que devo resistir a você? Não vê que isso impede que sejamos amantes... Você não pode... de início. Precisa pensar nisso tudo. É tudo alheio ao mundo que você conhece.

– Eu não acho que faça a mínima diferença, exceto por uma coisa. Eu amo você mais. Eu quis você... sempre. Não sonhei, nem mesmo em meus sonhos mais ousados, que... que você pudesse precisar de mim.

Ele fez um barulhinho na garganta como se algo tivesse gritado dentro dele, e por algum tempo os dois ficaram cansados demais para falar.

Estavam subindo a ladeira que levava a Waterloo.

– Vá para casa, pense em tudo isso e conversaremos amanhã – ele disse. – Não, não diga nada agora, nada. Quanto a amar você, eu amo... com todo o meu coração. Não adianta mais esconder. Eu nunca teria conversado com você assim, esquecendo tudo que nos separa, esquecendo até mesmo sua idade, se não a amasse completamente. Se eu fosse um homem puro e livre... Teremos de conversar sobre essas coisas. Graças a Deus haverá muitas oportunidades! E podemos conversar. De qualquer maneira, agora que você deu início a isso, não há nada nisso tudo que nos impeça de sermos os melhores amigos do mundo. E que conversemos sobre tudo. Há?

– Nada – disse Ann Veronica, com o rosto radiante.

– Antes havia certa restrição... um faz de conta. Não há mais.

– Não há mais.

– A amizade e o amor como duas coisas diferentes. E aquele noivado confuso!

– Acabou!

Chegaram à plataforma e ficaram diante do trem.

Ele pegou sua mão e olhou em seus olhos e disse, dividido contra si mesmo, com tom de voz que pareceu forçado e fingido.

– Vou ficar muito contente em ter você como amiga – disse –, uma amiga amorosa. Jamais sonhei com uma amiga como você.

Ela sorriu, segura de si para além de qualquer fingimento, olhando dentro dos seus olhos apreensivos. Eles já não tinham definido isso?

– Quero você como amiga – ele insistiu, quase como se estivesse contestando alguma coisa.

PARTE 5

Na manhã seguinte ela esperou no laboratório na hora do almoço com razoável certeza de que ele a procuraria.

– Bem, você pensou? – ele perguntou, sentando-se ao lado dela.

– Pensei em você a noite toda – ela respondeu.

– E?

– Não me importo nem um pouco com todas aquelas coisas.

Ele não disse nada por um instante.

– Não vejo como fugir do fato de que você e eu nos amamos – ele disse, devagar. – Até aqui, você tem a mim e eu tenho você... Você tem a mim. Sou como uma criatura que acabou de despertar. Meus olhos estão abertos para você. Fico pensando em você. Fico pensando em pequenos detalhes e aspectos da sua voz, seus olhos, o modo como você anda, o modo como seu cabelo se curva para trás saindo da lateral da testa. Acho que sempre fui apaixonado por você. Sempre. Antes mesmo de conhecê-la.

Ela ficou sentada imóvel, agarrada à borda da mesa, e ele também não disse mais nada. Ela começou a tremer violentamente.

Ele se levantou de repente e foi até a janela.

– Devemos – ele disse – ser os maiores amigos.

Ela se levantou e estendeu os braços para ele.

– Quero que você me beije – disse.

Ele se agarrou ao peitoril atrás de si.

– Se eu fizer isso – disse. – Não! Não quero fazer isso. Não quero fazer isso por algum tempo. Quero lhe dar tempo para pensar. Sou um homem... com alguma experiência. Você é uma garota com muito pouca. Sente naquele banquinho de novo e vamos conversar sobre isso com sangue frio. Pessoas como você... Não quero que os instintos... apressem nossa situação. Você tem certeza do que quer de mim?

– Quero você. Quero que seja meu amante. Quero me entregar a você. Quero ser tudo o que eu puder ser para você. – Ela parou por um instante. – Fui clara? – perguntou.

– Se eu não a amasse mais que a mim mesmo – disse Capes –, eu não discutiria assim com você. Estou convencido de que não pensou bem nisso – ele continuou. – Não sabe o que um relacionamento como este significa. Estamos apaixonados. Nossa mente mergulha na ideia de ficarmos juntos. Mas que podemos fazer? Aqui estou eu, preso à respeitabilidade e a este laboratório; você vivendo em casa. Isso significa... encontros furtivos.

– Não me importa como vamos nos encontrar – ela disse.

– Vai estragar a sua vida.

– Vai dar certo. Eu quero você. Tenho certeza de que quero você. Você é diferente de todo mundo para mim. É a única pessoa que entendo e com quem me sinto... me sinto à vontade. Não idealizo você. Não pense nisso. Não é que você seja bom, mas talvez eu seja uma maçã podre; e tem alguma coisa... alguma coisa viva e compreensiva em você. Alguma coisa que renasce toda vez que nos encontramos, e definha quando estamos separados. Sabe, sou egoísta. Sou bastante desdenhosa. Penso demais em mim. Você é a única pessoa a quem tenho dedicado pensamentos bons, diretos, altruístas. Estou fazendo uma desordem da minha vida... a não ser que você venha e a tome. Estou, sim. Em você, se você puder me amar, há salvação. Salvação. Sei o que estou fazendo, mais que você. Pense... pense naquele noivado!

A conversa chegara a silêncios eloquentes que contradiziam tudo o que ele tinha a dizer.

Ela se levantou diante dele, com um leve sorriso.

– Acho que esgotamos a discussão – ela disse.

– Acho que sim – ele respondeu, sério, e a tomou em seus braços, acariciou seu cabelo desde a testa, e beijou seus lábios com muita delicadeza.

PARTE 6

Eles passaram o domingo seguinte no Richmond Park, e misturaram a sensação feliz de estarem juntos ininterruptamente durante todo o longo dia de verão com a ampla discussão de sua situação.

– Isto tem todo o frescor puro da primavera e da juventude – disse Capes. – É amor de todo lado; amar como nós amamos é como o brilho do orvalho ao sol, com nada mais que um beijo caloroso entre nós. Amo tudo hoje, e tudo em você, mas amo esta, esta... esta inocência sobre nós mais do que tudo. Você não pode imaginar como pode ser brutal um caso de amor furtivo.

– Isto não é furtivo – disse Ann Veronica.

– Nem um pouco. E não vamos deixar que seja... Não podemos deixar.

Eles vagaram sob as árvores, sentaram-se às margens musgosas das águas, tagarelaram em bancos convidativos, voltaram para almoçar no Star and Garter e passaram a tarde conversando no jardim com vista para a curva do rio. Tinham todo um universo sobre o qual conversar – dois universos.

– Que vamos fazer? – perguntou Capes, com os olhos observando as grandes distâncias além da faixa do rio.

– Eu faço o que você quiser – respondeu Ann Veronica.

– Meu primeiro amor foi um desastre – disse Capes.

Ele pensou por um instante, e continuou:

– O amor precisa de cuidados. Muitos cuidados... É uma bela planta, mas delicada... Eu não sabia. Tenho pavor que o amor deite suas pétalas, se torne mesquinho e feio. Como expressar o que sinto? Eu a amo sem medida. E tenho medo... Estou ansioso, alegremente ansioso, como um homem que encontra um tesouro.

– VOCÊ sabe... – disse Ann Veronica. – Eu só fui até você e me coloquei em suas mãos.

– É por isso, de certa forma, sou puritano. Tendo... pavores. Não quero rasgá-la com mãos quentes e ásperas.

– Como quiser, querido amante. Mas para mim não importa. Nada que você faz é errado. Nada. Tenho certeza. Sei exatamente o que estou fazendo. Me entrego a você.

– Deus queira que você nunca se arrependa! – clamou Capes.

Ela colocou a mão na dele para ele apertar.

– Sabe – ele disse –, duvido que possamos nos casar um dia. Duvido muito. Estive pensando... Vou procurar minha esposa mais uma vez. Vou fazer o que puder. Durante muito tempo, no entanto, nós como amantes teremos que nos comportar como se não fôssemos mais que amigos.

Ele fez uma pausa. Ela respondeu lentamente:

– Como você quiser – disse.

– Por que isso importaria? – ele perguntou.

E em seguida, como ela não disse nada:

– Uma vez que somos amantes.

PARTE 7

Menos de uma semana depois daquela caminhada, Capes chegou e se sentou ao lado de Ann Veronica para a conversa habitual da hora do almoço. Ele pegou um punhado de amêndoas e passas que ela lhe ofereceu – pois os dois jovens tinham abandonado a prática de sair para almoçar – e segurou sua mão por um instante para beijar a ponta de seus dedos. Ele não falou por algum tempo.

– E então? – ela perguntou.

– Ah! – ele disse, sem se mexer. – Vamos.

– Vamos? – ela não entendeu de início, e seu coração começou a bater muito rápido.

– Parar com essa… essa farsa – ele explicou. – É como uma ópera farsesca. Não suporto mais. Vamos. Vamos viver juntos… até que possamos nos casar. Tem coragem?

– Você quer dizer AGORA?

– No fim do semestre. É a única opção para nós. Você está pronta para isso?

Ela fechou as mãos com força.

– Sim – disse, com a voz bem baixinha. E então: – É claro! Sempre. É o que eu queria, o que eu quis esse tempo todo.

Ela ficou olhando fixamente para a frente, tentando conter uma torrente de lágrimas.

Capes ficou obstinadamente rígido, e falava por entre dentes.

– Há incontáveis motivos, sem dúvida, para não fazermos isso – ele disse. – Incontáveis. É errado aos olhos de muitas pessoas. Para muitas isso vai nos macular para sempre. Você ENTENDE?

– Quem se importa com a maioria das pessoas? – ela disse, sem olhá-lo.

– Eu me importo. Isso vai significar isolamento social... dificuldades.

– Se você tem coragem... eu também tenho – disse Ann Veronica. – Nunca tive tanta certeza de alguma coisa em toda a minha vida. – Ela ergueu o olhar firme para ele. – Tenha coragem! – disse. As lágrimas estavam caindo agora, mas sua voz era firme. – Você não é um homem para mim... não um exemplar de um sexo, quero dizer. É simplesmente um ser específico sem nada mais no mundo que se compare a você. Você é simplesmente necessário à minha vida. Nunca conheci ninguém como você. Ter você é tudo que importa. Nada mais importa. A moral só vai se aplicar quando isso estiver resolvido. Não me importo nem um pouco se nunca pudermos nos casar. Não tenho medo nenhum de nada... escândalo, dificuldade, luta... Prefiro ter isso tudo. Quero ter isso tudo.

– E vai ter – ele disse. – Vai ser um mergulho.

– Você está com medo?

– Só por você! A maior parte da minha renda vai desaparecer. Até mesmo os monitores de biologia descrentes precisam respeitar o decoro; além disso, veja... você era aluna. Não vamos ter... quase dinheiro nenhum.

– Não me importo.

– Dificuldade e perigo.

– Com você!

– E a sua família?

– Eles não contam. Essa é a verdade terrível. Isso... isso tudo é demais para eles. Eles não contam, e eu não me importo.

Capes de repente abandonou a atitude de moderação meditativa.

– Por Deus! – ele exclamou. – Nós tentamos assumir uma visão séria, sóbria. Não sei bem por quê. Mas isso é uma grande peripécia, Ann Veronica! Isso transforma a vida em uma aventura gloriosa!

– Ah! – exclamou ela em triunfo.

– Vou ter de abandonar a biologia, enfim. Sempre tive um desejo secreto de viver da escrita. É o que devo fazer. Eu posso.

– É claro que pode.

– E a biologia estava começando a me aborrecer um pouco. Toda pesquisa é muito parecida com a outra... Ultimamente venho fazendo coisas... O trabalho criativo me atrai muito. As coisas parecem vir com facilidade... Mas isso, esse tipo de coisa, é só devaneio. Durante algum tempo eu vou ter de trabalhar com jornalismo e me dedicar muito... O que não é devaneio é o seguinte: você e eu vamos colocar um fim nesse disparate... e vamos embora!

– Embora! – disse Ann Veronica, fechando as mãos com firmeza.

– Na alegria ou na tristeza.

– Na riqueza ou na pobreza.

Ela não conseguiu continuar, pois estava rindo e chorando ao mesmo tempo.

– Estávamos destinados a fazer isso quando você me beijou – ela soluçou entre as lágrimas. – Sempre estivemos... Só o seu código esquisito de honra... Honra! Quando começamos a amar, temos de ir até o fim.

OS ÚLTIMOS DIAS EM CASA

PARTE 1

Eles decidiram ir para a Suíça quando o semestre terminasse.

– Vamos deixar tudo preparado – disse Capes...

Por orgulho, e para evitar longos devaneios e o desejo insaciável por seu amante, Ann Veronica se dedicou ainda mais à biologia naquelas últimas semanas. Ela era, como Capes dissera, uma jovem firme. Estava decidida a se sair bem no exame da faculdade, e não se afogar nos mares de emoção que ameaçaram submergir seu ser intelectual.

No entanto, não conseguiu evitar uma agitação crescente conforme o amanhecer de uma nova vida se aproximava – uma agitação dos nervos, uma elevação secreta e deliciosa acima das circunstâncias habituais da existência. Às vezes, sua mente desviante ficava incrivelmente ativa – bordando coisas vivas e enfeitadas que poderia dizer a Capes; às vezes, isso se tornava um estado de aquiescência passiva, uma alegria radiante, sem forma, dourada. Ela via as pessoas – a tia, o pai, os colegas, amigos e vizinhos – movimentando-se ao redor desse segredo radiante, como o ator vê o público escurecido além da barreira da ribalta. Talvez aplaudissem, ou se opusessem, ou interferissem, mas o drama era só dela. Ela ia até o fim, de qualquer maneira.

A sensação de que aqueles eram os últimos dias foi ficando mais forte à medida que o número deles diminuía. Ela seguiu com a vida no lar com a sensação cada vez mais clara de conclusão inevitável. Tornou-se excepcionalmente atenciosa e carinhosa com o pai e a tia, e cada vez mais preocupada com a catástrofe que estava prestes a deixar cair sobre eles. A tia tinha o hábito antes frustrante de interromper seu trabalho com pequenas demandas de serviço doméstico, mas agora Ann Veronica as atendia com prontidão incomum e conciliação antecipatória. Pensara muito em abrir-se com os Widgetts; eles lhe eram caros, e ela conversou durante duas noites com Constance sem abordar a questão; fez algumas insinuações vagas em cartas à srta. Miniver, as quais ela não percebeu. Mas suas relações com aqueles simpatizantes não eram uma preocupação.

E finalmente amanheceu seu penúltimo dia em Morningside Park. Ela se levantou cedo, caminhou pelo jardim sob o sol ameno de junho e reviveu sua infância. Estava se despedindo da infância e do lar, e de sua criação; estava saindo para o mundo vasto e múltiplo; desta vez não teria volta. Ela estava no fim da mocidade e às vésperas de ser coroada mulher. Visitou o canto que tinha sido seu pequeno jardim – havia tempo que seus bem-me-queres e suas ibéris tinham sido condenados à insignificância pelas ervas daninhas; visitou os pés de framboesa que abrigaram aquele primeiro caso de amor com o garotinho vestido de veludo, e a estufa onde lia suas cartas secretas. Aqui era o lugar atrás do barracão onde ela se escondia das perseguições de Roddy, e aqui a fronteira das herbáceas perenes sob as quais ficava a terra das fadas. Os fundos da casa eram os Alpes que ela escalava, e os arbustos da frente o Terai. Os nós e as estacas quebradas que faziam da cerca do jardim possíveis de escalar e davam acesso aos campos além dele ainda seriam traçados. E aqui, contra um muro, ficavam as ameixeiras. A despeito de Deus e das vespas e de seu pai, ela roubava ameixas; e certa vez, por delitos descobertos, e outra vez, porque compreendeu que a mãe estava morta, ela deitou de bruços na grama não cortada, sob os elmos que ficavam além das verduras, e desabou a alma de tanto chorar.

Pequena Ann Veronica! Ela nunca mais encontraria o coração daquela criança! Aquela criança amava príncipes de contos de fadas de terno de veludo e cachos dourados, e ela estava apaixonada por um homem de verdade chamado Capes, com pequenos raios dourados em seu rosto e voz agradável e firme e mãos bem torneadas. Ela iria até ele logo e em definitivo, para os seus braços fortes e envolventes. Ia enfrentar um mundo novo com ele, lado a lado. Estivera tão preocupada com a vida que, durante um vasto abismo de tempo, não dedicara nenhum pensamento às coisas antigas e imaginadas da infância. Agora, de repente, essas coisas eram reais novamente, embora muito distantes, e ela vinha se despedir delas depois de um ano de separação.

Foi excepcionalmente prestativa no café da manhã, e altruísta em relação aos ovos; depois saiu para pegar o trem antes do pai. Fez isso para agradá-lo. Ele odiava viajar de segunda classe com ela – na verdade, nunca fez isso –, mas também não gostava de pegar o mesmo trem que a filha em vagão inferior por causa da aparência da coisa toda. Então ele preferia pegar outro trem. E na Avenida ela encontrou Ramage.

Foi um encontro estranho que deixou impressões vagas e duvidosas em sua mente. Ela estava ciente daquela figura reluzente em seu traje preto e de chapéu de seda do outro lado da Avenida; então, abrupta e espantosamente, ele atravessou a rua e a cumprimentou e falou com ela.

– PRECISO falar com você – disse. – Não consigo ficar longe de você.

Ela deu uma resposta oca. Ficou surpresa com a mudança em sua aparência. Os olhos dele lhe pareceram um pouco vermelhos, o rosto perdera um pouco do frescor enrubescido.

Ele deu início a uma conversa brusca e fragmentada que durou até chegarem à estação, e a deixou intrigada quanto a seu sentido e propósito. Ela apressou o passo, e ele também, falando a um ouvido que o evitava ligeiramente. Ela fez interrupções grosseiras e inadequadas em vez de dar respostas. Às vezes, ele parecia estar clamando por pena da parte dela; às vezes, a ameaçava com o cheque e o escândalo; às vezes, se gabava de sua determinação inflexível, que no fim sempre o fazia obter o que queria. Disse que sua vida era enfadonha e estúpida sem ela. Uma ou outra – ela não entendeu qual das duas – ele não podia suportar. Estava visivelmente nervoso, e muito afoito para impressionar; seus olhos salientes buscavam dominar. O ponto alto do incidente, na cabeça dela, foi a descoberta de que tanto ele quanto a indiscrição dela para com ele já não importavam muito. Sua relevância desaparecera quando ela deixou de lado as concessões. Até mesmo sua dívida com ele era agora uma trivialidade.

E é claro! Teve uma ideia brilhante. Ficou surpresa por não ter pensado nisso antes! Ela tentou explicar que ia pagar as quarenta libras sem falta na semana seguinte. Disse isso a ele. Repetiu sem fôlego.

– Eu estava contente por você não ter devolvido – ele disse.

Ele tocou uma ferida antiga, e Ann Veronica se viu tentando explicar, em vão, o inexplicável.

– Foi porque eu quis mandar tudo de uma vez – disse.

Ele ignorou os protestos dela e seguiu a própria linha de pensamento.

– Aqui estamos nós, vivendo no mesmo subúrbio – começou. – Temos de ser… modernos.

O coração saltou dentro dela ao ouvir essa frase. Aquele nós também seria cortado. Modernos, sim! Ela seria tão primitiva quanto a pedra lascada.

PARTE 2

No fim da tarde, enquanto Ann Veronica colhia flores para a mesa do jantar, seu pai atravessou o gramado em sua direção como quem tinha tomado uma decisão.

– Quero falar com você sobre uma coisinha, Vee – disse o sr. Stanley.

Os nervos tensos de Ann Veronica se retesaram, e ela ficou parada com os olhos nele, perguntando-se o que poderia estar prestes a acontecer.

– Você falou com aquele sujeito Ramage hoje... na Avenida. Caminhou com ele até a estação.

Então era isso!

– Ele veio falar comigo.

– Si-i-im. – O sr. Stanley ponderou. – Bem, não quero que fale com ele – disse, com firmeza.

Ann Veronica fez uma pausa antes de responder.

– O senhor não acha que devo? – ela perguntou, bastante submissa.

– Não. – O sr. Stanley tossiu e se virou para a casa. – Ele não é... Eu não gosto dele. Acho que é desaconselhável... Não quero que nasça nenhuma intimidade entre você e um homem daquele tipo.

Ann Veronica refletiu.

– Eu TIVE... uma ou duas conversas com ele, papai.

– Não deixe que aconteça de novo. Eu... na verdade, não gosto nada dele.

– E se ele vier falar comigo?

– Toda moça consegue manter distância de um homem se quiser. Pode... pode esnobá-lo.

Ann Veronica colheu uma centáurea.

– Eu não faria essa objeção – o sr. Stanley continuou –, mas existem coisas... existem histórias sobre Ramage. Ele é... Ele vive em um mundo de possibilidades alheias à sua imaginação. O modo como trata a mulher é muito insatisfatório. Muito insatisfatório. Um homem mau, de fato. Um homem libertino, de vida fácil.

– Vou tentar nao encontra-lo novamente – disse Ann Veronica. – Nao sabia que o senhor se opunha, papai.

– Com veemência – disse o sr. Stanley. – Com muita veemência.

A conversa ficou no ar. Ann Veronica se perguntou o que o pai faria se ela contasse toda a história de seu relacionamento com Ramage.

– Um homem como aquele macula uma garota só de olhar para ela, só de conversarem. – Ele ajeitou os óculos no nariz. Tinha mais uma coisinha a dizer. – É preciso ter muito cuidado com amigos e conhecidos – observou, mudando de assunto. – Eles nos moldam sem percebermos. – Sua voz assumiu tom despreocupado e descontraído. – Suponho, Vee, que não encontre tanto os Widgetts ultimamente?

– Vou até lá conversar com Constance às vezes.

– Vai?

– Éramos grandes amigas na escola.

– Sem dúvida... Ainda assim... Não sei se gosto... Tem algo de decadente naquelas pessoas, Vee. Ao falar de seus amigos, eu sinto... Eu acho que você precisa saber como vejo a questão. – Sua voz transmitia moderação estudada. – Não me importo, é claro, que a encontre de vez em quando em casa, mas há diferenças... diferenças nas esferas sociais. Podemos ser tragados. Antes mesmo que perceba onde está, você pode se envolver em complicação. Não quero influenciá-la desnecessariamente... Mas... São pessoas artísticas, Vee. Essa é a verdade sobre eles. Somos diferentes.

– Suponho que sim – disse Vee, reorganizando as flores nas mãos.

– Amizades que são aceitáveis entre duas colegiais nem sempre duram na vida adulta. É... É uma diferença social.

– Gosto muito da Constance.

– É claro. Ainda assim, é preciso que seja sensata. Como você admitiu para mim... É preciso se adaptar ao mundo. Você não sabe. Com pessoas dessa estirpe, tudo pode acontecer. Não queremos que aconteçam coisas.

Ann Veronica não respondeu.

Um desejo vago de se justificar agitou seu pai.

– Posso parecer excessivamente... preocupado. Não consigo esquecer a sua irmã. É isso que sempre me... *Ela*, você sabe, foi atraída para um cenário... não soube diferenciar o drama da vida particular.

Ann Veronica ficou ansiosa para ouvir mais da história da irmã do ponto de vista do pai, mas ele não continuou. Até mesmo uma alusão como essa àquela sombra familiar, ela sentiu, era um reconhecimento imenso de seu amadurecimento. Olhou para ele. Estava um pouco ansioso e agitado, preocupado com a responsabilidade que tinha por ela, completamente indiferente à sua vida presente ou futura, ignorando seus pensamentos e sentimentos, ignorando cada fato importante de sua vida, explicando tudo o que não compreendia nela como absurdo e perversidade, preocupado apenas com o pavor de aborrecimentos e situações indesejáveis.

– Não queremos que aconteçam coisas.

Ele nunca tinha mostrado à filha com tanta clareza que o sexo feminino do qual estava convencido que devia proteger e controlar podia agradá-lo de alguma forma, e de uma única forma, e essa forma era não fazer nada além de deveres domésticos pontuais e comparecer para proporcionar repouso. Ele já tinha muito que ver e com que se preocupar na Cidade sem a necessidade delas. Ele não tinha nenhuma utilidade para Ann Veronica; nunca teve nenhuma utilidade para ela desde o dia em que ficou velha demais para se sentar em seu colo. Nada além da repressão do costume social o ligava a ela agora. E quanto menos "coisas" acontecessem, melhor. Na verdade, quanto menos ela vivesse, melhor. Essas percepções dispararam na mente de Ann Veronica e endureceram seu coração contra ele. Ela disse lentamente:

– Talvez eu não veja os Widgetts por um tempinho, pai – disse. – Acho que não.

– Alguma desavença?

– Não. Mas acho que não vou vê-los.

Imagine se ela acrescentasse "Estou indo embora!".

– Fico contente de ouvi-la dizer isso – disse o sr. Stanley, e ele estava tão visivelmente feliz que o coração de Ann Veronica bateu forte. – Fico muito contente de ouvi-la dizer isso – repetiu, e se absteve de fazer mais perguntas. – Acho que estamos ficando mais sensatos – disse. – Acho que você está começando a me entender melhor.

Ele hesitou e se afastou dela caminhando até a casa. Os olhos dela o seguiram. A curva de seus ombros e até mesmo o ângulos de seus pés expressavam alívio por sua obediência aparente.

"Graças a Deus!", aquele recuo queria dizer. "Isso foi dito e acabou. Vee está bem. Não há nada acontecendo!" Ela não tinha a intenção, concluiu, de causar mais problemas, e ele estava livre para iniciar um novo romance cromático – tinha acabado de concluir A lagoa azul, que achou muito bonito e delicado e irrelevante para Morningside Park – ou trabalhar em paz no micrótomo sem se preocupar com ela.

A imensa desilusão que o aguardava! A desilusão devastadora! Sentiu-se um leve desejo de correr atrás dele, de expor a questão para ele, de arrancar dele alguma compreensão do que a vida significava para ela. Sentiu-se trapaceira e dissimulada ao vê-lo se afastar desavisado.

– Mas que se há de fazer? – perguntou Ann Veronica.

PARTE 3

Ela vestiu cuidadosamente para o jantar um vestido preto de que o pai gostava e a fazia parecer séria e responsável. O jantar foi bastante rotineiro. O pai leu uma minuta com atenção, e a tia ofereceu fragmentos de seus planos para administrar a casa na folga da cozinheira. Depois do jantar, Ann Veronica foi até a sala de estar com a srta. Stanley, e seu pai foi até o escritório fumar cachimbo e praticar a petrografia. Mais tarde ela o ouviu assoviando, pobre homem!

Ela estava muito inquieta e agitada. Recusou o café, embora soubesse que de qualquer maneira estava condenada a uma noite sem dormir. Pegou um dos romances do pai e voltou a largar, subiu até o quarto para estudar, sentou-se na cama e pensou no quarto que agora de fato ia abandonar para sempre, e finalmente voltou com uma meia para cerzir. A tia estava costurando manguitos com pequenas inserções de tecido sob a lamparina recém-acesa.

Ann Veronica se sentou na outra poltrona e cerziu desajeitada por cerca de um minuto. Então olhou a tia e traçou com olhar curioso o arranjo cuidadoso de seu cabelo, seu nariz estreito, as pequenas linhas que lhe desciam da boca e do queixo e da bochecha.

Ela pensou em voz alta.

– A senhora já se apaixonou, tia? – perguntou.

A tia levantou o olhar assustada e ficou imóvel, com mãos que deixaram de trabalhar.

– Por que está perguntando isso, Vee? – ela disse.

– Estava imaginando.

A tia respondeu em voz baixa.

– Eu fui noiva dele, querida, durante sete anos, e ele morreu.

Ann Veronica soltou um pequeno murmúrio solidário.

– Ele ia ser pastor, e nós íamos nos casar quando tivesse uma renda. Ele era um Wiltshire Edmondshaw, uma família muito antiga.

Ela ficou imóvel.

Ann Veronica hesitou com uma pergunta que lhe saltou na cabeça e lhe pareceu cruel.

– A senhora se arrepende de ter esperado, tia? – ela perguntou.

A tia demorou bastante a responder.

– Seu salário impedia – ela disse, e pareceu se entregar a um fluxo de pensamentos. – Teria sido precipitado e imprudente – disse depois de meditar. – O que ele tinha era insuficiente.

Ann Veronica observou com penetrante curiosidade seus olhos cinzentos pensativos e seu rosto tranquilo e bastante refinado. Logo a tia suspirou profundamente e olhou o relógio.

– Hora de eu jogar paciência – disse.

Ela se levantou, colocou os manguitos na cestinha de trabalho e foi até a cômoda pegar as cartas na caixa de couro. Ann Veronica levantou-se de um salto para pegar a mesinha de baralho.

– Não vi o jogo novo – ela disse. – Posso me sentar ao seu lado?

– É bem difícil – disse a tia. – Que tal me ajudar a embaralhar?

Ann Veronica o fez, e ajudou, ágil, a montar as fileiras de oito com as quais o jogo começava. Então sentou e ficou assistindo, oferecendo de vez em quando uma sugestão prestativa, às vezes deixando sua atenção vagar para os braços suaves e reluzentes que ela mantinha cruzados sobre os joelhos logo abaixo da beirada da mesa. Estava se sentindo extraordinariamente bem naquela noite, e a sensação em seu corpo era de profundo deleite, a percepção de um calor suave e uma força e uma firmeza elástica. Então voltou a olhar para as cartas, sobre as quais pairava a mão cheia de anéis da tia, depois para aquele rosto bastante fraco e rechonchudo que analisava os lances.

Ocorreu a Ann Veronica que a vida era maravilhosa. Parecia incrível que ela e a tia fossem, de fato, criaturas do mesmo sangue, separadas apenas por um ou dois nascimentos, e parte do mesmo fluxo entrelaçado e amplo de vida humana que inventou os faunos e as ninfas, Astarte, Afrodite, Freia, e toda a beleza intrincada dos deuses. As canções de amor de todas as eras cantavam em seu sangue, o aroma da noite vindo do jardim preenchia o ar, e as mariposas que batiam nas janelas fechadas próximas à lâmpada faziam sua mente sonhar com beijos no crepúsculo. Mas a tia, com a mão cheia de anéis pousada sobre os lábios e olhar confuso e preocupado, surda para todo esse levante de calor e desejo fugaz, estava jogando paciência – jogando paciência, como se Dionísio tivesse morrido com seu cura. Um leve zumbido no teto evidenciava que a petrografia, também, estava ativa. Mundo cinzento e tranquilo! Mundo incrível e sem paixão! Um mundo no qual dias sem sentido, dias em que "não queremos que coisas aconteçam" seguiam dias sem sentido – até que a última coisa acontecesse, derradeira, inevitável, vulgar, "desagradável". Era sua última noite na vida encoberta contra a qual havia se rebelado. A realidade calorosa agora estava tão próxima que ela podia ouvi-la batendo em seus ouvidos. Lá em Londres, nesse instante, Capes fazia as malas e se preparava; Capes, o homem mágico cujo toque transformava qualquer um em fogo trêmulo. Que estava fazendo? Em que estava pensando? Menos de um dia agora, menos de vinte horas. Dezessete horas, dezesseis horas. Ela olhou o relógio de tique-taque suave com o pêndulo de metal exposto sobre a cornija de mármore e fez um cálculo rápido. Para ser exata, faltavam apenas dezesseis horas e vinte minutos. As estrelas lentas faziam cículos sobre o momento de seu encontro. As estrelas de brilho suave do verão! Ela as via brilhar sobre montanhas de neve, sobre vales de neblina e escuridão calorosa... Não haveria luar.

– Acho que finalmente vai dar certo! – disse a srta. Stanley. – Os ases facilitaram.

Ann Veronica despertou de seu devaneio, ajeitou-se na poltrona, ficou atenta.

– Veja, querida – logo disse –, você pode colocar o dez no valete.

NAS MONTANHAS

PARTE 1

No dia seguinte Ann Veronica e Capes se sentiam como recém-nascidos. Parecia-lhes que não podiam realmente estar vivos antes, apenas antecipando vagamente a existência. Eles se sentaram frente a frente sob uma mochila que parecia bastante usada, uma valise novinha e uma maleta de couro no trem da tarde que vai de Charing Cross ao porto de Folkestone para seguir até Bolonha do Mar. Tentaram ler jornais ilustrados despreocupados e com atenção forçada para não flagrar a exultação excitante nos olhos um do outro. E admiraram Kent com atenção pelas janelas.

Atravessaram o canal sob o sol e com uma brisa que apenas agitava o mar em escalas reluzentes de prata. Algumas das pessoas que os viram lado a lado achavam que eram recém-casados pela expressão feliz dos rostos, e outras que eram um casal antigo pela confiança fácil que demonstravam ter um no outro.

Em Bolonha, pegaram o trem para Basileia; na manhã seguinte tomaram café da manhã nessa estação, pegaram o expresso Interlaken e seguiram por Spies até Frutigen. Não havia ferrovia além de Frutigen na época; eles enviaram as bagagens a Kandersteg pelo correio e seguiram a pé pela via à esquerda do riacho, em direção àquele vazio estranho entre os precipícios, Blausee, onde os galhos petrificantes das árvores repousam nas profundezas azuis de um lago congelado, e pinheiros escalam rochas gigantes. Uma pequena pousada com uma bandeira da Suíça se aninha sob uma grande pedra, e ali eles largaram as mochilas e almoçaram e descansaram à sombra do meio-dia no desfiladeiro sentindo o aroma de resina. Mais tarde, remaram em um barco sobre as profundezas misteriosas do lago e, olhando para baixo, viram os azuis-esverdeados e os verdes-azulados juntos. Ali lhes parecia que tinham vivido vinte anos juntos.

À exceção de uma excursão escolar memorável a Paris, Ann Veronica nunca tinha saído da Inglaterra. Parecia-lhe que o mundo inteiro havia mudado – a própria luz havia mudado. Em vez de casarões e casinhas inglesas, havia chalés e casas italianas de um branco reluzente; havia lagos de esmeralda e safira e castelos aglomerados, e extensões de colinas e montanhas, planícies de neve reluzentes como ela nunca vira. Tudo era novo e luminoso, desde a gentileza do sapateiro de Frutigen, que martelou tachas em suas botas, até as flores silvestres desconhecidas que pontilhavam o caminho. E Capes se transformara no companheiro mais tranquilo e alegre do mundo. O simples fato de tê-lo a seu lado no trem, ajudando-a, sentando-se à sua frente no vagão-restaurante, logo pegando no sono em um assento a menos de um metro dela, fizera seu coração cantar a ponto de ela ter medo de que seus companheiros de viagem ouvissem. Era bom demais para ser verdade. Ela não queria dormir de medo de perder um instante daquela sensação de proximidade. Caminhar ao lado dele, vestida como ele, levando uma mochila em boa companhia era a própria felicidade; cada passo que ela dava era como passar mais uma vez pela porta do paraíso.

Uma questão, no entanto, penetrou o calor reluzente daquele primeiro dia e maculou sua perfeição, e foi a imagem de seu pai.

Ela o tratara mal; magoara a ele e à tia; agira mal de acordo com seus padrões, e nunca os convenceria de que agira corretamente. Pensou no pai no jardim, e na tia com a paciência, conforme os vira... quantas eras atrás?

Apenas um dia havia se passado. Ela se sentia como se tivesse golpeado os dois de surpresa. Pensar neles a agitou sem subtrair nem uma gota do oceano de felicidade em que nadava. Mas ela desejava poder expor o que havia feito de um modo que não os magoasse tanto quanto a verdade certamente os magoaria. A imagem daqueles rostos, principalmente o da tia, ao saber dos fatos – desconcertados, hostis, censurantes, dolorosos – surgiu-lhe várias vezes.

– Ah! Eu queria que as pessoas pensassem nessas coisas da mesma forma.

Capes observou a água límpida pingando de seu remo.

– Eu também queria – ele disse –, mas elas não pensam.

– Eu me sinto... Tudo isso é a mais certa de todas as coisas imagináveis. Quero contar a todos. Quero alardear isso.

– Eu sei.

– Eu menti a eles. Eu menti. Escrevi três cartas ontem e as rasguei. Era impossível explicar a eles. Finalmente... contei uma história.

– Você não contou a eles?

– Eu insinuei que nos casamos.

– Eles vão descobrir. Eles vão saber.

– Não agora.

– Mais cedo ou mais tarde.

– Talvez... pouco a pouco... Mas foi muito difícil pôr no papel. Eu disse que sabia que ele não gostava de você, não confiava nem em você nem no seu trabalho... que você compartilhava todas as opiniões de Russell: ele odeia Russell... e que não poderíamos encarar um casamento convencional. Que mais eu poderia dizer? Deixei-o imaginar... registro civil, talvez...

Capes deixou que seu remo batesse na água.

– Você se incomoda muito?

Ele balançou a cabeça.

– Mas me faz sentir desumano – acrescentou.

– E a mim...

– É o problema eterno – ele disse – entre pais e filhos. Eles não são capazes de ver as coisas de outra forma. Nem nós. NÓS não achamos que eles estão certos, mas eles não acham que nós estamos. Uma encruzilhada. Em certo sentido, nós estamos errados... completamente errados. Mas... A questão é: quem ia se magoar?

– Eu queria que ninguém precisasse se magoar – disse Ann Veronica. – Quando estamos felizes... Não gosto de pensar neles. A última vez que saí de casa me senti impassível. Mas isso tudo é diferente. É diferente.

– Há uma espécie de instinto de revolta – disse Capes. – Não tem nada a ver com nossa época em especial. As pessoas acham que tem, mas estão erradas. Tem a ver com a adolescência. Muito antes de a religião e a sociedade ouvirem falar da Dúvida, as garotas já dominavam os trens da meia-noite e casamentos em Gretna Green. É uma espécie de instinto de deixar o lar.

Ele seguiu essa linha de pensamento.

– Existe outro instinto, também – continuou –, que é reprimido, a não ser que eu esteja muito enganado; o instinto de expulsar a criança... Fico pensando... Não existe um instinto de união da família, no entanto; é hábito e sentimento e conveniência material manter as famílias unidas após a adolescência. Sempre há atrito, conflito, concessões relutantes. Sempre! Não acredito que exista forte afeto natural entre pais e filhos em crescimento. Não havia, eu sei, entre mim e meu pai. Eu não me permitia ver as coisas como elas eram na época; agora me permito. Eu o entediava. Eu o odiava. Acho que isso choca as pessoas... É verdade... Existem deferências e referências sentimentais e tradicionais, eu sei, entre pai e filho; mas é exatamente isso que impede o desenvolvimento de uma amizade tranquila. Filhos que veneram os pais são anormais... e isso não é bom. Não é nada bom. É preciso se tornar um homem melhor do que o pai foi, ou qual é o sentido de ter gerações sucessivas? A vida é rebeldia, ou nada.

Ele deu uma remada e observou o redemoinho de água criado por seu remo se espalhar e morrer. Por fim, retomou seus pensamentos:

– Me pergunto se, algum dia, não será necessário se rebelar contra costumes e leis. Se essa discórdia desaparecerá. Algum dia, talvez... quem sabe?...

os velhos não vão mimar e atrasar os jovens, e os jovens não vão precisar se opor totalmente aos velhos. Vão encarar fatos como fatos, e entender. Ah, encarar os fatos! Deuses! Que mundo seria esse se as pessoas encarassem os fatos! Compreensão! Compreensão! Não há outra salvação. Algum dia as pessoas mais velhas, talvez, vão se dar ao trabalho de compreender as pessoas mais jovens, e não haverá esses rompimentos violentos; não haverá barreiras que deveremos romper ou então vamos morrer... Essa é nossa escolha agora, o desafio... ou a futilidade... O mundo, talvez, se eduque para abandonar sua ideia de padrões fixos... Me pergunto, Ann Veronica, quando nossa hora chegar, seremos mais sábios?

Ann Veronica observou um besouro aquático agitar-se nas profundezas esverdeadas.

– Não há como saber. Sou feminina no fundo. Gosto de ornamentos melódicos em tons altos e de estrelas e de ideias; mas quero o que quero.

PARTE 2

Capes pensou.

– É estranho... Não tenho dúvida de que o que estamos fazendo é errado – disse. – E, no entanto faço sem remorso.

– Eu nunca me senti tão certa – disse Ann Veronica.

– Você É feminina no fundo – ele admitiu. – Não estou nem de perto tão seguro quanto você. Quanto a mim, olho para a coisa toda duas vezes... A vida são duas coisas, é como eu vejo; duas coisas misturadas e embaralhadas. A vida é moralidade... a vida é aventura. Escudeiro e mestre. A aventura guia, e a moralidade... pesquisa os trens no Bradshaw. A moralidade nos diz o que é certo, e a aventura nos move. Se a moralidade tem algum significado, é manter limites, respeitar implicações, respeitar limites implícitos. Se a individualidade tem algum significado, é romper com os limites... a aventura. Você vai ser moral e exemplar de sua espécie, ou imoral e você mesmo? Decidimos ser imorais. Não precisamos de presunção. Desertamos os postos em que nos encontrávamos, rompemos com nossos deveres, nos expusemos a riscos que podem destruir qualquer tipo de utilidade social em nós... não sei. As pessoas têm regras para serem elas mesmas. Estudam a natureza para não ser cegamente guiadas por ela. Não há sentido na imoralidade, suponho, a não ser que se seja fundamentalmente imoral.

Ann Veronica observou seu rosto enquanto ele traçava um caminho em meio a esse matagal especulativo.

– Veja o nosso caso – ele continuou, olhando-a. – Nenhum poder sobre a terra vai me convencer de que não somos duas pessoas de má reputação. Você abandonou seu lar; eu lancei para o alto ensinamentos úteis, arrisquei qualquer esperança em sua carreira. Estamos nos escondendo, fingindo ser o que não somos; suspeito, para dizer o mínimo. Não há nada de bom em fingir que há alguma verdade mais elevada ou princípio maravilhoso nisso. Não há. Nunca nos propusemos, de maneira arrogante, escandalizar e dar um tom de Shelley à situação. Quando você saiu de casa pela primeira vez, não fazia ideia de que eu era o impulso oculto. Eu não era. Você saiu como uma formiga para um voo nupcial. Foi apenas acaso nós toparmos um com o outro... nada de predestinado aí. Apenas topamos um com o outro, e agora estamos voando para longe, um pouco surpresos com o que estamos fazendo, todos os nossos princípios abandonados, e tremenda e irracionalmente orgulhosos de nós mesmos. Com tudo isso, alcançamos uma espécie de harmonia... E é deslumbrante!

– Glorioso! – disse Ann Veronica.

– Que diria VOCÊ de nós... se alguém lhe fizesse um resumo básico da nossa história?... E do que estamos fazendo?

– Eu não me importaria – disse Ann Veronica.

– Mas se outra pessoa pedisse seu conselho? Se outra pessoa dissesse "Este é o meu professor, casado e calejado à beira da meia-idade, e temos uma paixão violenta um pelo outro. Planejamos descartar todos os nossos vínculos, todas as nossas obrigações, todas as proibições estabelecidas da sociedade e começar uma vida nova juntos". Que você diria a ela?

– Se ela pedisse meu conselho, diria que ela não está preparada para fazer isso. Diria que estar em dúvida é o suficiente para não fazê-lo.

– Desconsidere isso.

– Ainda assim seria diferente. Não seria você.

– Também não seria você. Imagino que seja essa a essência da coisa. – Ele ficou olhando um pequeno redemoinho. – As regras são boas, desde que não haja um caso. As regras são para coisas estabelecidas, como as peças e posições de um jogo. Homens e mulheres não são coisas estabelecidas; são experimentos, todos eles. Cada ser humano é algo novo, existe para fazer coisas novas. Descobrir o que quer e fazê-lo com intensidade, ter certeza de que é aquilo e fazê-lo com toda a força. Se viver, que bom; se morrer, que bom. Seu propósito está cumprido... Bem, isso é o que NÓS queremos fazer.

Ele despertou a água vítrea em um novo redemoinho, e fez as formas azul-escuras lá embaixo se contorcerem e estremecerem.

– É o que EU quero fazer – disse Ann Veronica, suavemente, com os olhos atenciosos nele.

Então olhou além do topo dos pinheiros, para as colinas iluminadas pelo sol e o céu alto sobre elas e voltou a olhar o rosto dele. Respirou fundo o ar doce da montanha. Seus olhos eram suaves e sérios, e havia o mais leve dos sorrisos em seus lábios firmes.

PARTE 3

Mais tarde eles caminharam por uma trilha sinuosa acima da pousada e namoraram. A jornada os deixara cansados, e a tarde estava quente, e parecia impossível respirar ar mais doce. As flores e a relva, um morango silvestre, uma borboleta rara e coisinhas particulares como essas se tornaram mais interessantes que as montanhas. Suas mãos furtivas sempre se tocando. Silêncios profundos entre eles...

– Eu tinha pensado em ir até Kandersteg – disse Capes –, mas este é um lugar agradável. Não há mais nenhuma alma na pousada além de nós. Vamos passar a noite aqui. Então poderemos passear e tagarelar o quanto nosso coração quiser.

– Concordo – disse Ann Veronica.

– Afinal, é nossa lua de mel.

– Merecemos – disse Ann Veronica.

– Este lugar é muito bonito.

– Qualquer lugar seria bonito – disse Ann Veronica, em voz baixa.

Por algum tempo, eles caminharam em silêncio.

– Me pergunto – ela logo começou – por que amo você… e por que amo você tanto?… Agora sei o que é ser uma mulher livre. Eu SOU uma mulher livre. Não tenho vergonha… das coisas que estou fazendo. Quero me colocar em suas mãos. Sabe… Eu queria poder enrolar meu corpinho e apertá-lo em sua mão e fechar seus dedos sobre ele. Apertado. Quero que você me abrace e me tenha ASSIM… Tudo. Tudo. É a alegria pura de me entregar… e me entregar a VOCÊ. Nunca disse essas coisas a outro ser humano. Só sonhei… e fugi até mesmo dos meus sonhos. É como se os meus lábios tivessem sido selados. E agora rompi o selo… para você. Eu só queria… Eu queria que hoje eu fosse mil, dez mil vezes mais bela.

Capes levantou a mão de Ann Veronica e a beijou.

– Você é mil vezes mais bela que qualquer coisa poderia ser… Você é você. Você é toda a beleza do mundo. A beleza não significa, nunca significou, nada… nada além de você. Ela anunciou você, prometeu você…

PARTE 4

Eles se deitaram lado a lado em um ninho raso de relva e musgos, entre pedregulhos e arbustos mirrados em uma rocha alta, e assistiram ao céu do dia se intensificar no fim da tarde entre os vastos precipícios e olharam por sobre o topo das árvores para o desfiladeiro que se abria. Uma sugestão distante de chalés e um vislumbre da estrada os fez conversar por algum tempo a respeito do mundo que tinham deixado para trás.

Capes falou casualmente de seus planos de trabalho.

– É um mundo frouxo e negligente que temos de encarar. Não sabe nem se fica escandalizado conosco ou nos perdoa. Vai se manter indiferente, um pouco indeciso, sem saber se nos esfola ou não...

– Isso depende de nos comportarmos como quem espera ser esfolado – disse Ann Veronica.

– Não.

– Sem medo!

– Então, conforme conseguimos, ele vai começar a se voltar timidamente para nós. Vai se esforçar para ignorar as coisas...

– Se nós deixarmos, coitadinho.

– Isso se conseguirmos. Se fracassarmos – disse Capes – então...

– Não vamos fracassar – disse Ann Veronica.

A vida parecia uma aventura corajosa e gloriosa a Ann Veronica naquele dia. Ela estava estremecida com a sensação de ter Capes ao seu lado e reluzia um amor heroico; parecia-lhe que, se os dois colocassem as mãos juntas contra os Alpes e empurrassem, eles conseguiriam separá-los. Ela se deitou e mordiscou um ramo de rododendro.

– FRACASSAR! – disse.

PARTE 5

Logo ocorreu a Ann Veronica perguntar da viagem que ele planejara. Ele estava com o mapa de Siegfried dobrado no bolso. Sentou-se com as pernas cruzadas como um deus indiano, e ela virou de bruços ao seu lado e acompanhou cada movimento de seu dedo indicador.

– Aqui – ele disse – é o Blausee, e aqui vamos descansar até amanhã. Será que vamos descansar aqui até amanhã?

Houve um breve silêncio.

– É um lugar muito agradável – disse Ann Veronica, mordendo um talo de rododendro e com a sombra leve de um sorriso voltando a seus lábios...

– E depois? – ela perguntou.

– Depois vamos a este lugar, o Oeschinensee. É um lago entre precipícios, e tem uma pousadinha onde podemos ficar e jantar diante de uma mesa agradável com vista para o lago. Durante alguns dias vamos ficar nos espreguiçando ali entre as árvores e as rochas. Há barcos no lago e profundezas sombrias e florestas de pinheiros. Depois de um dia, mais ou menos, talvez, vamos sair em uma ou duas pequenas excursões e ver se a sua cabeça está boa... uma ou outra corrida; e depois vamos para uma cabana em um desfiladeiro bem aqui, e para a geleira Blümlisalp que se espalha por aqui e por aqui.

Ela despertou de algum sonho ao ouvir a palavra.

– Geleira? – perguntou.

– Sob o Wilde Frau... que recebeu esse nome em homenagem a você.

Ele se abaixou e beijou seu cabelo, fez uma pausa, então voltou sua atenção para o mapa.

– Um dia – retomou – vamos sair cedo e descer até Kandersteg e subir estes ziguezagues aqui e aqui, e passar pelo Daubensee aqui a caminho de uma pousada minúscula... ainda não vai estar movimentada, e talvez a tenhamos só para nós... na beira do ziguezague mais íngreme que você possa imaginar, milhares de metros de ziguezague; e você vai sentar e almoçar comigo avistando o Vale do Ródano e uma vastidão azul, e além da vastidão azul o Matterhorn e o Monte Rosa e uma grande extensão de montanhas ensolaradas e cobertas de neve. E quando as avistarmos, vamos querer logo ir até elas... as coisas belas são assim... e vamos descer, como moscas na parede, até Leukerbad e a Estação Leuk, e seguiremos de trem subindo o Vale do Ródano e um pequeno vale lateral até Stalden; e lá, na tarde gelada, começaremos a subir um desfiladeiro, torrentes e penhascos abaixo e acima de nós, para dormir em uma pousada no meio do caminho, e no dia seguinte seguir para Saas Fee, Saas da Magia, Saas dos Pagãos. E lá, ao redor de Saas, mais gelo e neve, e vamos vagar entre as rochas e árvores ao redor de Saas ou espiar as capelas de Samuel Butler, e vamos escalar, saindo do caminho das outras pessoas, geleiras e neve. E, em pelo menos uma expedição, vamos subir um vale ermo até Mattmark, e seguir até o Monte Moro. Lá de fato se vê o Monte Rosa. Talvez o melhor de todos.

– É muito bonito?

– Quando vi, era muito bonito. Maravilhoso. Era a rainha coroada das montanhas, em seu manto de um branco reluzente. Ela se erguia muito acima do nível do desfiladeiro, milhares de metros, calma, reluzente e branca, e lá embaixo, a milhares de metros, um chão de pequenas nuvens de lã. E logo essas nuvens começaram a rarear e revelar encostas íngremes e profundas, descendo e descendo, com relva e pinheiros, descendo e descendo e, finalmente, passando por uma grande fenda das nuvens, telhados nus, brilhando como minúsculas cabeças de alfinete, e uma estrada como um filamento de seda branca… Macugnana, na Itália. O dia vai ser lindo… tem de ser, quando se põe os olhos na Itália pela primeira vez… É para onde vamos.

– Não podemos descer até a Itália?

– Não – ele disse. – Não vamos chegar lá. Vamos ter de acenar para os montes azuis a distância e voltar para Londres e trabalhar.

– Mas a Itália…

– A Itália é para uma boa menina – ele disse, e descansou a mão por um instante em seu ombro. – Ela tem de ansiar pela Itália.

– Sabe – ela refletiu –, você É mesmo o mestre.

A ideia pareceu novidade para ele.

– É claro que sou o chefe desta expedição – disse ele, após um intervalo de autoanálise.

Ela deslizou o rosto pela manga de tweed do casaco dele.

– Bela manga – disse, e desceu até sua mão e a beijou.

– Ei! – ele exclamou. – Escute! Você não está indo longe demais? Isso... isso é degradante... esse alvoroço com mangas. Não deve fazer coisas desse tipo.

– Por que não?

– Mulher livre... e em pé de igualdade.

– Faço isso por minha própria vontade – disse Ann Veronica, beijando sua mão novamente. – Não é nada comparado ao que VOU fazer.

– Bem! – disse ele, um pouco em dúvida. – É só uma fase. – E se abaixou e descansou a mão em seu ombro por um instante, com o coração batendo forte e os nervos trêmulos. Então, ficando ela imóvel, com as mãos fechadas e o cabelo preto caído sobre seu rosto, ele se aproximou ainda mais e a beijou suavemente na nuca...

PARTE 6

A maior parte das coisas que ele planejara, eles fizeram. Mas escalaram mais do que ele pretendia porque Ann Veronica se revelou uma boa escaladora, firme e destemida, bastante ousada, mas disposta a redobrar a atenção ao seu comando.

Uma das coisas que mais o surpreendeu nela foi sua capacidade de obedecer cegamente. Ela amava que lhe dissesem o que fazer.

Ele conhecia muito bem o círculo de montanhas ao redor de Saas Fee: esteve aí duas vezes, e era bom se afastar dos pedestres dispersos que subiam aos locais mais altos e solitários e poder sentar e comer sanduíches e conversar e fazer juntos coisas que eram um pouco difíceis e perigosas. E eles sabiam conversar, descobriram; e nem uma vez, ao que parecia, suas intenções e ideias se perderam. Eles estavam muito satisfeitos um com o outro; descobriram que o outro era ainda melhor do que esperavam, ainda que fosse em razão da falta de substância na mera expectativa. A conversa se desviou diversas vezes em um fluxo de autofelicitação que teria irritado quem ouvisse.

– Você é... não sei – disse Ann Veronica. – Você é esplêndido.

– Não é por você ou eu sermos esplêndidos – disse Capes. – Mas por satisfazermos um ao outro. Só Deus sabe por quê. Tão completamente! O encaixe mais singular! De que é composto? Textura de pele e de mente? Tez e voz. Não acho que eu tenha ilusões, nem você... Se eu nunca tivesse conhecido mais que um pedaço de sua pele encadernando um livro, Ann Veronica, eu sei que guardaria isso próximo de mim... Todos os seus defeitos são apenas moldes alegres que fazem de você real e sólida.

– Os defeitos são a melhor parte – disse Ann Veronica. – Até mesmo nossas pequenas distorções viciosas vão claramente na mesma direção. Até mesmo nossa vulgaridade.

– Vulgar? – disse Capes. – Não somos vulgares.

– Mas e se fôssemos? – perguntou Ann Veronica.

– Consigo conversar com você e você comigo sem nenhum esforço – disse Capes. – Essa é a essência da coisa. É composta de coisas tão pequenas quanto o diâmetro de um fio de cabelo e tão grandes quanto a vida e a morte... As pessoas sempre sonharam com isso e nunca acreditaram. É a sorte mais rara, o acaso mais selvagem e impossível. A maioria das pessoas, todas que eu conheço pelo menos, parece que casaram com estranhos, tinham conversas incompatíveis em línguas desconhecidas, tinham medo do conhecimento do outro, o medo eterno do mal-entendido e do erro de julgamento. Por que elas não esperam? – ele acrescentou.

Ann Veronica teve uma de suas iluminações.

– Elas esperam – disse.

E então expandiu a ideia.

– Eu não devia ter esperado – disse. – Posso ter ficado confusa por um instante. Mas é como você disse. Tive a sorte mais rara e caí em pé.

– Nós dois caímos em pé! Somos os mortais mais raros! A coisa certa! Não há nenhuma concessão nem farsa nem abdicação entre nós. Não temos medo; não nos preocupamos. Não fazemos ponderações um sobre o outro; não precisamos. Aquela vida encoberta, como você diz... queimamos os malditos trapos! Saímos dançando! Somos resolutos!

– Resolutos! – ecoou Ann Veronica.

PARTE 7

Voltando da escalada daquele dia – em Mittaghorn –, eles tiveram de atravessar uma área reluzente de pedras úmidas e íngremes entre duas encostas de relva que demandava certo cuidado. Havia alguns fragmentos quebrados e soltos de pedra nas saliências, e um lugar onde as mãos precisavam trabalhar tanto quanto os pés. Eles usaram corda – não que corda fosse necessário, mas porque o estado de espírito de Ann Veronica fez a ideia da corda agradavelmente simbólica; e, de qualquer forma, ela garantia uma morte conjunta no caso de algum infortúnio remoto. Capes foi na frente, encontrando pontos de apoio e, onde os desgastes na camada sedimentar demandavam passos longos e desajeitados, ele posicionava os pés de Ann Veronica. Mais ou menos na metade desse caminho, quando tudo parecia estar indo bem, Capes levou um susto.

– Céus! – exclamou Ann Veronica, com intensa emoção. – Meus Deus! – E parou de se mexer.

Capes ficou tenso e imóvel.

– Tudo bem? – perguntou.

– Vou ter de pagar.

– Ahn?

– Esqueci uma coisa. Ah, maldição!

– Ahn?

– Ele disse que eu ia esquecer.

– O quê?

– Mas que diabo!

– Que diabo?... Você usa MESMO palavras pesadas!

– Esquecer algo assim.

– Esquecer O QUÊ?

– E eu disse que não esqueceria. Disse que faria qualquer coisa. Disse que faria camisas.

– Camisas?

– Camisas a um… e… uma dúzia… Ah, Deus! Calote! Ann Veronica, você é caloteira!

Pausa.

– Você pode me dizer do que está falando? – disse Capes.

– Das quarenta libras.

Capes esperou pacientemente.

– Sinto muito… Mas você precisa me emprestar quarenta libras.

– É uma espécie de delírio – disse Capes. – O ar rarefeito? Achei que sua cabeça fosse melhor.

– Não! Eu explico mais embaixo. Está tudo bem. Vamos continuar escalando. É uma coisa que negligenciei inexplicavelmente. Tudo bem, de verdade. Posso esperar um pouco mais. Emprestei quarenta libras do sr. Ramage. Graças a Deus você vai entender. Foi por isso que larguei Manning…. Tudo bem, estou indo. Mas tudo isso me fez esquecer completamente… Foi por isso que ele ficou tão irritado, sabe.

– Quem ficou irritado?

– O sr. Ramage… por causa das quarenta libras. – Ela deu um passo. – Minha querida – ela acrescentou, como uma reflexão tardia –, você oblitera MESMO as coisas!

PARTE 8

No dia seguinte, eles se viram falando de amor um com o outro no alto de uma rochas sobre um banco íngreme de neve que se projetava de um precipício no lado leste da geleira Fee. A essa altura, o cabelo de Capes estava quase branco, e sua pele era de um cobre avermelhado com dourado. Eles agora estavam em estado de aptidão física sem precedentes. E as saias que Ann Veronica tinha antes de entrar no vale de Saas estavam guardadas em segurança no hotel, e ela usava um cinto de couro, calças largas e grevas – um traje que caía muito melhor nas longas linhas de seus membros que qualquer vestido feminino. Sua tez resistira lindamente ao brilho da neve;

sua pele tinha apenas aprofundado um pouco seu calor natural sob o sol dos Alpes. Ela tinha tirado o véu azul, os óculos de neve, e sentou com a mão sobre o rosto que sorria para as glórias reluzentes – as cornijas iluminadas, as sombras azuis, as massas de neve enormes e suavemente arredondadas, os lugares profundos cheios de luminosidade palpitante – do Täschhorn e do Dom. O céu estava sem nuvens, de um azul radiante.

Capes ficou sentado observando-a e admirando-a, e começou a louvar o dia e a sorte e o amor que sentiam um pelo outro.

– Estamos aqui – disse –, brilhando um através do outro como a luz através de um vitral. Com este ar em nosso sangue, este sol nos inundando... A vida é boa. Será que vai voltar a ser tão boa assim?

Ann Veronica estendeu uma mão firme e apertou seu braço.

– É muito boa – disse. – É gloriosamente boa!

– Imagine agora... olhe para essa longa encosta de neve e depois para aquele azul intenso além dela... você vê aquela piscina redonda colorida no gelo... uns trezentos metros abaixo? Sim? Bem, pense... temos de dar dez passos e deitar e nos abraçar. Vê? Cairíamos rápido em uma espuma... uma nuvem de neve... voando e sonhando. E passaríamos todo o resto da vida juntos, Ann Veronica. Cada instante. Sem infortúnios.

– Se me tentar demais – disse ela, depois de um instante de silêncio. – Sou capaz de fazer. Só preciso saltar e me jogar sobre você. Sou uma jovem desesperada. E quando caíssemos você tentaria explicar. E isso estragaria tudo... Você sabe que não fala a sério.

– Não, não falo. Mas gostei de dizê-lo.

– Claro! Mas me pergunto: por que não fala a sério?

– Porque, imagino, a alternativa é melhor. Que outro motivo haveria? É mais complexa, mas é melhor. ISSO, esse deslize, seria uma canalhice. Você sabe disso, e eu sei disso, embora talvez sejamos incitados a procurar um motivo. Seria uma trapaça. Sacar a vida e não viver. Além disso... Vamos viver, Ann Veronica! Ah, as coisas que vamos fazer, a vida que vamos ter! Haverá problemas às vezes... você e eu não vamos passar sem atritos. Mas temos inteligência para superar isso, e línguas na cabeça para conversar.

Não vamos nos apegar a qualquer desentendimento. Não nós. E vamos lutar contra aquele velho mundo lá embaixo. Aquele velho mundo que abriu espaço para aquele velho hotel, e todo o resto... Se não vivermos, ele vai achar que temos medo dele... Morrer, de fato! Vamos trabalhar; vamos nos revelar um ao outro; vamos ter filhos.

– Meninas! – exclamou Ann Veronica.

– Meninos! – disse Capes.

– Os dois! – disse Ann Veronica. – Vários!

Capes riu.

– Você é uma mulher delicada!

– Quem se importa – disse Ann Veronica –, uma vez que é você? Pequenas maravilhas calorosas e macias! É claro que eu quero.

PARTE 9

– Vamos fazer todo tipo de coisa – disse Capes. – Vamos ter tantos momentos. Mais cedo ou mais tarde certamente faremos algo para limpar as prisões de que você me falou... lavar com cal o lado ruim da vida. Você e eu. Podemos nos amar em uma cornija de neve, sobre um balde de cal. Amar em qualquer lugar. Qualquer lugar! Luar e música... são agradáveis, sabe, mas desnecessários. Nós nos conhecemos dissecando cação... Você se lembra do seu primeiro dia comigo?... Lembra mesmo? Do cheiro de decomposição e álcool desnaturado barato!... Minha querida! Tivemos tantos momentos! Eu costumava repassar os momentos que tivemos juntos, as coisas que dissemos... como um rosário de contas. Mas agora são contas em tonel... como o porão no navio de um negociante da África ocidental. Como quem segura pó de ouro em uma das mãos. Não quero perder um grão. E preciso... parte precisa escorregar entre os dedos.

– Não me importo se escorregar – disse Ann Veronica. – Não me importo nem um pouco com a lembrança. Me importo com você. Este momento não poderia ser melhor, até chegar o próximo. É assim para mim. Por que NÓS devemos nos preocupar em acumular? Não vamos nos extinguir imediatamente, como lanternas japonesas no vendaval. São os nossos queridos pobres que vão se extinguir, que sabem que vão, que sabem que não são capazes de seguir, que precisam se agarrar às flores do acostamento. E colocá-las em livrinhos para guardá-las de lembrança. Flores secas não são para pessoas como nós. Momentos, de fato! Gostamos um do outro aqui e agora. Não são ilusões… para nós. Nós dois só amamos um ao outro, o outro real, idêntico, o tempo todo.

– O outro real, idêntico – repetiu Capes, e pegou e mordeu a ponta do dedinho dela.

– Não há ilusões, no que diz respeito a mim – disse Ann Veronica.

– Não acredito que haja. Se houver, é mera cobertura… há coisa melhor embaixo. É como se eu tivesse começado a conhecer você anteontem, mais ou menos. Você está ficando mais verdadeira, mais verdadeira por inteiro. Sua… doçura!

PARTE 10

– E pensar que você é dez anos mais jovem do que eu! – ele exclamou. – Há momentos em que você me faz sentir como uma coisinha aos seus pés… uma coisinha jovem, boba, protegida. Sabe, Ann Veronica, tudo que está escrito na sua certidão de nascimento é mentira; falsificação… falsificação tola. Você é um dos Imortais. Imortal! Você existia desde o início, e todos os homens do mundo que souberam o que é o amor se prostaram aos seus pés em adoração. Você me converteu em… Lester Ward! É minha amiga querida, é apenas uma garota, mas há momentos em que minha cabeça está em seu peito, em que o seu coração bate em meus ouvidos, em que a reconheço como a deusa, de quem desejo ser escravo, de quem desejo que me mate pelo prazer de ser morto por você. Você é a Grande Sacerdotisa da Vida…

– Sua sacerdotisa – Ann Veronica sussurrou suavemente. – Uma sacerdotisa boba que não sabia nada da vida até se aproximar de você.

PARTE 11

Eles ficaram algum tempo sentados sem dizer uma palavra, em um globo enorme e reluzente de satisfação mútua.

– Bem – disse Capes, por fim –, temos de descer, Ann Veronica. A vida nos aguarda.

Ele se levantou e esperou que ela se mexesse.

– Céus! – exclamou Ann Veronica, e o deixou em pé. – E pensar que não faz nem um ano que eu era uma estudante rebelde de coração vil, angustiada, confusa, perplexa, sem entender que a grande força do amor irrompia em mim! Todos esses desgostos sem nome... não eram mais que as dores do nascimento do amor. Eu me sentia... eu me sentia vivendo em um mundo mascarado. Eu sentia que tinha os olhos cobertos. Eu me sentia... envolta em grossas teias de aranha. Elas me cegavam. Entravam na minha boca. E agora. Céus! Céus! O raiar da aurora me visitou. Eu amo. Sou amada. Quero gritar! Quero cantar! Estou feliz! Estou feliz por estar viva porque você está vivo! Estou feliz por ser mulher porque você é homem! Estou feliz! Estou feliz! Agradeço a Deus pela vida e por você. Agradeço a Deus pela luz do sol em seu rosto. Agradeço a Deus pela beleza que você ama e os defeitos que você ama. Agradeço a Deus pela pele que está descascando no seu nariz, por todas as coisas grandes e pequenas que fazem de nós quem somos. Esta sou eu dando graças! Ah! meu querido!, toda a alegria e o pranto da vida se misturam em mim agora, e toda a gratidão. Nunca uma libélula recém-nascida abrindo as asas pela manhã se sentiu tão contente quanto eu!

EM PERSPECTIVA

PARTE 1

Quatro anos e um quarto depois – quatro anos e quatro meses para ser exato –, o sr. e a sra. Capes estavam lado a lado sobre um velho tapete persa na sala de jantar de seu apartamento analisando uma mesa de jantar reluzente posta para quatro pessoas, iluminada por luzes elétricas habilmente atenuadas, reluzindo raios prateados e adornada com cuidado e simplicidade com flores de ervilha-de-cheiro. Capes não tinha mudado quase nada nesse intervalo, exceto por uma nova elegância no corte da roupa, mas Ann Veronica estava quase um centímetro e meio mais alta; seu rosto ao mesmo tempo mais forte e mais suave, o pescoço mais firme e redondo e seu porte definitivamente mais feminino que nos dias de sua revolta. Ela era agora uma mulher do cabelo à ponta dos pés; tinha se despedido da mocidade no velho jardim quatro anos e um quarto antes. Usava um vestido simples de noite de seda macia, com um bordado dourado escuro que realçava a seriedade amena de seu estilo, e o cabelo preto fluía de sua testa aberta passando pelo domínio de um laço prateado simples. Um colar de prata realçava a beleza morena de seu pescoço. Marido e mulher fingiam desenvoltura que não era natural para a criada eficiente que dava os toques finais no aparador.

– Parece bom – disse Capes.

– Acho que está tudo certo – disse Ann Veronica, com o olhar ativo de uma dona de casa capaz, mas não dedicada. – Me pergunto se eles vão parecer diferentes – ela observou pela terceira vez.

– Neste caso eu não posso fazer nada – disse Capes.

Ele atravessou uma arcada ampla, com uma cortina azul-escura, para o cômodo que servia de hall de entrada. Ann Veronica, depois de uma última examinada nos detalhes do jantar, foi atrás dele, apressada, parou ao seu lado próximo ao guarda-fogo e tocou dois ou três enfeites sobre a cornija da exuberante lareira.

– Ainda não acredito que estamos prestes a ser perdoados – ela disse, virando-se para ele.

– É pelo meu charme, imagino. Mas, de fato, ele é muito humano.

– Você falou do cartório?

– Não... certamente não com a ênfase com que falei sobre a peça.

– Foi uma inspiração... falar com ele?

– Me senti impudente. Acho que estou ficando impudente. Não chegava perto da Royal Society desde... desde que você me desonrou. O que é isso?

Os dois pararam para ouvir. Não era a chegada dos convidados, mas a empregada que se movimentava no corredor.

– Homem maravilhoso! – disse Ann Veronica, tranquilizada, acariciando o rosto dele com o dedo.

Capes fez um movimento rápido, como se fosse morder aquele dígito agressivo, mas recuou para o lado de Ann Veronica.

– Eu estava realmente interessado naquilo. ESTAVA conversando com ele antes de ver seu nome no cartão ao lado da fileira de microscópios. Depois, naturalmente, continuei falando. Ele... ele tem opinião bem ruim de seus contemporâneos. É claro, ele não tinha ideia de quem eu era.

– Mas como você contou a ele? Você nunca me disse. Não foi... não foi um pouco dramático?

– Ah! deixe-me ver. Eu disse que não frequentava a *soirée* da Royal Society havia quatro anos, e o fiz falar dos trabalhos mendelianos recentes. Ele ama os mendelianos porque odeia todos os nomes importantes das décadas de oitenta e noventa. Depois acho que comentei que a ciência era muito subfinanciada, e confessei que tive de recorrer a coisas mais rentáveis. "A verdade", eu disse, "é que sou o novo dramaturgo, Thomas More. Talvez o senhor já tenha ouvido...?" Bem, como você sabe, ele tinha ouvido.

– Fama!

– Não é? "Eu não assisti à sua peça, sr. More", ele disse, "mas soube que é o melhor entretenimento em Londres no momento. Um amigo, Ogilvy", imagino que seja Ogilvy & Ogilvy, de todos aqueles divórcios, certo, Vee?, "falou muito bem dela... muito bem!" – Capes sorriu para ela.

– Você está desenvolvendo uma memória muito atenta dos elogios – disse Ann Veronica.

– Ainda são novidade para mim. Mas depois disso foi fácil. Contei a ele descaradamente que a peça renderia dez mil libras. Ele concordou que era vergonhoso. Então assumi uma postura bastante solene para prepará-lo.

– Como? Me mostre.

– Não consigo ser solene, querida, perto de você. É meu outro lado. Mas eu fui solene, posso garantir. "Meu nome NÃO é More, sr. Stanley", eu disse. "Esse é meu pseudônimo."

– E?

– Acho que... sim, continuei misturando voz informal com tom mais grave. "A verdade, senhor, é que eu sou seu genro, Capes. Eu gostaria muito que o senhor viesse jantar conosco um dia. Eu e minha esposa ficaríamos muito felizes."

– O que ele respondeu?

– Como as pessoas respondem a um convite de jantar à queima-roupa? Ele tentou se recompor. "Ela está sempre pensando no senhor", eu disse.

– E ele aceitou humildemente?

– Praticamente. Que mais ele poderia fazer? Não se pode fazer uma cena no calor do momento diante de valores tão conflitantes quanto os que se apresentaram diante dele. Eu estava me comportando como se tudo fosse simplesmente natural, que ele poderia fazer? E nesse momento o Céu enviou Manningtree... Eu nunca te falei da feliz intervenção de Manningtree, falei? Ele estava com aparência muito distinta, com uma fita carmesim larga... O que SIGNIFICA uma fita carmesim larga? Algum tipo de cavaleiro, imagino. Ele é cavaleiro. "Meu jovem", ele disse, "você não tem aparecido", e alguma coisa sobre "Bateson & Co."... ele é terrivelmente antimendeliano... eles fazem o que querem. Então o apresentei a meu sogro, de repente. Acho que ISSO foi definitivo. Sim, foi Manningtree que garantiu tudo. Ele...

– Eles chegaram! – disse Ann Veronica quando a campainha tocou.

PARTE 2

Eles receberam os convidados no pequeno hall de entrada com efusão genuína. A srta. Stanley tirou a capa preta revelando um conjunto discreto e respeitável de seda marrom, e então abraçou Ann Veronica com ternura.

– Tão claro e frio – ela disse. – Achei que fôssemos ter neblina.

A presença da criada incitava uma oportuna contenção. Ann Veronica passou da tia ao pai, abraçando-o e beijando-o no rosto.

– Querido papai! – disse, e ficou surpresa ao derramar algumas lágrimas.

Ela disfarçou a emoção tirando o casaco dele.

– E este é o sr. Capes? – ela ouviu a tia dizer.

Os quatro seguiram nervosos para a sala de estar, mantendo uma espécie de afabilidade palpitante nos sons e movimentos.

O sr. Stanley demonstrou grande cuidado em aquecer as mãos.

– Um frio incomum para esta época do ano – disse.

– Vai ser tudo muito agradável, tenho certeza – a srta. Stanley sussurrou para Capes enquanto ele a conduzia para um assento no pequeno sofá diante da lareira. Ela também fez barulhinhos como os de um gato, para tranquilizá-lo.

– E vamos dar uma olhada em você, Vee! – disse o sr. Stanley, levantando-se com repentina simpatia e esfregando as mãos.

Ann Veronica, que sabia que o vestido lhe caía bem, fez uma reverência ao pai.

Felizmente eles não estavam esperando mais ninguém, e ela ficou muito feliz ao pensar que tinha pedido que o jantar fosse servido o mais rápido possível. Capes estava em pé ao lado da srta. Stanley, que exibia um sorriso largo artificial, e o sr. Stanley, em seu esforço de parecer à vontade, destacava-se sobre o tapete.

– Encontraram o apartamento com facilidade? – perguntou Capes na primeira pausa. – Os números não são muito visíveis na entrada. Eles precisam instalar a iluminação.

O pai declarou que não houve dificuldade.

– O jantar está servido, madame – disse a criada eficiente sob a arcada, e o pior havia passado.

– Venha, papai – disse Ann Veronica, seguindo o marido e a srta. Stanley; e de todo o coração apertou amigavelmente o braço do pai.

– Sujeito excelente! – ele respondeu, um pouco sem conexão. – Eu não entendia, Vee.

– Que apartamento charmoso – disse a srta. Stanley, admirada. – Charmoso! Tudo tão bonito e conveniente.

O jantar foi admirável; nada deu errado, desde a sopa dourada e excelente até os deliciosos marrons glacés com creme; e os elogios da srta. Stanley foram se dissipando em aquiescência apreciativa. Uma conversa animada surgiu entre Capes e o sr. Stanley, à qual as duas mulheres se subordinaram com esperteza. O assunto excitante da controvérsia mendeliana foi abordado em uma ou duas ocasiões, mas evitado com destreza; e eles falaram principalmente de literatura e arte e da censura do palco britânico. O sr. Stanley era favorável a estender a censura ao que ele chamou de ficção recente; histórias boas e íntegras eram rejeitadas, ele disse, por "coisas perversas e imorais" que "deixavam um gosto ruim na boca". Ele declarou que nenhum livro que deixasse um gosto ruim na boca poderia ser satisfatório, por mais que cativasse e interessasse ao leitor no momento da leitura. Ele não gostava, disse, com olhar grave, de ser lembrado nem dos livros nem dos jantares depois de terminá-los. Capes concordou com a maior cordialidade.

– A vida já é frustrante o suficiente, sem que os romances contribuam para isso – disse o sr. Stanley.

Durante algum tempo a atenção de Ann Veronica se desviou para o interesse da tia pelas amêndoas salgadas.

– Bastante refinadas – disse a tia. – Excepcionalmente.

Quando Ann Veronica pôde voltar a ouvir, os homens estavam discutindo a desvalorização das propriedades residenciais em razão do tumulto do tráfego em West End, e concordando bastante um com o outro. Ocorreu-lhe com muita força emocional que aquilo devia ser algum tipo especialmente fantástico de sonho. Ela achava que o pai parecia inexplicavelmente mais malvado do que ela esperava, e no entanto, também inexplicavelmente, simpático. A gravata exigira dele uma luta; ele deve ter pegado uma nova depois do primeiro fracasso. Por que ela estava notando coisas assim? Capes parecia tranquilo e elaboradamente cordial e corriqueiro, mas ela sabia que ele estava ansioso, pois percebia certa falta de jeito de vez em quando, a mais leve sombra de trivialidade na urgência de sua hospitalidade. Ela gostaria que ele pudesse fumar e aliviar um pouco o nervosismo. Uma rajada de impaciência irracional soprou dentro dela. Bem, já estavam nos faisões, e logo ele poderia fumar. O que ela estava esperando? Certamente seu estado de espírito estava saindo levemente de controle.

Ela desejou que o pai e a tia não desfrutassem do jantar com determinação tão tranquila. O pai e o marido, ambos pálidos ao primeiro encontro, estavam ficando ligeiramente corados. Era uma pena que as pessoas tivessem de comer.

– Acredito – disse o pai – que li pelo menos metade dos romances que alcançaram algum sucesso nos últimos vinte anos. Três por semana é minha cota e, quando leio curtos, quatro. De manhã faço a troca na Cannon Street, e pego o livro quando desço.

Ocorreu a Ann Veronica que ela nunca antes vira o pai jantando fora de casa, nunca o observara criticamente como um semelhante. Com Capes, ele era quase deferente, e ela nunca o vira ser deferente antes, nunca. O jantar foi mais estranho do que imaginara. Era como se ela tivesse ultrapassado o pai e se tornado mais velha e com perspectiva infinitamente mais ampla, como se ele sempre tivesse sido uma figura inesperadamente plana, e agora ela o descobrisse pelo outro lado.

Foi um grande alívio quando finalmente houve uma pausa e ela pôde dizer à tia:

– Agora, querida? – Levantou-se e abriu a cortina para atravessar a arcada. Capes e o pai se levantaram, e o pai fez um movimento tardio em direção à cortina. Ela percebeu que ele era o tipo de homem que não chama muito atenção em jantares. E Capes estava pensando que a esposa era uma mulher de beleza suprema. Ele pegou uma cigarreira prateada no aparador e colocou diante do sogro, e durante algum tempo os preparativos para fumar ocuparam os dois. Então Capes foi rapidamente até o tapete em frente à lareira e atiçou o fogo, e se virou.

– Ann Veronica parece muito bem, o senhor não acha? – ele disse, um pouco sem jeito.

– Muito – disse o sr. Stanley. – Muito. – E abriu uma noz, satisfeito.

– A vida… as coisas… Não acho que as perspectivas dela agora… Perspectiva esperançosa.

– Vocês estavam em posição difícil – declarou o sr. Stanley, e pareceu se perguntar se tinha ido longe demais. Ele olhou para o vinho do porto como se aquele tawny ruby contivesse a solução para a questão. – Bem está o que bem acaba – disse. – E quanto menos falarmos sobre as coisas, melhor.

– Claro – disse Capes, e jogou um charuto recém-aceso no fogo por puro nervosismo. – Aceita mais vinho do porto, senhor?

– É um vinho muito bom – respondeu o sr. Stanley, aceitando respeitosamente.

– Ann Veronica nunca pareceu tão bem, eu acho – disse Capes, agarrando-se, em razão de um plano preconcebido, ao tópico sufocado.

PARTE 3

Finalmente a noite acabou, e Capes e a esposa desceram para colocar o sr. Stanley e a irmã em um táxi, e acenaram um adeus amigável dos degraus da entrada.

– Muito agradáveis! – disse Capes, quando o veículo saiu da vista.

– São mesmo, não são? – disse Ann Veronica, após uma pausa pensativa. E então: – Parecem mudados.

– Vamos sair do frio – disse Capes, e pegou seu braço.

– Eles parecem menores, sabe, até mesmo fisicamente – ela disse.

– Você os ultrapassou... Sua tia gostou do faisão.

– Ela gostou de tudo. Você nos ouviu pela arcada, falando de culinária?

Eles subiram no elevador em silêncio.

– É estranho – disse Ann Veronica, ao entrar no apartamento.

– O que é estranho?

– Ah, tudo!

Ela estremeceu, e foi até o fogo e o atiçou. Capes se sentou na poltrona ao lado dela.

– A vida é tão estranha – ela disse, ajoelhando e olhando as labaredas. – Eu me pergunto... Me pergunto se um dia vamos ficar assim.

Ela virou o rosto iluminado pelo fogo para o marido.

– Você contou a ele?

Capes sorriu levemente.

– Sim.

– Como?

– Bem... um pouco sem jeito.

– Mas como?

– Servi-lhe um pouco de vinho do porto, e disse... bem, deixe-me ver... ah "O senhor vai ser avô!".

– Sim. Ele ficou feliz?

– Serenamente! Ele disse... não se importa se eu contar?

– Nem um pouco.

– Ele disse "A pobre Alice não tem paz!".

– Os da Alice são diferentes – disse Ann Veronica, após um intervalo. – Bem diferentes. Ela não escolheu o marido... Bem, eu contei à minha tia... Marido, acho que superestimamos a capacidade emocional das... das pessoas queridas.

– O que sua tia disse?

– Ela nem me beijou. Disse – Ann Veronica estremeceu mais uma vez. – "Espero que não sofra nenhum desconforto, minha querida, e o que quer que aconteça, cuide do seu cabelo!" Acho que... Concluo pela conduta dela... que ela achou um pouco indelicado de nossa parte... considerando tudo o que aconteceu. Mas tentou ser prática e compreensiva e descer aos nossos padrões.

Capes observou o rosto sério da esposa.

– Seu pai – ele disse – comentou que bem está o que bem acaba, e que estava disposto a esquecer o que passou. Então falou do passado com certa bondade paternal

– E o meu coração doeu por ele!

– Ah, sem dúvida ele sofreu na época. Deve ter sofrido.

– Talvez até tivéssemos... desistido por eles!

– Me pergunto se seríamos capazes.

– Suponho que está MESMO bem o que bem acaba. De alguma forma... não sei.

– Suponho que sim. Estou feliz que a velha ferida foi aliviada. Muito feliz. Mas se tivéssemos fracassado...!

Eles se entreolharam em silêncio, e Ann Veronica teve uma de suas iluminações profundas.

– Não somos do tipo que fracassa – disse, estendendo as mãos para que os reflexos vermelhos desaparecessem de seus olhos. – Entramos no prumo há muito tempo... somos firmes. Somos firmes! – E continuou: – E pensar que aquele é meu pai! Ah, meu querido! Ele se erguia sobre mim como um penhasco; pensar nele quase me fez desistir de tudo o que fizemos. Ele era a ordem social; ele era a lei e a sabedoria. E eles vêm aqui, e observam nossos móveis para ver se são bons; e não ficam satisfeitos, não os abala o fato de finalmente, finalmente estarmos prontos para ter filhos.

Ela se encolheu e começou a chorar.

– Ah, meu querido! – exclamou, e de repente se jogou, ficando de joelhos, nos braços do marido.

– Você se lembra das montanhas? Você se lembra do quanto nos amamos? Da intensidade com que nos amamos? Você se lembra da luz sobre as coisas e da glória das coisas? Sou ávida, ávida! Quero filhos como as montanhas e vida como o céu. Ah! e amor... amor! Tivemos anos tão esplêndidos, e enfrentamos nossa batalha, e ganhamos. E é como as pétalas caindo de uma flor. Ah, eu amei o amor, querido! Eu amei o amor e você, e a glória que é você; e esses anos esplêndidos acabaram, e tenho de prosseguir com cuidado e ter filhos e... cuidar do meu cabelo... e quando isso acabar serei uma mulher velha. As pétalas caíram... as pétalas vermelhas que tanto amamos. Estamos cercados de discrições... e todos esses móveis... e sucessos! Somos bem-sucedidos finalmente! Bem-sucedidos! Mas as montanhas, querido! Não vamos nos esquecer das montanhas, querido, nunca. Aquela encosta reluzente de neve, e como falávamos da morte! Podíamos ter morrido! Mesmo quando estivermos velhos, quando formos ricos, como podemos vir a ser, não nos esqueceremos daquela sintonia de quando não nos importávamos com mais nada além da alegria do outro, quando arriscávamos tudo um pelo outro, quando todas as coberturas da vida pareciam ter caído e ela era só luz e fogo. Resolução e resolução! Você se lembra disso tudo?... Diga que nunca nos esqueceremos! Que essas coisas comuns e secundárias não nos sobrecarregarão. Aquelas pétalas! Passei a noite toda com vontade de chorar, chorar aqui em seu ombro pelas minhas pétalas. Pétalas! Mulher tola!...Nunca tive ataques de choro antes...

– Sangue do meu coração! – sussurrou Capes, abraçando-a. – Eu sei. Eu compreendo.